作家IP工场

东海龙女 —— 著

三眼神捕
之 人间幻影

山西出版传媒集团

北岳文艺出版社
·太原

图书在版编目(CIP)数据

三眼神捕之人间幻影/东海龙女著.—太原：北岳文艺出版社，2020.6
ISBN 978-7-5378-6164-9

Ⅰ.①三… Ⅱ.①东… Ⅲ.①长篇小说－中国－当代 Ⅳ.①I247.5

中国版本图书馆CIP数据核字(2020)第045795号

书　名：三眼神捕之人间幻影	策　　划：王朝军　高海霞	印装监制：郭　勇
著　者：东海龙女	责任编辑：高海霞	装帧设计：张永文

出版发行：山西出版传媒集团·北岳文艺出版社
地址：山西省太原市并州南路57号　邮编：030012
电话：0351-5628696(发行部)　0351-5628688(总编室)
传真：0351-5628680
网址：http://www.bywy.com
E－mail：bywycbs@163.com
经销商：新华书店
印刷装订：山西人民印刷有限责任公司

开本：787mm×1092mm　1/16
字数：318千字　印张：20.25
版次：2020年6月第1版　印次：2020年6月山西第1次印刷
书号：ISBN 978-7-5378-6164-9
定价：52.00元

目 录

001 / 长生梦

043 / 不老人

097 / 病死疑

167 / 爱别离

长生梦

"嘶!"

疼痛、无所不在的疼痛!炽烈如炎焰卷啮、细密如冰棱蚀骨,穿透四肢百骸,钻入五脏六腑,生生将他从昏死中痛醒。

无数根荆棘透衫而入,不用睁开眼,他也知道自己跌在一片荆棘丛中,周身血迹斑斑,已无一片完整肌肤。

听说以民告官乃是以下犯上,要先过"滚钉板"的官府酷刑,方能递上状纸。千根钢针穿身之痛,也不过如此。若不是无法摆脱他们的追捕,他原本就打算前往府城告状。只要能救得青娘母子性命,他并不畏惧。只可惜……

左胸胸腔凹陷下拳头大一块,如破败的风箱,每次起伏都会令大团的血沫涌出口中,那是碎裂的断骨一端已深深刺入六腑五脏。

熟悉粗暴的喝声,夹杂着恶犬的吠叫从头顶响起:"血迹!那小子在那儿,他没摔死!"

郑州心中一冷,这条性命,终于是要交待在此处了。

"魂兮归来……去君之恒干,何为四方些……"带着淡淡离愁的曲调,从干裂的唇中低低吐出。

归州属楚地,楚人习俗,并无前世来生之说。人死之后,灵魂或升于苍天,或降于幽冥。而横死者灵魂无法归入族地,需亲人唱起招魂曲来引领。

但此时,唯有他自己,能够送自己一程。

"舍君之乐处,而离彼不祥些……"喃喃吟唱中,郑州睁开眼,想看看这最后的埋骨之所。

四周都是杂荆牵萝,远处是夏日里赭黄的江流,波涛汹涌,几道铁灰色的礁石有如龙脊,在江涛中载浮载沉。

九龙奔江?

郑州猛地撑起身子,顾不得荆棘划破了皮肉,口中强忍着一口猩甜。

阿杏急促的话语便似又在耳边回响:"郑哥,你只往九龙奔江那边去,那里似是住着什么能人,他们寻常言谈之中有些忌惮……"

阿杏是青娘的大丫鬟,也是她的心腹。当时青娘不见踪影,阿杏脸色灰败,来不及说别的,便是一迭声地催他逃走。他慌忙中接过她递来的包袱出去,翻了花墙便逃,还是被他们追了上来。而身后隐约听到阿杏惨叫一声,便再无声息。

他牢记阿杏的话,一路往九龙奔江逃来。所谓九龙奔江,是归州城上游江边九道礁石,一路伸至江心,即使洪潮涌起时也无法将它淹没,远望铁灰礁岩,如蛟龙背脊一般狰然在目。故得了"九龙奔江"之名。

若是到了春日里,江水退潮,那九道礁石便宛若层层山脊,之间形成许多碧清的湖泊,岸边樱树如霞、豆麦青青,是城中人极爱踏青的好去处。

如今尚在炎夏,景致平平,一路人迹稀少。也正是因此,那帮人更是肆无忌惮地追上来,方才他挨了一击,对方拳势沉重,分明是身负武功。若不是他当机立断跳下了山崖,恐怕当场就会被置于死地。

不!他不能死!他放不下青娘……

青娘……郑州胸口微微一疼,一种温柔的情愫从胸口漾起,他抱紧了系在胸前的包袱。包袱里定然是些衣物银钱,那都是她早就备下的。石青底蝠纹的布皮,也是她素来喜欢的。她第一次偷着溜出施府来见他,背着这个包袱,里面藏着她给他做的三双鞋、一套衣裳,便是这么说的:"蝠,就是福气啊,郑哥,我是没什么福的人,只愿你的福气,长长久久才好。"

如今他是没这福气了,只盼不要连累她,还有她那尚在襁褓中的孩儿。早知道逃不掉,这包袱他不该拿,若是让那些人拿了去,她该有怎样的下场,他想都不敢想。可这里都是些草丛小树,连个山洞也无,一览无余,要如何藏起来,才不会被那些人找到?

"嘶!"

疼痛、无所不在的疼痛!炽烈如炎焰卷啮、细密如冰棱蚀骨,穿透四肢百骸,钻入五脏六腑,生生将他从昏死中痛醒。

无数根荆棘透衫而入,不用睁开眼,他也知道自己跌在一片荆棘丛中,周身血迹斑斑,已无一片完整肌肤。

听说以民告官乃是以下犯上,要先过"滚钉板"的官府酷刑,方能递上状纸。千根钢针穿身之痛,也不过如此。若不是无法摆脱他们的追捕,他原本就打算前往府城告状。只要能救得青娘母子性命,他并不畏惧。只可惜……

左胸胸腔凹陷下拳头大一块,如破败的风箱,每次起伏都会令大团的血沫涌出口中,那是碎裂的断骨一端已深深刺入六腑五脏。

熟悉粗暴的喝声,夹杂着恶犬的吠叫从头顶响起:"血迹!那小子在那儿,他没摔死!"

郑州心中一冷,这条性命,终于是要交待在此处了。

"魂兮归来……去君之恒干,何为四方些……"带着淡淡离愁的曲调,从干裂的唇中低低吐出。

归州属楚地,楚人习俗,并无前世来生之说。人死之后,灵魂或升于苍天,或降于幽冥。而横死者灵魂无法归入族地,需亲人唱起招魂曲来引领。

但此时,唯有他自己,能够送自己一程。

"舍君之乐处,而离彼不祥些……"喃喃吟唱中,郑州睁开眼,想看看这最后的埋骨之所。

四周都是杂荆牵萝，远处是夏日里赭黄的江流，波涛汹涌，几道铁灰色的礁石有如龙脊，在江涛中载浮载沉。

九龙奔江？

郑州猛地撑起身子，顾不得荆棘划破了皮肉，口中强忍着一口腥甜。

阿杏急促的话语便似又在耳边回响："郑哥，你只往九龙奔江那边去，那里似是住着什么能人，他们寻常言谈之中有些忌惮……"

阿杏是青娘的大丫鬟，也是她的心腹。当时青娘不见踪影，阿杏脸色灰败，来不及说别的，便是一迭声地催他逃走。他慌忙中接过她递来的包袱出去，翻了花墙便逃，还是被他们追了上来。而身后隐约听到阿杏惨叫一声，便再无声息。

他牢记阿杏的话，一路往九龙奔江逃来。所谓九龙奔江，是归州城上游江边九道礁石，一路伸至江心，即使洪潮涌起时也无法将它淹没，远望铁灰礁岩，如蛟龙背脊一般狰然在目。故得了"九龙奔江"之名。

若是到了春日里，江水退潮，那九道礁石便宛若层层山脊，之间形成许多碧清的湖泊，岸边樱树如霞、豆麦青青，是城中人极爱踏青的好去处。

如今尚在炎夏，景致平平，一路人迹稀少。也正是因此，那帮人更是肆无忌惮地追上来，方才他挨了一击，对方拳势沉重，分明是身负武功。若不是他当机立断跳下了山崖，恐怕当场就会被置于死地。

不！他不能死！他放不下青娘……

青娘……郑州胸口微微一疼，一种温柔的情愫从胸口漾起，他抱紧了系在胸前的包袱。包袱里定然是些衣物银钱，那都是她早就备下的。石青底蝠纹的布皮，也是她素来喜欢的。她第一次偷着溜出施府来见他，背着这个包袱，里面藏着她给他做的三双鞋、一套衣裳，便是这么说的："蝠，就是福气啊，郑哥，我是没什么福的人，只愿你的福气，长长久久才好。"

如今他是没这福气了，只盼不要连累她，还有她那尚在襁褓中的孩儿。早知道逃不掉，这包袱他不该拿，若是让那些人拿了去，她该有怎样的下场，他想都不敢想。可这里都是些草丛小树，连个山洞也无，一览无余，要如何藏起来，才不会被那些人找到？

他忽地侧过脸去，耳边隐约听到了潺潺的水声。

九龙奔江旁边，有一条无名小河汇入江中，这小河南岸，便是阿杏所说的那"能人"的居所。

便是死，他也断不能连累了青娘！

胸口血气一阵激荡，郑州咬牙一骨碌爬起身来，也顾不得眼前树丛间荆棘密布，胡乱用手拨开一道缝，没头没脑地就钻过去，皮肉再次破裂，鲜血迸出时，发出轻微的噗噗声，也拖出一条长长的血色印迹。

河水清澈，自河底到岸边，铺满指头大小的鹅卵石，色作五彩，在阳光下反射出玛瑙般的光芒。然而落在郑州的眼里，已是模糊不清的光晕。

扑通！

郑州连滚带拍地溅起无数水花。

冰凉的水无孔不入，带来几乎让人昏厥过去的剧烈刺痛。

"在那儿！""快追！""这小子够狠，没摔死不说，还逃得这样快！"

肆无忌惮的笑骂声，一路已熟似阎罗殿上的催命锣鼓，已追到了岸边。

"咦，这不是那什么山庄来着？好像是说过住有什么大人物，叫咱们等闲不准靠近！"有人犹疑起来。

"咱们不用靠近！"有人狞笑道，"他一样逃不得性命！"

嗖哨声起，"汪汪！"几声吠叫，水花四溅，是两条恶犬已扑下了河中！

吸一口气，郑州猛地沉入水中，将包袱奋力地往一块大石下推去。

他忽然惨叫一声，大团大团的血色浮上水面。

哄笑声、喝彩声从身后的河岸传来。嗅见血气的恶犬越发兴奋，咬紧他的腿部用力撕扯，另一只恶犬不甘示弱，也狺狺地围过来，张开了满是腥臭利齿的大嘴。

郑州徒劳地弹蹬着双足，力气迅速地从四肢百骸中消逝，水波层层漫过头顶，阳光投下狰狞的阴影，竟如地狱中浮沉不定的妖魔……

"魂兮归来……去君之……之恒干……"

凄凉哀愁的招魂曲中，忽然响起一缕笛音。如浊江中涌入一股山泉，令人神魂一清：

"如今却忆江南乐……"

笛音时响时顿,似乎是一个新学吹笛的人,一边吹奏,一边在努力地辨记着音律,仔细地一声声吹出来:"……当时年少……春衫薄……"

心灰如亡的招魂曲,在恍惚的脑海里,幻为十七岁的自己,怀着怦怦乱跳的少年初心,悄立在青娘家院篱下,迎着黄昏的和风,也吹奏过这一阕《菩萨蛮》。

当时少年春衫薄。

那样生涩的笛音,在当年的自己,是未经世事蹉跎的企盼和心意;而在此时的水中响起,却柔和而亲切,似历红尘千劫,归来看花开花落。

激荡不已的森然水波,仿佛也受到了笛音的抚慰,竟渐渐平复下来,又如层层纱罗般轻漾开去。

眼前清澈的波影里,竟恍惚浮现出一片雪白花海,有茅檐半隐,柴扉依稀,仿佛传说中仙宇缈缈、玉阁悠悠,于九霄白云中沉浮不定。

忽有清风拂来,吹开了仙宇前的"白云",从"云端"飞起许多花瓣,落向这满是血腥的人间,郑州鼻端仿佛闻到了若有似无的淡淡芬芳。

或许是自己死了,生前未曾作恶,灵魂便入了那传说中的天国?

青娘也一生善良,终是会入天国,自己就在那里等着她,倒也不错……

郑州睁大了充血的双瞳!身形已缓缓沉向水底。

最后的视线里,是一道白色身影,在漫天花雨之中,飘飞而来。裳裾带风、青鬟如雾,似传说中涤恶散花的天女,翩然降临这污浊的人间。

哗啦!

一条白影蓦地射来,水花破开!

"呜!""汪!"恶犬们惊惶地叫得一声,便似被什么掐住了颈子,蓦地消失了。

郑州身子一轻,竟破水而出,被一股柔力带往岸边,湿淋淋地跌落在柔软的草丛上。

"尔等好胆,"一个声音淡淡道,"既然敢来,就不必走了。"

语声轻柔,如花间清露、月下银霜,透出几分沁寒之意。

"……春衫薄……"笛声犹在娓娓传来,恬淡幽然,仿佛有人在耳边轻轻劝慰。

吱！

宛若龙啸凤吟，破"弦"而出！

远处的笛音似是猝不及防，戛然顿住，立时断绝！"弦声"铮铮，乐音乍起，不知是何乐器，却仍是那一阕《菩萨蛮》：

"如今却忆江南乐，当时少年春衫薄！"乐音穿云渡水，清绝丽绝。

郑州却忽然打了个寒战！

"啊！"

对岸惨叫声起！便有几人脱口骂道："妖女暗箭伤……"

"骑马倚斜桥……桥……桥……"仍是那清丽的乐音劈头盖脸而来，分明声声迫人，如雷雨步步压下，偏那尾音逶迤，袅袅入耳，郑州却觉汗毛一根根竖起来——不，并非是汗毛自己竖起来，而似乎是有一种力量，激发了身躯心底的恐惧，竟迫使其将汗毛尽数驱逐出来，根根竖立！

"啊！""啊啊！"

"……满……楼……红……袖……"

郑州伏于地上，颤如筛糠，眼前一片青青荒草，此时竟仿佛都化作朱楼画梁、胭粉十里，满楼红袖暗香盈，柔如丝利如刃，只需那轻轻一招，万千生灵无不授首……

"满楼红袖招！"

笛声悠扬，忽然响起，如一缕南风自天边来，吹拂万物，河山光生，万般旖旎千样杀机瞬间消泯，只余漫天花雨、淡淡芬芳。

啪啪啪！一支竹笛落下地来，便在郑州眼前，应声碎成几段。

"哼，"还是先前那如清露秋霜般的女声，嗔道："滥好人。"弦索一拂，乐音如冰下虬龙，挟无尽杀意，只将尾梢轻轻一摆，便要破冰而出！

"手下留情！"

对岸有人急急叫道：

"归州郡捕头王半江奉令办施府一案，前来求大人指教！"

"冰意"一晃即融，"冰下"的"虬龙"安然盘好，只龙首昂扬，一双龙睛青光四射——奇怪了，只是几声乐音，眼前为何竟有如此鲜活的画面？郑州恍惚地想道，王半江之名，倒也是听过的。王家在归州算是缉捕传家，自他祖父起做捕头，到他手上也有三代。为人精明强干，与城中富户大族也颇为相得，每一任县尊都要让他三分。

再听"施府一案"四字，心中剧颤，更是灰了一大半，长吐一口气，索性伏在了地上。

鼻端忽闻一缕幽香，非兰非麝，似有似无，却又沁人心脾。

"你那支《招魂曲》唱得好。"似是一声叹息，如一片轻雪落入清波，只微微一触，便已消融。

正是方才那女子声音，如今隔得近些，反而更为缥缈，如雾如梦：

"据说此招魂曲，乃先三闾大夫屈子为招怀王之魂而做，楚人听闻皆怜之，如悲亲戚。你这几句唱词发于心而迸于外，如蒲草虽弱而能细韧，如鸟雀虽飞而有余嗦，让我这个路人听了，也不由得'如悲亲戚'啊。从前我以为音声应与天地各窍相和，所谓天籁之音才是无上乐音，如今才知道还是我太过浅薄了。"

最后这几句，似是向另一个所言。

果然有一个温厚的男子声音道："无论是何乐音，只要有人能懂，便不负这一曲情肠。论音律虽有高下之分，论情怀只要一个真字，也就足以动人了。兰泽便当真是浅薄，只要我能听懂，你在我心中，便永远是这世间唯一的乐神。"

"好了，你再夸我，就要叫人家笑话了。"雪绡一角，停在了郑州的身前。似天边一片琼花，自九天落下凡间。

女子笑中带着嗔意："起来吧。若你未触犯刑法，便是你们县尊亲追了来，也不用怕。"

郑州抬起头来，颤声道："小民……小民冤枉！小民对天发誓，绝未触犯任何法度……"

一语未了，脑子里嗡的一声，只觉眼前如屏青山潺潺秀水，仿佛在瞬间都消去了线条、褪失了颜色，化为天地间一方素缣。唯眼前立着的那个女子，似最细腻的工笔勾勒而出，墨色鲜明、姿采晰丽，容光慑人。

一个声音在心里叫道："天女……是天女娘娘……"

她尚在韶龄，乌髻轻绾，绾一枝翠绿的竹簪。周身上下，并无任何珠玉翠饰，越衬得肌肤莹然如雪，眉目绝丽，然而清姿冶华之中，却又别具瑰艳之仪。那一袭素色衣裳，在别人穿自然显得素淡，在她却多出了几分凌然贵气，令人几乎不敢正视。

"你既无罪，且先随我们来吧。"女子眉目流转，如春冰初融，冷笑道："不然我一个忍不住出手，滥好人又难做了。"

我们？滥好人？

郑州眼神微动，这才瞧见她身边尚有一个男子，想来正是她口中的"滥好人"。

天尚热，他却已穿了件灰底暗纹夹衣，面色苍白，长眉秀目，自有一种英逸洒脱的风度。

此时他微微一笑，双眸湛然，温润蕴华。郑州一触那眸光，不知为何，胸口蓦然酸热，仿佛先前无尽恐惧委屈，瞬间都涌了上来，眼泪忍不住夺眶而出！哽咽着叫道："大……大人……"

说不出话，似乎也并不用说什么，在如此通透温暖的眼神中，即使未曾倾诉半个字的冤情，总觉得这男子是看得明明白白、清清楚楚的。

"你的伤势很重，"男子递来两只指头大的瓷瓶，温言道："黑瓶内服，每日两粒，白瓶外敷，赶紧用上吧。稍后去了庄子里，我再帮你接骨。"

那女子嗔道："滥好人！"却从她袖中取出一条帕子，撕成几根布条，丢给了郑州。

郑州忍住泪意，向二人重重磕了个头，果然依言服药敷伤，又仔细地用那些布条绑好。药效甚佳，刚一敷上便觉有些清凉之意，连胸口痛楚减轻不少。

"大人！"

王半江语声急促，正待再说，却听崖上有人厉声喝道：

"对岸那位大人既是官身，当明法度，如今不过借住归州，就胆敢草菅人命杀我家奴。现如今，大人还要无视刑法私纵嫌犯？施家虽微末小族，却也不容人如此欺辱！"

"施公子！"

王半江急怒之下，喝道："休要胡言乱语！"

　　"草菅人命私纵嫌犯？"白衣女子哧地一笑，缓缓转过身来，右手往鬓上一拂，翘指轻挑，一绺发丝垂落下来，迎风微动，嫣然生媚。

　　她淡淡道："你倒是看好了，做这些事情的是我，不是他！我可没有什么官身！"

　　"你……"施公子话音未起，异变已生！

　　吲！

　　一声乐音，如瓶破浆迸！

　　郑州吓了一跳，只见那白衣女子小指翘如兰花，那发丝紧绷指尖，被她余下四指轻轻一拨，竟如乐弦琮琤，自成音调！

　　河中水波似乎也感受到了乐音中的杀机，原本已平静的水面，瞬间浪涛暗涌，无数鱼虾仓皇露出半身，又慌忙往河底扎去。

　　吲吲吲！方才那乐声，竟也是出自她的发丝！若非亲眼所见，郑州绝不肯信，这小小一束发丝，一经拨动，竟有穿云裂石之意！

　　扑簌簌！

　　对岸碎叶尘土，四下飞溅！一片惊叫声中，忽听弓弦声响，几支羽箭疾速射来！

　　郑州大骇，面上却觉暖风掠过，是那灰衣男子衣袖拂出，夺夺数声，羽箭尽数转向，都钉在一旁树上！

　　而几乎同时，对岸林中有一只鸟雀受惊飞出，眼看要飞上半空，忽然"呀"的一声惨叫，石头般坠落在地！

　　吲！

　　发"弦"一声长吟，数声闷哼响起，旋即一片死寂。

　　白衣女子冷笑道："乐神弦动惊生死，一曲碧落到黄泉。看来我久未露面，便连这几个小角色，也敢屡次犯我了。"

　　王半江连滚带爬，从半截灌木丛后露出脸来，几乎是带着哭音叫道："大大大大人！姑娘！小人无意冒犯，查案只是职责所在……"

一边转身喝道："你好大的胆子，竟敢放箭！你可知这两位是谁！来人！给我看住他们！"

他身边涌出几个捕快打扮的差人，推搡着另外几人走了出来。那几人都是黑衣箭袖，武器却都被卸下，脸颊青白，有的口鼻间还有血迹，显然是护卫身份。当中有两个护卫，战战兢兢扶着一个衣着锦绣的年轻男子，想必就是那施公子了。发髻散乱，脸上衣上也沾了不少尘土，甚是狼狈。

"查案？"

灰衣男子微微一笑，道："查这位小兄弟？"他看了过来，郑州不由得讷讷道："我……我叫郑州……"

灰衣男子道："既是官府追捕嫌犯，当有公文缉拿。我自遇郑州，从头到尾不见半字公文，嫌犯一说，从何而起？谈何私纵？此乃其一。"

王半江连连点头，不敢多言。

"便是嫌犯，亦只能由官府缉拿。然而郑州却遭不明身份歹徒追杀，我与兰泽出手仗义相救，何罪之有？此乃其二。"

灰衣男子目光一转，清湛如鉴，落在了王半江身后，道："尔乃何人？"

饶是那年轻男子素来自负俊卓，此时被那两道目光一扫，不由得脊上一寒，竟还有三分自惭形秽。

他忍不住看了王半江一眼，后者硬着头皮道："大人，方才小人所言查案一事，着实非虚。小人正是去拿公文，才晚到一步。这位施公子，全名施丹青，乃是城中秀才，也是苦主施府老爷的亲侄。施老爷失踪，事涉这郑州，他一时冲动……"

"施公子，"灰衣男子点了点头，截断他话头，温声道："你既有功名，也知我有官身，却敢一言不合便悍然动手，箭指朝廷命官，意图夺我性命！可是对朝廷法度不满，竟心怀谋逆之意？"

扑通！

施丹青只听得这几句，脑子里嗡的一声，膝下一软，整个人已跪倒在地。失声道："我没有谋逆！我……我……"

"而你，王捕头，你未及时发公文追捕嫌犯，却纵容施府私拿良民，"男子缓缓道："纵容施丹青谋害朝廷命官及眷属。"

说到此处，郑州见那位被称为"兰泽"的白衣女子在听到"眷属"二字时，斜了那灰衣男子一眼。

灰衣男子似未察觉，道："王捕头亦有同流合污之嫌。至于王捕头此举，是出自私心，还是授命于县尊大人……"

王半江也扑通软倒，颤声道："大人！大人宽宥，饶小人一命！"

"巧言令色！"施丹青浑身发抖，仍强自喝道，"郑州这狗贼诱拐我叔父爱妾幼子，谋害我叔父性命！我们不过是担心这狗贼逃走，才一路追来！王捕头此时自有公文批捕那郑州狗贼！你便是要问罪，也要等我们拿下郑州……"

"官府公文未至，而施府便敢先行私捕嫌犯，足见这城中官府大族沆瀣一气，早成惯例。王捕头为归州人氏，理当避嫌。"灰衣男子淡淡道，"从即时起，施府人口失踪案，连同施府私自追杀良民案、秀才施丹青谋害朝廷命官案，并县府上下渎职案，数案并查，皆由我来负责。"

"你？"施丹青连连冷笑，咬牙道，"你便是有官品在身，但缉查要案自有专门职司主管，各地亦各有所属，岂是任何人随随便便……"

"归州县衙捕头王半江，"灰衣男子根本不去理会施丹青，向王半江道，"我允你戴罪听令，拿下施丹青一众人等，并嫌犯郑州，皆押入监中，听候审理。"

他淡淡一笑，自始至终态度温蔼，但不容置疑："并代禀县尊，我曾奉旨于各州府县中大案要案，皆有审理之权。所有涉案人等，无论爵位官职，皆可凭此物缉拿！"

耀眼阳光之中，那灰衣男子的左手之中，握着一柄小小匕首。不过六七寸长短，色作淡金，刃锋如叶，极是精巧。匕柄上却铸有一只赤金龙头，鬣须偾张，龙睛圆睁，顾盼间犹有高履云端，有俯瞰众生之威，堪称栩栩如生。

冷嘲的笑意，顿时凝固在施丹青脸庞之上。

"龙头匕……杨恩？"他失声道，"你……大人……你……你是三眼神捕杨恩……可你……你……"

王半江根本不敢抬头，拜伏在地，连声道："大人所遣，卑职遵命！"

杨恩俯身，从地上拾起几片物事来，用一块帕子仔细包好。郑州几乎是无意识地瞥了一眼，依稀看得出，那是几片竹笛碎骸。

归州乃屈子故里，属归郡治下，地处三峡境内，与巴蜀接壤。多山少地，景色虽然殊胜，但物产不丰。县令时庚之是豫州世族子弟，族人助他选官来此，原是存着任期一满就调往富庶之地的念头，不料却招惹上这一桩麻烦。此时匆匆赶来牢狱前厅，束手立在杨恩面前，便是一脸不自在：

"郑州与施丹青已暂且收监，下官令专人严加看管；结案之前，施家人等一概不准在外行走。"

时庚之偷眼看向座上那沉静英秀的男子，许是狱室阴寒，苏兰泽为他多披了一件湖青披风。内着青灰衣襟下，偶尔闪过令人生畏的淡淡金光，是那柄传说中可缉拿王公贵族一品大员如朕亲临的龙头匕。在他身后的阴影里，白衣清丽的女子隐于其中，如夏夜天边一抹微云。

"施府一案，轰动全城，郑州有极大嫌疑又私自潜逃，下官派人缉拿却晚了一步。不料施府家仆如此胆大妄为，竟冒犯了二位，毕竟情有可宥之处……"

"情有可宥？"

时庚之一抬眼，触上杨恩似笑非笑的目光，心中不禁打了个突，讷讷道："大人有所不知，施氏乃城中大族，子嗣不丰，五服之内施老爷唯余这一个亲侄，情同父子……"

苏兰泽笑了一声，道："施丹青先前暗施冷箭，想要了杨恩与我的性命，我若当场尽数将其格杀，也算情有可宥。"

时庚之脸色陡地涨红。听了王半江回禀，又见过施丹青等人惨状，同去护卫七人中五人受伤，其中暗施冷箭的两人腕脉碎裂，另一人因出言辱骂，耳舌筋络皆被震断，几乎已是废人。便知这女子容色如仙，出手着实狠辣，哪里还敢再说？

"法不容情。"杨恩早就瞧见王半江身边立着一个年轻捕快，背直腿长，颇有几分英气，直接问道："姚捕快，此案据说是你首办，郑州涉案，可有证据。"

姚兴干脆利落地行个礼，道："禀大人，今日清晨，恰逢小人当值，得到城中富户施家报案，说是主人施文华暴死，青夫人与小少爷不知去向。一时惊动阖府上下，施丹青闻讯赶来，与家丁们四下搜寻，竟在青夫人房中撞见郑州，神色慌张，背着一只包袱翻墙而走。施丹青一面带人亲自去追，一面向官府报案，小人前往施府时，果见青夫人室中财物失窃不少，而青夫人侍婢阿杏惨死当场。"

杨恩"哦"了一声，道："青夫人？"

王半江俯身道："施家的如夫人——施夫人早死，未曾续弦。施家妻妾原就稀少，也唯青夫人诞下一个儿子，年才两岁，施文华对她母子颇为宠爱。然而施家人说，这郑州自幼与青夫人相识，青夫人嫁入施家后仍不死心，二人相约趁着青夫人端午出门，一起远走他乡，施文华因此遇害；郑州家贫，又潜回施府来盗取青夫人房中财物时，仓皇间失手杀了阿杏。"

他双手奉上一只湿淋淋的包袱，青色蝠纹赫然在目。

室外脚步声响，杨恩伸手接过包袱，淡淡道："郑州，你来瞧瞧，这只包袱及物事，可是青夫人所有？"

时庚之眉梢轻轻一动，讶异地往外看去，两名牢役押着一人缓步进来，那人换了干净囚衣，颈上带有木枷，但脸颈手足仍可见伤痕纵横，胸腹之处还用白布敷药扎得严严实实，脸色青黄，目含热泪，正是那个郑州。

"大人！"

郑州一见包袱，脸色陡变，忽地趴倒在地，向着杨恩磕了个头，咬了咬牙，道："这……这包袱……并不是小人……"

"纹银三十两，男女鞋服各两套，粽子糕饼两包，甚是齐全。"杨恩把包袱递给王半江，道："以你家境，可置办不起。"

时庚之讶然更甚，"郑州！"王半江厉声道："这是你逃入河中时，悄悄塞入河底大石下的物事，被我们打捞上来。施府中人都说你夺了施府财物逃走，一路包袱未曾离身，我们既追捕你而来，岂有不搜出赃物之理？我劝你实话实说，莫负了神捕大人救命之恩！"

郑州脸上一白，道："这包袱是……是阿杏所赠……小人并未入过施府……"

"阿杏已死，乃是头部为钝器所击。"王半江见郑州已面无人色，冷冷道："郑州，神捕大人明察秋毫，犹如生具第三只法眼……"

"第三只眼？杨大人？钦赐天下第一神捕封号的——三眼神捕杨恩杨大人？"郑州陡地睁大眼睛，旋即连连顿首，碰得地面砰砰直响，呼道："小的早就听过您的大名，却万万想不到小人竟有这般福分遇到您！听说您能勘阴阳生死，解除三界疑难……求求您救救青儿和她孩子！他们……他们……施文华哪里是妻妾稀少？都是一个个被活活折磨死！青儿若不是生了这个儿子，只怕坟上早就长出大树了！"

他身形忽然顿住，抬起头来，脸上浮起惊疑与失望交织之色："可是……大人！听说您……您的眼睛……不是已经看不……看不见吗……"

王半江和姚兴几乎同时喝道："大胆！"

时庚之再次偷看了杨恩一眼。

"不错。四年前，我与太湖盗盟一战，伤了眼睛，从此不能视物。看我现在的眼珠与常人一般生动。"杨恩竟未曾动怒，反而淡淡一笑，指了指自己的眼珠："是因为当今圣上赐给的东海鲛晶，覆在我的瞳上莹然生光，才看上去一如常人。郑州，你是不是在想，我这样一个瞎子，如何能破得了你的案，洗得了你的冤屈？"

郑州只觉额上出汗，又愧又羞，讷讷道："小人……小人绝无此意……"

"郑州，明日乃是端午，归州素有龙舟竞渡的习俗，是极为盛大的节日，往往观者如云，万人空巷。你却在今日沐浴更衣、换穿便于行路的革履，自然是打算出趟很重要的远门，是也不是？"

杨恩准确无误地一指郑州的足尖，那里果然是一双乌黑革履，虽说已刷洗掉了污物，但也颇为破烂。

郑州不自在地缩了缩脚，低声道："正是。"

"你脚步浊沉，并无武功，若是翻越后宅墙壁逃走，那壁上必然留有蹬蹭的足迹，与革履一比，便知端倪。施家既敢告官，除了仗着有人证之外，也有这个物证。"杨恩道，"此时你还敢说自己从未去过施家？"

郑州眼圈一红，两颗泪珠无声落下，却不愿再言。

杨恩叹息一声，道："青夫人只是妾室，无法掌握府内中馈。三十两银子想必积攒许久，又怎会是这包袱中齐齐整整的两锭十五两大银？"

郑州一怔，目光落在了王半江手中那只包袱上。

"你一路逃奔，都未曾打开包袱，而这包袱皮已是半旧，想来应该是她惯用之物。你如此信任她，她理应是个心思缜密温柔周到的人，既是相约私奔，一路风尘仆仆，跋山涉水，又怎会备下丝绸质地的衣裳、轻薄柔软的丝履？"

"这包袱不是青儿备下的？"

郑州一惊，惶然道："那青儿她……她……可阿杏说，情况紧急，青儿让我先走，她自会随后跟来……我这才……"

他双腿一软，几乎要跌坐在地，旁边牢役忙来扶住。

"若情况紧急，施府的人又有所察觉，一个爱你的女子，便是要赠你财物，也会想尽办法送出府去，让你离得远远的，免得沾上嫌疑。又如何会让你前往施府，置你于危险之地？"

苏兰泽幽幽地叹了口气，道："你还不明白吗？施家报案说，青夫人母子与施文华皆都失踪了！这包袱，究竟是不是她为你准备的？"

郑州摇摇欲坠，刹那间仿佛周身力道，都如沙崩般瓦解，丝毫不存。

杨恩含笑看向王半江，咳嗽一声，道："王捕头行事缜密，想必是早就明白这些了。"

王半江面带惭色，道："小人疏忽！小人只急着将大人带来，查看证物，提讯嫌犯，却忘了将这些事宜——禀知。"

"神捕大人，"时庚之实在按捺不住，问道："下官斗胆，向大人请教，大人目……目不能视，又未曾亲手验取证物，是如何得知诸般情状？莫非……莫非您真有第三只法眼？"

"若说鞋履，布底轻浮，吸水后行路变得沉重。革底无法吸水，无论先前在河中，还是此时，行走的声音自无不同。"杨恩淡淡道，"至于包袱，袱皮触手熟软，自然不是新绸。银锭相碰有声，脆而不杂，当知其锭两之数。鞋服等物，以手相触，从厚度便知数目，由重量而知质地，是丝是布，难道还不能推断吗？至于郑州行径，也都在情理之中，细细推论，以理度之，便十不离八九了。"

王半江不由得抬袖抹了抹额头。

时庚之张口结舌，抬眼看去，正触上杨恩那一双眼瞳，柔和温润，精光闪现，竟然使得他在刹那间，有一瞬的眩晕：这样仿佛能直视人心的目光，怎会来自一双根本无法视物的盲眼？

"天下罪案千奇百怪，但如鸿飞冥冥，但过长空，总有踪迹所寻。然而眼耳鼻舌声意，看似真实可信，亦是幻象群生的根源。破案者若迷于幻象，不能分乱寻源，便无法追寻到冥冥之中留下的真正踪迹。我双目虽盲，但有兰泽相助并无不便，反而能避去幻象，依靠本心，拨乱反正，溯本求源。三眼神捕，最重要的是第三只眼，法眼无虚，肉眼反在其次。县尊大人，王捕头，你们意下如何？"

时庚之一颤，躬身行礼，王半江等人已扑刷刷地跪下一片。就连姚兴，都觉背上衣服汗湿一片。

杨恩示意他们起来，道："王捕头敢下令追捕郑州，想必还有其他证人，传上来吧。"

王半江擦一把额上冷汗，扬声向外呼道："带麻婆！"

脚步声响，有捕快带进一个婆子，她一双大脚，头裹锦帕，身材却甚是壮硕，麻利地磕了个头，口中叫道："参见大人。"眼中颇有惧色，却又忍不住偷看一眼杨恩。

王半江喝道："施家一案，你要好生答话，把当初这郑州与青夫人之事详细禀给大人得知。"

麻婆应道："若论此事，小妇人最是清楚——大人不知，我原与他二人家中都是街坊，同住一二十年辰光呢。后来小妇人常穿闺走阁地卖针线翠花，一个月中，也能到施家三四遭。青夫人……"

郑州回过神来，惨白的脸上也不由得一红。麻婆瞥他一眼，道："郑官儿，你休怪我。这是官府问话，我可瞒不着你的一丝半分儿。大人，郑官儿和青儿少年交好，两家原来也议过亲，只是郑官儿父母病亡，青儿母亲也过世了，青儿父亲贪财便将她卖入施家为妾。后来青儿成了青夫人后，郑官儿还是托着亲戚的名声走动过，有几次私会，也是小妇人牵线。前些时那支金耳挖，不是你托我送给青夫人的吗？当然他也没叫小妇人白忙，总是落了些好处。大人，小妇人敢对天发誓，也只那几次帮忙，断不敢掺杂到谋人性命的恶毒事里呀！"

郑州结结巴巴道:"可我……我与青儿是清清白白的……我……我……"

杨恩笑道:"麻婆,如此说来,施家情形你也略知一二了?"

麻婆见他态度温和,胆也大了些,揎了揎袖,不慌不忙道:"大人容禀——起先也好,施家是城中首富,日子当然是富贵极了的。只是后来施老爷做梦也想着要求长生不老,天天跟些道士谈经论道,又烧起丹炉炼仙药。满城的人谁不知道?到后来越来越疯魔,妾室们一个个看得跟石头似的,一概抛诸脑后。这些妾室偏也短命,两年里死了三个,两个是夏天中暑死的,一个说是跳了荷塘淹死的。施家怕这些身子腐烂发臭,就都赶着烧化了,幸得那三个妾都是外乡买来的,没人跟他吵闹。

"上个月郑官儿来找我,说是青夫人在施家待不得了,和他相约逃走。他定下时间,约好就在端午这天,趁着施家人出来看龙舟竞渡时,让我借着卖珠儿钗子,引青夫人离了那些人,两人相约逃走。哪一年龙舟赛上不走失些人?又有跌入江中淹死的,想必施家不会疑心。当时小妇寻个缘故去了施府,把这些话告知了青夫人。青夫人说好便是好,只是老爷最近性气差,万一发现走不掉,只怕连命也难保!她还给我看臂上的新伤,啊哟,皇天煞人!瞧了让我心肝子乱颤!她哭得伤心,说是老爷恼起来,随手抄起一只镇纸打的。

"小妇人问她老爷为何事烦心,她不肯说,只是坐在椅上落泪。哭了半晌,才说,若当真是那样,宁可先把他弄死罢了!"

郑州忍不住叫道:"大人!施文华绝不是青儿杀死的,青儿心肠那么软,她只想逃走,不会杀人!"

姚兴不屑道:"大人明鉴,施文华便不是青夫人杀的,也与你脱不了干系!不过是打骂罢了,如何会到了妾室弑夫的地步?定是这郑州花言巧语,要骗了青夫人携财逃走,施文华有所察觉,索性便一并……"

"方才你们也说了,施文华府中已无正妻,只有一妾一子。若是杀了施文华,青夫人的儿子便是施家主人,他母子又何必逃往异乡求生?"

麻婆一拍大腿,道:"这位神仙般的姑娘说得对!真是施老爷死了,青夫人的日子才叫好过呢!"

众人一怔,姚兴脸上通红,只听兰泽慢悠悠道:"我就随便说说,你们听听罢了。"她依然站在杨恩背后的阴影里,然而两根莹白的手指,却正缓缓地抚弄着鬓边垂下的青丝。

姚兴等人心中都不禁一颤。

这不是寻常女子那柔顺的青丝,纵然眼前女子美得清莹冶丽,甚至隐在阴影里的身影,还有几分柔弱,但没有人会忘记先前的一幕:正是眼前这柔顺的青丝,瞬间韧如苇、坚如刃,奏出这世间最动人也最可怕的乐音!

"我若能杀了施文华,早就杀了!青儿母子也落个清净度日!"郑州伤势颇重,一日工夫脸上便深陷下去,眼睛却亮得吓人:"神捕大人!施文华不是人!本来施家也是富家,青儿嫁他我也罢了,只当无缘!原本我只是放心不下青儿,只要她过得好,我也就安心了。谁知这几年施文华却迷上了求仙问道,成天炼药炼丹,脾气狂躁,一不顺心便动鞭子!起先只打下人,后来渐渐连妾室也不放过!青儿身上伤痕不断,最近一次,他竟连自己儿子都踢了一脚!青儿这才下了决心……"

苏兰泽听到此处,不由得摇了摇头,暗道:"蠢材,这便坐实了你杀人的动机啦!因爱生恨,护爱杀人的罪名,看你怎生摆得脱?"

杨恩突然打断他的话头,问道:"若依你推断,青夫人母子去了何方?"

郑州垂头半晌,方颓然道:"小人不知。"他竭力回想道:"麻婆所言是实,小人不忍看到青儿受虐,确曾起心带她私奔,还带上她的儿子,并许诺视如亲子……约好昨日半夜的三更时分,我在花墙外等候。谁知……"

他神情渐渐迷茫:"我沐洗更衣,收拾行装,天一黑便在外面守候。我心里乱跳,又怕她被施家发现端倪,又怕我被巡夜的家丁发现。那晚露水极大,夜又冷,我在墙外等着等着,看天边的月亮,已经渐渐升上了中空。

"花墙上有格子的缝隙,我偷偷往里面看,眼见得施家的灯,一盏盏全都灭了,唯有施文华的丹室里还有灯光。听说他热衷炼丹,往往熬上通宵,我见到那灯光,心里好生着急,唯恐他不肯睡,青儿便出不来,因为他炼丹也要人服侍的,青儿住的房便在丹室旁边。我听见更夫的梆子,打过一更、又打过二更,终于打到了三更……三更时分,丹房里的灯还不灭,可我打起精神,瞪着墙上,只怕青儿就从那里翻下来。可等了又等,等了又等……"

他的声音哽咽起来:"我怎么等,也没等到青儿来。正急得要命,听见府里一阵喧嚷,刹那间灯火大亮,许多人提着灯笼四处翻找。我心里疑惑,不敢再待下去,赶紧回了家中。只到今天早上,才偷偷前来寻找阿杏问个究竟,谁知阿杏塞给我一个包袱,便只催我赶紧离开……我一路逃走,走前只听阿杏惨叫一声,我也不敢回头。再后来……我便遇到了大人……"

他双手紧握木枷,涕泪俱下,呼道:"大人!我只当青儿母子还在施府好好的,多有顾忌,才不敢承认。如今青儿母子竟也失了踪,她是怎样出了这施家的府第,又去了哪里?她为何不来找我?一个弱女子带着个孩儿……"说到此处,泪流满面,已是悲怆交加,哽咽得说不出话。

杨恩点了点头,以手捂口,又低低咳嗽了几声,神情中多了几分疲态。王半江便喝令捕带下郑州,郑州却扑在门口不肯下去,哀呼道:"神捕大人!求你快快找到青儿吧!只要找到她,让她安生度日,小人何惜一死,何惜一死!"

几个捕快手足并用,将他拖了下去,那麻婆也小心翼翼随之退下。一路锁链声响,连同那悲苦的哭叫声,隐隐远去了。

王半江叹了一口气,道:"瞧这郑州情形,不似有伪。但他与青夫人有私,青夫人母子又的确不在施府,唯一知情的阿杏又死于非命,不由不让人疑心施文华失踪一案,也与他们有关。眼下我已令人张贴告示,遍布周边府县,缉拿青夫人母子。但以郑州之能,断然无法将施文华一个大活人弄出府去。而阿杏遇害及施文华失踪之地,皆是在施府。所以小人斗胆推测,施府才是查案关键。"

"不错,"杨恩转向时庚之,温声道:"时大人,证词由人所言,必要与证物证人相印方有价值。眼下郑州与施丹青各执一词,证物证人,皆与施府有关。我欲往施府……"

话音未落,只听一声轻咳。

苏兰泽站在阴影里,一双妙目淡淡瞧向他。

杨恩揉了揉鼻子,道:"兰泽,我们若回那庄子,一来一回,必得一两个时辰。我们在这里办案……"

"我已借了时大人县衙膳房,不用回庄子。"苏兰泽走了过来,为他松了松披风的褡袢,道:"药已经熬上了。服药后你至少要安歇半个时辰作养气血。"

时庚之只觉面上一凉，却是她的眼波掠过，耳听她道："你原是奉旨养病。如今被人欺上门来，才不得不接了这案子。此时不过半个时辰而已，若还要出纰漏，那是归州城上下官吏无能，却不是你的过失。县尊大人！"

时庚之听得心肝直颤，忙道："下官在。"

苏兰泽道："杨恩在厢房暂歇，半个时辰后你们来叫他吧。"她一伸右手，脸上似笑非笑，不知为何，却让人忍不住一股寒气冒上心头。

眼见得那大名鼎鼎的三眼神捕垂下眼皮，顺从地站起身来，手臂自然而然地搁在她右手掌中，竟然一径跟着去了。

众人面面相觑，时庚之束着双袖，喃喃道："这杨……神捕大人好生厉害，分明他看不见，说话也温和，不知怎的，却叫人战战兢兢。还有这位姑娘……容貌气度竟非尘世中人般，不知是神捕大人什么人，有什么来历……"

"江湖四神，剑技捕乐。说的是四个江湖上的奇人，剑神舒高炽的剑术罕遇敌手，据说连最擅剑法的武当一脉都不敢轻撄其锋；技神张白石，擅机关土木之术，所建地宫陵寝精深复杂无人能解；神捕杨恩少年得志，神目如电，进入公门只有十年，却破获无数巨案疑案，得圣上新赐龙头匕，特许缉捕王公要员，名动天下；乐神苏兰泽，成名最晚，也是最为神秘的一个。这两三年江湖上才有她的踪迹，无人得知她的出身来历，以前也从来没有人见过她。"王半江低声道，"她百技皆通，慧超常人，特别擅长音律一道。当初她甫出江湖，一曲《飞花》令围攻她的十二恶徒全数丢了性命，还令满地落花飞回枝头，复绽花形，因此得名乐神——先前她以发丝为弦、鼓动如神的乐音，不过是区区小技罢了……"

时庚之世族子弟，哪里知晓这许多江湖秘密，听得更是睁大了眼，道："可这乐神与神捕大人，怎的又走到了一起？可是……可是有什么……"

"并未听说他二人有何婚约。"王半江摇头道，"四年之前，杨恩虽令太湖盗盟全军覆灭，然而他身受重伤，双目失明，连圣上赐爵也推辞不受，从此隐退山林。自那时起，他身边多出了一个白衣女子，悉心照料，亲密无间。后来有人认出，那女子正是最近名声大噪的乐神苏兰泽，论说朝夕相处，也难说没有私情。但不知为何，所有亲眼见过他们相处之人，却又无法真正将他二人，当作世俗的情侣看待。"

时庚之皱起眉来，摸了摸唇边精心打理的两撇髭须，道："这可真是奇……"

他抬起头来，放目眺望，那二人的身影正要转过廊角。廊下草木茂盛，苏兰泽一手携扶着杨恩的衣袖，一边言笑晏晏，似是指向其中一株木槿。杨恩虽目不能视，仍温然而笑。

一阵风来，二人衣袂飘飞，如玉树与芝兰相映；但他们虽亲近却无亲狎意味，言止自然，其坦荡之处，又让人无法认为他们是情侣——真是一种奇怪的感觉。

"施公子——施犯是施文华老爷的本家侄儿，施老爷不幸辞世，府中事务，暂由他代为打理。小人想着，神捕大人既要问案，他最是了解内情不过，是以自狱中提出，还望他多多戴罪立功。"王半江毕恭毕敬地禀道，那施丹青卸了华服，麻衣布履，战战兢兢站在施府正堂阶下，哪里还有先前风度卓异的美少年气度？

果然耳边听苏兰泽赞道："施公子好骨相，便是入了牢狱，肤质仍是如玉着赤，迥非凡品啊。"

如玉着赤？

杨恩记在心里，微微一笑。

施丹青扑通一声跪倒，颤声道："小人先前不识泰山多有冒犯，不敢腆颜脱罪。但闻神捕与乐神名扬天下，必能明察秋毫，不使家叔含冤九泉。"

众人同入厅中，但见四面皆是镂花槅窗，风意畅通，凉沁习习。厅内布置清雅，满壁字画，旁边一只美人瓠里，插满才从池塘里采来的荷莲。

苏兰泽赞道："满室风雅，主人当非寻常人啊！"

她仰首看壁，"噫"了一声，道："好字！好诗！"吟道："我遇赤松子，遨游碧云霄；五精填丹壶，三山捣灵药；红笺源秘府，紫烟动昏晓；成就神仙去，不向人间朝。"下面一行小字，却是"壬戌年四月送尊叔雅正"的字样。

施丹青讷讷道："区区拙作，送给家叔解颐，家叔却执意要裱起来张挂，实在汗颜。"

杨恩不语，端起茶盏来，呷了一口。苏兰泽却问道："看这诗的意思，施老爷在世之时，果然爱好炼丹之术？只是神仙长生之说，终是渺然啊！"

炼丹术，起于秦皇，盛于魏晋。时下风气，富贵人家也有炼丹的，但已不再像前朝一般使用金汞等毒物，更是对炼金术不屑一顾，多半是为了强身健体所用。

施丹青微觉尴尬，答道："家叔数年前一场大病，病后性情剧变，常说人生苦短，唯求长生之道，才有些乐趣。作为晚辈，我不敢置评。"

杨恩长身而起，问道："王捕头，案发之地，可曾封闭？"

王半江忙答道："东院全部封闭，派有人手日夜看护，外人不得入内。大人若要查探，当由属下带路。"

施家豪阔，东院三进三出，房舍簇拥，十分华丽。施丹青手指偏左一间大屋，低声道："所有家眷都住在西院，这东院是家叔独居之所，那便是家叔的丹室。家叔……丹室大门洞开，家叔正是暴毙于丹室外的长廊之上。"王半江本以为杨恩会去那里，谁知苏兰泽眼珠一转，道："那，我们便先去看青夫人的卧室吧。"

青夫人的卧居，当面便是一张镙钿大床，垂有珠罗帐子。西窗下的桌上，随意丢着一幅绣品，看得出是个未完工的肚兜，针线还斜斜插在上面。

苏兰泽望一眼梳妆台上堆着的几样珠翠，又在屋里妆台钿匣里一样样翻拣，叹道："这些细软首饰样样齐全，这七八两银子只怕还是她积年的私房，却也没有带走。咦，倒没有郑州送她的金耳挖？"

杨恩突然道："王捕头，我眼睛不便，全凭着兰泽代为观察。但她并非出身捕快，或许比不上你们眼光老到——先前你们查勘现场，有何线索？"

王半江道："线索么……我们来时，但见窗闭门开，室内并无任何搏斗痕迹。东西我们一样未动。"

杨恩道："嗯，说明青夫人至少是安全出了门的。"

王半江突然醒悟他是在查探青夫人的去向，立即肃然，努力在脑中搜寻印痕，道："郑州未见她翻过花墙，正门守夜的家丁也不曾见她出去……"

施丹青聚精会神地在一旁聆听，此时不禁失声道："难道是经过暗道走了？"

"暗道？"三人目光一亮，齐齐聚了过来。

施丹青脸上一红，掩饰道："只记得家叔说过，这宅子建时曾有暗道。不过，不过在下终究只是侄辈，不敢相询，也不知那暗道何在。"

杨恩摇摇头，道："但她为何闭上窗户，却将房门打开？论理说若她早知暗道，必然有条不紊，做好关门闭窗一切事宜后，方可带上包袱离开。她纵不管自己，小少爷的衣服可是一定要带上的。"

他双眼微微眯起，道："说明当时，青夫人是被人叫出去的。事起突然，她不便带上包袱，甚至来不及将门关好！值得注意的是，当时她还带上了她的孩子！"

他以手抚过床铺，道："平时青夫人一定是自己带着孩子睡觉的，没有借助于奶娘，对不对？"

施丹青愕然道："正是如此……你……"

苏兰泽抿嘴笑道："因为这床褥下多垫了一床小褥子，想来是为了让小孩子睡得更软一些。再说，"她指指帐钩，那里挂有一个小小的拨浪鼓。

杨恩立起身来，拍了拍手，笑道："正是如此。且小少爷年方两岁，而这屋里，也有幼童的奶腥气。"

王半江对他的鼻子肃然起敬，笑道："大人神技，小人们还是问询后方知。"

他收敛笑容，道："所以小人们当时也判定，叫青夫人出去还要带上孩子的那个人，一定就是施老爷！"

他大步走到门口，一指丹室，道："丹室离这里颇近，我们问过施家的仆婢，都说施老爷但凡炼丹，总是叫青夫人相陪，所以她母子住在这里，没有住到西院里去。施老爷又好清净，家丁们都在院外，不听传唤是不得入内的。"

他面上显出疑惑神情，道："也正因为此，我们一直怀疑，正是施老爷叫了青夫人去，她一时不得脱身，只好突下毒手，将施老爷害死！"

杨恩眼睛一亮，道："她是怎么害死施老爷的？"

王半江大声道："下毒！我们问过仵作，说施老爷曾服食毒药，才会中毒致死的！好端端的人，不是别人下毒，怎会去服毒？"

杨恩向空中嗅了嗅，突然弯下身去，准确无误地从床下摸出一团黄纸来。施丹青看在眼里，不觉惊讶万分。

杨恩仿佛感知他心中所想，笑道："不错，我失去双眼，但我还有第三只眼睛。"

他把黄纸展开，递给一旁的苏兰泽，道："是丹砂吗？"

苏兰泽看一眼纸上红痕，及纸上"辰记"字样，便点头道："不错，这黄纸里包的是辰家炼制的上好丹砂，又称为辰砂。这种丹砂都是一封一装，拆开即用，放久了效果不好，表面会有一层铁灰色……施老爷既然炼丹，肯定会有这种丹砂，想必是小少爷有些惊悸，青夫人便取些给他服用……咦……"

她尚未出言，杨恩便先道："度这黄纸面积，料想两岁大的孩子，服剂不至于这样大吧？"

施丹青想了想，猜道："放久了又不好，定是将剩余丹砂丢掉了。"

苏兰泽笑道："施公子，辰砂金贵得很，虽不敢说等同黄金，可也差不了多少。施老爷虽然富豪，却也不至于如此浪费。"

杨恩摸摸自己指头，那上面已微染红迹，道："久闻施老爷的丹室，讲究精致，郡中第一。施家惨案，颇多蹊跷，不如我们去丹室看看，或许得些线索。"

施家丹室，果然阔大华美，诸般炼煅工具，如瓷坩埚、石钵等一应俱全；靠墙一排的檀木架，坌满各色书册，无非是些道家的《黄庭经》《太上感应篇》之类。苏兰泽却对那些丹石原料十分好奇，她本来精通医术，也识得这些东西，当下一一观看，不时啧啧赞叹，口中念叨那些丹石的名称，又感慨施文华在这炼丹上果然倾注极大心血，且所费不赀。

然而最为引人注目的还是室中一只丹炉：碧砖砌就，腹大口小，呈规则的八角柱形，足足有两人多高，只怕三人还难以合围抱过来，看上去颇为雄伟。

丹炉之旁，立有一尊锃亮的铜人。铜人身约八尺，双手托盘，面目雄奇，体型魁伟，比那丹炉竟还高出一截。铸工甚是精致，一看便知出自名匠之手。

更有趣的是，那金人发髻之上，竟安有一处小小金轮，轮上有槽，槽中牵过一根精钢细绳从两边耳后垂下，宛若冕带，栩栩如生。

苏兰泽十分惊叹，又详细讲给杨恩听。

施丹青笑道："据传汉武帝铸铜人于未央宫，夜托金盘，承接天降甘露，用以抟丹之用。家叔羡慕得紧，居然也花重金买得一个仿制品，虽是仿制，但做工精巧，所以价格也是不菲。"

杨恩听在耳中，又唤道："兰泽。"

苏兰泽嗔道："我正在看呢！"她一边翻弄架上书册，一边又拿起一只瓷坩埚来细细查看。

姚兴看在眼里，心头竟有些许安慰："三眼捕神因公负伤，失去了两只眼睛。要知破案一事，眼力精准最为重要，若不是苏姑娘在他的身边，代替他一一查看，他便有天大的神通，只怕也无力施为。"

施丹青却好奇道："苏姑娘也懂炼丹？"

苏兰泽向坩埚内凝神看去，笑答道："不太懂——这坩埚里是些什么？怪怪的颜色，好些晶状粉末，竟连我也认不出来，只怕是炼丹没用完的东西。施公子可认得出来吗？"

施丹青忙道："不敢当。家叔才精通这些，若依在下看来，只觉得炼丹红红绿绿，十分有趣，但毕竟是些无灵性的死物，叫人记不住，又如何长生？所以一向也不以为然。"

杨恩笑出声来，道："施公子这话有趣！嘿嘿，生命固然脆弱如同朝露，但这有灵有性的血肉躯壳，岂是无灵无性的药石可以留得下来的？"

苏兰泽突然弯下腰去，从一旁书架上拿起一本册子来，那书页已有些发黄，显然年代久远。

她回眸向施丹青一笑，道："尊叔生前是否常看这本书册？"

施丹青见那封面上贴有《太一玄经》字样，忙道："这正是家叔生前刚刚得到的一本讲述丹方的经书——只是不知苏姑娘怎么知道？"

苏兰泽笑道："这书架旁便是躺椅，人躺在椅上，随手一拿，最方便拿到的便是这本书册——由此可知，施老爷生前是常常翻看这本书的。"

外面匆匆进来个家丁，施礼道："大公子，时近晌午，您吩咐的茶点都准备好了，就布在花厅，可要请几位过去？"

杨恩目"视"荷塘对面，久久不语。

王苏二人随之看去，但见对岸空中架有一木，上架滑轮，有皮带勒入轮槽之中，高高悬起一只木桶。远处有人拉动皮带，那桶便自荷塘中灌满清水，咿呀有声，一路缓缓滑入柳荫下的百花丛中去了。

苏兰泽赞道："这打水的机关好精巧，省了力，又省了路。"

家丁得意道："这是我家大公子几年前专门设计的，咱家的花儿匠可省了大力。"

杨恩嗯了一声，道："这里风光甚好，满池的荷塘美色，料想一定有如图画。我倒想和兰泽在此饮茶清酌，也不用去别处。"

王半江放眼四周，果然一处大荷塘，荷莲茂盛，阵阵清香随风扑来，只是先前一心只看丹室，竟然没留意到，"也忙了半晌了，二位不妨歇歇。让施……施府也尽些东主之谊。"

施丹青忙躬身道："如今府中暂无主人，小人斗胆，让人先安排些点心茶饭。不知可否？"

王半江笑道："你且去吧，都在这府里，还怕你飞到天上去？神捕大人，在此临荷品茶，实是人生乐趣也！"

苏兰泽看着施丹青急急走远，脸上笑意渐渐消失，向杨恩道："这施丹青……"杨恩道："他应是通晓炼丹术的，对不对？"

王半江吃了一惊，失声道："他？你们……"

苏兰泽道："不错。我说他'如玉着赤'，若非长期以各类丹药适实调养，断断不会有那样好的皮相。"她冷哼一声："我进丹室来，故意作惊喜雀跃状念出那些丹石之名，暗中却在观察他，但见我念到哪样，他的目光便不由自主地落在相应的丹石上，共计十一种，他的目光毫不出错，哪里是外行人的样子？却还假装不懂得辰砂！还说自己对炼丹不以为然！"

杨恩沉吟片刻，道："嗯，施丹青明明知道炼丹术，为何颇有避讳？"

苏兰泽哼道："一定是心中有鬼！"

王半江见他二人合作默契，心中不禁更是钦佩，又疑惑道："难道说施文华之死与他有关？不对，我们曾问过合府家丁，当晚施丹青并不住在施府，令施文华身亡的又不是慢性毒药，难道他会预先下毒不成？何况施文华炼丹之人，对毒素十分敏感，日常碗筷器皿，俱是用白银打造，若当真毒下在饮食茶水之中，他岂有发现不了的道理？

"还有一奇——遍查内外，竟没发现是什么器皿盛的毒药，也不知这毒药是混于何样食物茶水之中。咳，便是属下先前怀疑青夫人下毒，其实也一样疑团重重。"

杨恩屈起手指，敲了敲腕上悬着的短笛，道："不错……施丹青之事或许另有隐情。咱们先不去说他。只要找出青夫人和小少爷下落，一切当可迎刃而解。"

说话间，施丹青带了家丁，已是搬了茶点食盒过来。

出丹室，穿长廊，临荷塘地方有一处极阔的石台。施丹青命人置了桌椅，面向荷塘而坐。末了，又奉上精致香茗，茶香袅袅，混杂荷花香气，入口甚是爽怡。

苏兰泽见他行事落落大方，周到精细，不禁向王半江笑道："施公子真是人才出众，施老爷在世时，定然十分喜欢。"

王半江道："这是自然。施公子自小丧父失怙，与老夫人相依为命。但施老爷十分喜爱，照管周到得很。"

施丹青垂手而立，半晌，眼圈竟红了起来，道："但盼各位大人能及早查知凶手，小人纵是粉身碎骨，也是愿意的。"

旁边一个小童忍不住插嘴道："可那郑州听说被放了出来，我家老爷的仇何时能报？"

施丹青几乎与王半江同时斥道："大胆！"

苏兰泽却笑道："施安，你这大胆的小厮，胡说些什么话，当心大板子打烂了你！"

小童吃了一惊，失声道："你怎知我的名字？"

施丹青又喝令他下去，那小童嘟噜着嘴，果真托着茶盘走了。

施丹青再三致歉，这才退下。

眼见得他离去，王半江笑道："这小童好生胆大，竟敢当着我们的面指摘不是。不过，在下想问，苏姑娘方才过来，怎的进得施府？刚才还认得那小童？这……"

杨恩道："是我回去后，感觉疑点甚多，那郑州也确似冤枉，所以叫她先来打探些消息——哦，乐神苏兰泽，既擅医道，也擅易容，区区一个施府，来往仆役众多，混在其中，有什么难处？"

王半江连口也张大得难以闭拢。苏兰泽见他滑稽，不禁抿嘴一笑，道："些微易容之术，登不上大雅之堂，打探消息，却是足够了。"言毕从袖中取出那本《太一玄经》来，翻开数页，悄声道："我一一看过这上面的内容，原也是些谈道论术之说，只是有一行字上被人用指甲划了一道深印。下一页呢，又仿佛被人撕了去。"言毕拿起杨恩的手来，轻轻放在那一页上。

杨恩手指轻抚，确感觉到那里有一道深印，凝思道："这一行说的是什么？"

苏兰泽念道："姹女婴儿，炉丹为引。这都是道家中的名词。"

她忍不住扑哧一笑，道："世人崇尚神仙，只要自己的身体不老不病，却不知真正的神仙，食云气，游四海，形态不拘，任意变化，哪会要这丑陋的躯壳？"

杨恩微笑道："他们不是你，自然不懂。"指尖在书页上轻轻抚过，突然顿了顿，眉头不禁微微一蹙，道，"兰泽，你过来，仔细瞧瞧这道甲印。"

他又转头向王半江笑道："王捕头，这现场你已看过一遍，料想也有些收获。我却要请教，王捕头看来，青夫人该是何时进入丹房？是在施老爷暴毙前，还是其后？"

他话语虽然客气，但毕竟是公门前辈，且又位高名重，名问请教，实为考查。王半江经他那温润的两道目光一扫，虽明知他不能视物，但背上竟沁出汗来，忙定一定神，在心里缓缓理清，不紧不慢道：

"依属下所见：青夫人的绣品放在桌边，说明她一直在此做活。可郑州却说，只有丹房中有灯光。说明青夫人出身寒门，爱惜灯油，想必是借着月光做事，只有子时，月光才洒落在这里。因此，青夫人被施老爷叫入丹房，也应是在子时。但施老爷之暴毙，却是在寅卯之间，即子时之后。青夫人失踪在先，施老爷暴毙在后。只是，这相差将近两个小时，施老爷和青夫人之间，到底发生了什么？

"若施老爷系郑州所害，而青夫人又已逃走，试问郑州为何不跟青夫人一同离开，却又折回来害死施老爷？正因为有这一疑点，所以属下迟迟不肯定案，只同意将郑州关押。"

他原先已有此猜测，但并不敢肯定。此时见杨恩嘴角露出微笑，心知自己推断不虚，心不由得放了下来。

苏兰泽抿嘴笑道："你却也聪明。"

言毕，苏兰泽从袖中取出一块丝帕来，将其打开，赫然露出里面几块碎瓷来，道："这是我先前易容入施府查探，在丹房外草丛里寻到的瓷片，原是酒杯来着，而且有雄黄酒的味道。自酒杯摔碎的位置来看，这酒杯显然是被人从丹房里丢出去的。我拼了拼，见这酒杯竟有两只。"

她将丝帕重又包好，往王半江手里一塞，道："施老爷深夜之中，在丹室中能与谁人共饮？家丁又未见外人入内，自然只能是与青夫人了。"

杨恩以笛身敲了敲头，若有所思，徐徐道："有一点，我始终想不明白。青夫人母子进入丹室，再也没有出去。他们不知去向，施老爷却暴毙檐下。如果他们是被奸人所掳，施老爷应拼死相护，这房中也应有搏斗痕迹，或是呼救声传出。"

苏兰泽撇撇嘴，道："这有什么难的，也许他们根本就不曾出去过！"

杨恩微笑道："若不曾出去，可去了哪里？"

杨恩拿起腕上竹笛，轻轻敲打掌心，喃喃道："上天？不能，瓦檐完好，再说妇人童子，又不是武林高手，怎么能纵高伏低？下地？呵呵，这地下如此坚硬，毫无痕迹。施丹青说这里有暗道，简直是胡说八道。"

王半江此时已钦佩之至，连忙问道："既非上天，又非入地，且没有暗道出入，难道他们化为了飞灰烟尘不成？"

他只是随口说出，但苏兰泽听到"飞灰烟尘"四字时，不由得眼睛一亮，但随即微微咬了咬唇，目光已投到那座丹炉之上。

杨恩目中闪过一抹怜悯之意，叹道："不错。或许当真……化为了飞灰烟尘……"

王半江只觉背上发冷，原先的汗意终于沁了出来："苏……杨大人……你是说……是说……"

杨恩淡淡道："王捕头，把兄弟们都叫进来吧，只怕青夫人去向之谜，马上就要解开了。哦，把施家主事的人也叫过来，施公子是肯定要来的。"

一时众人来齐，丹室宽阔，十余人在一起也不算挤。他们却都面面相觑，不知所来何事。

杨恩忽然道："施丹青！"

施丹青身子一震，应道："大人有何吩咐？"

杨恩上下打量他片刻，徐徐道："方才听公子说话时，底子羸弱，只怕也要服些辰砂补补。"

施丹青失笑道："辰砂只能治惊悸之症，在下服它做甚……"一语未了，他突然脸色一白。

苏兰泽看在眼里，冷笑一声，道："原来施公子通晓丹药。"施丹青脸色苍白，勉强一笑，道："在下侍奉家叔，耳濡目染，知道一星半点，也不敢在江湖闻名的苏姑娘面前摆弄啊。"

杨恩淡淡道："青夫人母子到底去了何方，难道施公子也不知晓吗？"施丹青怫然道："大人这话问得稀奇，我不是说过了吗？青夫人母子若离开这里，只能从施家世传的暗道离开！我们施家原就是精通土石之术的匠人之家，也不是什么官宦后代，府中有些暗道算得上什么稀罕？"众捕快精神一振，皆努力睁大眼睛，一一扫过那些书架四壁。

杨恩仿佛"看"出他们的用意，哂然一笑，道："方才在外面，我已听兰泽讲过这四周房屋的布局。你看，"他挥洒笛身，如有视线一般，随意指点道，"丹室在东院正中，左为青夫人所居，右为闲居，空无一物。正前方是一处大荷塘，方才我用足试了试，发现四周土质十分疏松。施公子，你口口声声说施家是土石匠人起家，祖上神技，你不说精通，只怕也略知一二。以施公子看来，以此地的土层壤质，如果当真修有暗道，只怕片刻间便会有塘水浸软土层，倒灌进来，弄得东院地基也不会牢固。什么样的工匠会选在这样的地势挖什么暗道？"

施丹青哑口无言，白玉般的额上却渐渐有冷汗浸出。

杨恩悠悠道："施公子，万言万当，不如一默。你的话也忒多了些。"他掉头向众捕快喝道:"拿家伙来,把这丹炉的门给我撬开!"

众人皆吃了一惊,施丹青更是汗意隐现,结结巴巴道:"杨大人!你……这是家叔生前爱物,可不能随便破坏。"

杨恩手执竹笛,微笑道:"施公子莫要担心,单单是毁掉个炉门,可算不上什么破坏,大不了杨某赔你一个便是。"施丹青失声道:"这炉中存有炼丹仙气,不易外泄!"苏兰泽抢先笑道:"炼丹人都死了,要这仙气何用?"

施丹青眼见两个捕快眼疾手快,一方铁尺已插入炉门缝隙之中,正用力撬动。苏兰泽冷眼看他,但见他额上汗水涔涔,口中只是喃喃道:"这这……"

"砰!"

炉门应声洞开。

一蓬黄白色灰烬簌簌落下,无数烟尘扑面而来,夹杂着刺鼻的矿药味道。

"叮叮。"

两声轻响,灰烬堆中已多了两样亮晶晶的东西。

杨恩眼睛一亮,苏兰泽却已抢步上前,也顾不得灰尘污脏裙子,俯身拾起那两样东西,送到了他伸出的手掌之中。

王半江站在一旁看得分明:一样是根金耳挖,另一样是小童佩戴的黄金锁片。

他脑袋里轰的一下,失声道:"这……这……难道……青夫人母子……"

杨恩摸了摸那两样东西,无声地递到了王半江的手里。王半江举起金耳挖,只在眼前一看,便赫然看见上面刻着的极小的"郑"字。他脱口而出:"这不正是郑州供认,曾托麻婆转送青儿定情的那根金耳挖吗?怎会在……在……"

众人一齐失色,有胆小的几乎要晕厥过去,施丹青面如土色,一个字也说不出来。

杨恩的脸上第一次为之动容,浮现出伤痛的神情,淡淡道:"不错。为何家丁不见青夫人母子出门,而郑州也始终等不到他们?只因为他们早已葬身于这丹炉的青焰之中,化为了无知无识的灰烬尘埃。"

王半江不忍再看,忙问道:"杨大人,你是如何想到……青夫人母子……"

杨恩扫了一眼怅然若失的施丹青,道:"原本我也未曾想到,毕竟丹炉焚尸,大出常人思虑之外。只可惜，施公子太过慌张，语句混乱，露了马脚。他越是想将我们的视线引出丹室，编出暗道的谎言，就越是让我心中认定，青夫人母子定然在这丹室之中！"

施丹青脱口道："我没有！我我我……"

苏兰泽并不理他，一指王半江手中的那包瓷杯碎片，道："那两只从丹室中被抛出去的酒杯，杯中皆有雄黄酒的气味，我在其中几枚碎片上残存的酒渍中竟然辨出了迷药的成分！"

她扫了一眼鸦雀无声的众人，缓缓道："案发当天晚上，青夫人收拾好行装在窗下绣花，只等着四下歇息，便要带着儿子悄悄离开施府。谁知施老爷——施文华突然在丹室中叫她过去，她一时匆忙，只得丢下未绣好的肚兜，便抱着儿子过去。"

她拍了拍桌子，道："本来我还有些疑惑，我拾到了酒杯的碎片，为何却找不到倒酒的壶？"王半江一拍脑门，道："是啊，要是有酒壶，我们早就该找到啦！"

杨恩淡淡道："不会有酒壶。因为这两杯酒是施文华专门让人提前送来的，一杯自饮，另一杯放有迷药，却是施文华要诱使青夫人喝下去的。为的便是将她迷晕，和施小公子一齐投入炉中。"

施丹青脸色由白转红，由红转青，怔怔站了半天，突然大声道："胡说，家叔为何要诱使青夫人喝下这迷酒？就算是害她罢了，难道还会害自己的亲生儿子不成？"

众人也面有疑惑，纷纷道："不错，纵然知道青夫人的奸情，也没有连自己的亲生儿子一并杀死的道理呀。"

苏兰泽冷笑一声，从杨恩手中拿过那本《太一玄经》，翻到方才那页，高高举起，扬声道："为什么不会？施文华丧心病狂，杀妻灭子，为的就是这'姹女婴儿'四字！"杨恩把玩竹笛，沉吟道："还有，这《太一玄经》中，竟然差了一页，想必是要紧的丹方！嗯，他杀妻灭子，大悖人伦，只怕与这个丹方大有关联！"

众人似懂非懂，王半江虽觉有理，但仍鼓起勇气，手指丹炉道："纵然如此，但这丹炉如此巨大，施文华垂垂老矣，如何有力气将青夫人的身躯投入炉中？"

杨恩道："谁说施文华不能将青夫人丢入炉中？"

他转向施丹青，手往那铜人遥遥一指，微笑道，"施公子，我也见过汉武铜人。它头顶却没有那怪模怪样的金环，先前我仔细触摸，才知这金环与铜人本身的金属质地并非相同。由此可以肯定，金环是后来令人铸上去的。施公子，如果我遍访城中金匠，你说会不会有人供认出来，这叫他来铸上金环之人，或许便是你施大公子呢？"

施丹青脸色青白不定，但仍镇定如常，冷笑道："铸上一个金环，又有什么要紧？是我之所为，又该如何？"

杨恩含笑道："早在荷塘旁边，我'见'着大公子你为花匠设计的灌溉机关，便知道这只金轮也是一样出自你手！至于为何铸上吗，"他伸手摸到丹炉旁的铜人，唤道，"兰泽。"

苏兰泽应声而来，也不用杨恩多说，立刻轻舒玉腕，拉下铜人头上垂下的绳子。那铜人头顶的小小金轮随之骨碌碌转动起来，十分灵活。

她手握绳子一端，唤道："你们这些捕快，随便过来一个。"

姚兴犹豫片刻，走上前去，道："不知苏姑娘有何吩咐？"

苏兰泽将绳子在腰间绕得几绕，笑吟吟道："你且拉动另一处绳子。"

姚兴稍一用力，苏兰泽竟然已横身而起，飘然凌空。她人在空中横卧，层层衣袂纷飞，宛若鲜花绽放，令得众人一瞧之下，不禁目眩神迷。

杨恩问道："累不累？"

姚兴脸红耳赤，结结巴巴道："苏……苏姑娘是仙子样的人物，身轻如燕，自然……自然不累……"杨恩暗自失笑，但表面上仍是一派和蔼之相，问道："但她毕竟不是仙子，是否太轻了些？"

姚兴恍然惊觉，不由得看了看自己拉绳的手臂，失声道："喔！苏姑娘当真轻巧得紧，跟燕子一般，属下根本不曾用什么大力……"

杨恩含笑道："哦？兰泽，你先下来。"

姚兴忙不迭地徐徐松开绳子，果将苏兰泽慢慢放下。

苏兰泽咯咯一笑,如蝴蝶一般飘然落下,站稳身体,见姚兴还是一副神不附体的样子,不禁笑骂道:"蠢材!但凡人身肉胎,都是浊重,岂有当真轻捷如燕的?你可曾见过船家升帆?那样沉重的布帆,只需几个人,便轻飘飘升了上去,只因升帆的地方也有这样的东西。"

她一指那铜人髻上奇怪的金轮,笑道:"利用滑轮上面扣着的绳子来牵拽东西,便能轻捷许多——有了这东西,施文华纵然力弱劲衰,却也可以将青夫人的尸身投入丹炉!"

杨恩脸上的神情渐渐肃穆起来,喟道:"这样一个金轮足以说明青夫人母子之死并非意外,而是早已筹谋的事情,甚至连所有可能被官府发现的破绽都已料定在先了。"

他的目光一闪,突然转向施丹青,厉声道:"施公子!事已至此,你身上疑点颇多!你刻意隐瞒自己通晓丹术之事,刚才又故意叫那施安小童来刺我们,想逼我们问罪于无辜的郑州!而这金轮一事,你更是难辞嫌疑!施公子,施老爷这些算计,定然你早就知晓,甚至也参与其中,是也不是?那张《太一玄经》上被撕去的一页,你还不肯拿出来吗?"

施丹青脸上失色,汗出如浆,先前那样的美少年风姿荡然无存,颤声道:"不怪我!不怪我!家叔他……他……这个……这个是家叔安排的,在下并不知……并不知做何用途……大人明鉴,家叔一直在炼仙丹,可惜那张丹方残缺,无论怎么炼制,总是制不出丹方上所说的丹药模样。家叔一直说,或许是上天不肯眷顾,所以……所以……他丧心病狂,害死自己的爱妾和儿子,跟在下……在下有什么关系?"

苏兰泽冷冷一笑,道:"施丹青,伸出你的双手!"

施丹青浑身一颤,本能地把双手往袖中一缩!

苏兰泽也不强迫他,缓缓道:"施丹青,你右手的指甲倒当真与众不同。先前奉茶时我便已注意到,你是否患过甲癣?所以拇指指甲的中间竟然缺了一块!不过也幸好缺了这一块,倒与经书上的指甲划痕甚是相似!那甲印由左至右,力道均沉,杨恩早辨出是这右手拇甲所划。"她扬扬《太一玄经》,语气已转凝重,喝道:"若你不曾包藏祸心,何必在这两句话下重重划上一道?难道你还以为,我们不能依法将你拘捕吗？三木之下，何供不招？"

施丹青浑身力气，仿佛刹那间被抽取殆尽。他失神地看看自己的手甲，又看看那本《太一玄经》，终于长叹一声，哆哆嗦嗦，从身上摸出半张破旧的黄纸来，高高举过头顶，颤声道："这张仙丹的方子，我怕官府看出端倪来，所以提前已悄悄进丹房把它撕走了！"

苏兰泽接过那半张黄纸，凝神看了看，皱眉道："嗯，就是这种丹药？太……一……什么丹？啊哟，这里被虫蛀了，看不清字。唔，还有磁石、曾青、雌黄……这都是些最普通不过的药啊，哪里会炼成什么长生不老的丹药？咦，下面半截没有了，好像还有药物没有写全呢，不过我看也未见得是什么名贵药物。"

施丹青连连以头磕地，道："丹药固然普通，但那方子却是货真价实的唐朝仙方……只是有些残缺不全，也不知下半截写的是什么。但医圣孙思邈亲制的丹药，不是长生不老的丹药，又会是什么？家叔说，但凡真正的仙丹，不过是些寻常之物炼就的，只是药引子不同罢了。昔日冷香丸以白荷蕊为引，仙府丹以人心为引，这太一神清丹，也必须要以姹女婴儿为引……

"我我……我看了那两句话，心情激动，便划出痕迹来，指给家叔看，本来是要他仔细忖度，如何龙虎交会，修出姹女婴儿，谁知，谁知……

"家叔反复念着'姹女婴儿，可为炉引，姹女婴儿，可为炉引。'念到最后，他突然笑了起来，问我可曾相信人祭的事情？他还说咱们不能把姹女婴儿当作寻常道家名词来解，或许是要真正将女人和孩子用作药引，丹药方可炼成呢！"

"人祭！"众人失声呼道。

王半江变色道："人祭是已被朝廷明令禁止的巫祝之术，只有邪魔外道才会拿活生生的人来祭祀魔神，求取灵药，你们竟然……竟然……"

苏兰泽呸道："你们这群半通不通的蠢材！'姹女婴儿'不过是道家名词，指的是朱砂和水银，哪会是真正拿女人和婴孩为引？你们一个妄图长生不老，一个又是利欲熏心，竟然拿人命当作儿戏！"

施丹青脸色一片惨白，颤声道："在下也明白其中道理，极力劝阻。谁知家叔说，丹方流传在世上，有些秘密是不足宣扬的。所谓朱砂和水银的名头，不过是为了怕引起世人的惊愤而已。以姹女之血为引的事情，他以前就做过。他说……他说……"他脸上显出恐怖至极的神情来，终于鼓足勇气说了下去，"他说以前死了的那三个妾室，外人只道两个中了暑，一个跳了荷塘，其实不是……她们……她们……都是被他推入了丹炉之中！他还说，用人引炼出的丹药，吃起来更有不一般的味道……当时，他一边跟我说，一边笑，他笑……哈哈……哈哈哈……哈哈哈！"

最后这几声笑，干瘪阴森，恍若当真发自那早已死去人的咽喉，实在令人毛骨悚然。

室内一片死般的寂静，冷汗从许多人的脸上汩汩流了下来。即使是苏兰泽，脸上也不由得有些苍白。

施丹青喘了几口气，脸上惧色愈深，道："我见他神志不清，不敢再跟他说下去。可是他，他还是一径说，姹女婴儿的意思一定是要用女人的鲜血，还有……还有……还有婴儿……"

王半江怒火上升，按捺不住心中的惊惧愤恨，喝道："就算是为求长生，这种行径也太无耻了！"

施丹青全身颤抖，几乎支撑不住，结结巴巴道："那次大病，家叔几乎要命丧西天，府中妻妾亲属，只道他活不过来了，哪有人去管他，只是天天吵嚷着分家。所以家叔病好之后，认为人生无常，从此便醉心于炼丹的仙术，妻子儿女与木石无异，甚至他说这些都是他成仙的心魔和障碍……从他杀死第一个妾室起，他……他早就把这天下所有的一切生命，都看作是与药石无异的仙丹原料了……他说，他说要炼制仙丹，单是女人的鲜血还是不够的，还要用……"

苏兰泽哼了一声，冷冷道："他一定是说，要用服下朱砂的婴儿和女子的鲜血才算是真正的'姹女婴儿，可为炉引'吧？"

几乎是所有人都面无人色，唯有苏兰泽冷如冰雪的声音在室内缓缓响起："所以，你们竟不惜给一个小小的婴孩服下那样大剂量的辰砂？"

杨恩神色冷峻，淡淡道："对施公子你而言，施小公子这施家唯一血脉只要除去，施文华又醉心寻仙之术，只怕这大半个施家倒成了你的产业。所以他是妄心如昏，你却是刻意促成。不然的话，你又何必急急忙忙在那两句话下刻意划出印痕，特别拿去给他看呢？"

施丹青张口结舌，道："我我……"

王半江定一定神，喝道："所以你就一不做二不休，干脆连他一齐毒死，对不对？"

苏兰泽厉声道："你早就得知郑州与青夫人谋求私奔之事，所以买通了阿杏，将那个包袱塞给郑州，作为二人私情之证物。此后又将阿杏杀死！如此便可将施文华与阿杏之死也栽赃给郑州，你一路追杀故作姿态，俨然是为叔父报仇的孝侄，而施小公子始终下落不明，到头来施府家产自然都会归你所有！"

施丹青瘫软在地，颤声道："家叔对我恩重如山，我怎肯下这样的杀心？更何况……何况他的身体日薄西山，便是这次不暴毙，也熬不了多少时日，而小公子……一死，我……我……我又何必铤而走险？"他身上衣衫已被汗水湿透，连声道："大人！大人！家叔为何暴毙，小人实不知晓！大人，小人句句是实，是实……"

他连连顿首，一时间情急交加，涕泗纵横，瞧这情状倒不像是在作伪。

苏兰泽扫了一眼四周，自语道："奇怪，施文华用这样惨无人道的法子，是为了炼那个劳什子仙丹。可是仙丹呢？莫非是……"

王半江断然道："我们已问过炼丹的方士，但凡寻常服丹而死的人，往往是全身肿胀坚硬，有如铜铁一般。施文华却是七窍流血，明显是中毒的迹象。再说，"他指了指苏兰泽手中的丹方，"这里面也只有三味药物，磁石、曾青和雌黄，这并不是什么剧毒之物啊。"

施丹青如逢救星，连声道："对对，曾青可明目，镇惊，杀虫；治风热目赤，疼痛，涩痒，眵多赤烂，头风，惊痫，风痹；养肝胆，除寒热，杀白虫，疗头风，脑中寒，止烦渴，补不足，盛阴气。磁石镇惊安神，潜阳纳气。雌黄痈肿疗疮，蛇虫咬伤，虫积腹痛，惊痫，疟疾。这……这不是什么有毒的药物啊！家叔一定是被害的，一定是！"

杨恩不作声，忽道："那丹药原是唐医圣孙思邈的方子？曾青、磁石、雌黄……姹女婴儿……朱砂……"

苏兰泽见他眉头紧蹙，心中不禁有些怜惜，遂取笑道："还有青夫人喝下的雄黄酒呢，说不准是青夫人阴灵不散，生生炼出一种药酒，把施文华这禽兽给醉死了！"

"雄黄？"杨恩眼睛一亮，脱口而出道，"雄黄！我怎的忘了还有雄黄！"杨恩将竹笛倒转，只在掌中轻轻一敲，脸上已显出了然于心的笑意，大声道："果然如此！施文华是咎由自取，自作孽，不可活啊！"

他陡然转过头去，向着施丹青，"目"光炯炯，别有一种绚丽光华，令人不敢正视，"你们的丹方缺了半页，自不知那所谓仙丹，应该正是太一神清丹！"

太一神清丹？

众人相顾无言，不明白这位捕神话中的含义。

苏兰泽皱眉道："这名字好怪，我竟没有听说过。"

杨恩缓缓道："我少时也曾看过珍籍《明殊摘要》上记载的丹方。里面讲到，太一神清丹为唐朝神医孙思邈炼制，用曾青、雌黄、磁石，加上丹砂和雄黄，少用可治疟疾，多用便是致命的毒药。"

"这施文华炼丹走火入魔，头脑昏乱，到最后陷入癫狂之际，他也知道自己心魔太重，但仍将所有希望都寄托于这张丹方之上；偏偏丹方不全，仅有曾青、雌黄并磁石三味。若将错就错，以磁石镇惊安神、潜阳纳气，以曾青补不足、盛阴气，以雌黄祛惊痫、止痛楚，倒恰恰可以救他的性命。"

他长叹一声，道："谁知他丧心病狂，竟想要以自己的爱妾和儿子为引，炼出长生不老的仙丹。却没有想到，小儿刚刚服过大剂量的辰砂，而青夫人腹中喝下的迷酒之中混有雄黄。鬼使神差，五样俱全，竟然将心心念念要求得的仙丹，最终炼成了夺命的毒药。如若不信，可依此方再炼制太一神清丹，并令仵作将其与施文华尸身腹中毒药的药性相对照，当可真相大白！"

"这也正可解释，青夫人和小公子于子时被召入丹房，神秘消失；偏偏施文华却是死于寅卯之交！这近两个时辰之中，郑州却见丹室灯火通明，自然因为那时的施文华在得到这世上最残酷的药引之后，只有一件事情可做——那便是炼丹！炼成神仙丹，成就长生梦。哼，谁知正是仙丹，断送了他这得意的一梦！"

所有人的目光不由得都投到了那丹炉之上。那高大庄严的丹炉和铜人，此时看来，却是分外诡异阴冷，仿佛待人而噬的妖魔，令人不寒而栗。

不难想象，在那如墨浓稠的夜色之中，唯有丹室灯火通明。病老的施文华独处室中，力竭气喘，满头大汗，但仍奋起最后的力量，咬紧牙关，鼓动起炉下的风箱，使得丹炉中火光熊熊，映照出他那狰狞而遥不可及的长生梦想……直到那被抛入炉中的无辜女子与幼小婴孩，在赤焰碧烟之中，身子蜷曲焦黑，最终化为了一堆无知无识的灰烬。

造成这样的悲剧，到底是因为人性阴狠，还是本来孤独？

唯有那块小小的黄金锁片，还有一根金耳挖，作为了残酷而永存的见证。

几乎所有人都失声惊呼，喃喃道："原来，他竟是自己毒死了自己。"

"人人尽说江南好，游人只合江南老。春水碧于天，画船听雨眠。垆边人似月，皓腕凝霜雪。未老莫还乡，还乡须断肠。"

一根松木茶匙被两根玉葱般的指尖操纵，灵巧地跳动在诸多杯盏之间。叮叮当当，清脆悦耳，敲击间自成曲调，居然也是一支《菩萨蛮》。

杨恩望着满树的花朵出神，半晌，突然叫道："兰泽！"

苏兰泽一边回首应道："什么？"一边丢下手中茶匙，直起身来，笑道："茶水沸了，我这支曲也该完了。"

言毕揎袖提壶，素白衣色之下，果然露出一截皓腕，当真是肤凝霜雪，衬着天青细瓷，说不出的婉丽动人。

杨恩半仰身子，斜斜倚在曲栏之上，懒懒道："今年的七幻花，花期似乎特别长。"

苏兰泽仰首看那如雪堆满的花枝，微笑道："嗯，知道你喜欢它，所以去年冬天，我特别加了些肥料，为的便是叫你能多欢喜几天。"

杨恩会意低笑，眉梢微微一挑。

逸采横飞之间，眼前这白衣男子，仿佛还是江湖传说中曾"骑马倚斜桥，满楼红袖招"的倜傥少年。

然而他的唇间，却徐徐吐出这样的话语来："七幻花……人间幻世，七度轮回。它原本便不是属于这世间的花朵，所以花期只有七天，便是你用了特别的法子，让它多开几天，也是要落的。好比我们人类，再是延年益寿，终究还是要化为尘土。"

苏兰泽一怔,手上的茶壶不禁也顿在空中,嗔道:"好好的,你胡说什么!"

杨恩不以为意,悠悠道:"化为尘土……呵,我只失去一双眼睛,便已失去许多乐趣。我看不到这满院盛开的七幻花,看不到春天绿树的萌芽,也看不到我曾立志要踏遍访尽的万里山河……兰泽,你陪我四年,朝夕共对,我……我甚至不知你的模样。"

茶水碧绿,宛然注入杯中,有淡淡的茶香弥漫开来。苏兰泽垂下头,眸中仿佛也蒙上了一层茶气水雾,微笑道:"我丑得很,不用看的。"

杨恩并没有笑,反而认真地"凝视"着她,道:"兰泽,我虽目不能视,但你在我心中,却是最美的女子。然而,如果失去生命,则所有的一切,不仅是看得到的、听得到的、吃得到的、感受得到的……还有你,我便都要失去了。你说,一个人想到这样的恐怖,会怎样?"

苏兰泽双足一顿,身形翩若惊鸿,只在空中微微一转,已从树上探得一枝如雪的七幻花。她手腕一动,就势将花枝斜簪入他的衣襟中,这才飘然下地,莞尔一笑道:"有花堪折直须折,莫待无花空折枝。杨恩,只要今时今日,我们能在一起,便要珍惜现在,珍惜眼前的一切。未来本就是渺茫的,你又何必多想?"

杨恩也淡淡地笑了,手抚花枝,笑意中不觉多了几分欣赏:"你一定会这样想的……可是别人不见得如此。我一直在想,施家这案子委实太过惨烈。一个人,为了自己的私欲,居然可以灭伦常、失人性,实在非常可怕。兰泽,你知道,每次破案,真相大白的一瞬间,总是我最不快乐的时候。"

他轻轻一喟,道:"有时看得太清太明,也不见得是一件好事。"

苏兰泽将茶盏送到他的手中,笑道:"'任你黄泉深藏,我自神目如电。'当今圣上赐你的这两句话,确然不虚。这一案如此迷离,你安排妥当,查探精细,终于拨乱还清。说起来,连我这个马前卒,几乎都要相信你真有第三只眼,是杨戬转世,能勘阴阳生死,解除三界疑难。"

杨恩失笑道:"何必取笑我?你明知当捕快的做事要精细,这只是本分。只要用心尽力,人人都会有这第三只法眼,勘破万物的迷局。不过,说来也奇怪,每破一次案子,我的第三只眼总仿佛看到了冥冥之中,人的区区生命所不可承受之物。"

苏兰泽倚栏而坐，笑道："你且说说，这一次，你的第三只眼看到了什么？"

杨恩低首品茶，茶水方一入口，但觉数缕奇异香氛盈口满齿，顺喉而入，刹那间，仿佛连心都平静了下来。他虽然看不见对面的女子，但仍能觉出她那温柔的目光，如同春日花树下的一抹暖阳，一直都停驻在他的身上。

他不能忘怀，当初失去双眼之后，曾意气风发、倜傥无双的自己，是如何沉沦在怎样绝望、黑暗的深渊里，几乎失去了继续活下去的勇气。幸而，这世上，还有兰泽。

死之惧，恐怕是来自生无欢吧！如果在当初病危的施文华身边，也会有这样一个如暖阳般的女子……是不是，这一切将永远不会发生？

他缓缓道："长生梦，实虚空。生、老、病、死、爱别离、怨憎会、求不得、五蕴，是人生的八苦。这一次，我第三只眼看到的，便是生的苦恼。"

不老人

北风凛冽，吹皱一池碧水，也吹落了枝头无数的梅花。

"春日游，杏花吹满头，陌上谁家年少，足风流……"一曲清歌，不知发自何人歌喉，穿越"孤鸿梅林"的幽幽冷香而来，竟是异常的暖煦和媚，且还隐约和着"叮叮"的轻微铃音，丝丝游入耳中，只觉有说不出的受用。

青府是靖宁府落梅镇第一富户，这所占地百里、号称府中第一景致的"孤鸿梅林"，便是昔日青府全盛之时，耗尽万两白银建造而成的。林中聚泉引水，蓄就碧波涟涟的孤鸿池，落梅阁临池而建，周围种有数百株珍稀的重萼白梅，寒冬时节，绽放一片香雪成海，令人怀疑是进入了琼楼仙境。

鲁韶山立在靖宁府尹赵久一的身后，双目蓦然瞪大，连嘴巴也张得再无可大，久久不能合拢。

首先映入眼帘的是一双女子的纤足。足翘且弯，形若新月，着一双折枝银花缂丝履，轻踩在落梅阁的地板上，竟是说不出的灵秀好看。

更奇的是，那履上各缝有一只精巧的银铃。铃中暗藏响丸，随着那纤足的款移轻挪，左右滚动，音声不绝。铃声悠然，却有一缕清灵的笛音，幽幽响起，音调渐渐升高，又在虚空中形成几个转折，大有神妙之意。

吹笛的男子，不过三十上下年纪，修长细白的手指捻定笛身，凝神而吹。笛子只是寻常翠竹制成，尾端垂下一缕嫣红流苏，在风中轻轻飘动。

他只随意披了一件大氅，散发无簪。唯有那雪白的梅花，衬出他燕翅般乌黑的眉梢，剪影般清晰的脸庞轮廓，英秀中透出沉静。

那双纤足，只在地面微微一顿，歌喉随之高转，唱道："妾拟将身嫁与，一生休。"簌簌轻响，却是枝头梅瓣被乐音所激，纷纷落下。

然而在那样和暖的歌声笛音中，枝头飘落的花瓣，倒仿佛是重新获得了生命，随风辗转飘飞，仿佛化作无数细小洁白的花朵，奋然开放在缥缈的虚空之中。

在这落梅镇居住了二十一年的鲁韶山，仿佛只到此时，才真正明白"落梅"二字的美妙境界。

旁边锦褥上设有果品酒肴，有数人围坐，但众人听曲入迷，竟忘了饮酒，甚至连赵久一带了鲁韶山进来，竟也无人理会。一锦衣人喃喃道："如此婉转风流的曲子，怎么被传得那样诡异？"他锦衣华服，气宇轩昂，腰间挂一柄金刀，连刀柄上都镶有一颗鸽蛋大小的明珠，光芒照人。

女子纤足突然在地上一跺，歌声立止，笑道："不成，这曲子当真难唱，接下来的我可就唱不出来了。"

吹笛男子哑然失笑，随手从旁边褥上拾起一件银狐长裘，披在她肩上，道："梅曲号称我天朝第一曲，而这支《陌上花》又是梅曲中的上上之品。有的伶人耗费一生功夫，也未必学得成此曲。你先前也只是听京中引乐司的老伶人唱过一遍，今日仅凭记忆，竟能唱出十之八九，也是相当不错了。"

一中年男子举杯饮尽，拍手笑道："履铃轻响，突出陌上花开时的空灵；笛声悠扬，却是春日出游的惬意。唱腔跌宕，音与曲合，苏姑娘方才的唱法之中，已经包含了七种高深的吐气发声技巧，如此明慧善曲，已经是宇内绝唱了！"

他谈吐风雅，举止也颇有风度，唯左颊上一块疤痕，平添几分丑陋；那声音也甚是沙哑粗浊，如刮铁、如锉钢，听来极为刺耳。

鲁韶山脱口道："周大人此言差矣，这位姑娘唱得虽好，却还比不上昔日落梅镇百花班的头牌戏子凌玉树，听说那凌玉树是男子，妆起女旦来，在一支《陌上花》中，能变化十二种吐气发声的技巧，三十年来无人堪比！那才是真正的宇内绝唱呢！"

锦衣人双眉一挑，面露不耐之色，向一官员模样的人斥道："赵府尹，你的人怎如此不懂规矩？"

吹笛男子手执那管竹笛，手指犹在笛端轻轻抚摸，微笑道："秦大人，这位捕头才入公门，略有些不当，也是年轻人的锐气，无妨的。"

鲁韶山一怔："我身着捕头官服，明眼人一见便知，只是才入公门不久，他是怎么看出来的？"

却听那秦大人笑道："杨兄你方才赶到，怎知他是才入公门不久的捕头？我秦全怎的看不出来？"

杨姓男子答道："秦大人，听他脚步轻捷，回响厚沉，显然是正当壮年的男子。走动之时，能听见腰间铁尺撞击铁牌的轻微响声，不过这铁牌声音略脆，一听便知其质是三铜七铁，不如府道捕快铁牌的五铜五铁之质，自然只能是这落梅镇上的捕头了。至于……"

那苏姑娘掩口笑道："如此莽撞不通世务，自然是个新手。"她便是刚才踏歌而舞的女子，此时果然披上那袭银裘，含笑而立。银裘异常华美，狐毫细密，根根毫尖仿佛染有雪色，隐有荧光闪动，她鸦黑的发鬓云髻，衬得人眉目如画，容光逼人。

鲁韶山脸上发烫，心中奇怪："他句句都说听起来如何如何，怎的听起来这样古怪？周秦二人只字不提他和那苏姑娘的身份，赵大人竟也不问。这周九昆人称青萍剑客，现还在刑部领着从三品官衔，秦全也是御前司的正四品都统，日间赵大人都领我见过。这二人都是京中炙手可热的新贵，但看他们的神情，似乎对这姓杨的是又敬又畏。不知他又是个什么贵人？"

一阵风过，有娇嫩嗓音唱道："春日游，杏花吹满头，陌上谁家年少，足风流……"众人一愕，那歌声却是连绵不断，自梅花间幽幽传出，"妾拟将身嫁与，一生休。纵被无情弃，不能羞。"字正腔圆，虽不及苏姑娘的歌声那般清媚入骨，但一听之下，却分外温暖，仿佛人身上万千毛孔徐徐张开，说不出的妥帖舒适。

鲁韶山不禁入神，心中想道："这梅曲是从落梅镇唱出去的地方戏曲，也是因此而得名的。我从小在镇上长大，听过不少的名伶唱曲，怎的既不如苏姑娘唱得引人入胜，也不如这人唱得动人心魄？只怕是传说中的凌玉树才能比得上吧！"

周九昆双手一合，喃喃道："《陌上花》，这支《陌上花》……唱得……真是好啊……苏姑娘的七种发声技巧,被此人发挥得淋漓尽致,竟比苏姑娘还要唱得好呢!"

苏兰泽目中亮光一闪,竟然颇为欣喜,笑道:"哪位高人唱出这样的仙曲?可肯赐见吗?"

梅林深处,不知何时,悄然出现了一位少女。她手持梅枝,上面绽放七八朵花蕾,犹自暗吐冷香。一双水晶般灵动的眸子,正眨也不眨地望着苏兰泽,满眸欣喜之意。

她轻声道:"姊姊,方才那支曲子是玉树叫你唱给我听的吗,是他叫你来找我的吗?"

苏兰泽微微一怔,倒是那秦全皱眉道:"小姑娘,你也知道凌玉树?你是谁?"

少女偏头一笑,情态天真可爱:"我是小婉呀!姊姊,你唱得真好听,这么多年了,除了我自己唱给自己听,我可再也没有听见谁唱过这支曲子呢!"她想了想,又道,"嗯,不对,他也唱给我听过的啊,他呀,唱得才是真好,真好啊!"

天气寒冷,那少女小婉却只穿一件素白单缣,外披青衫,散着满头秀发,越衬得肌肤晶莹如雪,吹弹欲破。虽未着簪环,却难掩眉宇间一种天然的清郁气韵。她不过十五六岁模样,若论姿色虽比白衣女子稍逊些,但那稚弱美态,却尤为胜甚,令人一见之下,便不由得暗生怜爱之意。

小婉手中梅瓣,在风中轻轻颤动:"是他,一定是他叫姊姊你来的,对不对?前几天,他叫凤梅来跟我说的……可是凤梅她……"

"凤梅?"众人异口同声,那秦全更是双眉一掀,脸色刹那间沉了下来:"你到底是什么人?他是谁?"

小婉吓了一跳,立即噤声,面上也露出惧怕的神情,一步步向后退去,连连摇手道:"我不知道!我不知道他在哪里!他只是叫我在这里等他!我一直都在等他……"

忽闻梅林外面一阵乱嚷,喧杂声中,一个苍老女人的声音尤其尖锐,似乎正在大声喝骂仆婢。小婉一听那声音,身子一震,急切道:"阿银来了!"

苏兰泽见小婉面容惧惶,顿生爱怜,才叫得一声:"小婉姑娘……"正待拉她过来，忽然眼前一花，却是那小婉顿足跃起，身子已轻盈地落于梅树梢头，衣衫带风，有如神仙。

众人不意这娇怯怯的女子竟有如此轻功，不禁大吃一惊！但见她足尖一点，整个人凌空飞起，便仿佛要随风飘摇而去。年轻男子脱口赞道："好轻功！"

刀气乍激，竟是那秦全跃空而起，连人带刀，箭一般向小婉身后射去，口中大喝道："兀那女子！站住！"鲁韶山情急喝道："住手！"手中铁尺一挥，弹身而起，"呛！"刀尺相交，鲁韶山大叫一声，整个身体被击得向后飞出，一连撞断数根梅枝，更激得梅瓣如雪，簌簌纷落！

赵久一吓了一跳，叫道："韶山！"

白影一闪，却是那白衣女子长袖挥卷，堪堪托住了鲁韶山下落的身躯。旋即舒袖轻展，携他稳稳落于地上。

小婉趁众人稍有分神，只将衣袖一挥，身形微转，疾向前飘去，姿势说不出的优美好看。

秦全脱手一甩，刀光如附骨之疽，直向她背后射去！小婉惊叫一声，大见惶急！鲁韶山年轻气盛，也顾不得尊卑官长，大声叫道："对女子下此毒手，算不得英雄好汉！"

"唰！"却是周九昆原地跃起，自梅枝间凌空而上！身影招摇，如寒鹤渡塘，手臂伸展而出，刹那间，仿佛于小婉身后的虚空之外，浮起一道薄薄青雾，挡住了锦衣人半空中的迎面重击！

那道青雾，居然是自剑身喷薄而出的剑气！秦全急忙撤招，足点半截老梅残枝，刀锋遽然回削，荡起一片耀目金光！有如长海波涛，急剧向周九昆奔涌而去！周九昆身形拧转，左足点出，右足微曲，姿势略有些古怪，却是分外舒展好看：伸臂、回腕、斜刃，一气呵成，虽是在梅林梢头之上，竟是步态轻盈、剑法圆熟！

鲁韶山忍不住赞道："青萍剑客，名不虚传！"

"哐啷"一声，竟是秦全的金刀落在了地上！

只这电光石火的片刻，小婉有如受惊的小鹿一般，只是回首匆匆看了一眼，身形疾如流云，只是几个起落，那一抹青衫便已经消失在梅林香雪深处。

秦全跳下地来，从满地落瓣间拾起金刀，毫不理睬鲁韶山，却狠狠瞪了周九昆一眼，喝道："周九昆！你敢插手管我的事？"

周九昆也飘然落下，回剑入鞘，仍是那不温不火的神情，答道："此番咱们都是奉刑部命令前来，也说不上谁插谁的手。况且方才不过是个小姑娘罢了，秦大人何必下如此毒手？"

秦全怒极反笑，满面讥诮之色，说道："既知大家都是奉令前来，也犯不着土地爷充玉帝——装大！谁也别管谁的事！"他斜瞥一眼鲁韶山，冷笑道："还有你这个小捕头，胆子倒不小！我们御前司的人，便看府县不过是看蚂蚁一般，便是杀了刚才那个小婉大婉，也算不得什么大事！"

鲁韶山心中大怒，但也暗暗后怕，只得低首不语。须知御前司虽不属刑部管辖，却也专管各类缉捕重案，是朝中要紧的职司。鲁韶山这小小的捕头，着实是招惹不起，只是心中疑惑：这落梅镇虽颇为繁华，毕竟并非什么名镇重疆，为何引来这样的人物？

周九昆淡淡一笑，道："你败便败了，何须多言？"

秦全大怒，"呸"的一声，金刀一挥，无限金光如天河奔流，当空而泻！周九昆冷笑一声，挥剑相敌！刀剑所带之气，震得梅瓣簌簌而落，四下飘零如雪。

鲁韶山看在眼里，好生钦佩："到底是京里来的人，我朝崇尚武略，御前司都尉和长史乃是文职，其功夫竟比武职捕快还要强上不止一筹！咦，早听说朝中第一高手，乃是我捕快门中那位获得钦赐龙头匕的三眼捕神，他少年成名，轰动天下。若不是他五年前因除太湖盗盟一事毁掉双眼，伤了元气，不知将会是怎样一番卓然风采？"

赵久一急如热锅蚂蚁，跺足搓手，不断叫道："二位大人！咱们都是为朝廷办事，可千万不要伤了和气！"但那二人激斗正酣，且都是炙手可热的新贵，谁肯听他这区区六品地方小官的话？

杨姓男子眉头一皱，扬声道："住手！"

周九昆笑道："无妨，切磋而已！"他剑法展开，越发身形潇洒，当真清灵如鹤。秦全先前金刀被击落，大伤颜面，此时如何肯停下来，他咬牙向那杨姓男子笑道："你久离江湖和朝廷，从哪一头都不必管咱们的事儿！"

苏姑娘秀眉一拧,脸上便如笼了一层淡淡寒霜一般。

忽听"啪"的一声轻响,却是杨姓男子折断了一枝梅花!

他淡淡道:"刀剑气满天,岂无花解语?"

手指一弹,却是梅枝破空飞出,方至空中,仿佛受无形之力,"啪"的一声微响,瞬间断为两截,分向射去!

这一下疾如流星,但闻"哎呀"连声,二人均已中招!秦全吃痛跌下,人已滚落到满地落瓣之间,狼狈不堪。周九昆强使坠力使身形沉住,但方一迈步,脚下酸麻,也不由得一个趔趄!

赵久一奔上前去,一一扶起,他不过是个小小的府尹,生怕这些贵人们有个闪失,因此,连忙上前查看伤势。

苏姑娘神色稍平,哼了一声,笑道:"好一式'花解语'!杨恩,你的内力只怕已恢复六成啦!"

"杨恩?"鲁韶山猛吃一惊,只觉这名字颇为熟悉,却一时想不起来。看那年轻男子时,但见他咳嗽一声,紧了紧身上的裘衣,淡淡道:"不碍事的。周大人正中环跳穴,秦大人正中的中渎穴,都是下肢穴道,因此暂时有些酸麻而已,伤不着身子。"

言毕衣袖一挥,手指已快捷无比地拂过二人穴道。鲁韶山在一旁看得清清楚楚,周秦二人所中穴道,果然与杨恩所言分毫不差。

周九昆脸色一变,秦全却叫了起来:"你怎么知道得这样清楚?你的眼睛……你的眼睛不是早已……"

"瞎了吗?"杨恩淡淡地笑了,神情却看不出喜怒来,"我虽眼瞎,却没心盲。"

苏姑娘傲然一笑,过来扶住他,道:"当今圣上曾说他'我自神目如电,任你黄泉深藏',堂堂三眼捕神,就算失去一双凡眼,可还有第三只法眼呢!"

"三眼捕神?对了,是名闻天下的第一捕神,号称洞察彻微,如有法眼相助的杨恩!"

鲁韶山刹那间睁大了眼睛,一颗心也不由得怦然狂跳:"素闻捕神退出公门,是因为重伤所致。啊,这才只有六成功夫,遥想盛时,想必更有万夫不当之勇，怪不得少年时便名震天下，不愧是我心心念念的捕中之神！"

他想到此处，更是热血沸腾，张口便想说几句话语。杨恩却若有所感，"目"光疾转，电一般扫了过来：那样温润静莹的一双眸子，眸底隐有晶光闪耀；却又仿佛暗藏万千锋芒。只是堪堪一对，便刺得鲁韶山眼中一痛，慌忙移下目光，满口的话顿时咽了回去，暗道："怪了，他双眼既毁，怎的眼神还如此犀利？"

周秦二人悻悻起身，拍打身上的残蕊落瓣，却不敢再出言顶撞。

苏姑娘却从怀中取出一只陶瓶，倒了一粒丹药出来，放在杨恩掌心。

杨恩将丹药放入口中咽下，脸上随即掠过一道病态的红晕，道："此番我等赶到这落梅镇办事，一言一行自当谨慎。岂有堂堂朝中官员做无谓意气之争的道理？"他话语渐重，"扫视"众人一眼，隐有威势，"杨恩是卸任的公门捕快，论品级是低于各位大人，但此番蒙上宪看重，令我主持此事，两位大人必当从之！若是不奉调遣，倒可先见识圣上钦赐本人的龙头匕！瞧瞧它能否如圣亲临，拿下任何王公贵族、朝中大员！"

众人噤若寒蝉，便是那最跋扈的秦全，也心虚地低下头去。

鲁韶山心头一跳："龙头匕？啊啊啊，那不是当今圣上专赐给捕神一人的宝贝吗？简直是我公门无上的圣物和光荣啊！这次我既亲聆捕神教诲，又亲见圣物，以后跟邻近的百里镇那些捕头吹起来，还不叫他们大大地服我？"

秦全嘟囔道："那女子太过诡异，又提到'凤梅'二字，这青府……我也是查案心切……"

苏兰泽嫣然一笑，打破这沉闷氛围，道："赵大人，我们虽然奉令来镇上办事，又住在青府，却不知这青府是怎样个来历，青府主人又有怎样的际遇。"

赵久一叹道："人生际遇，真如这梅花一般。一旦从枝头飘落，也不知是付于尘土，辗转成泥；还是付与流水，不知所终。"

他手指梅林，道："五十年前，我还是落梅镇上一个孩童，青正桢却已是远近闻名的富商。他最后一次经商归来，便倾其资财，在这镇上筑成远近闻名的'孤鸿梅林'，简直是人间的仙境。他膝下虽无男丁，却有个冰雪聪明的女儿，一家人长居安乐，谁不艳羡？哪想到后来夫妻双双亡故，这女儿偏在十六岁时疯癫了，竟败落至此。"

秦全插话道:"听说这青家是外迁至此,并非本籍。他不但来历神秘,行事也异常低调。青家小姐疯癫之后,三十年中,这周围竟没一个人见过她。"赵久一叹道:"那小姐既是疯人,青府唯恐失了家声,自然不会让她露面。青家夫妇死后,家中只有一个旧妾料理家事,更是不敢擅自让小姐露面。只是依年代推算,料想小姐也该是四十六七岁的女人了。"

周九昆一直不言,此时方才叹道:"偏是我们刚到落梅镇,这青府便出了怪事。青府这侍女凤梅,好端端地投水自杀,死前偏还高歌一曲《陌上花》,又弄出个神鬼之说,被外面传得如此诡异。不知是否是有人暗中设局,为了那物事……"

梅林中忽有脚步声近,夹杂说话之声,却是一群人穿林而来。周九昆打住话头,赵久一喝道:"何人喧哗!本府不是早就交代过,青府暂住贵人,不许闲杂人等靠近吗?"

那群人奔了过来,为首者是个五十岁上下的华衣妇人,满面焦急,向众人深深一福,恭声道:"贱妾知罪,只是一时情急……"

周九昆打断她的话头,转向杨恩笑道:"捕神法眼无虚,听说法耳也是神妙无比。方才辨出鲁捕头身份,不知可能听出这位妇人的身份?"那妇人敛手不语,只是抿嘴一笑。她着桃红绲金交襦,系云黄缎裙,腰带也是织金绣紫,倒是华丽。面容着意妆饰,仍残存几分姣好,然毕竟上了年纪,黯淡中却分明透着苍青。

鲁韶山心中一亮:"这姓周的心中仍然不服,成心要当众扫捕神的颜面。"

杨恩用手指轻抚竹笛,微笑不言。他此时倚栏而立,下临着孤鸿池水。水色碧深,越衬出他那轮廓分明的面庞的分外沉静。那一刹那,鲁韶山突然觉得他仿佛具有了一种奇异的魅力,完全不逊于这世上任何俊美的男子。

正胡思乱想,忽见杨恩抬起手中笛子,向着那妇人方向轻轻一点,道:"嗯,方才足响之中,唯有她的脚步略有重滞,显然已上了年纪,不是年轻的婢仆。行走时前轻后飘,毫无浊音,想必走路都是前掌先行落地,于后跟未落时,略借前未衰的力道,整只足掌又重复弹跳起来……这可是刻意训练过的步子,如果她还年轻,行路时一定是轻捷如柳条款摆,飘漾如波上浮萍……步伐如此优美，仪态自然出众，吐字清晰，吐气柔缓——料想她的身份，若不是洗尽铅华的名伎，便是收拢琵琶的红伶。"

众人一怔，秦全却哈哈大笑起来，道："捕神错矣！我等先前被赵大人接入青府时，恰与这位妇人见过一面。她如今主持府中家务，论身份却是青老爷的旧妾，籍贯山东，出身良家，哪里是什么名伎红伶？"想到捕神也不免出错，他心中大是畅快。

那妇人也是脸色微变，笑容稍收，仿佛吃了一惊。

她也只那一惊，随即镇定如常，低首浅笑道："贱妾张银娘，从小命苦，只在年轻时学过几支曲子，却万不敢受大人如此谬赞。"

杨恩执笛的手只在空中一顿，便微笑着收了回来，并不辩解。鲁韶山忍不住道："银夫人，镇上都说青老爷当年娶你为妾，足足花了四百两银子，这钱打个银人儿也够了，故得名银娘。若不是吹拉弹唱样样俱佳，怎会值得这许多银子？捕神大人所言，颇有道理！"

张银娘眼眶一红，道："老爷夫人对我都好，只可惜过世得早，我们小姐自十六岁上得病，一病就病了三十年，亲族势危，合府上下，只撇了我这苦命人支撑……"她抽出帕子擦拭眼角，道，"如今青府一日不如一日，前些日子又出这样诡异的命案，连公门也束手无策，人人都说我们青府是受了诅咒……"

鲁韶山听她说到公门，脸不禁涨得通红，急道："你这妇人说话好生无理，破案也要时间，凤梅三日前才死，哪有今日便破的道理？"

苏兰泽温言道："银夫人，我们借贵府暂住，也听闻凤梅一案十分离奇。鲁捕头为公门中人，他……"她看了一眼杨恩，道，"他也想去瞧瞧，不若你带我们前去，可否？"

"孤鸿梅林"前园为厅室客房，后园即是青府主人所居。众人俱是今日刚刚到达青府，被安顿在前园，尚未有隙在后园游玩。一路但见花木葱茏，水路通幽，每处亭台轩廊，都能听闻孤鸿池的潺潺水声，若论景致秀丽，竟不输京中一些富户大门，众人不由得暗暗称奇。

凤梅所居下院，正是一所严整的小小房舍。三进厢房，四壁高深，只侧边开了一个小小院门，出门不远处即是孤鸿池。苏兰泽偶然一瞥，但见那房舍深里，远远楼阁森然，檐牙相啄，竟是另外一处天地。她不由得问道："那是什么居所？怎如此华美？"

张银娘身子一颤，忙答道："那是我家……我家小姐的闺房，名为孤鸿馆。凤梅、绿萼和李嬷嬷都是贴身侍候小姐的，所以就住在馆外，为的是有个照应。"

苏兰泽奇道："贴身侍候不应该是跟小姐住在一起的吗？隔着这么远，如何方便端茶递水？"

张银娘脸上露出尴尬的神情，支吾道："这……我家小姐不同常人……时常暴起伤人……她们名为贴身侍候，其实也不过是通过墙上的一道孔洞，送衣食入内……只有李嬷嬷和凤梅，每七天进去一次，帮小姐收拾屋子？沐浴换衣。"

苏兰泽恍然大悟，心中竟起怜悯之意："原来如此。唉，朱门幽深，琐户重锁，可怜这小姐一关就是三十年，当初那样的芳华玉貌，如今只怕也是残破不堪了吧。"

凤梅的尸首，便停在生前所居的房中。

门口两张白纸条交叉封锁，中间写了个大大的"封"字，还盖有官府的鲜红大印。有两个衙役守门，一见鲁韶山，便迎了上来，叫道："捕头！"

鲁韶山问道："王嵩，仵作今天第二次验尸，可有什么结果？"

那略胖的衙役搔了搔头，道："仵作说，女尸口鼻处有泥沙，腹腔鼓胀，是溺死之兆。不过……"他大力在脑后搔了几下，道："那娘们儿死时，眼睛还睁得大大的，当真奇怪。"

众人鱼贯入内，或许是天气阴冷之故，室内有些阴寒。南窗下有两张床榻并列而设，对面墙角镶有一面昏暗的铜镜，镜前妆台已经破旧，陈列水粉胭脂之物。

鲁韶山上前一把掀开覆于尸身的白布，众人心中悚然一惊，不禁向后一退。倒是苏兰泽上前一步，凝眸片刻，这才回头向杨恩道："肌肤青白，口鼻有沙……看上去倒像是溺水而亡……"她眸光一转，落到女尸惨白的面庞上，不禁一怔：女尸眉间，竟还有五点鲜艳夺目的朱砂，形若梅花，并不曾因为在水中浸泡而消退，但映得那毫无生气的脸庞十分诡异。

杨恩敏锐感觉有异,问道:"兰泽?"

鲁韶山也注意到了这五点朱砂,道:"这个是从京中流传来的梅花妆,我们镇上的小姐们倒也会如此妆饰,不过一洗即落,哪有这样持久?"

苏兰泽走到妆台前,随手拿起一盒胭脂把玩,笑道:"女人家用在妆容上的巧心思,你们哪里懂得?"

她若有所思,放下胭脂,瞥了那女尸一眼:细看之下,那凤梅的五官甚是清秀,若是生前,想必是流波顾盼,十分动人;但此时看去,那双睁得大大的眸子,却如水仙花底浸着的黑石子,冷冰冰的,仿佛正木然瞪着这万恶的世间。

她又从妆台旁拾起一块帕子,赞道:"这帕子上的绣工精巧有神,绣得真好!"杨恩接过帕子,道:"是绣的一树桃花吗?"秦全抢先答道:"自然不是,这绣的是一大片荷花荷叶,绿茵茵的,甚是鲜活。"

杨恩将帕子往苏兰泽手中一撩,笑道:"没眼睛的人终是不便,将荷花看成桃花,也当真是指鹿为马。"一小婢忍不住插嘴道:"这是凤梅姐死前的第三天连夜绣的,谁知还没绣好,人倒先去了⋯⋯"

张银娘叹道:"凤梅那丫头,针线是极好的,不然也不会给小姐做贴身侍女。"伸手招过那名小婢,道:"绿萼,你与凤梅同屋,又一起侍奉小姐,相处最久。那晚她投水,也是你亲眼所见。你将看到的讲给各位大人听听。"

那绿萼不过十四五岁,身量未足,满面稚气。她一听"凤梅"二字,瞳中顿时浮起恐怖的神气,结结巴巴道:"是⋯⋯是⋯⋯那晚我有些着凉,喝了药,头也昏昏的,便先从小姐那儿回来睡下了。反正小姐成天反锁在屋里,这些年,我们不过是送饭送水进去就好了。我睡⋯⋯睡了会儿便听见门响⋯⋯凤梅姐她⋯⋯她回到屋里来了。"

她吞了口唾沫,指一指那妆台,声音已开始颤抖,"她⋯⋯她就坐在那里⋯⋯先是梳弄头发,又对镜理妆,弄了大半炷香时间。我隐隐约约听到她在唱⋯⋯唱那个《陌上花》⋯⋯我就想她怎么会唱⋯⋯又怎么敢唱⋯⋯"

杨恩眉头一蹙,道:"《陌上花》?"

张银娘轻叹一声,道:"实不相瞒。落梅镇虽人人都爱唱梅曲,但除了我家小姐,是谁都不会唱这支曲的。"

苏姑娘脱口道:"你家小姐会唱?"

鲁韶山心中刹那间闪过小婉的影子,但随即失笑想道:"青家小姐快五十岁了,那小婉还只有十来岁,她当然不是青家小姐。"

张银娘低首道:"昔年梅曲四小班之一的百花班名扬天下,此曲便为百花班红牌戏子所写。我们小姐曾与他相恋,会唱这曲子,这曲子是他教的……"

鲁韶山听到此处,不禁望了苏兰泽一眼,周九昆已赞道:"这样难的一支曲子,难为苏姑娘你只学得一遍,竟能唱得如此动人!"

苏兰泽嫣然一笑,道:"后来呢?"张银娘识趣,忙答道:"小姐后来便要与他私奔,却被老爷捉了回来,将那戏子羞辱一番,又将小姐锁在孤鸿馆中,想要断了他们的念想。谁知那戏子愤愧之下,投水自尽。头七那一天,我们合府上下,却清清楚楚听见他在墙外唱那支《陌上花》,我们这边民间有谚,说是因痴迷而死,当化为一种叫'魅'的鬼物。我们小姐……从此便疯了。"

她说得平平淡淡,但一阵寒风吹来,众人耳边仿佛响起那幽幽曲音,背上却禁不住一阵发冷。

绿萼缓过劲来,嚷道:"所以咱们落梅镇没人会唱,府中也没人敢唱。那天我听凤梅姐姐唱曲,心中又是害怕,又是奇怪。"

她长吸一口气,接下去道:"我听她一边唱曲,一边对镜梳妆,她素日就喜欢打扮梳妆,那妆台也是她求银夫人赏给她的,平常妆台上的胭脂水粉,从不让我们动一动,我们也不敢去坐她的妆台。过了一会儿,她站起身来,推门出去。"她瞳孔蓦然睁大,显然想到了一样恐怖至极的事情,"我觉得有些蹊跷,门口的李嬷嬷在叫她,她也毫不理会。"

杨恩蓦然转身,道:"我们出去看看!"

众人随他出来,却见他走到院门外,侧耳聆听孤鸿池中的水声。突然,他停下脚步,叫道:"兰泽!"苏兰泽随他时久,心意相通,即指向池边,问道:"银夫人,凤梅可是从这里投水?"

张银娘点头道:"正是。"

众人见那池边光秃秃的,一株草木也无,一带灰白石岸,衬得那碧水更是幽沉无比。回想暗夜之中,唱曲的女子飘然而来,毫无预兆地投水自尽,魂归水底,不禁都心生寒意。

绿萼抖抖索索地跟着出来,她毕竟年幼胆小,拉拉旁边一个年老仆妇,叫道:"李嬷嬷,凤梅姐是从这里投水的吧?"

众人一齐看向那年老仆妇,但见她脸色苍白,连连点头道:"是!是!那天我侍候上房茶水回来,在门口遇见她。我跟她说话,可她不理我,推出院门向池边奔了过去……"她紧张地绞住手指,"天黑,院外又没掌灯,我就听她在暗里叫了一声'青婉'!然后是'扑通'一声水响……"

众人一齐色变,失声道:"青婉?"

李嬷嬷松指抚着胸口,似乎想平息当初的惧意:"她叫的那一声'青婉',简直不是她平时的声音……那是……那是一个男人的声音……"她有些惶然地望了一眼张银娘,声音低了下去,"银夫人,真的,那是……那是当年凌玉树的声音……我记得清清楚楚,那声音带一些苏南口音……好明显……"

秦全已是按捺不住,厉声喝道:"青婉是谁?这凤梅临死前为什么叫她的名字?"

张银娘吓得"扑通"一声跪倒在地,道:"大……大人息怒,青婉……我家小姐姓青,单名一个婉字……"

一时众人噤声不言,唯有寒风吹过,仿佛一直吹到了在场每一个人的心里。

唯有杨恩轻声道:"青婉?"

周九昆突然道:"银夫人,你说你家小姐多大年纪?"张银娘脸上浮起一缕古怪的神情,犹豫片刻,还是答道:"她比妾身小三岁,今年虚岁四十七,属兔的。"

微微一窒,随之而来的又是一阵难言的寂静。杨恩沉吟不语,苏兰泽微带笑意,周九昆神情平静,秦全目光游移不定,赵久一面容迟滞,一旁的衙役王嵩却咕哝道:"凤梅年纪轻轻的,没有什么伤心事,为何要溺水自杀?可若要说是他杀,那晚守院的院公可是亲眼见她回屋后就没出去过,同室的不过是一个小丫头、一个老嬷嬷而已,有谁杀得了她?"

绿萼尖叫一声,连连摆手道:"我没有!凤梅姐那晚……那晚古怪得紧,我又晕晕乎乎的……"

李嬷嬷看了一眼女尸，突然一把抓住张银娘的手，颤声道："银夫人，我知道！我知道凤梅为什么会自杀！我知道！"

"银夫人，老奴该死！老奴该死！老奴早就知道，"她枯老筋绽的手指远远一指，道："凤梅死前一天，曾跟老奴说，近七八天以来，每晚都听到小姐在院里唱曲，唱也罢了，三十年来她时时都唱的。可这些天似乎还有个男人声音与她唱和！凤梅说她悄悄进去过一次，明明听着有男人声音，一进去，里面什么也没有！就远远看见个女子，身着戏服，在那院里的戏台上一个人唱曲！"

张银娘脸色顿时变得煞白，失声道："什么？这么大的事情，你怎么不早告诉我？你老糊涂了？"

李嬷嬷几乎要哭出声来："老奴一见凤梅死了，吓得什么都记不起了！我只知道叫'救命！救命！'，还好夫人你来得最快，不然老奴吓也要被吓死了！"

众人悚然回首，望向那极深之处的孤鸿馆。馆中似乎种有不少大树，树冠参天，叶落殆尽，只有无数苍黑枝杈直刺天穹，看上去分外妖异。

周九昆喃喃道："怪事……难道青府当真受到诅咒，引来鬼物作祟？"

众人脸色陡变，绿萼又尖叫一声，紧紧抓住李嬷嬷，几乎要当场晕过去。

鲁韶山目光炯炯，漆黑的两道眉毛向上一扬，展露出几分年轻人的桀骜英武之气来："天地之间，浩气长存。幽冥之事见不得天日，况且往往是人心生鬼，岂是鬼真来缠人？凤梅之死虽然诡异，但这天下无不可破之命案，只有难逃逸之法网！"

周九昆冷笑一声，倒是杨恩微微点头，神情中已露出赞赏之意。

苏兰泽也笑道："鲁捕头这话大有道理。"

她这一笑，当真脸颊生艳，清丽不可方物。鲁韶山抬起头来，只与那秋水双眸一触，便觉神昏目眩，忙不迭又低下头去，心道："真是邪门，天下竟有这样的女子！美则美矣，偏也像那捕神大人一般，叫人不敢正视。"

苏兰泽抿嘴一笑，向鲁韶山道："若是摒弃鬼神之说，鲁捕头对此命案有何看法？"

鲁韶山心头怦怦乱跳，强自胸有成竹道："问案之先，自然是地点、人物、时间这三大要素。"他转向听得呆住的张银娘，问道："银夫人，凤梅既然是小姐的侍女，寻常活动的地点，无非是小姐居住的孤鸿馆和馆外这一所下院。对否？"

张银娘点头道："正是。"

鲁韶山道："嗯，地点有了，便是人物。这孤鸿馆中长住之人，除了小姐，便是下院里专门侍候她的人。算来算去，也不过只有绿萼、李嬷嬷和凤梅三人。从问案来讲，论说跟凤梅接触最密之人，只怕嫌疑也是最大。"

李嬷嬷急地叫起来："官爷！我和绿萼可跟凤梅的死无关哪！"

鲁韶山扫她一眼，笑道："你急什么？你们是住在里面的人，可不是只能跟凤梅接触的人。这府中还有许多人能接触到凤梅，比如送粮米衣食来孤鸿馆的下人，还比如说像银夫人这样的主事人。她时常瞧瞧小姐的近况，走得勤了些，也是有的。"

张银娘怔怔听到这里，勉强一笑，道："鲁捕头你绕来绕去，可把贱妾也绕进去了。"

鲁韶山向那李嬷嬷道："凤梅死的当天，除了你们，还有什么人来过孤鸿馆？"

李嬷嬷摆头道："谁也没有。送东西是每月的初一、十五，银夫人住得远，离这儿也有好几重院落呢，过来一趟得要一炷香的时辰，因此，她也只能三两天来一次。可前几天恰逢听说大人们要进驻咱们府里，银夫人忙着布置客房，也有好几日没有进来过了。"

周九昆忍不住一笑，调侃道："如此看来，害死凤梅之人不是绿萼，就是这位李嬷嬷了？"

李嬷嬷一听，又要叫屈。

鲁韶山心中突然一跳，想到一事，脱口道："这院中若无他人，唯独通向孤鸿馆，难道是……"

秦全大声道："莫非是你们小姐发起疯来，又从里面跑出来害了她？"说到此处，他自己也摇了摇头，道："不对，那至少李嬷嬷要看见有人推凤梅落水才对。"

众人面面相觑，只觉百思不得其解。鲁韶山也摇头，颇觉难以自圆其说。

杨恩一直坐在铜镜之前的锦凳之上，没有出声，此时，他方才缓缓站起身来，说道："鲁捕头，问案必有时间、地点、人物三要素，这原是不错。不过天下的案件，千奇百怪，却不可一概以常理推断。"他微微一笑，道："只因天底下所有的凶手，都有着千奇百怪的想法，若以常理推断，可是万万抓不住他们的。"

他眉峰一挑，向王嵩等问道："你们得知命案发生，便赶到青府，封锁现场，是也不是？"

王嵩得意道："这个自然！我们鲁头儿教过我们，蛇出没七步之内，一定找得到解蛇毒的药草。杀人现场之中，也一定能找到破案的线索。"

杨恩紧跟问道："凤梅有多高？"

鲁韶山扫一眼那女尸，尚未答言，绿萼已回道："凤梅姐比奴婢要矮了半个头呢，比银夫人也要矮许多。"

凤梅身材确实娇小，停尸床上脚下头上空出一截。杨恩点了点头，转过身来，一指那妆台前的坐凳，道："绿萼看到坐在镜前梳妆的女子，一定不会是凤梅！"

众人不明其意，苏兰泽却猛地一合手掌，道："正是！我怎么没有注意到这只凳子？"杨恩笑道："我看不到凳子，方才不过是无意中坐了下来，谁知一坐便知有异。"苏兰泽如明了他的心意一般，伸手扶他过去，竟又在那妆台前坐下。

杨恩笑道："喏，这凳子矮了。"苏兰泽笑道："你还是高了些。"杨恩以手按按台面，又缓缓拭过那直径不过尺许的镜面，道："不错，对于身材高挑的女子来说，这凳子可合适得多了。可凤梅如此娇小，怎会用到这只凳子？"

绿萼突然一拍脑门，叫道："这凳子是我的！咦？"她转身从旁边扯过一只略高些的半旧锦凳来，道："这才是凤梅姐的，她……她为什么要用我的凳子？"

杨恩"目"中锐光一闪，鲁韶山却突然明白过来，叫道："她不是凤梅！那个坐在镜前梳妆的人，根本不会是凤梅！"

他遇上杨恩赞赏的"目"光，更是一鼓作气说了下去："凤梅最爱梳妆，镜子自然要正对着脸的高度才行，可这个高度是照不出她的脸庞的！没有镜子映照，她如何梳头？如何点上梅花妆？"

秦全失声道："什么？屋里的居然不是凤梅？可那院公和李嬷嬷都说……"

李嬷嬷也茫然道："她跑出去时，可是与凤梅一般高矮的呀！"

杨恩微微一笑，道："夜色昏沉，院公与李嬷嬷年岁已老，看不太清。她匆匆入室，又匆匆跑出去，连声叫她，她都不肯停步，岂非心中有鬼？再者，她低头弓腰身，自然与平时身高无大异状。"

张银娘惊呼一声，喃喃道："但此人为何要冒充凤梅？她投水自杀……岂不是害了自己的性命？"

杨恩冷笑道："谁说她是害了自己的性命？她根本没有投水！"只听他又道："方才绿萼说，凤梅奔出门去，只是'扑通'一声，便跳入了池中。李嬷嬷，你仔细想想，是不是她从你身边跑过，才到池边，便'扑通'一声跳入池中？"

李嬷嬷连连点头，道："正是！那水声好大，可把我吓了一跳呢！她就叫了一声'青婉'，然后'扑通'一声……没声息了。"

杨恩突然唤道："兰泽？"

苏兰泽会意一笑，道："我倒想请大家去外面池水边瞧瞧。"她瞟了鲁韶山一眼，道："杨恩已有见教，只不知鲁捕头肯不肯帮个小忙？"

池水岸边，俱是由灰白长石砌成，因年代久远，略微有些残破，水面碧清，飘浮一层枯败草根。

鲁韶山只穿一身单衣，犹豫地站在池边，道："当真要跳？"

杨恩淡淡道："子非鱼，安知鱼？亲身历为，才是破案的主要凭恃。我破太湖盗盟时，仅凭口衔一根苇杆换气，在寒冬的湖底足足蹲守了四个时辰。鲁捕头，凡成大事者，必具有大胸襟，也要能经大苦难。你年岁尚轻，莫非就吃不了苦吗？"

鲁韶山无言以对，只好横下心来，咬一咬牙，猛然跳下池去！

"哗啦"一声轻响，众人纷纷后退，但见水面纹痕漾开，显然是鲁韶山在水底游动。

王嵩十分担心，趋身池边，叫道："头儿！可要我找根竹竿拉着你吗？"

"哗"的又是一声水响，却是鲁韶山从水中冒出头来，一边口里嘶嘶吐着冷气，一边叫道："不用！这水……"苏兰泽笑道："放心吧，这水是生有苔色，看上去深，其实浅得很。"一言未了，果见鲁韶山从水中站起身来，那水却只到他的腰间。

苏兰泽笑道："小心些，莫往后走……"一语未了，却听他"哎哟"一声，脚下似乎踏空，整个人又沉入了水中，慌得他连划数下，这才浮了起来。他惊魂未定，口中一径嚷道："就是池边很浅，往前走深得紧！我都探不到底呢！"

苏兰泽咯咯笑道："起来吧，莫要当真着了凉。"言毕，她竟伸出自己一只欺雪赛霜的手来，意即拉他上岸。

鲁韶山脸上无端一红，只得握住，入手只觉又嫩又滑、柔软如绵，一时间心头怦怦直跳，也不知自己是怎样被她拉上岸来的，只浑然忘却了身上寒冷，心里只盼永远这样被她拉住才好。王嵩忙带他去下院换衣服，换过衣服回来，二人远远便听秦全道："苏姑娘真会折腾人，好端端地叫那鲁捕头下水冻了一回。"

苏兰泽眸光如水，停留在鲁韶山身上，问道："但不知鲁捕头有何见识？"

鲁韶山微微一笑，道："此时我已知道，当时凤梅跳下水时，其实根本不会死！"他目光一转，扫过脸色微变的众人，道："又或者说，那跳下水去的根本不是凤梅！"

他一指池水，道："方才我尽力一跳，那岸边水位却只到我的腰身。凤梅一个弱女子，根本不可能直接跳入深水区中，又怎会'扑通'一声之后，便再无声息？只怕是'哗啦'一声后，便要嚷叫这水淹不死人呢！"

杨恩笑道："那鲁捕头的意思是……"

鲁韶山大声道："当时跳入池中的，根本不是人！我在池底摸到一块大石，池底生满滑苔，偏偏这石上却甚为干净。只怕那'扑通'一声的，倒是这个物件！"

李嬷嬷张大嘴巴，喃喃道："皇天啊，那凤梅……凤梅投池后，老奴跑去叫人来救，他们……他们明明是从这水池里捞上来凤梅的尸身的呀！"

杨恩手中正拿着先前苏兰泽用过的长竿，他将长竿插入水中，停了半刻，冷冷一笑道："那有什么难的？早在那'扑通'一声之前，只怕凤梅早被害死，其尸身已经安安稳稳地沉在这边的池底了！"

周九昆倒吸一口冷气，道："何出此言？尸首如何过来？又如何刚好流到此处？"

鲁韶山大声道："池底高低不平，这水由西流向东边，东边恰有一道低坎，如果尸首是被暗流推过来的，就一定会被那道坎拦住！"

苏兰泽笑道："鲁捕头这池中一跳，当真跳出了些门道。"

鲁韶山不敢接言，随即又疑惑道："只这府中水道纵横交错，谁知是从哪里冲过来的？"

秦全听得目瞪口呆，此时忍不住道："且住！你们不过是凭一只凳子，便推断出这许多荒谬的话来！若是凤梅那天急着出门，便是坐只略矮些的凳子，照着半边脸庞梳妆，也未必不可能！此证浅薄，不足服人！"

杨恩将手中长竿从水底抽起来，往岸上一丢，吩咐道："鲁捕头，烦你去把仵作叫来。"

一时仵作过来，是个四十余岁的汉子，模样老实，平生第一次见这许多贵官，着实有些紧张，哆哆嗦嗦跪下行礼道："小人孙开全，叩见各位大人。"

秦全性子最急，抢先问道："你这仵作，当真验出凤梅是溺水而亡的吗？"

孙开全答道："回大人，我们捕头心中也有疑惑，这才叫小人验过几次。可她口鼻中俱有泥沙，小腹涨起，这正是溺水的情状，自然是溺水而亡了。"

杨恩突然问道："你可曾开喉验过？"

孙开全一怔，鲁韶山迟疑道："开喉验尸？"

北风吹来，一股冷风钻入领口，苏兰泽忍不住道："你既胸有成竹，不如全都说出来吧。风大，你今日动了真气……也禁不住在这里长待。"

杨恩咳嗽一声，又紧了紧裘领，淡淡道："也罢。各位大人，鲁捕头，还有孙仵作，你们听好了，若当真是溺水而亡，尸体被捞上来一天之内，腹中积水自然排出并平复下去。我先前便在奇怪，怎么凤梅死去数天，居然腹腔仍然肿胀？"他顿了一顿，道："所以请仵作割开死者喉咙，打开死者的腹腔。若气管中并无泥沙，腹中也无积水，则死者必是被害身亡。"

孙仵作忍不住问道："大……大人，若是被害后丢入水中，为何口鼻有泥沙，腹腔会涨起？"

苏兰泽道："这有什么难的？泥沙可以灌到死者的口鼻中，气管里却灌不到，所以作没作假，一看气管便知。至于腹腔涨起吗……"杨恩接过话头道："检查死者全身，特别是足踝处可有三角形或圆形创口？若有，定是以此接入细管，便如宰牛猪一般，靠吹气入内而使腹腔肿胀。"

他眉头微微一皱，接过苏兰泽递过来的手帕，捂住口鼻，又咳了几声，道："凤梅若是自己溺水，则不会有人假冒她弄出诸般的动作。她一定是先被害死，再被抛入水中。凶手深谙府中溪流的趋向，算准了时间，才让她的尸体恰好被水流推到这里。若要得知凤梅的尸身是从何处被抛入水中，从而流到此处等着那个假凤梅前来投水的，也容易得很。"

他看了一眼神色各异的众人，安然道："凶手必定是算好时间，才推凤梅入水。因为若在水中时间太长，仵作一定能验得出来，到时便会自相矛盾。所以，估出那假冒凤梅之人，从房中梳妆到投水假死的时间，再根据这个时间来逆推尸体是从何处下水，就一定知道凶手的作案现场。"

他叠好手帕，从袖中掏出一物，道："绿萼说凤梅自孤鸿馆内出来，便在妆台前梳妆打扮。你们也说凤梅遗容上点有鲜明的'梅花妆'。可是我在妆台上只拾到这一盒胭脂，里面却是满满的，毫无用过的痕迹！"他"目"光扫过众人，却如刀锋般锐利逼人，"首先我在想，凤梅的'梅花妆'，一定是早已化好，并非在自己室中所化！"

众人动容，秦全叫道："不错！我怎么没注意到这个？"

杨恩将手一扬，将手中胭脂盒抛给鲁韶山，鲁韶山慌忙接住，但听他道："兰泽，你是调弄脂粉的好手，咱们京城最有名的'艳粉斋'里的脂粉师父，不也向你讨教过几手吗？你倒说说看，凤梅额上梅花妆的胭脂浸水不褪，是何道理？"

苏兰泽笑道："市面上的胭脂，俱是用石榴或山花绞汁而成。艳粉斋有一种胭脂，名为赤红玉，却是在红蓝中又加入一定分量的重绛，不但颜色更轻薄透明，而且持久不易脱落。我先前已经看过，那凤梅额上的梅花妆，用的正是赤红玉。不过赤红玉极是贵重，一小盒便须十两白银，也不是寻常人家用得起的妆品。"

她轻笑嫣然，说的都是闺阁旖旎之事，但听在众人耳中，却让人觉得有说不出的寒意。

又是一阵北风吹来，天地间越发阴暗。鲁韶山陡然惊觉，周围早已暮色四合，青府到处都掌上了灯，灯火微光，透过树影隐约射了过来。

苏兰泽扶住杨恩，道："凤梅那天一定是极高兴的，所以她还弄到了赤红玉的胭脂，兴兴头头地装扮了自己，谁知乐极生悲，连自己性命也丧失殆尽。"她转头看鲁韶山一眼，笑道："鲁捕头，你听懂了没有？这府中谁才有赤红玉的胭脂？这府中谁的身形与这妆台锦凳最是符合？凤梅的尸身究竟从哪处居所被投下水中？嗯，对了，假冒凤梅之人奔出门时，不巧遇上李嬷嬷，在石头扑通入水之后，他（她）又听见了李嬷嬷的呼叫，心中当知青府其他人会很快闻声赶来，所以他（她）也无法在这短时间里脱身走远，只能混在赶来现场的人中。"

李嬷嬷"啊"的一声，仿佛想说句什么，却只将嘴巴张了几张，没有发出一个字来。

苏兰泽瞥她一眼道："鲁捕头，这四件事容易查清，那凶手是谁也就水落石出了。"

鲁韶山尚未转过神来，只听她又轻声向杨恩道："你该吃药了，这里交给他们去办吧。"言毕扶了杨恩，竟然当真迈步便走。

影影绰绰的灯影余光，洒落在每个人的身上、脸上，在地面投下形态各异的狰狞阴影。众人有若石像，四下里也是死一般的寂静，连绿萼都恨不得想要停止所有呼吸的声音，但那腔子里的一颗心却还在扑通扑通地跳，跳得从未有过的大声。

杨苏二人相携而行，不过走出十余步，忽听背后传来张银娘的声音，竟是说不出的安静平和："大人留步，贱妾有一事请教。"

杨恩脚下一滞，陡然转过身来，目视张银娘，道："银夫人，你颊上所染的胭脂，应该便是那赤红玉吧？"

一语既出，满场皆惊。众人虽有大半猜测，却终不及杨恩这一句话振聋发聩，绿萼惊叫一声，紧紧拉住了一旁的李嬷嬷，却惊觉对方也在瑟瑟发抖。

张银娘嫣然一笑，笑容竟还有几分娇媚动人："捕神明察秋毫，可否告诉贱妾，那凤梅不过是个侍女，身份卑贱，别人何以要置她于死地呢？"

苏兰泽望了杨恩一眼，抢先道："如果我没有推断错，凤梅正是在银夫人你的居所被你杀害，你算好时辰，将她的尸身沉入水中，顺流漂来。那在房中梳妆唱曲的人，也是你银夫人假扮的吧？不然的话，你的居所离此地有一炷香的时间，你却为何能在李嬷嬷呼救之后，便能马上出现在这里？"

"凤梅绝非一个身份卑贱的侍女。"她摸出先前从房中拿出来的绣帕，道，"她平时绣的一幅小小手帕，不过是寻常荷花荷叶，用的居然有浅青、深碧、淡绿、鹅黄、桃粉、艳朱、银白、妃红等不同颜色的丝线，还用上戳纱、打点、铺绒、网绣、夹锦、十字桃花、扣绣、拉锁针等不同绣法，着实精巧无双。若论技艺，便是在京城，只怕也只有公侯之府，才能找出这样手工精巧的人来！小小的青府，能有几两积不得的银子，竟买得起如此上等的侍女？"

张银娘一怔，随即咯咯笑道："不错，凤梅这丫头，也忒是粗心。若不是样样都露出马脚，也不会死得这样快！"她扫视众人一眼，眉宇间竟有几分凌厉之意，"只可惜，死人根本不可能再开口说话！她为何而死，你们永远都不会知道了！"

言毕长啸一声，整个人宛若一只大鸟，竟腾空而起，一跃便落上了高高的楼阁屋顶！

绿萼惊叫道："银……银夫人！"她惊吓过甚，手指空中，连连发抖，竟是再说不出一个字来。

周九昆冷哼一声："想走？"随之跃起身来，直向屋顶掠去！鲁韶山喝道："追！"众衙役醒悟过来，铁尺抖动，呼喝着围了过去！只是他们武功低微，又不能纵高伏低，只有穿墙出院，封住几个重要出口。

鲁韶山奔了几步，转头看了杨恩一眼，只见他孤零零地立于夜色之中，旁边的赵久一又浑身都在筛糠，稍一犹豫，便又奔了回来，守在他的身边。他按住腰间的刀鞘，尽量用轻快的声调说道："捕神大人，有他们就行了，那女人跑不了——用不着咱们。"他还特地把这个"咱们"二字咬得更重了些。

杨恩不易察觉地一笑，答道："是的，这缉捕疑犯的事情，原也用不着咱们。"

"哗！"却是秦全的金刀在空中划过大片金光，在暮色中显得异常明亮，刀光挟带逼人杀气，呼啸如浪，直向张银娘卷了过去！

张银娘娇笑一声，扬手一挥！"嗖嗖"数声！却是暗绿光点向众人击来！秦全金刀不收反激，一片金光刹那间将暗绿光点尽数卷入其中！众人眼前突然一亮，却是那些暗绿光点自金光中蓦然涨开，刹那间化为一团团绿荧火焰，有如活物一般，反向秦全扑去！

"幽冥寒花？"秦全大喝一声，刀上真气陡涨，那些绿荧火焰一触刀气，随即滋滋熄灭！唯有一朵绿焰未曾全熄，一闪而逝，擦过秦全手腕，秦全疼得大叫一声，几乎要脱手掷出金刀！

"唰！"恰在此时，周九昆剑气已到，直击张银娘后背空门之处！

"砰！"剑气正中张银娘的后背，发出一声沉闷声响！鲁韶山大喜，叫得一声："好！"却见张银娘身形疾奔，如被弹之丸，刹那间反向前又飞出数尺！杨恩皱眉道："她穿有金丝软甲？"

鲁韶山恨道："正是！周大人这一剑虽然精妙，却是帮了她的大忙，无疑是浪费真气，还白白把她送出些路程！"

张银娘足尖只在屋顶兽头上轻轻一点，身子只在空中轻轻一个转折，双臂伸开，衣袖飘扬，竟如仙人渡云一般，整个人飘然直向前方飞去，眼看便要逃出众人包围之罗网。

张银娘长吸一口气，正待飞身而起，却觉鼻端仿佛有幽幽暗香，沁人心脾。

她定睛一看，不禁大惊失色：夜晚的冷风，吹起一片白梅花瓣，霎时封住了她所有的去路。纷纷花雨之中，有一个银裘白衣的女子，正自檐间缓缓升起，衣袖在夜风中飘拂不定，带来一阵阵幽暗的梅花冷香。

这位名闻江湖的乐神，当真是态拟神仙，似乎还多了一种凛寒如冰的气质，令得张银娘这样阅历丰富的人，心中也不由得升起一股惊惧之意。

苏兰泽手中执着一根竹笛，正是先前杨恩爱不释手的那根，缓缓行了过来。她的步态如此优美而轻盈，仿佛足下踩的并非是冻硬溜滑的层层瓦脊，倒是临水凌波一般。她淡淡道："你跑不了啦！"

张银娘一咬牙，脱手扬出数道袖箭！箭头乌黑，显然上有剧毒。她不敢怠慢，毒箭方才脱手，已从衣襟之中抽出一柄冰寒如水的短剑，疾若快风，直向苏兰泽刺了过去！

苏兰泽不闪不避，引笛就唇，吐气而吹！

鲁韶山一跃而起，急道："苏姑娘！"

"噗噗！"芳若兰草的气息，自笛孔中喷薄而出，刹那间扩散开去！仿佛一只巨大无形的手，把握着天地之间最神秘的力量，只不过是挥掌轻轻一推，那些袖箭便在空中一滞，哐啷啷数声轻响，颓然落于青瓦之间。

张银娘手腕一挥，和身扑上！掌中短剑耀眼夺目，泛起一片寒光！

苏兰泽已引笛吹响，还是那支《陌上花》——"春日游……"声音清越冷锐，字字如针，竟有种说不出的寒彻入骨。

"啪啪啪！"数声轻响，叮的一声，先是什么物事落了下来。

"杏—花—吹—满—头……"叮，一声，叮，又一声……叮叮叮……

空中无形的阻力，宛若平地张起的大网，将疾射如箭的张银娘活生生地陷滞在了半空之中。她尚保持着攻击的姿势，却不得不睁大眼睛，眼看着自己掌中所握的那柄锋利短剑在这声声悠冷笛音之中，如腐木裂开般片片落下，而全身的真力，也在这"网"中如抽丝剥茧般缕缕消散。

"陌上谁家年少，足风流？"笛音一变，复又悠远袅然。众人于这冬夜的寒空中，蓦然听闻此曲，竟有春意暖盎的意味，仿佛当真看到了那风和日丽下的田陌，有繁花如锦，在风中徐徐盛开。

无形的大网，仿佛滚烫的汤水泼于冰雪之上，刹那间消散得无影无踪！张银娘尖叫声中，整个人已自空中落下，重重地跌到了屋瓦之上！

她半抬起头来，绝望地看着眼前这如雪的女子："你……你简直不是人……"

鲁韶山长吐一口气，惊讶又钦佩地叫道："厉害！"

周九昆提剑追来，目睹这一番奇景，不禁呆若木鸡。

秦全"呛"的一声，金刀回鞘，笑道："苏姑娘真是好本事，怪不得咱们捕神去哪都离不开姑娘呢！"

苏兰泽冷冷看了他一眼，顾不得他话语带刺，向着张银娘道："银夫人，事已至此，你也不必躲避。你如此费尽心机杀死凤梅，所为何事？你不过是青府一个旧妾，为何却懂得使出'幽冥寒花'这幽冥门的功夫？你藏身青府，到底有什么目的？若是全部交代，杨恩定会给你一条出路！"

张银娘口唇青白，浑身软绵绵的，提不起劲，她自知再难逃脱，索性也没有任何乞怜之意，以手支撑，慢慢地仰起身子，强笑道："出路？哼……一入幽冥门，至死不放魂……"

鲁韶山听得一头雾水，不由得看了杨恩一眼，却见他面色沉静，远远看向屋顶，眸光莹亮——那覆于瞳面的东海鲛晶，竟比真正的眼珠还要晶莹动人："凤梅来历不凡，银夫人你也如此神秘。我想，你们一定都有自己的目的，才来到这落梅镇上的青府。或许正是因为你探知了凤梅的秘密，才对她起了杀心，甚至连她的死你都要处心积虑谋划，为之披上一层诡异的外皮。现在我要问的是，银夫人，你在担忧的，想要阻止的，咳咳，究竟是什么？"

张银娘身子晃了晃，浮起一缕古怪的笑容："我不告诉你们。你们这些人，什么都不懂。"

她突然扬起手来，尽力一挥！杨恩脸色陡变，叫道："住手！"众人抢身而上，然而已经晚了一步——张银娘不知何时，已从地上悄然摸起她方才射出的一支毒箭，只是"嗖"的一声，便已深深刺入了自己的咽喉！

鲜血四溅，在清冷的夜色里，一滴滴喷散开去，落在瓦面上的血点子，却是浓稠如墨。张银娘如抽去筋骨的皮影人，软软趴下，再无动弹。

苏兰泽俯下身去，只看了一眼，便直起身来，一言不发，身形已飘下了高高的屋檐。

天色灰沉，时近黄昏，有层层的彤云，从天际一直深深压了下来。

秦全负手站在门口，看了看天空，说道："看这天色，只怕今晚要下雪了。"杨恩坐在一边，一手摸出柄匕首，另一手饶有兴趣地把玩着盘子里的几枚小核桃。守着小炉煎茶的苏兰泽，忽然直起身来，"噫"了一声，道："鲁捕头回来了。"

园门开处，果然鲁韶山匆匆进来，将手中一只包袱交给苏兰泽，略一犹豫，道："你眼睛怎么红得厉害？"

苏兰泽眨了眨眼睛，道："昨晚睡觉时落了枕，一夜没睡好。"鲁韶山疑惑地看了她一眼，这才叫道："捕神大人！"

杨恩倒转匕柄，"啪"的一声，核桃硬壳应声而开。他微笑着递给鲁韶山一颗，道："都处理完了吗？"

鲁韶山接过核桃，激动得满面通红，答道："小人已一一问过府中家人，他们说张银娘原是京都人氏，被买入青府后也没有与什么亲人有往来。倒是凤梅……买进时说的是江浙人氏，但在她死前的第四天，却有个自称是她远房伯叔的人来看她，那人却叫门上家人拦住了，没能进得府来。听那人的口音，倒不像是正宗江浙话。"

他看一眼手中核桃，又看一眼正抢匕首柄欲砸下去的杨恩，突然指着匕首叫了起来："这……这……这不是御赐的龙头匕吗……你……"

杨恩咳嗽一声，砸开第二颗递给秦全，道："那人找她，自然不是为了探亲。"

鲁韶山盯着手里的核桃，不知要怎么办好。秦全忍不住道："我看那凤梅不过是绣工好些，说不准还是哪个大户人家的逃婢，这才惹得张银娘起了疑心，失了性命。杨兄你的意思……"

"不仅是这样。"杨恩静静道。他眯了眯眼睛，那一瞬间，眼中射出的锐利光芒竟有猛虎般的威严，"凤梅死前第四天，曾有亲人探望未果，死前第三天，她开始连夜绣那条荷花帕。"

他随手把放在桌上的帕子递给周九昆，道："大家都瞧瞧。"

"啪！"第三颗砸开的核桃，他递给了周九昆："咦，那张银娘杀了凤梅，自己冒充她做出投水假象，可她怎么也会唱这支《陌上花》？"

秦全心不在焉地翻看帕子，未发一言。

苏兰泽灵巧地从炉上端下茶壶，提入室中，又一一将旁边小几上摆列的茶盏添满。

周九昆伸手取过一只茶盏，笑道："苏姑娘真乃茶道高手，烹出来的茶水果然香气怡人——各位切莫辜负。"

他嚼碎核桃，品一口茶，赞道："好香！好茶！"

苏兰泽笑道:"这是本地的'梅雪芽'茶,胜在香气清幽,配这核桃最好,只怕是回味却是过于苦涩了些。"她顿了一顿,道:"我看那青家小姐与凌玉树,便如这茶一般,若遇核桃为佐,更是分外香浓,却回味出许多苦涩。"

周九昆道:"听说当初青小姐喜欢那个戏子,二人说好了私奔,她却终是没去,大雪天里,哄得那戏子在河边苦苦等了一夜。她家的人还要抓那戏子见官,那戏子性情也刚烈,又羞又气之下,这才投河自尽的。"

他放下茶盏,脸上尽是不屑之情:"青家心中有愧,府中才多有魅影异事,说起来,不过是人心中的鬼魅作怪罢了。"

苏兰泽长叹一声,道:"昨天遇见的那个小婉,这么冷的天气,她穿那么少,也不知是这府中的什么人,有无家人,家人又是怎么照管她的。现在张银娘一死,这青府失去了最后一个主事人,只怕以后更是败落不堪。青家小姐过去纵有不是,可是现在又疯又癫,没了父母,连父妾这个庶母也没有了,此后更不知要比小婉可怜出多少倍呢!"

周九昆不语,却拾起帕子,拔出剑来,以帕轻拭剑刃,低声唱道:"纵被无情弃,不能羞。"他嗓音原就沙哑难听,这两句词唱出来,全无动人音色。但不知为何,鲁韶山听在耳中,竟觉心里涌起一股说不出的郁郁之气。

周九昆手中长剑原就锋利,在精心擦拭之下,更是晶光闪耀、分外寒凛,鲁韶山看在眼里,忍不住道:"青萍剑客周九昆,十四路相思剑法名震江湖,听说用的剑也叫作相思剑,就是这把剑吧?但不知剑名由何得来?"

周九昆头也不抬,却伸出一根食指,略试剑锋,轻滑而过:"相思剑,长相思。这剑是因它的长短而得名。"

"长短?"

"不错,剑身长短不定,便如人的相思一般,说不清,也道不明。"

深夜。

杨恩侧过头来,淡淡道:"可有发现?"

鲁韶山小心翼翼地持着银质烛台,为苏兰泽认真照明,并尽可能不让窗隙间透进的微风,把那烛光灯影乱了半分:"苏姑娘……还在查看……"

烛影飘忽，落在苏兰泽轮廓优美的脸庞上，仿佛是蝴蝶在花间筛落的翅粉。那样专注沉思的侧影，有说不出的一种美。

鲁韶山心头一阵慌乱，偶一瞥间，眼角余光扫到那端坐椅中的英秀男子，心中却浮起一缕怅惘之意，暗暗想道："她有多美，她有多好，可他……他都看不到呢！"

烛光一跳，苏兰泽从灯影里直起身来，把手中之物塞入袖中，微微一笑道："咱们去吧。"

鲁韶山惊道："去哪里？"

苏兰泽笑道："自然去该去的地方。"杨恩微笑着伸手从旁边椅上拿起裘衣，自顾自地穿上。恰在此时，有风自窗隙吹入，杨恩身子一凛，又咳嗽两声。鲁韶山不忍，大胆道："天寒夜冷，捕神大人就不必……"不禁又看了苏兰泽一眼。

苏兰泽却仿佛洞察了他的心意，转过头来，微笑道："你是不是要我劝他不要去？"鲁韶山脸上一红，忙道："我等自会向大人禀呈，大人又何必亲履险地，更何况……更何况他的身子也不大好……"

杨恩淡淡一笑，道："子非鱼，安知鱼？鲁捕头，如果你方才不曾亲自下到池底，一定不会对凤梅之死也起了疑心。如果我不曾坐到那妆台前，我亦不知从何入手。破案讲究的是心细如发，亲临现场，于草灰之间，寻得蛇线之迹。可不像是打仗的将军，运筹帷幄之中，便能决胜千里之外。"

鲁韶山连忙道："捕神武功通神，自不会担心……"

杨恩嘴角露出一缕苦涩笑意，道："我内伤甚重，至今未能完全复原。今日动了真气，时有不适，全靠兰泽调的灵药压住病情，哪里称得上通神？只怕连个粗通武功的人都不如。"

苏兰泽已帮他整好裘衣，温言道："你是三眼捕快嘛，破案用的是法眼，又不是拳脚。"言毕低首一笑，扶了杨恩出门。

鲁韶山跟在他二人身后，心中也说不上是愧是悔，是喜是佩。眼见得杨苏二人的身影消失在廊角，他也长吸一口气，大步奔出院门，喝道："王嵩！你这小子，快给我把人都叫过来！"

凤梅死因已明，无须再保留现场，故尸首已移至废园等候安葬，守在原来下院门口的衙役们也早已撤走。绿萼和李嬷嬷胆小，早搬至别院居住，只门口守了个老院公，也是早早关起门来睡了。

檐下一盏风灯，在夜风中飘荡不定，闪动着惨白的光芒。满阶落满枯叶，被风一吹，四下飞散开去。

杨苏二人自下院而入，穿过那道小门，眼前便是一带红墙，铜钉黑漆大门紧紧关闭，门上"孤鸿馆"三字匾额摇摇欲坠。只旁边墙上有个脑袋大小的洞，一看便知这是寻常侍女们递送衣食的途径。

苏兰泽停住脚步，轻声念道："孤鸿馆，孤鸿馆……这名字，本身便不太吉利呢！"

她松开杨恩的手臂，踏着几乎没膝的墙下荒草，一步步走到洞边。只是探头一看，但觉洞口寒意逼来，不禁打了个冷战，喃喃道："这哪里是什么千金小姐？简直是被困了三十年的囚徒！"

二人越墙而入，心中暗生警惕，慢慢向前行去。院中楼阁叠迭，曲廊折回，依稀还看得出当初的堂皇富丽；但大多门窗都落满灰尘，一看便知许久无人打理。转过几道长廊，苏兰泽轻声道："是这里了。"

数丛幽篁翠竹之间，隐有一间小阁，珠帘破落，极精致的琐窗也断了半扇，但幸那竹子十分茂盛，密密挡住了门窗，从外面根本看不出这里别有洞天。阁窗下正临池塘，水色极深，落满枯枝败叶，发出腐败的水腥气。池塘对面，临水一带"之"字形石栏，竟围有一座高大的戏台。想必当时青府繁华之时，女眷们多在这边阁里围坐，隔着竹林清风、夜色水烟，看那戏台上的悲欢离合，一定是有如缥缈梦境。

那戏台是汉白玉石所砌，颇为宽阔。此时四周无人，只在廊间点了一盏红纱灯。一阵风来，吹得旁边干枯的芭蕉竹子簌簌作响。

那声响……那声响……杨恩突然低低道："有人来了！"

仿佛是极轻微的声音，糅合在枯竹摇动的碎声里。苏兰泽警觉地仰起头来，也只来得及看清，有一抹轻绡罗衣，如云气般自头顶竹梢飘过，轻盈地掠过池塘，降落在空旷的戏台上。

苏兰泽打了个冷战，不由得握紧了杨恩的手臂。

灯火昏暗，戏台上显出一个纤弱的女子身影。她身着白襦青衣，袖端接有长长两段红绡，这显然是一件戏服；头髻上也是妆花头面，后搭一层青纱，密密掩住了头发，正是梅曲伶人的装扮。只是，这婀娜的身形映在这深夜的水气之中，却如同魅影一般，美丽而不真实。

她在台上踱了几步，突然拂水袖，舞红绡，唱道："春日游，杏花吹满头。陌上谁家年少，足风流。妾拟将身嫁与，一生休。"

那李嬷嬷说过的话语、所有的诡异传言，突然间都跳上了苏兰泽的心头。在这样荒无人迹的庭院中，在这活活囚禁了三十年青春的孤鸿馆，这样一个唱着《陌上花》的戏服女子，除了是那传说中疯癫了的青府小姐，还能是谁？苏兰泽只觉一颗心怦怦直跳，几乎要跳出胸腔来。来人想要仔细看她，她却偏偏背对着这边，但单看腰肢如柳，倒还不怎么显老。

只听她又唱道："纵被无情弃，不能休。"

明知她已是近五旬的老妇，偏这短短一支曲子，字正腔圆，喉清声细，俨然如少女的心事，又有情意绵绵的誓语，吐气出声，转折跌宕，竟唱得百味俱全。

杨恩心中发冷，蓦地转过头来，但见苏兰泽怔怔聆听，敛眉垂目，唇边带有一缕隐约笑意，细白的脸庞映在夜色里，竟如一朵暗暗开放的百合。

她轻声道："'妾拟将身嫁与，一生休。'好词，真是好词！"

杨恩心中一动，仿佛有某种柔软的东西，刹那间软化开去。但闻台上那女子犹在低唱道："纵被无情弃，不能羞……"

忽闻一陌生男子的声音悠悠响起，应和道："春日游，飞花随清流。游丝飘曳何思，是闲愁。知君情如春短，未长留。何时同鸳枕，双白头。"那女子惊喜交加，回袖轻拂，转过身来叫道："玉树，你来了？"

那是一张清丽无邪的脸庞，眉目如画，哪怕是在这样暗沉的夜色里，仍醒目可见那如雪莹洁的肌肤——杨恩身子一震，几乎与苏兰泽同时在心里叫了起来："小婉！"她可不正是那梅林中飘行如仙的少女小婉！

一种莫名而来的寒气突然笼上心头。苏兰泽转头看了一眼杨恩，唯见他的眸子在微淡的夜色里熠熠生光。戏台后的长廊壁上，突然投射出一个修长的黑影，宛然一个男子的剪影。苏兰泽脑子里轰的一声，差点要大惊而逃：有鬼！真的有鬼！这不正是传说中的魅影吗？

那男子飘然前行，影子足不沾地，被风一吹，越显诡异浮动。只听"他"幽幽说道："天这么冷，你怎么还穿得这样少，一点也不知道爱惜自己。""他"发声似断似续，语音古怪，听起来着实不像生人。但小婉全无惧意，反而是满面欣喜，张开双臂，恨不得马上将"他"紧紧抱住。

"他"身形飘动，小婉双臂揽去，竟然空荡荡的全无凭恃。她怔在那里，咬了咬唇，声音中已带哭音，叫道："玉树！你是真的……真的不在人世了吗？"

"你……我等你好久，终于把你盼来了。上次你一出现，便是唱这支曲子……我一听就知道是你，可你又消失了。这三十年来，我一直唱着你教我的曲子，就盼着你能听见，哪怕是再从黄泉底下偷偷出来，与我相会……我也不惧。"

这几句话听起来诡异无比，但她却说得情真意切，字字句句，仿佛都发自于极为深切的期盼之心。

那魅影长叹一声，尾音悠远，当真有着几分虚无之感："小婉，三十年来，我一直想着你。"魅影模糊，远望有如一团青烟，然而细辨又轮廓明晰，那俯首扬腕、徘徊顾盼，一举一动，都宛若生人。

四面皆是高墙，难以穿越，便是再厉害的武林高手，也难逃脱杨苏二人的耳目。但这魅影悄无声息地出现，显然不是人类。

这次连苏兰泽的脸色都有些发白。

小婉却是浑然不觉恐惧，话语中尽是欣喜："我知道，我也……我也一直想着你。你还记不记得，三十年前，你们百花班来落梅镇，爹爹把你们请进府来，也是在这个戏台，你唱这一支《陌上花》，时作男声，时作女声……我从来没听过那么美的曲子，也从来没见过如你那么美的少年……我以为会跟你有一生一世，谁料'知君情如春短，未长留'……"

夜风簌簌吹过树枝梢头，眼前飘起了一团团柳絮般的白茫茫的物事，片刻之间，便弥漫了整个夜空。

苏兰泽轻声道："呀，下雪了。"忽觉手心冰凉，原来不知不觉，已是冷汗涔涔。

但听那魅影轻声道:"'何曾共鸳枕,双白头。'小婉,三十年了,你一点也没有变,还是那么美,如同我三十年前,在这戏台下的雪地中,第一次看到你一样。我怕……我是看不到你青丝如雪的模样了。"

漫天飞舞的雪花,映得小婉的脸庞也是明丽如雪:"你不喜欢吗?我但愿自己永远如你初见我之时,可你……为什么总是这样模糊?我……我瞧不见你的相貌。"她试图走近几步,但那魅影只是轻轻飘起,又挪开了数尺之远。但"他"缓缓道:"我很老了,怕你不认得我。你何不把青春的秘诀告诉我,让我也变得年轻些,再来见你呢?"

苏兰泽听到这里,只觉得隐隐有些不对,但觉手中一紧,却是杨恩的身子也微微一震。

小婉却摇了摇头,道:"不,不管你变成什么样子,我都喜欢你。"

忽闻一人哈哈笑道:"果然在这里!哼,小婉姑娘,你应该就是青家小姐青婉吧?"

"轰隆!"

一声惊天巨响,有耀目金色的火光蓦然在戏台中间炸开,刹那间化作无数灿烂火花四下飞溅,仿佛是元宵节的万树银花,在这一方小小戏台上盛情绽放。那些飞舞的雪花,也仿佛被这火花的热度所融化,顿时在戏台的上空失去了踪影。

火花丛中,却奔出四名黑衣人,各执巨烛,一声不吭地奔上台来,将手中巨烛一根根插在台边,四周顿时亮如白昼。

那魅影仿佛受火光所激,微微一晃,刹那间竟然消失不见。

小婉尖叫道:"你们是谁?你们要做什么?玉树!玉树!"她状若疯癫,在戏台上飞快地奔走寻找,"玉树?你还在不在?你去了哪里?玉树?"

那人笑道:"鬼魅属阴,畏惧阳炎明亮之物。我以烟花驱逐,又点燃这混合了香料的巨烛,它自然是躲得远远的,不敢再过来了。"

锦衣华服的男子昂然走上台来,浓眉一掀,掩不住的得意。鲁韶山险些叫出声来,来者居然是秦全!

"你……"小婉睁大了眼睛,两颗晶莹的泪珠清晰地从她的眼眶中落了下来:"你怎么可以这样?我好不容易才见到他,我等了这么多年……"她的声音突然哽住,一步一步向后退去,"我不想再这样等下去了,以前我以为幽冥之事终属渺然。可是现在他出现了……我……我只要一死……"

她再退后一步,足跟离戏台下的池塘,只有半步之距。

苏兰泽大惊而起,却被杨恩轻轻拉住,低声道:"且慢。"

秦全也吃了一惊,厉声喝道:"且慢!我有办法让你见到凌玉树!"小婉轻轻摇头,道:"你骗我。"秦全冷笑一声,道:"我为什么骗你?我既然能让他的魅影消失得无影无踪,自然也有让他不得不出来的法子!"

他扫了一眼半信半疑的小婉,放缓语气,道:"不过,青小姐,我要一件东西。"他的眼睛一眨不眨地盯着小婉清丽的面庞,眼中射出一种异常贪婪的神情,仿佛是山中潜伏已久的猛虎,突然看见了无比肥美的羔羊:"我——要——玉——琳——琅!"

杨恩身子突然一震:"玉琳琅!果然是为了玉琳琅!"

青婉却只是一怔,便惊喜地叫道:"真的吗?只要我交出玉琳琅,就会让我见着玉树?"她无视场中的杀气,只是发自内心地笑了起来,笑得那样美,仿佛寒冰融化后的春水,"我一直都保存着它呢,我就在这里等着他回来,玉树只要回来,我就会亲手交还给他……"

她毫不犹豫地探手怀中,似要取出何物。

"唰!"一道轻薄剑气,蓦地自墙头激射而来!秦全陡一低头,只听"嗖"的一声,却是头顶玉冠被剑气削去了小半,哐啷啷滚落在地。他向来爱惜衣冠珍逾性命,不禁勃然大怒,跳起身来,喝道:"周九昆!你是存心要跟我过不去?"

四名黑衣人也不待他发令,已拔出剑来,和地一滚,灵如飞猱一般向前攻去!一人自屋顶跃了下来,相思剑挥落一片淡青光网,剑法精妙至极。

苏兰泽喃喃道:"是他,周九昆。"

杨恩唇边露出一丝冷笑,道:"这才是螳螂捕蝉啊!"周九昆一剑格开黑衣人的长剑,顺势伸腕横撩,剑尖有如毒蛇吐芯,已狠毒无误地点中了对方的腕脉!那黑衣人"啊"的一声惨呼,丢剑握腕;周九昆剑柄回撞,闷响声中,已生生将后袭的一名黑衣人肋骨击烂!他剑势未衰,只在空中挽出数朵绚丽剑花,剑身横掠，另一黑衣人肩颈见红，仰面向后倒去！剑尖径自直刺，已送入最后一名黑衣人的心口！

他瞬息之间，数变招式，这四人或死或伤，均已经动弹不得。其剑术之高，确实令人惊异。

秦全看得目瞪口呆，心中却浮起另一疑问："他剑术如此卓绝，怎的先前追击张银娘时，还要借助苏姑娘之力？"

周九昆提起鲜血淋漓的长剑，冷冷扫了秦全一眼，道："秦大人，我二人还需比试吗？"

秦全眉上、发上都已落了一层薄薄的雪色，脸上也如雪般发白，强笑道："看不出长安侯府，居然还有你这样的高手！你武功这样高强，却拦不住一个张银娘？只怕她也是你的人吧？"

周九昆淡淡一笑，道："她也算不上是我的人，不过……"他脸上露出一缕奇异的神情，"我也不知她是怎样的女子……三十年前，她……她不是这样的。倒是那个凤梅，是你的人吧？"他盯着秦全的衣襟，那里露出碧绿的一角丝帕，"你早知这手帕上大有玄机，所以你终于还是从苏兰泽那里将其偷了出来。凤梅，啧啧，明相府中的女子，绣工精致自不必说，心机之深沉也是出类拔萃，张银娘再是着意提防，还是叫她探知了青府最大的秘密。"

秦全恨道："你早就发现了？所以偷偷跟着我过来？"

周九昆嘴角一牵，那种奇异的神情却更深了："青府最大的秘密，哼，那算是什么秘密？张银娘处心积虑地遮掩，甚至不许外人接触小姐。你呢，处心积虑地派了人进府，最终还白白损失了凤梅的性命。我早就知道了，从我在那片梅林中看到所谓小婉的时候，我早就知道，青府最大的秘密，便是这位三十年容颜不老的大小姐！"

他话锋一转，一向温文有度的笑容，便带有几分狰狞之色，"张银娘杀了凤梅，不管是帮我也好，还是帮青府也罢，总是帮了我的忙。否则凤梅若是极早传信到了你的手中，今日这位青小姐，"他望了一眼呆呆站立的青婉，"还有玉琳琅，只怕早就是你的囊中之物，却叫我用什么颜面回去见我们侯爷呢？"

杨恩听到此处，心中已如明镜一般。当朝宰相明照清执政二十余年，门生故旧遍布天下，被称为"天朝第一能臣"。但那长安侯却是当今皇太后的亲侄儿，承袭侯位，圣眷犹浓，也有不少大臣依附。如今两大势力并踞朝中，时有冲突，便是这次奉令来寻玉琳琅，居然这两大势力也要派人插手在内，以图获得重宝，难怪……

秦全退后一步，冷笑道："侯爷的胃口真是不小，居然连三十年前遗失的奇珍都不放过！不过这玉琳琅是明相指名之物，无论如何，我也要带宝回京复命！况且明相要这玉琳琅是要将其献给当今太后作为六十岁华诞的重礼，长安侯再是势大，难道还敢抢夺敬献给圣母皇太后的贡礼不成？"

周九昆递过剑身，只往地上一黑衣人尸体上随意一抹，血迹顿无，剑锋重又铮青逼人。

他伸指试锋，看似闲暇，缓缓道："你我，还有那姓杨的，谁不是奉令而来？你以为青家小姐三十年不老的传奇，就只有你们明相才知道吗？"

他移开手指，满意地吹了吹剑锋，"太后华诞在即，长安侯身为太后娘家的亲侄，自然也要觅得奇珍，才能显出子侄的孝顺。"他抬起眼来，那一道眼风却凌厉如剑，"玉琳琅乃天下至宝，明相献得，长安侯献不得？"

秦全已知不能善罢，咬牙道："各为其主，不如便看天意如何！"金刀蓦出，在夜空中划出一道长虹，激射而至！

"呛呛呛呛！"刀剑相击，电光火石之间，已各抢数招，凌厉狠辣之处，正是一上来便下了杀手！秦全的刀法师从名师，攻击时以"快疾准"而著称，原也颇有造诣，但此时对上周九昆，只是数招过后，刀势已略有涩滞，不再如先前那般疾捷如风。

"滋！"刀剑刃锋交击，发出令人齿酸的利响！周九昆剑身忽转，宛如滑鳅一般，顺势竟随刀身而下，直击秦全握刀之手！

秦全"哎哟"一声，撤刀收腕，惶然向后疾退！周九昆冷冷一笑，右手忽化为掌，顺势击在秦全右肩之上！秦全右边经脉一麻，手指松开，金刀"当啷"一声，已跌落在地！他仰身后倒，满面惊恐，眼看周九昆收掌跃起，凌空飘然折身，反手已向自己的眉心之处，刺出那凌厉的一剑！

那一剑，自空中迫击而来，竟然隐挟风雷之声！

"不要！"却是先前呆立在旁的青婉惊呼一声，整个人半扑半跌，竟已拦在前头！她张开双臂，仰首看向那冷冽如修罗般的周九昆，却是毫无惧色："不要杀他！不要！"

"你！"周九昆脸上的疤痕抽搐数下，身形缓缓飘落，剑尖却仍前指不动，"你……让开！"

相思剑尖的寒气，仿佛一束尖锐细针，随时可穿越缓缓飘落的飞雪，穿透那吹弹欲破的如雪肌肤。

一片洁白的雪花，悄然飘落在剑尖，渐渐冷凝成冰，一滴一滴，落到了她的脸庞上。然而青婉眼神坚定，竟连睫毛都不肯动上一动："你不能杀他！我还有话问他！"

"你……"或许是不忍伤害眼前这清丽如画的女子，周九昆的相思剑终于犹疑地、缓缓地收回了半寸。

青婉浑然不管，急忙扶起秦全来，连声问道："你说，你有能让玉树重新出来的法子，是不是？"

秦全惊魂未定，抹了一把脸上的雪水，却不由得露出一缕古怪的笑容："我当然有。"

"那你让他出来啊，求求你！"青婉扯住他的衣襟，不管不顾地，一径地恳求："我想念他！我要见到他，三十年前，他为了我……"她的声音缓缓地低了下去，仿佛在诉说尘封于心底已久的一个远不可及的幻梦，"我是想跟他私奔的，可是爹爹不许……我知道他在渡口等我，他说如果我不来，他会一直一直等下去……那天，也是这样的一场大雪……"

她的泪水不知不觉中已经涌了出来，一滴一滴，和着空中飞舞的雪花落在空旷的戏台上，"天亮的时候，爹爹派出去抓他的人终于回来了。他们说……他们说找到他的时候，他的全身……已经披了一层厚厚的积雪，好像雪人一样，站在渡口，一动也不动……"

"玉树……他一看到我家的人，就什么都明白了……他二话没说，便跳入了河中……"

台上一片寂静，那生死相搏的两个男人，仿佛受到某种奇异的催眠，竟然没有一个人来打断她的自言自语。

"我一直在等他回来……不管他是人，还是鬼。我日日唱起那支曲子，他的魂回来过两次，可是每一次，我都没来得及请求他的饶恕，他就很快地消失了……我只要他回来，听我说一声……对不起……"

"玉琳琅呢？"秦全突然粗暴地打断了她的话，"我答应你，只要你给我玉琳琅……还有……"他怨毒地看了周九昆一眼，"拦住他，让我走！"

"秦大人身份尊贵，居然要一个可怜的女子庇护？"周九昆开口了，话语中却有着说不出的讥诮之意。

"只要你答应我！"秦全不理他，目视青婉，坚定地道，"我以列祖列宗的名义发誓，定会让你见着你心心念念，三十年不忘的凌玉树！"

"好呀！"青婉轻声地、欣悦地答道，"自从玉树送给我羽林郎后，我就一直将其藏在自己的身边，谁也没让过。"

周九昆眼中闪过一抹疑惑的眼神，欲言又止。青婉似是怕他不信，急急探手入怀。所有的人几乎都屏住了呼吸。

她终于缓缓地收回手，又伸了出去，摊开十指。

夜色如墨，微雪纷纷飘落。在那素白的掌心里，静静地躺着一个身着五彩衣裳的小人儿。那小人儿周身都是以花布缝就，用黑线缀成眉眼，头上戴着一顶盔式帽子，帽端还缝有一根小小羽毛，针脚虽拙劣，却是栩栩如生。

所有的人都怔住了。

只有青婉欣悦的声音清脆地响了起来："看，这就是羽林郎呀！你看过《羽林郎》这个戏吗？羽林郎是皇帝身边侍卫的名称，春天的时候，有一个英俊的羽林郎随着皇帝出巡，在城外荒郊，遇上一个采桑的少女。少女喜欢他，想要跟着他走，羽林郎说，等他陪皇帝回到京城，便会去找她。可是……可是他们在路上遇上了叛乱，他为了救驾被刺死了……再后来……"

是羽林郎？

秦全厉声道："我们要的是玉琳琅！不是羽林郎！"

他蓦地探手扣住青婉的咽喉，右手一按腰扣，"铮"的一声轻吟，那腰带竟然弹了开去，化作一柄柔韧软剑，握在他的手中。

软剑刃锋如水，紧紧压住青婉柔嫩的颈子："什么破玩意儿！给我玉琳琅！玉琳琅！"

"这是羽林郎啊，"青婉并不害怕，奋力扭过头去，迷惑地看着他，眼波盈盈，仍是少女般的清澈和纯真，"这是玉树当年亲手做给我的，他在台上唱戏，演的便是那个羽林郎呢！他看我喜欢，所以做出这个羽林郎的小布偶人儿……这些年，我一直把它藏得好好的……"

秦全眼珠血红，面目扭曲，巨大的失望和愤怒使得他几乎失去了控制："我们要的是玉琳琅！是三十年前新罗国敬献给我天朝却失踪的贡品！是号称佩戴后可以令人驻颜不老的美玉！是那个让你三十年容颜不老不变的东西！你听见没有？你这个老妖精！快点拿出来！拿出来！"

青婉被他勒得几乎窒息，一阵剧烈咳嗽，眼泪几乎又要落了下来。

"你……你还保存着这个羽林郎？"

倒是周九昆说话了，淡淡的，却又有着压抑不住的强烈情绪。他手中的剑身几度剧颤，终于颓然垂落下去："你这又是……何必呢？"

"春日游，杏花吹满头，陌上谁家年少，足风流。妾拟将身嫁与，一身休，纵被无情弃，不能羞。"

满天的风雪，仿佛在那一瞬间徐徐褪去，唯有暖阳春意、陌上无尽的芬芳往事，穿越无数岁月烟尘，从每个人的记忆中遥遥而来，笼罩了整座戏台。戏台上的三人呆怔如偶，连秦全也不由得转移心神，眼睁睁地看着对面的树丛阴影之中，缓缓走出一个银裘白衣的女子。

她迎风雪，沿长廊，向着戏台款款行来，口中所吟唱的正是那支悠远优美的梅曲《陌上花》。在她的身边，有位年轻英秀的男子正引竹笛而吹，那清幽动人的笛音，如泣如诉，如泪如悔，如同是那支《陌上花》最恰当而又最无言的注脚。

一个捕头跟在他和她的身后，手紧紧地按在自己的刀鞘上，按捺不住的紧张里，又不失几分英武豪气。四周密密麻麻的衙役和捕快，在赵久一的带领下，已将戏台围得有如铁桶。

"好一曲《羽林郎》。"杨恩终于停住吹奏，放下笛子，淡淡道，"《陌上花》

这支曲子还有一个别称，就叫作《羽林郎》。"

他看向那生死受胁，但仍含泪倾听的女子，叹道："青小姐，原来你所谓的玉琳琅，就是这个羽林郎吗？如此情爱的痴恋，如此长久的思念，到底是人生的幸福，还是避免不了的劫难呢……"

苏兰泽从袖中取出一块帕子，迎风展开，唯见帕中荷莲一片，似乎随时便会鲜活过来，竞相生长。秦全脸色一变，从怀中扯出那方绿帕，叫道："这……怎么会有两块帕子？"苏兰泽微笑道："怎么不会？我早知这帕子大有文章，所以昨晚连夜不睡，才绣出了你怀中的那一方。"

秦全不由得摸了摸自己的衣襟，脸色微变。

她轻轻抚摸帕面，道："昨天晚上，我在灯下仔细翻看这块帕子时，我才终于明白，凤梅为何引来杀身之祸。"

鲁韶山仿佛明了她的心意，上前取下一枝巨烛，却立在离她三步开外的地方，烛光正照在那面帕子上。明亮的火光，透过帕面轻薄的丝绢，在一片明绿、鲜绿、嫩绿丝线交错绣成的色彩中，有几道藏在其中的暗绿纹路分外明晰："小姐""玉琳"。

虽然没有那个"琅"字，但事已至此，便是木石也能明白了。

秦全失声道："不对！是……"

"你那方帕子上绣的是'深夜戏台，玉琳琅，'对不对？都告诉你了啊，那是兰泽绣的。她故意绣出来，故意引你来这戏台，故意要让一切潜在的线索全部浮现。"

杨恩虽在微笑，但清冷的话语在雪中越发凛冽，"当日从京中得到讯息，说三十年前失落的玉琳琅可能出现在落梅镇。玉琳琅这新罗进贡的宝物，据说如果女子佩戴，可以养元气，美容颜。"他顿了一顿，接下去道："呵呵，只是没有想到，朝中政局，居然会为一块小小的美玉所左右。这位青小姐，我是不相信她有那玉琳琅的奇珍，纵是有，以她一生的境遇来看，只怕也不是什么吉物。"

鲁韶山默默低头，只是握紧了自己的佩刀。

"不，应该是很多年前，就有了这样各方势力的博弈吧。新罗国被迫进贡、玉琳琅的神秘失落，长达三十年的杳无踪迹……唱曲到此的凌玉树、卖身为妾的张银娘，还有凤梅……这些各方安插在青府的眼线，有的多年一无收获，有的怀有更隐微的秘密，而有的……更是为之失去了自己的生命。"杨恩接着说了下去，"本来这些年没有玉琳琅的蛛丝马迹，大家也都慢慢失了兴趣，谁知凤梅却意外发现了青府一直想要隐藏的秘密……青府的小姐，居然三十年来从不衰老，还保留了十六岁的容颜。"

鲁韶山忍不住问道："张银娘长居青府，不是也清楚这件事情吗？若要泄露出去，应该早就泄露了吧。"

杨恩微微一笑道："不错。张银娘早该发现这个秘密，所以青府主人死后，她坚持将小姐锁于深院，严守了这个秘密，竟然连自己的主子都不曾告知。我不知道这究竟是为了什么。难道说，是她已对青府产生了亲人般的感情？还是她另有不可告人的苦衷？

"所以，当她意识到凤梅发现了这个秘密时，以她的聪明才智不会猜不到凤梅背后潜在的势力。她下手杀死了凤梅，却不知凤梅还是用另外的方式，遗留下了关于青小姐的线索。"

他接过苏兰泽手中的丝帕，道："这样精细的绣工和配色，是为了掩饰当中的绣字，这是凤梅与自己主子之间的特殊的报信方式，可也正是由于这样的精细，才使张银娘对她起了疑心。"

他摩挲着丝帕那些绣线的表面，"凤梅是因为针线的出色，才被选作小姐的侍女。可是兰泽曾要你给她带来凤梅为青小姐所做的日常衣物，上面的绣工虽然也算精巧，却远远不如这幅丝帕。丝帕并不是什么可以见场面的衣物，何需大费苦心？又恰是凤梅死前几天连夜赶制，我才想到，个中一定大有蹊跷。"

"小姐，玉琳——琅，"他轻轻念出帕面上的字来，"这几个字一出现，我便已明白了一切。"他怜悯地望着周秦二人，"青小姐这样一个可怜的女子，家破人亡，迷茫癫狂，一生所有企盼所寄，不过就是这小小的羽林郎。我看她的样子，是真不知道自己还有玉琳琅这样的宝物呢！不过，率土之滨，莫非王臣。这玉琳琅是朝廷之物，不是明相一人所有，也不是长安侯私物珍藏。我奉令而来的目的，便是要让这宝物回归国库之中。"

"哈哈哈！"周九昆突然仰头大笑，声如枭啼夜鸣，寒森可怖，与他那温文风度大不相称,"捕神真是好口才!说来说去,原来是要我们放弃玉琳琅,交由你捕神一人拿去京中,向你的大佬邀功请赏?说得好听!你若不是来分一杯羹的,一个瞎了眼的人会冒着严寒,千里迢迢从京中赶到这落梅镇来?"

"住嘴!"苏兰泽大怒,"杨恩眼盲心明,总胜过有些人,空长了一对好窟窿,却被猪油蒙了心,看不清一个好女子,也看不清这世上的真感情!"她冷笑一声,道:"周大人!你看得清吗?"

周九昆瞳孔陡然收缩,喝道:"拿来玉琳琅!""唰"的一声,掌中长剑在空中划过一道凛寒青光,剑身如蛇芯吐出,已直向秦全咽喉袭去!秦全情急,手中软剑只在青婉颈上一勒,叫道:"我若杀了她,大家也就不用再争了!"青婉"啊"的一声,鲜红的血珠已沁了出来!

苏兰泽唯恐伤了青婉,抢步向前,挥袖轻拂!周九昆突然足下一点,整个身子疾速后退,长剑在空中划过一道完美的弧线,仿佛惊鸿的影子掠过天际,径直向杨恩刺了过来!

杨恩唇边浮起一抹冷笑。他踉跄退后,"噗!"剑锋几乎是贴着他的面颊而过,斩碎了几朵飘下的雪花,化为无数细碎水珠。"唰唰唰!"周九昆紧紧逼上,剑气交错,刹那间将杨恩逼到了台边:"让我带青婉走!否则我就杀了你们捕神!"

他剑尖直指杨恩面颊,肌肉咬紧,眼神中是铁一般的冰冷生硬,"我受长安侯之恩,必要拿到玉琳琅奉给当今太后!你可不要逼我,我是死过一回的人……"

"我知道。"杨恩脸庞微微一偏,眼神中却全无恐惧之意,"你心机深沉,借用这块帕子擦剑的时候,早就细细看清了凤梅留下的绣字。所以你急忙用这个魅影引了青婉小姐过来,你是想借用凌玉树的名头,引诱她说出玉琳琅的真相,是不是?"

周九昆颊上咬肌微微颤动:"现在说出来,不是太晚了吗?杨恩!你先前在梅林中,虽然用了一手'花解语'暂时镇住了我们。可惜也让我瞧出来你是强弩之末,你真元受损太剧,近几年虽然退隐,仍然没有恢复过来!"他冷冷一笑,"堂堂的捕神大人,居然武功羸弱至此!便是有个苏兰泽又如何?她又不是你的妻子，难道能一生一世永远护着你、守着你不成？"

杨恩神情一动，转首看向苏兰泽时，却见她神情复杂，眸光闪动，仿佛随时便会有泪珠掉出来。

周九昆见苏兰泽投鼠忌器，不敢动手，又料定杨恩无力反抗，笑得更是放肆而大声："感情、容貌、武功、幸福……这一切东西，我们都守不住，它们会随时离我们而去！我失去过感情，你失去了傲视天下的武功，我们也都会失去自己的幸福……你看，天下的女子都想要得到玉琳琅！连皇太后都想得到它！因为谁都想要得到一样不变的东西！女子要永不衰老的容貌！男子呢？当然要长盛不衰的名利！若不是为了皇太后的容貌，若不是为了我们各自的名利，今日我们又何必在此相聚呢？你说是不是？捕神大人！"

"不对。"杨恩静静地道，"我恰恰觉得，感情、武功、幸福……都容易守得住，看上去失去了，其实一直都在。唯有容貌和名利是变幻不定的东西，今天得到了，明天说不定就会失去。"

周九昆只觉眼前一花，两根修长细白的手指，清晰无比地伸到了他的眼前，准确地夹住了那泛出青气的相思剑锋！说来奇怪，伸指、夹剑这两个动作，周九昆看得十分清楚，却让他根本无法拦阻，甚至无法及时反应过来。

"寸短光阴"这四个字，在他脑海里一晃而过。

"寸短光阴"，捕神赖以成名的武功，看来舒缓清晰，实则迅疾如电。恰如人生过去的时光，一幕幕记得清晰无比，但只在一瞬之间，已经物是人非。

长剑一沉，已被杨恩两根手指牢牢扣住，就势一撇！

"啪"的一声，长剑受这二指之力，竟然应声而断！

杨恩长笑一声，指尖微弹，半截剑身脱手飞出，"噗"的一声，落在戏台之上。周九昆身形突然跃起，如流星般自半空中疾坠而下，手中半截断剑突然往前一伸，竟奇迹般地弹出三尺寒锋！其寒逼人，其锋凛然，更甚先前的剑刃。

那一瞬间，他说过的话语仿佛清晰地响起在鲁韶山的耳边："相思剑，长相思。这剑的长短，便如人的相思一般，说不清，也道不明。"

剑身晃动，寒光乍生！秦全只觉眼前一花，咽喉已感觉到微腥的锋刃凉意。

鲜血喷射而出！秦全瞳孔陡然睁大，手腕欲动，却再也无法使出半分力气，那软剑已是"铮"的一声轻响，跌落在地。周九昆伸长手臂，几乎是粗暴地把青婉夺了过来！他紧紧地抱住青婉，唯恐有人要抢走他最珍贵的宝物。

青婉突然尖叫一声："羽林郎！我的羽林郎！他……他手中……"

秦全轰然倒地，他张了张嘴，但只见鲜血自咽喉汩汩流出，却发不出半分声音。他的一只手中紧紧握着一个小布偶，正是方才撕夺之时，原在青婉手中的东西，却无意间被他抓了过来。

秦全嘴角一动，目中射出难以名状的怨毒和兴奋。他张了张口，却只能发出嘶嘶的声音，一大串血泡从他的喉管中涌出来。他突然奋起最后的力气，举腕高高一掷，将小布偶人扔了出去。那小布偶划过一道弧线，直向塘中落去！

青婉尖叫一声，毫不犹豫地向那个"羽林郎"小布偶人儿扑了过去，浑然不管足下那深深的塘水。

"小婉！"有人掠身而过，疾若闪电，竟然抢在最后一刻一把抱住青婉，双双滚落在地。"羽林郎"宛如流星，向着水面疾速降落。

"小婉，我再也不会放开你……只有你是靠得住的，这么多年了，你一直……"

"放开我！"那人只是紧紧抱住青婉腰身，青婉挣扎不脱，叫道，"放开我！我的羽林郎！玉树……"情急之下，她的手掌突然在地上摸到一物，想也不想，抓了起来，用力扎下！

轻微声响，伴随一蓬猩红血雨！几乎与此同时，"噗"的一声，那小小的布偶已应声落水。

那人紧抱的手臂陡然一僵，终于软软松开，青婉挣扎起来，浑然不管自己手掌已被割破，奋力爬到塘边，哭叫道："我的羽林郎！羽林郎！"

水面平静，唯有一圈圈涟漪缓缓漾开。一片片雪花落入池中，转瞬即逝，消失不见。

"小婉……"

"小婉，拿出玉琳琅吧……"一只苍白的手掌终于试探着摸索过来，再一次紧紧抱住她的左足。半截相思剑刃，深深没入他的胸中，鲜血从胸口怒放开来，血丝洇开，把那袭华丽锦衣染上一朵朵狰狞的暗花，"不然……他们……他们不会……放……放过你的……"

她一边奋力伸手,企图在塘中摸索那不见踪迹的小布偶人;一边用力地踹开他的手,尖叫道:"放开我!放开我!你……你真奇怪……你紧抱着我干什么?"

"青婉……婉儿,我是玉树,我是玉树啊……"

"玉树?"

杨恩停住奔上前来的脚步,脸上终于露出一抹淡淡的、苦涩的笑意:"果然,你就是凌玉树。青小姐,你……"

原本以为,以青婉如此痴苦的性格,见到玉树一定会惊喜交加,甚至失声痛哭。谁知她转过头来,看了一眼那地上血泊中的男子,脸上却是一片迷惘的神情,仿佛看到的是一个完全陌生的人:"玉树?你怎么会是玉树呢?玉树是琼枝玉树一般的男子,他是我的羽林郎啊,而我并不认得你……"

"春日游,杏花吹满头。陌上谁家年少,足风流。"

《羽林郎》中的唱段,仿佛在每个人的心中缓缓流过。

眼前的男子,如果忽略他那块可怕的伤疤,仔细看来,依稀能分辨出他昔日熟悉的轮廓:脸上肌肉虽已松弛,皱纹被深深刻了出来,昔日清秀的眉目,因为发福的关系也有些略微扩张,所幸也并没有变形到不堪的地步。

青婉昨天见过他,可是根本没有注意到他。因为在她心中,玉树仍然是那琼枝玉树般的男子。

她探起半身来,迷惑地看了看水面:水中映出一个女子的身影,还是那么美,长发如云,腰肢如柳,多么的纤弱娇娜,是三十年前那清艳动人的落梅镇青家小姐;她再回头看看地上的人儿,却不再是陌上所遇的那个令采桑少女铭刻一生的、风流倜傥的羽林郎。

周九昆失血而惨白的脸上,显出最后一抹凄凉的笑意:"三十年前的那天,我在渡口……怎么也……等不到你,倒是……倒是等来了……青府家的人,就对你……彻底死了心……后来我……投奔长安侯……受到重用,闯出青萍……青萍剑客的名头,又……修改……修改了履历……"

青婉仍是一片茫然:"你……"

"青婉……当初,我虽是奉令……来到青府,可我……我却爱上了你……"

周九昆拼起最后一口气，徒劳地伸出手来，青婉却尖叫一声，本能地缩回双腿，躲避开去。

"你……你不再爱我了吗？我……我才是真正的……羽林郎啊，多么……多么可笑，你居然……居然为了一个……小布偶，要了我的性命……"周九昆失血过多，脸色苍白得像是真正的鬼魂，嘴角却剧烈地颤抖着，"我也以为……我早忘了……你……我是真的很恨你呢……可是……为什么……我还是……那么怕你受到伤害……我想，我对你的感情应该也是一直没有变的吧……"

他手掌突地僵住，颓然垂下。青婉却还远远地躲开去，似乎对他充满了惊惧之意。

"青小姐！"苏兰泽忍不住叫道，"他是凌玉树啊！他就是你三十年来一直念念不忘的凌玉树！他早就认出了你，从在梅林边见到你第一眼起，他就知道凤梅临死前未能送出的信息一定是关于你的内容。可是他……他投奔长安侯，又破了自己的相，加上三十年悠悠岁月带来的相貌上的变化，你根本认不出他来……我也早料到他有可能是凌玉树，因为他虽只唱了两句'纵被无情弃，不能羞'，我已听出那是非常娴熟的唱腔，八个字中足足用到了三种吐气技巧，转圜圆熟，过渡自然，绝非我这样的新手可以比拟。"

"还有他的身法。"杨恩突然开口了，"他的轻功很好，当他凌空飞起的时候，也总是有一个习惯的动作，就是在空中稍微地停顿和转折。还有小婉，不，是青小姐，青小姐第一次在梅林中露面，又匆匆离开的时候，凌空飞渡的身法也会在空中有稍微地停顿和转折。"

鲁韶山张口结舌，道："我怎么……怎么没发现？"

杨恩微笑道："凌玉树虽是高手，毕竟三十年前是戏班的名伶。梅曲与寻常戏曲不同，且有十二种发音吐气的诀窍，这其中的原因，便是因为梅曲需要伶人'声如啸龙，姿如惊鸿'，真正的名伶歌舞双绝，其中对身法的要求，就是在空中稍微地停顿和转折，因为这样可以便于换气提腔，又能在落地时具有轻盈的亮相。

"青小姐不会武功，却能凭着对凌玉树的思念，三十年来苦练这支他亲自教给她的《陌上花》之曲。不但最后唱得炉火纯青，也使得其身法轻快，竟不下于一般的轻功。我想凌玉树的轻功这样好,一定也与梅曲有关。

"一个人会利用所学的武功招式,藏住自己最秘密的身法,这样或许会蒙住我们的眼睛,但却一定蒙不过我们的感觉。"

杨恩闭上眼睛,缓缓道:"我没有眼睛,所以常常会通过气流的运转和方向,来判断对方武功的特点和强弱。所以我才惊讶地发现,小婉姑娘与周大人居然具有同样的身法特征。所以我想,周九昆大人一定是十分精通梅曲的人。至于后来么,我故意遗下帕子,原是要逼出那神秘的魅影,却没想到,周大人这么快便显露出了自己真实的身份。"

"青小姐,他是玉树……如果他不是玉树……他怎会如此待你……"

青婉怔怔地站了半晌,又看了看地上早已气绝的周九昆,久久不语。

她终于缓缓蹲下身来,伸出手仔细地摸了摸周九昆僵硬的脸庞。她摸得极轻、极柔、极认真、极小心,仿佛他并没有死去,只是在静静地沉睡,仿佛她只是怕惊醒了他一样。

苏兰泽有些担心,叫道:"青小姐!你……"

青婉收回手,在衣衫上擦了擦,又怕冷似的将衣服紧紧地裹住了自己。她转过头来,眸光澄澈,神色平静,只是长吁了一口气,轻声道:"原来他……三十年前并没有死。我的一颗心终于可以将他放下了。这些年来,我不老不死,年复一年,保持这样的容貌,过着这样的日子……

"草木可以生长和凋落,四季可以有推进和转移,而我……我不敢老去,不敢有丝毫变化……我每天努力地活在过去的世界里,每天都想着自己还是十六岁的青婉,每天都以为他会归来……他若活着,我不能让他失望。他若死了,我也不能对不起他的魅灵。我不想他回来时,无论是活人还是魅影……认不出我老去的模样……

"阿银跟我说,青春永驻是所有女人的梦想。她还跟我说,这世上有一件珍宝价可连城,听说能使女子容颜不老,所以人人争夺,人人痴想。可是……这真的是幸福吗?这样不老的容颜、这样孤寂的生命……一万年跟一年,永生与一生,又有什么分别?如今,玉树……他终于让我放下了过往……呵,其实,一直想要寻求解脱的人是我自己呢……我恨不得自己从来没有遇见他,也就不会受这无穷无尽的内心的折磨……他没有死,真好,真好……"

"可是,他现在……"鲁韶山张了张口,终于把最后"死了"这两个字吞了回去。

青婉微笑着,打断了他的话头,却更像是在自言自语:"三十年来,我终于可以对你说句……"雪越下越大,在满天鹅毛般的雪片中,她向着那血泊里渐渐冰凉僵硬的尸体,轻声道:"对不起。对不起,玉树,当时我是真的喜欢你的……不过,我早就不喜欢你了……这么多年了,我欠你的,也该偿还清了吧……我好累,不想再这样撑下去了……你们说得不对,爱情和容貌一样,都是容易变化的、守不住的东西……能守住的只是自己的心结吧!"

她轻盈地站起身来,再也不曾回头,恍若卸下所有的重负一般,飘然走下戏台。

众人一阵骚动,赵久一欲待拦阻,又忍不住看了杨恩一眼,出声道:"捕神大人,玉琳琅……她的玉琳琅……"杨恩摇了摇头,叹道:"她虽驻颜不老,却根本没有玉琳琅这样的宝物。是一个女子的痴、苦、对逝者的绵绵歉意、对爱的不可承受之重,才阻止了时光前行的脚步,保留了虚假的青春和爱恋……"

鲁韶山突然叫了起来:"她……她的头发!头发……"

苏兰泽惊讶地发现,在积雪的微光里,青婉那一头瀑布似的长发,正在发生着微妙的变化——自发梢而起,有一层若有若无的淡淡银白,正径自缓缓而上,渐而掩盖了从前的润泽与青黑,仿佛是时光的水流哗哗而过,洗去了青春那鲜亮夺目的颜色。

不用细看,苏兰泽也能猜到:青婉吹弹欲破的肌肤,此时一定迅速失去娇嫩的颜色,并有狰狞的细蛇般的皱纹,一条条爬满了曾经美丽的面容。

"白发三千丈,缘愁是个长。不知明镜里,何处得秋霜?"

所有人无声地让出一条通道来,苏兰泽看着青婉孤单的背影越行越远,直至最后,融入一片模糊的灯影雪光之间,渐渐消逝不见。

她怅惘良久,若有所感,最后竟然悄悄落下泪来。

"我只是想不通。"鲁韶山皱着眉头道,"那个魅影我现在想来,分明就是周九昆假扮。旁人哪能假扮玉树魂灵半分不露马脚？更不用说是骗得青小姐深信不疑了。可我偏偏就是猜不透，当时他人明明在墙外，却怎么来扮这能言能动的魅影，难道他会分身法术不成？"

杨恩微微一笑，道："我也瞧不见那魅影，你还是问问乐神大人。"

苏兰泽嗔怪地瞪他一眼，向鲁韶山笑道："我也会法术，你瞧！"

她在烛下合拢双手，手指有伸有屈，轻轻颤动，道："你瞧那墙上！"

鲁韶山转身一瞧，差点笑出声来："苏姑娘，这不是小孩子的把戏吗？"苏兰泽手指作形，映在烛光之下，便在那墙上投出一个黑影："它"双耳上竖，口鼻掀动，或狂吠，或闭嘴，或转头，姿态多变，赫然是一个活灵活现的狗头。

杨恩茫然道："兰泽，你在做什么？"

苏兰泽含笑不语，松开双手，从桌上拿过一卷东西，往地上一掷，道："鲁捕头，你瞧这是什么？"

那卷东西在青石地上缓缓散开，既轻且软，仿佛是某种皮质的画卷。鲁韶山莫名其妙地俯身看了看，不明就里。

苏兰泽捡起那张皮影，抖了一抖，迎着烛灯展开去。这居然是一张惟妙惟肖的人形皮影！且影上以墨笔描就口鼻，连根根发丝都清晰可辨。她拉拉皮影背面纵横交错的几根皮绳，果然那人形便俯仰展合，做出种种姿态来。她笑道："杨恩让人去查过戏台背后的墙面，发现离地三尺之处被人挖了一个茶盏大小的孔洞，那自然是便于周九昆暗中操纵皮影了。他贴在洞中说话，又有皮影人在外迷惑招摇，自然轻易不会被人识破。"

"皮影！"鲁韶山拍头大悟，杨恩长叹一声道："昔日汉武思念李夫人，有方士自荐御前，声称能为他招来李夫人之魂，以解相思之苦。他所用的法子，不过也是皮影罢了。所谓魅影，其实是自己内心的执念相思久久不能消散，聚而成妖，是以为魅啊！"

"哎哟！"

杨恩以手抱头，跳起来道："你干什么？"苏兰泽正在给他篦头，髻上的结带被她解散开去，一头乌黑长发垂肩而下，此时披得满头满脸，甚是狼狈。

苏兰泽一手举着柄弯月牛角梳,另一手笑盈盈地翘起两根玉葱般的指头,指间拈着一根半白半青的发丝:"杨恩,你老了,头上居然有了白发。"

杨恩龇牙咧嘴,敢怒而不敢言:"我都三十了!当然不是少年郎!头发全白有什么关系?啊,好疼,好疼!"

他揉了揉头皮,道:"兰泽,你这么发狠拔它做什么?横竖不是你老,而我又看不见。你看,四年了,我都有了白发,可你……你还是这么年轻。将来我变成个白胡子老公公,只怕你还是美若天仙的少女呢!"

苏兰泽的笑容却渐渐淡了下去。"杨恩,"她轻声道,"都说女子最看重的便是自己的容貌。但是,如果一个人孤零零地活下去,纵然长凋不落,终究没什么趣味。我想每个女子想要青春长驻,其实是怕在自己最好的华年里,还没有遇见想要的那个人吧?如果真正遇见了那个人,并且长相厮守,心中安定,纵然衰老,又有什么关系呢?"

她丢开那根发丝,屈起二指,轻拂细密的牛角梳齿,发出瑟瑟的轻响。那样错落有致的声韵,仿佛不是出自一柄小小的弯月牛角梳,而是出自上等的箜篌。乐音之中, 只听她轻声唱道:"妾拟将身嫁与,一生休,纵被无情弃,不能羞。"

这四句曲词虽短,但却分外缠绵悠长,音色清悦之中,又仿佛蕴含有无限的动人柔婉。

杨恩怔住,脸上的神情不由得柔和下来,轻声叫道:"兰泽。"

"嗯。"她拿起梳子,一一梳通他略微打结的发梢。

"你唱得真好,比起前几天你初唱此曲,又精进一层了。"

说话之间,她已灵巧地为他梳好发髻,系上那条简单的素色发带。再仔细拈去他肩领间落下的断发,捋好每一缕毛起的鬓丝。

末了,她轻轻地扶他起身,又轻轻地叹了口气:"青府彻底败落,只剩下一个青婉,可玉琳琅并不在青婉的身边……青婉也不是因为玉琳琅才驻颜不老……可是玉琳琅没找到,这次回京,你该拿什么去交给那个人?你……"

杨恩拥紧大裘,徐徐踱到窗前,"看"着窗外纷纷扬扬的大雪,若有所思:

室内铺有如茵的锦褥，炉上热酒将沸，一旁半人高的金丝熏笼里，散发出温热芬芳的香气，更使人心中多了几分安宁与惬意。他微笑着转过身来，"看"着眼前蹙眉不安的女子，心中也涌起了春日般的暖意："玉琳琅，总有一天会被找到的。我……会去跟他说……一生安定，莫过于心。心若不定，纵然不老也是没什么趣味的。"

"呃……喂，小捕快，这一次，你的第三只眼看到了什么？"

"我一直以为，衰老是人生不可避免的苦恼。谁知到头来，无论老与不老，都会是人生的烦恼。"

病死疑

景安七年的初春,细雨连绵,十余日了,天还没有放晴。京都城中的连绵檐瓦、如酥草色,都笼罩在无边的雨雾之中。

史开全站在角楼上,瞧见一辆油壁舆车,悄然停在门前。轿帘一掀,一柄纸伞最先探出,在雨丝间蓬然张开,宛若一朵绽放的浅粉大花。

伞下露出女子的素白裙裾,她转身伸手,从舆车中扶出一个人来。恰好一阵风过,夹杂着雨丝。伞面半倾,露出一对年轻男女的身影来。

果然是他们。

"三眼捕神杨恩重伤退养,有乐神之称的苏兰泽伴随他身边,已有好几年的时光。苏兰泽究竟是什么来历?韶山,你以前跟他们打过交道,也没发现丝毫端倪吗?"史开全眼神仍停在那对年轻男女身上,向身侧英气勃勃的年轻捕快问道。

远远望去,那个男子的背脊已不再挺拔,熟悉的沉着中,多了几分说不出的风霜。

而他身边持伞的那个女子,密集的雨丝仿佛在她周身笼了一层轻云薄雾。她以一种特别轻盈的步态行走着,仿佛足下踩着的不是雨水的积渍,而是凌空于浩渺的烟波之上。

史开全忍不住补了一句:"乐神苏兰泽,美如天仙,精通音律,擅长医术,博闻广识,似乎武功也不错……世上有这么完美的女子吗?"

"我不知道,"鲁韶山老老实实地答道,"当初在落梅镇时,卑职第一次见到她,就觉得她……她像个仙女……捕神大人似乎也不知道她的来历,但他也没问起过这事。"

"难道捕神大人从来没有怀疑过苏姑娘吗?"

"我想他不是没怀疑过她的来历,可是还是信任她。"鲁韶山回想当时的情形,坦然答道。

史开全苦笑了一下:"怀疑而又信任吗?天下人似乎都做不到这一点,不愧是三眼捕神杨恩大人啊!"眼中却露出深思的神情,"'我自神目如电,任你黄泉深藏。'这两句话用来评价他很准确,只是不知道他这次能不能破除我们侯爷的疑虑。"

脚步声渐渐近了,史开全忽然换了一副笑脸,满面春风地迎出去。

"杨大人,久违了!"

杨恩微微仰起面庞,感觉到一种流动的凉意,擦着肌肤飘然而过。雨天所特有的粘腻,在刹那间消退,空中盈满了轻柔的风息和清新的气流,那是绿树成荫、湖泊广阔的地方才能拥有的感觉。寸土寸金的京城,能拥有如此规模的绿地和湖泊,大概除了皇宫和明相府第,也唯有这座长安侯府了。

长安侯胡从嘉是当今太后的嫡亲兄弟,于二十多年前不幸病故后,由他的独子胡循承继了长安侯的封号。侯府历经两朝,备受恩宠,自然大有富贵气象,飞檐丽甍,朱碧生辉。哪怕一座小小的轩阁,也极尽华丽之能事。

婢女送上茶点就远远地退下了,苏兰泽端起茶盏,好奇地打量着这座花影轩。

轩阁不大,临湖而建,内外都摆满了鲜花。鲁韶山也认不出是些什么品种,但见姹紫嫣红,开得很是热闹。更稀奇的是,初春的湖中也有着亭亭如盖的圆叶,开满了红红白白的花朵,细看比荷花要小,只是香气扑鼻。鲁韶山只觉鼻子发痒,不禁"阿嚏"一声,打了个喷嚏,打断了史开全在脸上堆满笑容准备再叙寒温的话语。

苏兰泽扑哧一笑:"湖中是水芙呢,像荷花而略小。"她这话是对杨恩说的,史开全赶紧接上话头:"苏姑娘果然见识广博,这是去年才从西域传来的奇葩,难得的是初春开花,恍如夏景,很得京中贵人们的喜欢。我们这水芙是三天前才开的,据我们府里的小娥姑娘说,原该是四天前就开的,谁知天气忽然变得有些阴凉,这才延了一天花期……"

苏兰泽含笑听完，才转向鲁韶山道："落梅镇一别，鲁捕头可是越发英姿勃发了，这次又被调入京中缉捕司，前途无量啊！"

鲁韶山摸了摸鼻子，不知怎的，脸上唰地红了个透："我……咳咳……卑职……呃，在下……还只是个小捕快……"

杨恩及时解了围："你先查了一遍，还是没有线索？"

"也不是没有，"鲁韶山一说起案情，眼睛顿时亮了起来，脸上的红晕瞬间消失不见，"卑职先将侯府中的人全部排查了一遍，包括他们最近的行踪、所触人员、日常花销等在内，尚未发现异常情况，也没有人知道宦奴夫人的去向，甚至没人见到她跨出侯府大门，好端端的一个人，就好像凭空消失了一样。"

"所以你就叫人在这湖中打捞，认为她是自杀投湖？"杨恩"看"向湖面，那里正有几艘长舟穿梭往来，舟人所用的挠钩、大网，尺寸大小不一，却相当齐全，一看便知是用来搜罗尸身的工具。照他们那样细密的搜寻，恐怕连只小虾也会被捞起来，可是舟头堆满了打捞起来的杂物，甚至也有数具森森白骨，却没有他们要找的人。

"宦奴夫人就算投水，也不会这么快变成白骨啊！"杨恩一边"远眺"，一边自言自语。鲁韶山差点就要脱口而出："你看得见了？"

仔细看杨恩的瞳仁，漆黑中仍然泛出微蓝的光芒，那是当年太湖一战所中的剧毒还没有消去的症状——他的眼睛，还是看不见。

"我自神目如电，任你黄泉深藏。"史开全感叹道，"当今圣上这两句话，是何等确切英明。杨大人双目不便，却宛若亲见一般，实在叫人佩服。在下忙着道叙寒温，可还没来得及告诉大人这湖上的情景呢！"

"我在落梅镇就见识过了，"鲁韶山回想往事，忍不住得意地插了一句，"捕神大人初见……呃，初逢我时，从我走路时捕快铁牌的撞击声，就猜出了我的身份。三眼捕神，第三只法眼，当然非比寻常！"

杨恩微微一笑，答道："人有眼耳鼻舌身意六识，也未必只有眼睛才能辨认事物。我一直注意倾听那边舟上的动静，从挠钩与物件的撞击声，大略可以判断出来。钩为铁质，挠走水草时声音绵软些，捞起腐烂枝叶时声音沉闷些，与人骨相撞击时有铿然的声音，但铿然中又带有些沙哑，说明骨质在湖水中泡的时日很久，已经有些腐化了……"

他又笑了笑说："我的鼻子也很灵敏，特别是对死亡的气息……大概是多年捕快生涯练出来的长处。人与草木禽兽腐烂后的气味是不一样的。"

他目光一转，落在史开全脸上，"怎么侯爷传我和兰泽入府，就只为让我们来这湖边，见识一下长安侯府挠钩的厉害吗？"

这一转之间，他的目光异常凌锐，虽然明知他不能视物，但史开全不禁一惊，忙道："绝非如此！绝非如此！"

他与鲁韶山对望一眼，缓缓笑道："侯爷请捕神大人和乐神姑娘入府查案，当然不仅仅只是因为一个宠妾的失踪。只是人言可畏，府中仆婢，也未见得个个都是忠厚老实之辈，所以侯爷只好托词请二位前来，甚至不得不让二位来这湖边转上一遭，以掩人耳目。"

杨恩静默了片刻，道："是侯爷三日前身中奇毒的事，对吗？"

"砰！"鲁韶山张大了嘴，手中的茶盏掉落在地，摔成了几瓣。

"这没什么难猜的。"湖风吹来，杨恩不觉咳嗽了两声，"侯爷称病不朝，这可以说是托词。但三日来长安侯府如临大敌，谢绝百官探视，婢仆等人只准进、不准出，这就耐人寻味了。区区一个爱妾失踪，纵然是离府私逃，侯爷也该派人去追缉才是，怎么会封了自己的侯府？说明祸起于萧墙之内，至今尚未消弭矣。"

"那……或许侯爷在整顿内务，也不能说明侯爷他中了毒……还是奇毒……"鲁韶山心中好奇，嘴硬地辩下去，史开全也饶有兴味地望着杨恩，想听听他如何回答。

"我并不是自视甚高，但毕竟退隐已久。如果仅是宦奴夫人失踪一案，侯爷何必千里迢迢传话给我，让我日夜兼程入京？甚至还动用了重要的信物来提醒我还这个人情？唔，侯爷甚至不让京中缉捕司的那些老捕快们前来，却要了韶山这么一个新进京的捕快，无非也是想着他地头不熟，不会有些盘根错节的牵绊罢了。何况韶山是靖宁府尹赵久一的姨侄，赵久一又是侯爷的人，让自己信任的人来查案，这案子还不重要吗？"

苏兰泽帮他把披风往上拉了拉，笑着插话道："除非宦奴夫人不是一个简单的姬妾，她的去向才令侯爷如此重视。但话说回来，如果她并不简单，那她在侯府里如果不做下什么惊天动地的事情，也枉费了她混进来的一片苦心。她会做下什么事情呢？"

"两年前，在太后宫中举办的上元节夜宴，我有幸见过宦奴夫人，那时她还是太后身边的宫女。"杨恩接着说，"当然……不能说见过……我只是听过她的歌舞，从吐气发声和舞步起落中，可以判定她是个不会武功的寻常女子。这样的女子，如果要做一件伤害别人的事情，多半只有下毒一途。"

史开全已经说不出话来了。

但杨恩还在说下去：

"我说过我的鼻子很灵敏，见面的时候，我就闻到了你身上沾染的苦夷草的味道，兰泽刚才在路上悄悄告诉我，她注意到你衣衫的下摆，溅有几点黑灰色的药渍。说明你刚刚熬完了药，才来迎接我们。苦夷草是治疗毒邪的良药，因为稀少而珍贵，只有上林公主的药圃中才有种植，而上林公主的药圃仅供给太医院，太医院又仅供给侯爷这样的贵人，外面根本买不到。

"如果是要你堂堂的长安侯身边第一红人、官居三品的史总管亲自熬药，而史总管你又根本没有中毒的迹象，那么整个长安侯府，除了侯爷谁还有这样的资格？侯爷府中姬妾侍婢无数，就算熬药也该她们去做，如果连史总管都要亲自熬药，说明事情紧迫到了怎样的地步？侯府中危机四伏，除了史总管和鲁捕快，侯爷竟没有可信之人！若是普通的毒药，料想不会让侯爷这样紧张；若是普通的毒药，也不至于三日了还未解去毒性。这么一推断，侯爷当然是在三日前，已中奇毒了。"

他俯下身去，修长的手指，非常准确地拈起地上的几瓣碎瓷，轻轻放在案上，站起身来。苏兰泽似乎深知他此时的心意，几乎与他同时站起身来。

史开全和鲁韶山不由得也随之起身，只听杨恩道："也来湖边转了一圈了，还不赶紧带我去见侯爷？兰泽是懂得医道的，比一般的混账太医要强得多，你们倒忘了？"

从一带汉白玉石阶上去，九根漆金盘龙纹柱捧起一座巍峨华美的殿堂。堂前高悬"回燕阁"三字大匾，采用的是一笔端秀的隶体，"阁"字的最后一勾微飘开去，墨迹缕缕，又流露出几分飘逸不羁的神采。

鲁韶山神情一肃：这样一笔隶体，朝中无人不知、无人不识——恰是当今天子所书的御笔真迹。再看四周，丹墀玉阶、朱阑碧栏，更是比先前所见的景致，更荣贵了几分。

"莫望烟华玉京路，仙阙远隔长安府。兽炉龙香焚心字，南浦夜珠夺明烛。"苏兰泽笑着向杨恩道，"这首歌在京都流传很广，意思是说长安侯府中不点烛灯，代之的是南浦的夜明珠；府中也不燃寻常香料，兽香炉中唯有龙涎香，且彻夜不灭。这样的荣华景象，哪里只是侯府盛景，简直是人间的仙阙琼阁。今日一见，果然名不虚传，当今天子不好奢华，只怕皇宫还不及这里。"

脚步声响，是史开全从里面小跑出来，点了点头示意。杨恩等人便拾级而上。史开全推开门扇，众人顿时只觉满目华彩。当中墙上被一幅金绿画卷覆满，其上绘的是《万里江山图》。画前椅上斜斜坐着一个锦衣玉带的男子，只在扶手中轻轻一击，银影晃动，却是从四面八方射来十余支银羽长箭！

鲁韶山猝不及防，拔剑出来时，苏兰泽早已挥舞衣袖，将数支银色长箭激荡开去，尽数插在地上、壁上，箭羽尚在微微颤动。

锦衣人手腕一挥，袖中飞出一金一银两条线状物，此物瞬间扑面而至！史开全也在这一刻出手！他左掌挥起，直向杨恩背心拍去！掌中刹那间变作赤红之色，远望如同焰火燃烧，颇为诡异！

史开全掌面击上杨恩肩头，但那肩上皮肤却仿佛随之一陷，旋即反弹出来！只这一滞的功夫，杨恩轻轻一晃，整个人竟然恰与史开全打了个照面，手只是一伸，便已搭在了他的手掌之上。那只细白而修长的手，只是在空中进行了一个优美的翻转，史开全便觉一阵奇大劲力，已围住了自己的手掌。

转身、对面、搭手、翻腕，一个个的动作都是清清楚楚，却又如电光火石般短暂得让人几乎难以反应！

掌腕之处，蓦地有剧痛传来！

"砰！"史开全偌大的身躯突然飞起，平平摔了出去，又沉闷地落到地上！而同时有一缕奇异的笛音，从空中袅然而起！

那笛音短促而尖利，只是几个音符跳跃，却已是高低起伏、层叠不定，让人一听便觉心血翻涌。

"咻咻！"那金银二线在空中蓦然拧转，反向锦衣人扑去！锦衣人"啊"的一声，猝不及防，凌空伸出左手，堪堪掐住了银线，但那金线已扑上了他的面庞！锦衣人用右手一挥短剑！"嗖"的一声，金线应声被斩落，竟喷了一蓬细小的血点，又在地上扭了两扭，僵直不动，仔细一看，是半截极小的线蛇。

金线蛇虽死，但头仍紧紧咬住那锦衣人的面庞，锦衣人大为慌张，一边"啊呀"大叫，一边用手撕扯得满面血流，哪里弄得下来那线蛇？

苏兰泽手中竹笛倒转，突然嘘溜溜吹出一排音来！那声音尖锐通彻，仿佛万根尖针一样，直向人耳膜扎去！所有人都不由得掩住了耳朵，但那早已僵冷的蛇头却突然动了一动——笛音"呜"的一声，拖出一道奇怪的尾音，虚空气息，宛若被这音刀劈成了两半！

而那蛇头，竟然也被这无形之音，活生生地劈成两半，悄然落下地来。

锦衣人倒也硬气，只用袖子抹了把脸上的鲜血，梗着脖子对苏兰泽道："你吹的是什么鬼笛子，居然使唤得了我的金儿银儿？我这可是上林公主亲赐的异种蛇呢！"

史开全已从地上爬起身来，苦笑着说："早跟你说了乐神苏姑娘精擅乐音，已达到了超凡入圣的地步，你这区区两尾线蛇，难道她还降不住？都是你！偏要试试二人的能力，害我被捕神大人摔一大跤！"

他满面憨笑，向着杨恩连连行礼，道："大人，您大人有大量，就原谅我们兄弟的胡作非为吧。再说刘兄也不是外人，他是侯爷的侍卫长，领三品奋威将军衔。"

锦衣人脸上还在流血，也笑着过来见礼，道："在下刘紫荣，久闻捕神乐神大名，一时技痒就冒犯了二位，切莫见怪！"

苏兰泽只是含笑而立，杨恩也默然不语，既不见礼，也不虚扶他们。二人不好起身，倒僵在那里。

突然有人"扑哧"一声，笑道："他二人都是第一次见你二位，盛名如雷贯耳，一时激发好胜之心，也是人之常情。杨兄和苏姑娘该不会是怪罪本侯御下不严吧？怎么还不进来呢？"

那声音慵懒低沉，丝丝入耳，虽是男子声音，却比寻常女子说话还要软上三分、媚上七分，偏偏听来颇为顺耳。

轧轧声响之中，那幅《万里江山图》缓缓上升，这背后不是粉壁，居然露出一扇极宽极大的雕花长门来。一缕异香从窗格里溢出来，异常幽深甜美。

杨恩叹了口气，说道："昔日与侯爷称兄道弟，游历京都，都是少年人胆大妄为的往事。其实尊下有别，侯爷现在称一个兄字，在下哪里敢当？"

鲁韶山精神一振，他虽比杨恩先入侯府，却始终没有见过长安侯本人。此时再蠢，也知道那门后密室中说话之人一定就是长安侯了。只是听杨恩言语中，二人竟然还是旧识密友，实在是意想不到。

长安侯也叹了口气，说："你看，你就是见怪了。要不要我打这两个胆大的家伙一顿，给你出出气？"

杨恩微微一笑，道："与侯爷相交已有十二年，后来我进入缉捕司，明白尊下有别的道理，不敢再像以前那样毫无顾虑地行事，但心中对侯爷的情义却始终没有变过。"

长安侯嘴角露出笑意，道："我知道。不然我怎么会让人拿着你当年赠给我的小刀，千里迢迢把你找了来？"

杨恩道："十二年来，我从未让任何人知道我曾与侯爷有旧。但今天我却当着他们的面说出来，侯爷就不想知道为什么吗？"

长安侯沉吟片刻，道："你说，我听着。"

杨恩"看"了一眼呆若木鸡的史刘二人，道："十二年来，我在缉捕司中，经手过无数案件。起初我以为那些人都是天生的恶人，所以才犯下那些人神共愤的恶行。然而五年前我在平定太湖盗盟时受了重伤，不得不退隐之后，我才有空好好想想以前经办过的案件、以前见过的那些罪犯恶人，以及……究竟是什么让他们犯下了这样的恶行。"

"唔。"

"后来我终于明白了，是疑心。"

"唔？"

"前朝平泰十四年，鹦鹉洲男子曹选杀妻，是因为受了小妾挑拨，疑心妻子有不贞之事；景安元年，岱县男子赵之武弑其父，因为疑心父亲要把财产暗暗交给兄长，心生不满；景安三年，京郊昌平县男子常琮陷害朋友梁灵宝谋反，使其入狱并谋其财，因为曾有一次他见梁灵宝悄悄与他人耳语，就疑心梁是在伙同别人算计自己，所以先下手为强……至于江湖争斗，朝廷倾轧，各派系间互相攻击，所谓矛盾重重，说到底，都不过是因为疑心而引发的。以自己的心地，去忖度别人的想法，层层顾虑、步步为营，所以凭空生出了许多摩擦不和，到最后愈演愈烈，终于到了你死我活不可收拾的地步——侯爷，生老病死，是人生之苦。可是有谁知道，心病往往会引发身病。而这一切病根的起因，都不过是因为'疑心'二字。"

"杨兄，你……"

"侯爷与我五年未见，十二年未深交。遇到这样的大事，还肯唤在下前来，是对在下莫大的信任。既然信任至此，又何必让史总管和刘将军示以颜色呢？或许只是想试试重伤修养的杨恩，是否还有查案的能耐？还是想看看传说中博闻强识的苏兰泽，是否认得这金银线蛇？

"侯爷，恩威并施的帝王君侯之术，有时候还不如简单的信任来得更有效。在下虽暂时不知隐情，但此事事关侯爷的身家性命，如果侯爷不能足够信任在下的话，那在下不如即时离开，反正我二人连侯爷的面都还未见，这案子也牵扯不到在下和兰泽身上来。"

他长身一揖，直起身来，苏兰泽又是一笑，站得离他更近了些。其他三人却是面面相觑。

一声轻笑从门内传来，长安侯似乎是释然，又似乎是解嘲："好了，就算是本侯的不是，杨兄，杨大人，请进来吧。"

一个罗衣小婢悄悄出现在门边，伸出手来，推开了面前那扇雕花长门："杨大人、苏姑娘、鲁捕快，请。"

地上锦毡柔软，茸毛长覆脚背，踏进去寂然无声。兽炉中的香气，甜郁芬芳，想必正是那一克千金的龙涎香。迎面便是七宝彩屏，鲁韶山略一触目，便觉眼花缭乱，慌忙将目光转开，落到屏后壁上挂着的画卷上。

画上是一片浅绿山水，远望群峦相连，波光潋滟。乍一看着笔轻淡、晕色微染，柔媚中略带几分轻佻；再一看却觉郁沉之气，自笔触画风中，缓缓地挥发出来，心中竟微微生出凛寒之意。

再看那画卷下方无题无跋，只有两个极小的字：燕郎。

那个"燕"字，最后一点高高飞起，一扫画中轻佻浮华之气，如一只穿越冷雨的燕子，展开那乌亮而英气的翅膀。

燕郎，胡燕郎。

纵然长安侯胡循的名字在天下人的心中，无疑是熏天权焰的化身，但还是那"燕郎"二字的昵称，最能代表他与众不同的高贵地位。

当朝太后胡氏出身卑微，母族人丁也很稀少，只有胡从嘉这一位兄长。胡氏入宫后，以妍丽的容貌得到先帝宠爱，先为才人、慧妃，后来她生下唯一的皇子，即被封为皇后。不久后先帝驾崩，胡皇后抱着年幼的太子登基，被尊为圣母皇太后，独揽大权。胡从嘉偏于此时病逝，胡太后悲伤之余，竟将刚出生的侄子接到宫里，亲自抚养。因太子乳名"凤奴"，这本名叫作胡循的小童便被唤作"燕郎"，俨然如太子亲弟一般，待遇优厚等同皇子。

胡家原是被封为长安伯，他年满十六岁时便承袭了爵位。但胡太后怜惜这乳名燕郎的侄子，不到一年就将其晋封为长安侯，又特许他开府建衙、参与朝政。到如今，长安侯的名头已在这国中，响亮了整整十二年。

而此时屏风前一张绮罗辉煌的长榻上，正侧卧着一个年轻男子。墨发如丝，罗衫轻软，通身上下透出一股子无法言明的风流韵致。

鲁韶山脑中轰然一声，已猜到他就是长安侯，随着杨恩、苏兰泽一起，已躬下身去行礼。

胡燕郎嫣然一笑，声音中有压抑不住的惊喜："杨兄，恭候多时。"

他又向苏兰泽点了点头，赞道："丽而不俗，艳而不妖，苏姑娘好风采。"也不忘了向鲁韶山说："也辛苦鲁捕快了"。态度随和，毫无贵介傲慢的派头。

这权倾天下的贵人，虽近而立之年，其相貌之绝美，却仍可用妖艳两个字来形容。从那妩媚的眉目中，不难看出胡太后年轻时美貌的影子。只是他眼圈下透着一层灰青，眉宇间也是一片淡淡的黑色，虽用脂粉精心装饰过，但仍掩不住憔悴之色。

罗衣小婢引三人坐下，又给长安侯奉上茶盏，低声道："侯爷，是银丝白玉盏。"

那只茶盏是极薄的胎质，透过那通透的外层，甚至能看到里面一层茶水的暗影。

胡燕郎啜了一口，突然一笑，道："苏姑娘，说来可笑，本侯现在喝杯茶，都只敢用这银丝白玉盏。有的毒连银器都不能识别，却瞒不过它去。"他缓缓放下茶盏，道："知道瞒不过你杨大人——本侯一时不慎，已身中奇毒。所谓宦奴失踪一事，"他皱了皱眉，"不过是个幌子。"

杨恩恭谨地双手按膝，侧耳做倾听状，却不答言。

"三日前，本侯在宦奴房中过夜。饮食上一向都是有专门的膳厨伺候，原也从不在姬妾房中用膳，偏那天劳累了些，到未时才起来……"胡燕郎脸上露出暧昧的笑意，众人都作泥塑状，仿佛什么也没察觉，"喝了一碗宦奴亲手炖的冰糖燕窝粥，她撒娇弄痴，要在花影轩陪我饮酒，让乐伎吹笛取乐，说是水芙将开。笛声穿越花香湖水，听起来格外清亮。"

"酒过三巡，宦奴与本侯斟了一杯酒，当时银杯放于桌上，本侯看得清清楚楚，里面有一尾黑影，像蛇的形状。举起杯来仔细一看，那杯中分明只有酒浆。她催得急，本侯当时只得饮了下去，第二日起来时精力还好，去湖边转了一圈回来正是辰时，忽然头痛乏力，怕光惧风，心悸神躁，整夜难以入眠，全身还长满了这个……"

罗衣小婢半跪在地上，把侯爷的衣袖卷了一卷，但见白皙的肌肤上，赫然布满了铜钱大小的黑斑，密密麻麻，倒把鲁韶山吓了一大跳。

苏兰泽低声在杨恩耳边说了几句，他点了点头。

"本侯一直就不相信宦奴那贱婢，谁知还是着了道儿。"胡燕郎由那罗衣小婢为他放下袖子，苦笑道："宦奴服侍太后，不过是一两年的辰光，她原是苗疆长大的汉女，因为从小服侍那位主子的情分，才得以随从进宫。太后见她貌美伶俐，便要了她去，后来……后来才给我做妾。"

"苗疆？那位主子？"鲁韶山眨了眨眼，杨恩已经说话了："以侯爷所言，那毒液入酒先凝成蛇形，随后化散，无名无味，且中毒后又有这样的症状，似乎正是苗疆的黑线蛇毒——被江湖上称为病死疑的奇毒。加上宦奴夫人的来历以及之后的离奇失踪，那真正的下毒指使人是……"

"上林公主。"胡燕郎咬牙笑道，笑意仍然温柔，却令鲁韶山有些不寒而栗，"除了她，谁会有那样奇怪的毒药？当初兰台御史邵逸之一案……"他"哼"了一声，"我可是亲眼见过那毒药的威力，若不是开全找到太医院，令他们秘密用尽灵药来克制毒性，我怎么也活不到现在！"

"可是病死疑之毒，中者立亡，侯爷虽有灵药，但又怎么会延迟到第二天？"

胡燕郎皱眉想了想："据太医说，或许我平时经常服食灵芝山参之物养气培元，又或是因为我前些日子受了风寒，服用的药草中恰好有克制病死疑毒性之物，阴差阳错，才没有当场送命。"

他又露出那招牌式的温柔笑意，"可是这事没有凭据，本侯并不想跟我这位公主表妹翻脸，暂时也不敢让外人知道宦奴已经失踪，她毕竟曾是太后的人……想来想去，既能查出凭据，迫使公主表妹不得不给我解药，又不至于伤了我们表兄妹和气的人，除了你杨大人，还有谁能做到呢？至于鲁捕快……"他亲切地转向鲁韶山，说，"杨大人名气太响亮，查案中不便四处奔走，以免惹来京中各位贵人的猜疑。本侯还不想弄得满城风雨……所以有些抛头露面的事，就要劳烦你鲁捕快了。"

鲁韶山连忙起身应答，正对上他宛若春风的笑容，忽然心中一寒，全身也打了个冷战。

"宦奴的下落，尽量要找出来。本侯也没让人动她的卧房，还是她离开时的样子。"胡燕郎悠悠说道，"你仔细去查查，可有什么端倪没有？纵然她逃了，我也想知道她是怎么逃出去的。"

杨恩站起身来，依足下属的礼节，垂手听令，却问了个问题："侯爷，在下刚才进来时，发现一路上少有婢仆，跟从前相比似乎过于冷清，难道也是因为此事？"

胡燕郎冷冷一笑："这侯府是本侯的侯府，上上下下都是多年跟随本侯的人,宦奴身为我的家眷侍妾,竟然还是悄没声地逃走了。哼,真不知多少眼线被安插在此。事情没查出来之前,本侯自然是让这些奴才们有多远滚多远。说来可笑,眼下我可用之人,竟然就只有开全、紫荣和小娥三人了。"

苏兰泽看了一眼那罗衣小婢,胡燕郎笑道:"不错,她就是小娥。"

"病死疑……捕神大人,太医院中药草无数,还治不好一个蛇毒吗?"鲁韶山打开一只梳妆台上的匣子,瞧了瞧又关上,不解地望向杨恩。

他们三人此时正在一座绣楼之中,房里陈设十分精致,罗帐低挽,榻铺锦绣,一看便知是女子所居,被收拾得异常整洁。

"病死疑可不是寻常的蛇毒。"杨恩目送着最后一个被叫来问话的仆人离开,仔细地关上房门,"苗疆黑线蛇,一是罕见,二是这蛇饲养起来十分麻烦,据说此蛇所食的是各种稀奇古怪的药草,野生的几乎都灭绝了。如今除了……除了那位贵人外,恐怕苗疆都没有人懂得这种饲养之法了。毒性也十分刁钻,据说中毒后,不仅头痛乏力、怕光惧风,最折磨人的反而是心悸神躁,也就是说中毒者如疯似癫,心中充满了怀疑和恐慌,心病身病两样俱全,时时刻刻都在煎熬之中,直到最后身心崩溃而死,被认为是最厉害的毒药……所以才得名病死疑。"

"可是侯爷他看上去……"

"太医院用灵药保住他心脉的清明,所以他暂时举止如常。"苏兰泽拿过一盒胭脂,用指尖沾了些,放在鼻端嗅嗅,"不过看他眼圈下的灰青色,想必毒性还是不时发作。"

"以长安侯的身份,直接找到上林公主不就能拿到解药吗,何苦叫我们出面……"鲁韶山搔搔头。

"贵人们之间的猜疑和防备,比蛇毒更厉害。"杨恩淡淡地说,"虽然如今以长安侯的熏天权势,只有明相才能与其分庭抗礼,纵然是正经宗室中人也要退避三分,但上林公主也并不好惹。"

关于这位上林公主的身世,无论是朝野还是民间,各色逸闻流传得很广。据皇家的说法是,二十五年前,先皇的一位妃子诞下一位小公主后就因病去世了。那位小公主生下来后一直悄无声息,甚至在玉牒上都只有她的生辰而没有名字。

不过前朝后宫中的妃嫔太多，臣民对这些人的印象也很模糊。再说先帝虽只有一位太子，却有十几个公主。此事先皇不提，自然也没有任何人关心她的死活。

直到三年前，朝廷突然下诏，命令地方官员前往苗疆，隆重以公主的全副仪仗，迎回一位当地少女。据说她就是那位神秘消失的小公主，因为生下来时被相师认为命相不好，所以要送出宫去暂避时日。现在她长大成人，又避过了那些凶险不吉的日月，当然要离开苗疆，重新回到宫里，恢复应有的尊荣。太后一见投缘，十分喜欢她，竟在宫中为她安置住处，不像别的公主一样离宫开府。不久后，朝中正式封她为公主，尊号上林，而她的母亲也被追尊为贞慧太妃。

虽然上林公主聪慧美貌，很得太后宠爱。但她性情古怪，一向深居简出，除了敕封公主的大典上，群臣远远见过她一次外，她平时根本不肯露面，而且据说她是在苗疆长大，还曾经做过苗疆巫教的圣女，特别擅长制作各种古怪的毒药蛊虫。所以，宫内宫外说起她来，总是小心翼翼，敬而远之。

至于刚才长安侯脱口而出的兰台御史邵逸之一案，似乎与上林公主有关。杨恩看上去也是知道的，鲁韶山却只能猜测，心里痒得慌，但偏偏又不能去问。

"所以我们一定要先找到宦奴，因为不管人证物证，都要落实在她的身上……搜到了什么没有？"杨恩继续问道。

"看这房子富丽堂皇，看来侯爷很宠她啊！梳妆匣和箱箧却空空如也，想必卷走了不少名贵的首饰衣物，其他的一切如常，榻上被褥都叠得很整齐。"

"嗯？"

"咦？"苏兰泽伏在地面，从床柱与帐幔的夹缝间拾起一枚小小的凤钗。鲁韶山脸一红，赧然道："我刚才看床榻上很齐整，枕下被间都没什么东西，就没再仔细搜寻……"

杨恩没责怪他，拿过凤钗，用指头轻轻摩挲，钗身由纯金打制，是一只振翅欲飞的凤凰，凤腹及双翅却是艳丽的翠蓝色，光亮夺目。

"是点翠凤钗，"苏兰泽说，"将翠鸟的尾羽剪裁下来，巧妙地粘贴在凤凰上，这种工艺做出来的首饰，价格着实不菲呢！"

杨恩抬起头："韶山，传以前贴身服侍宦奴夫人的小鹊来。"

小鹊看样子只有十四五岁，相貌很俏丽，衣衫明显是新换的，但也没能掩住几道从袖口露出来的鞭痕，神色很委顿。显然因为宦奴的失踪，身为贴身侍女的她已经被处罚过了。她行了一礼后，就静静地站在那里，举止间颇有几分侯府婢女的稳重大方。

杨恩先是问了些宦奴夫人平时起居爱好之类的闲话，才举起那枚点翠凤钗问道："这是宦奴夫人所用的东西吗？"

小鹊眼睛一亮："是，大人。这是一整套的点翠首饰，是夫人最心爱的东西，统共有一支凤钗、一对耳坠和一枚戒指，总共花了侯爷五百多两银子呢，哪怕是在京都的贵人中，也是不多见的。主要是因为这种羽色的翠鸟并不好捕捉，叫什么夜光翠。夫人……夫人走的那天早上，奴婢还瞧见她戴着这套首饰，就是不知道为什么单单落下了凤钗。"

"由此可见她走得多匆忙，凤钗都没带走。"鲁韶山嘟哝了一句。

"小鹊，听说你也是从宫里出来的，对吗？"杨恩和颜悦色地问道。

"回大人话，奴婢也是太后宫里的人，从七八岁就跟在太后身边。夫人入侯府时，太后就让奴婢随从来服侍了。"小鹊垂下眼帘，隐约间泪光浮动，"奴婢是知道轻重的人，怎么会帮助夫人逃走？总管他们偏说我知晓内情，那晚亥时，的确是奴婢服侍夫人入睡的，最后一个见着夫人的就是奴婢，何况奴婢一直睡在外间……那晚奴婢有些累，睡得沉了些，的确什么也不知道啊……大人……"

"亥时？"杨恩顿了顿，打断了她的话，"你把这被子重新叠好吧，刚才鲁捕快抄检时弄得乱了，叠好你就可以走了。此案很快就会查清，你不必太担心。"

"大人，您这又是在干什么？"鲁韶山惊奇地看着杨恩半蹲下身，用手指仔细地抚摸后门的地面。

侯府除大门外，另有四处角门。杨恩和苏兰泽二人，已经在每一座门后的地面上，仔仔细细地抚摸了大半个时辰。甚至先前在宦奴所居的绣楼，他们也把楼上楼下摸了个遍，连楼梯和阑干都没放过。

"韶山，你以前在落梅镇的时候，是用什么办法来查勘别人逃走的痕迹？"

"清点财物是否失损，传唤失踪人平时交往较深的人，询问出口周围居住的人户，到各水陆码头去查问，还有去车马行查找有无租赁车马的线索……"

"落梅镇人口不多，街巷也只有几条，水陆码头及车马行的业务量也并不大，你这样做是有效的。可是这是我朝京都、天子脚下，大街小巷密如蛛网，左邻右舍人多口杂，水陆码头四通八达，车马行更是数不胜数，你怎么查？"

"……"

"与其去大海捞针，不如先找找，针是从何处进入大海的。不管宦奴去了哪里，但主要通道必然会留下她离开的痕迹。"

"可是……"鲁韶山又摇了摇头。长安侯这三日闭门谢客，又严禁府中人离开，外面冷冷清清。但三日前这里显然车水马龙，下过雨的地上尚有一些浅浅的车辙印，纵横交错，乱七八糟，哪里看得出什么端倪？

转眼已近午时，有婢女来请三人用饭。饭菜精洁自不必言，饭毕，又是那深得长安侯信赖的婢女小娥亲自带三人去安排好的寝处。这是一所花木葱茏、颇为精致的庭院。

"这座清菲馆采光很好，而且向阳干燥。奴婢看杨大人身体似乎有些不适，最近京中雨多，水气又重，就自作主张安置在这里了。苏姑娘与鲁捕快的房间与您相邻，三位也可互相照应。"小娥说道。

鲁韶山听她说话温柔可亲，不禁多看了几眼。她个子高挑，比起人高马大的鲁韶山来也只矮了半头，削肩细腰，越显亭亭玉立。鹅蛋脸儿，如水双瞳，顾盼之间又颇为妩媚，竟有几分肖似胡燕郎的风流态度。

"听说小娥姑娘兰心蕙质，特别擅长莳弄花草？先前在花影轩，我听史总管说，那轩内外所种植的奇花异草，倒有大半是小娥姑娘培植的？看这清菲馆的花木如此繁盛，不知是否也是出自姑娘之手？"

小娥的笑意敛去，苦笑着回答杨恩的问题："实不相瞒，这几日府中遇到这样的大事，侯爷又……婢子哪还有心情去莳弄花草？您看这檐下的牡丹，多日没浇水，叶片都有些打卷，也由它去吧。"

苏兰泽忽然说道："我先前招来府中婢仆一个个询问，模糊中听见一些关于宦奴夫人的风言风语，甚至有人说她是私奔逃走的，不知姑娘知不知道一些内情？"

小娥脸色微变，道："婢子只是个下人，何况这事关侯府声誉，不敢妄自猜度。三位起居饮食，尽可吩咐这里的婢女，婢子告退了。"言毕深敛一礼，缓缓退出去了。

"宦奴夫人当真有这样的丑闻？"小娥身影刚消失，鲁韶山就迫不及待地问道。

"原本我只是猜的，但看小娥这样的反应，我倒有几分拿得准。"苏兰泽笑道，"要是没这话影子，以小娥对长安侯的忠心，她大可理直气壮地反驳我，甚至发怒生气，怎么会这样故作若无其事？"

鲁韶山准备伸手搔头，却又放下："这……这如何猜得出来？我亲眼看见大人向那些婢仆问话，不过都是些衣食住行方面的闲话，根本没有一个字提到宦奴夫人的私情啊！"

"咱们下午就不必出去了，就在这里，一直待到天黑。"杨恩坐了下来，从苏兰泽手中接过一管竹笛，举到唇边，又补了一句，"天黑了还有事儿干呢！"

"吱咿咿呜……"

"啊啊啊啊……不要啊——！"

不过片刻，鲁韶山震耳欲聋的惨叫声就伴随着这尖涩刺耳的笛声，一起响彻了整座清菲馆。

"你是说杨恩只忙活了半天，就吹了一下午笛子？"回燕阁中，史开全不敢置信地转过头，与站在他旁边的刘紫荣面面相觑，后者苦笑了一声说："而且吹得很难听，像刮锅，如铲铁，刺耳之极。他与苏姑娘也相处了五年，怎么连她百分之一的乐技都没学到？"

"他这样悠闲，莫非发现了什么？"一直默然的胡燕郎饶有兴致地开了口，"他这个人，做事持重谨慎，唯有两种情况下是最悠闲的。一种是胸有成竹，一种是压力过大。"

"侯爷，您这两种情况说了等于没说啊。"史刘二人一起苦着脸叫道。

"不，我相信他。"胡燕郎肯定地道，"他一定是知道怎么找到宦奴了。"

"夜色是个两面三刀的家伙。"鲁韶山望着夜色笼罩下的庭院，在心里恨恨地说。他记得落梅镇的夜色，有月亮的晚上，到处留下铺满一地碎银子般的清辉。没月亮的晚上，那夜色是淡淡的墨灰，但也是通透的、干净的，像一片广阔浩渺的海水。

京都的夜色居然不是这样的！

像这种没月亮的晚上，夜色也是淡淡的墨灰，却像是水里滴了墨汁，形成一团团混沌的墨雾。白天葱茏清新的花木，在这样的墨雾中，化作了千奇百怪的剪影，竟有些像是兽的形状。

"不要怕，韶山，"夜色中杨恩的眼睛闪闪发光，仿佛能看得到他的心底，"未知总是令人恐惧，不过今晚我并不是完全未知。"

苏兰泽听了这话，回首一笑，风吹动她白衣上长长的素绢披帛，真有凌波仙子的韵致。鲁韶山本来以为他们是要趁着夜色，去查探下侯府不为人知的秘密，为表示谨慎，他特地换上了一套黑色的夜行衣。

谁知杨恩与苏兰泽根本就没有换夜行衣，杨恩的衣衫甚至比白天所着的还要色浅，在夜色中分外显眼。

"我们不是去做小偷和密探。"苏兰泽像是看透了鲁韶山的困惑，又是扑哧一笑。

白日在侯府中，所见婢仆虽然不多，但鲁韶山早发现门后墙边，甚至屋脊廊柱间都安插了无数的明卫暗桩。谁知侯府晚上的守卫更是森严，不仅是明卫暗桩，甚至往来巡视的侍卫多如过江之鲫，恐怕连只苍蝇也混不过他们的眼睛。一路上三人与他们撞见了无数次，他们居然都是恍若未见地继续走过去，显然早得到了长安侯的指令，这让一身夜行衣的鲁韶山更是大为尴尬。

三人一路大摇大摆，居然走到了白日查过的那座宦奴所居的绣楼之前。

如仙宫金阙般的侯府中，这座绣楼并不算是最富丽华美的。但仔细看时，却发现离它最近的楼阁，竟然正是回燕阁，胡燕郎正室夫人反倒还住在距此颇远的地方，由此可见，胡燕郎即使不是真的喜欢宦奴，但碍于她是太后所赐，对她也是不敢怠慢的。

杨恩当先上楼，二人紧随其后，很快便进入那间闺房中。

鲁韶山不禁问道："大人，我们为何又回到此处？"

杨恩向苏兰泽点了点头，道："开始吧。"

苏兰泽倚榻而坐，首先做出起身的样子，然后碎步疾走到窗下，似乎在侧耳聆听。她随即奔出闺房，倚栏向外探看。杨鲁二人随之跟出，杨恩做了个手势，苏兰泽便缓缓跌坐在楼梯口前。

"对，就是这里！"苏兰泽忽然眼睛一亮，指向楼梯。

鲁韶山揉了揉眼睛，发现那些梯级间，隐约洒有一些荧蓝的光点，一直延下楼去。

墨黑的夜色里，荧蓝光点若隐若现，三人一路跟上去，匆匆穿过花木小径，直到回燕阁后壁一丛山茶花下，光点忽然消失了。

鲁韶山忍不住看了看杨恩，后者沉思片刻，从怀中掏出一柄铸有龙头的黄金匕首。然后鲁韶山就眼睁睁地看着这位三眼捕神大人，用当今圣上亲赐的无上荣光的化身——如圣亲临，可凭此不请旨直接缉拿王公贵族、一品大员，令所有公门中人无不景仰垂涎的龙头匕，倒转过来，毫无顾忌地当作一只小榔头在用……黄金龙头一下一下，不断敲击着山茶花下那片软绵绵的草地。

"砰！"

终于传来一声与众不同的响动。随即"哗啦"一声，鲁韶山惊诧到了极点，因为他看见杨恩双臂用力，竟然将那丛山茶花连同花下的一块草地都凌空端了起来，往旁边一掷。

地面露出一个黑黝黝的洞口，四尺见方，一种异常森寒之意从那里冒了出来，仿佛下面所接的，便是传说中的九幽黄泉。

苏兰泽随手取下肩上披帛，一端麻利地在腰上一围，另一端往杨恩手里一塞，道："我下去瞧瞧！"鲁韶山还没反应过来，她身形飘动，已跃了下去。

"嗖嗖嗖嗖！"轻响陡起，恍若一阵骤雨点子打上了大片的芭蕉叶。鲁韶山一急，准备跟着跃下去，杨恩一把拉住了他："别急！"

在那穿破空间，从四面攒射而来的锐器风声里，他们听到极快而短促的叮叮声，那是苏兰泽挥起竹笛击落纷飞暗器短箭的声音。

响声渐歇，杨恩在黑暗的深处，睁开了无形中的第三只眼睛，清楚地感知到苏兰泽正向下落去，冷风吹起了她的袖裾，有气流沿着裾尾飞泻开去，仿佛飞鸟展开了优美的翅膀。

这么多年来，他都不知道她的模样。只是从别人的言语中，知道她有墨黑柔顺的长发、犹胜白雪的肌肤、星辰一样澄澈的明眸。但是他对她的印象却又是那么清楚，哪怕是百音长鸣的杂声里，他也能马上辨出那些来自她最微小的动作所发出的最轻微的声音。正是那些声音，仿佛无形的画笔，在虚空中勾勒出她亦嗔亦喜的模样。

蓦然，风声似乎有了一抹可怕的歪斜——"噗"的一声，然后是"咔嚓"一声，似乎是什么东西碎裂了。

杨恩脑中嗡的一声，腾身一跃而下！鲁韶山嚷了一句："叫我别急，自己倒先急了！"也随之跃了下去。

苏兰泽轻呼的声音，从下面遥遥传来："当心……这里是虚沙……"砰然一声，沙土纷然崩裂，随又是水花四溅的声音，似乎她的身子滑入了水中。

临近水面约有一丈左右，恰好是甬道将尽之处，杨恩仔细捕捉着气流最微细的变化，足尖准确地在甬壁上轻轻一点，左手伸出，已准确无误地拉住了正在下坠的鲁韶山！两人身形斜飞向左边，如同一朵柳絮，轻若无物地落在地上。

脚下一阵硬实触感传来，杨恩心里也是一宽，放开了鲁韶山的手。

鲁韶山却向前方急道："苏姑娘，你还好吗？"不知是不是眼花，他刚才感到水中似乎有光点一闪，说不出的诡异惊惧。

"快拉我一把！"是苏兰泽的声音，"我的腿……被什么缠住了……"

杨恩伸手去拉，竟然没有拉动，肌肤已感到寒凉的水气。身畔寒光一闪，却是鲁韶山拔出佩剑，俯身下斩，只听"哗啦"一声，什么东西被斩断了。杨恩手上用力，已将苏兰泽拉起身。

这一次配合算是默契，杨恩也不由得赞道："韶山目不能视，却运剑精准，很有几分火候啊！"

鲁韶山却大叫起来："奶奶的！这斩下来的像水藻一样滑溜冰凉的是什么玩意儿？"

苏兰泽急道："快丢了，这黑灯瞎火的，等我弄来亮光再看。"

杨恩很快脱下外衣，披在她身上，道："趁着黑灯瞎火的，我们也瞧不见，快把湿衣服脱下来，换上这件，省得着了凉。"苏兰泽顿了顿，只听她嗔道："我哪有这么娇贵？况且我当年在湖中……"

　　鲁韶山竖起耳朵，她却没再说下去，只听窸窸窣窣的换衣服的声音，不禁心中大生感慨，暗暗道："我只瞧见苏姑娘照顾捕神大人的多，却没想到捕神大人也是极关心她的。这二人明明情深义重，人人都说他们是天生的佳偶，为什么都相处五年了，还是一个不嫁，一个不娶？偏偏五年来，二人又是生死相随，不离不弃，捕神大人也不怕坏了人家名节，苏姑娘倒也看得开，不在乎。从落梅镇到京都，这两人行事都是这般叫人看不透。不过，如果能有苏姑娘这样的女子陪在身边，只怕是做皇帝也没这样快活……"

　　正胡思乱想，眼前忽然出现一团光亮，这光亮来自苏兰泽掌中一颗鸽卵般大小的明珠，珠身莹白，淡淡珠光隐约映照出周围情状：这是一个直接从地底的岩石中生挖出的窟洞，四壁都是灰白的岩层。此时三人所在之处，只是石壁下的一小块儿石台，有桌面大小，似乎是放置牢饭食水的所在。除此之外，便是沉沉的水面。那水散发出难闻的气味，说不出是霉是臭，着实恶心。

　　鲁韶山忽然"哇呀"一声，跳了起来，连连搓手，叫道："恶心！恶心！这哪是什么水藻，分明是女人的头发！"

　　脚边一团黑色的东西，正是鲁韶山刚才一剑斩断后，收剑时不慎带上来的些许"水藻"，珠光映照下看得清楚，的确是人的头发，足有尺许长。被斩断后尚如此长度，必是女人的头发了。

　　苏兰泽忽然一怔，道："韶山，你看水里！"

　　鲁韶山看过去，不禁呆住了：先前，三人的眼睛不能适应陡然的珠光，只看见一片沉沉的水面。然而此时从石台看下去，隐约可见水面往下尺许的地方，有一物半浮半沉，有几点幽幽蓝光也随着浮沉，若隐若现。

　　鲁韶山忽然想起什么，"扑通"一声，竟然跃入水中。他挥剑在水中连斩数下，只听汨汨有声，那物缓缓浮上水面，即使只有微弱的珠光映照，仍看得清清楚楚：那是一具女尸！

鲁韶山爬上石台，忍不住一阵干呕。杨恩不忍地"看"着他，道："鲁捕头，你刚才为何……"

鲁韶山大手一挥，故作豪放道："无妨！我刚才忽然想到，尸体死后应该浮于水面，如果像这样半浮沉于水中，一定是尸体上系了大石之类的重物。如果斩断系绳，就能漂上来了。"他一边强忍下一轮干呕，一边继续说道，"我当初在落梅镇破过命案，也跟仵作一起验过尸，堂堂一个捕快，这点恶心不算什么！"

"唉，我是想说，你其实可以不必下去的。"

"嗯？"

"将兰泽的帛带系上你的剑，用飞索的手段，抛剑入水，一样能割断系绳，你又何必亲自跳下去呢？我可再没有衣服给你换了。"

"啊？"

苏兰泽没有理他们，半俯在台边，举起明珠，清晰地照出那尸身来：那是一个年轻的女子，湿发一缕缕披散开来，半截又被鲁韶山斩断，如长长短短的毒蛇，扭曲着紧紧贴在脸庞上，她的双眼瞪大，面容青白可怖。

杨恩突然道："她的生命消失多久了？"

苏兰泽低头仔细探视，答道："看尸斑的样子，大约不会超过三天。她穿着很薄的纱衣，领口斜敞，露出半截抹胸。尸身虽略显浮肿，但仍看得出蜂腰高乳，这女子生前，定是个十分惹火的尤物。她的双手僵直，向上举起，显然入水时还在用力挣扎呼救……嗯，全身没有箭孔。"

苏兰泽一边将所见的情状一一叙述出来，一边将明珠缓缓移上，道："纱衣用的是密州的云影纱，薄如蝉翼，轻如流云，向来是专供上造的，据说寸纱寸金，绝不是虚言，只有公侯之家的贵妇才有。她的抹胸上绣有一枝桃花，绣工虽然是好的，但桃花虽娇艳却轻佻不庄重，说明这女子不是正室，多半是姬妾。"

她又顿了顿，"她耳垂上有蓝光闪动，手指上也有。若我没有猜错，应该就是那对点翠耳环和一只点翠戒指了。"

鲁韶山脑中灵光一闪，失声道："是宦奴！"

苏兰泽的目光落在女尸高举的双手上，她十指尖尖、指甲极长，且有染过凤仙花的通红痕迹，依稀可看出其当初的纤长秀美。唯有右手食指的指甲折断了半截，另半截却以一种诡异的弯曲度向上翻起，甲肉破烂，也被水泡得泛白。

鲁韶山喃喃道："她的指甲向上翻起……奇怪，就算是在水中挣扎，也不会抓翻指甲啊……咦，是右手？除非……除非是她临死前曾拼命地在硬物上刻画过……"

杨恩突然道："你们快去瞧瞧这水边四处，可有刻画下来的痕迹？比如字迹之类的东西？"

明珠那团淡白的光芒，在水边小心地缓缓移动：悄无声息而又隐隐漾动的水纹、暗色浑浊的水面、被潮气滋生出来的斑驳青苔、浸湿泡软的层层泥沙，还有那凹凸不平的粗糙石壁……

苏兰泽的手腕突然一震，顿住了。

她凝视着离水面约有半尺高的石壁，那里有几道划上去的线条，纵横交错，与石壁相比，只是有稍浅的白。这划痕像是字，形状却又十分古怪，与寻常笔画大有不同。她突然心头一跳，陡然将头低了下来，目光向上斜斜看去：那些线条歪歪扭扭，倒转过来，居然组成这样的几个字："邵子杀我！"

"邵子杀我？"鲁韶山喃喃地念出声来，杨恩下意识地重复了一句："邵子？"三人几乎又是异口同声："邵子是谁？谁是邵子？"

"宦奴夫人生前与人私通，想必侯爷是知道了。"杨恩在回燕阁中，刚一坐下便单刀直入。

夜色已深，胡燕郎本来卧在榻上，由小娥帮他按捏松骨，合目欲瞑，不料，杨恩忽然闯了进来，当面就问了这样一句大不敬的话。

他笑意微微一滞，旋即化开："你怎么知道本侯知道这件原本不该知道的事？"正为他捶腿的小娥，手也不由得停了一停。

话虽拗口，却问得好。

"就算不肯定，此时也肯定了。因为侯爷您如果不知道，那么问我的第一句话，理应是'奸夫是谁'？"

杨恩话锋一转："侯爷说，宦奴夫人的房中诸物都没有被动过，让我们自行查探。的确所有衣物、脂粉、被褥都没动过，唯独一样被动了，那就是宦奴夫人的书架。书架上所有的书都被统统翻了一遍。"

"宦奴爱看书，她的书很多，也看过多次，你怎么肯定那不是她自己翻过的？"

"因为这个。"杨恩指间拈起一根沉香书签，"在下曾详细地问过小鹊，宦奴夫人看书有什么习惯。她说，夫人很爱惜书籍，每每看过后都抚平页面，使之平整如新。如果夹有书签的话，一定要将签尾的流苏穗子垂出书外，说是如果夹在书页中，会让纸上留下印痕。可是在下却发现那些书有好几本都卷了边，而且这几本书都还新得很，一个爱书人不会得到本新书，就忍心这么粗鲁地对待吧？何况书签的流苏穗子也是完全夹在书中，在下就知道事先已有人翻过这些书了。而宦奴夫人死后，侯爷定然会叫人对她的房间严加看管。"

"她不见了，翻翻她的书，睹物思人，有什么不对吗？这也不能说明本侯知道……她与人私通之事。"

"在下大胆地推测，侯爷只是为了寻找她是否留下什么与人暗通款曲的艳词淫曲。因为一个因宦奴而身中奇毒，心中既怀疑又痛恨的人，是不会去睹物思人的。"

"……"

"在下还听说，宦奴夫人两年前入侯府时，还是颇得侯爷恩宠的。可惜后来情淡爱弛，侯爷另纳爱宠，她也生出很多怨言。然而半年前，侯爷忽然将她迁居到回燕堂侧的绣楼里居住，看样子似乎是旧情复燃。如果侯爷真喜欢宦奴夫人，为何不像对待小娥姑娘一样，直接将她迁入回燕阁朝夕相守，而只是邻阁而居？无非是回燕阁周围守卫更森严，可以更近监视她罢了！"

小娥浑身一震，满脸飞红，慌忙低下头去。

"你……"

"但宦奴夫人在那时忽然爱上了读一些前人的诗词，自己偶尔也会写几首，其中有一首是'良夜促，香尘绿，眉蹙久，敛愁低。未别心先咽，欲语情难说，出芳草，路东西。'如果宦奴夫人真与侯爷两情相悦，又天天相守，为何会写出这样情侣别离相思无限的幽怨之词？当然这一切都是小鹊告的密，所以侯爷才发现了宦奴夫人的私通之事！"

小娥正捶腿的双手，不知不觉中已停了很久。

"你好大胆！"胡燕郎手指杨恩，陡然坐起，厉声喝了一声，但旋即又痛苦地呻吟一声。小娥连忙站起身来，拿过桌上一只瓷瓶，倒出一枚药丸，熟练地喂他咽入口中。

胡燕郎喘了两声，红晕上颊，宛若女子般娇艳："这都是小鹊告诉你的？"

"我猜的。"杨恩坦诚地答道，"宦奴夫人自己写的诗词其实早就烧了，她可是个谨慎人。刚才这首词是兰泽捏造的，为的就是激怒您。"

"你……"长安侯露出啼笑皆非的神情，重又缓缓躺回榻上，"你还是这么顽皮，本侯又上了你的当。小时候出郊打猎，遇到一只毛羽鲜明的锦鸡，你自己想要，就骗我说远处有只锦鸡似乎更美。我跑过去一看，哪里是什么锦鸡，分明是几簇艳丽的山花。听说你已把宦奴的尸身捞了上来，而你又跑来追问本侯是否知道她私通之事，是否认定宦奴是本侯杀死的？"

"侯爷那间秘室，看设计原先应该是没有水的，但与暗河相通。必要时就引入暗河，秘室就变成了天然的水牢。凶手将宦奴夫人溺死在回燕阁下的水牢中，以侯爷的精细，都过去了三天，难道竟会丝毫不知？"

"说下去。"

"侯爷唯恐我们不能发现宦奴夫人的尸身，故意让人把她的点翠凤钗落在房中，还派小鹊特意地提醒我们，那点翠凤钗的翠鸟羽毛叫夜光翠，而且宦奴夫人身上还有两件点翠饰品。十二年前，就曾跟侯爷您一起找老猎户纠缠，并学习用弹弓射鸟的在下，又怎会没听过夜光翠？不知道它的特点就是羽毛在夜晚会发出荧蓝的光点呢？"

"你是什么时候发现宦奴没有离开的？"

"大门她出不去，几处角门前的车辙，无论新旧在下都查勘过，辙印很深，从形状来看，显然这些马车都停过很久——他们大概都是来拜见您或探病的各路官员，因为要等待您的门子进去通报，所以要停很久。可是宦奴夫人如果要私奔的话，奸夫可没这样的胆子，在您堂堂长安侯府的角门前停驻这么久来等待她。"

胡燕郎赞赏地点了点头，细长妩媚的眼睛盈满了笑意："你果然很细心。"

"不止这样。"杨恩道，"兰泽查看过绣房，虽然贵重些的衣饰都不见了，但日常用的胭脂水粉全部都在。侯爷您虽然有众多姬妾，但国务繁忙，未必有空去观察她们的起居习惯。女子与男子不同，不管走到哪里，妆容是重中之重，如果真是私奔远走，胭脂水粉更是一定要随身带着的，或许路上也会有脂粉铺子，但她们本能地都会收拾起自己的常用之物。除非是仓促离开，无暇顾及。"

他轻轻一笑，"可是一个收拾了所有贵重衣饰，甚至连被子都叠得整整齐齐的女人，怎么会仓促到连带走胭脂水粉的时间都没有呢？说到被子就更奇怪了，宦奴嫁入侯府后，一向是锦衣玉食，婢仆围侍，怎临到要走了，忽然贤良淑德去整理屋子呢？更何况，在下曾听文安伯大公子的奶母，也就是太后她老人家还是皇后时的贴身宫女说过，太后素来只让她们将被子叠出三层，因为觉得三这个数字吉利，最忌讳叠四层，因为'四''死'同音。可是宦奴夫人床榻上的被子，偏偏就是四层。一个侍候太后长达两年，让太后亲自指给自己侄子做妾的聪明伶俐的宦奴，就算习惯也该成了自然，怎么会不按宫中的习惯来叠被呢？"

胡燕郎再也躺不下去，一手支榻慢慢抬起身来。小娥连忙拿了个锦枕，垫在他的身后。

他的眼睛一眨不眨地凝视着杨恩，忽然叹了口气："你的脑子是怎么长的？只要见过的、听过的，你都存在脑子里，到需要的时候，一股脑地全部都涌出来供你挑选——不错，本侯在察觉自己中毒后不久，就知道宦奴死在水牢中，但那的确不是本侯的手段。"

"依侯爷的手段，就算让宦奴死，又如何会让她死在世人皆知是侯爷你起居所在的回燕阁呢？在下当然知道这样搬起石头砸自己脚的事，不是出自侯爷这样的聪明人之手。"

"水牢入口要从回燕阁里进入，阁中人多，凶手多有不便。至于外墙那个出口，十分隐蔽，是为了在最危急的关头，本侯可以放空水牢，作为逃生的通道。如果本侯不告诉你'夜光翠'之事，你也未必找得到。凶手竟然知道这一通道，并且就是从这个出口下手，将宦奴绑上石头推下水牢淹死，且无人察觉！如果有一天，凶手也从这里进入回燕阁，将本侯杀了，那又该如何？况且凶手根本就是故意让宦奴死在那里！"胡燕郎疲惫地放松身体，"而且宦奴之死，本侯必须给太后一个交代。就算如实禀告，太后也必要疑心，本侯根本脱不了干系。本侯瞒着你，也是迫不得已。"

杨恩淡淡道："恐怕侯爷早看到了水牢石壁上'邵子杀我'这四个字。侯爷是因为这个'邵'字，怕引发天家雷霆之怒，所以宁可名誉有损，也只能故推不知，好让在下这个替罪羊捅了出来，这下侯爷就可以脱身事外，是吗？"

最后这几句话，虽然绵和，却蓦地有一种锋锐之气，令得胡燕郎已微合的双眸，又蓦然亮起来！

他终于说了一句："小娥，你先下去。"

夜色如化不开的墨团，清菲馆中，唯有檐间的灯笼发出微茫的红光。

苏兰泽倚坐在廊下的阑干边，静静地抚摸着手中的竹笛。刚换过衣服的鲁韶山站在她旁边，却不停焦灼地向大门口张望。

"一会儿就该回来了。"苏兰泽终于说了这么一句。

"嘿嘿。我们把宦奴夫人的尸身弄上来，又验尸又问话，折腾了也足有两个时辰了，天都快亮了，想来捕神大人也该回来啦！"鲁韶山不好意思地咧嘴一笑，就势往廊下石阶上一坐，摆出副大马金刀的架子来，倒也颇有几分英武。

"苏姑娘，我这次入京，全是听我舅舅的话。啊，你知道的，他就是靖宁府尹赵久嘛，上次在落梅镇你和捕神大人都见过的……他说我得到长安侯的提携，以后必定前途无量。可是我瞧这些贵人们都有些神神秘秘的，他们那些事像团糨糊，比破案都难搅清。"

"你的性子是很难得的，如果像他们一样，就浪费了。"苏兰泽柔声道，"在缉捕司好好做，认真破几个大案，不靠依附长安侯也一定会有出息。朝中风云变幻，附身于权贵也未必有好下场。比如当年的兰台御史邵逸之，就是个活生生的例子。"

"邵逸之？就是那个也被上林公主下过毒的倒霉蛋？"

苏兰泽忍俊不禁："倒霉蛋？倒也贴切。他当年依附长安侯，长安侯又刚刚袭了爵位不久，太后一心着力扶持。所以邵逸之也一路青云直上，由一个小小七品尊孟馆知事，三四年间就升到了从二品的兰台御史。"

她渐渐收敛了笑容,"可惜到了后来,明相崛起,与长安侯互相掣肘。那邵逸之为讨长安侯的欢心,主动请缨去做当年春闱的考官,一心想从那些赶考的学子中网罗几个才学出众的英杰,好壮大长安侯这边的声威。谁知道明相办事老辣,一举抄起个科场舞弊案,继而又揭出主考受贿案。谁是谁非,那也难说得紧,按说邵逸之办事周密,但人证物证俱全,惹得天子,也就是当今皇上大怒,判了他个斩监候。邵逸之原指望长安侯保他,但这样的风口浪尖上,贵人们明哲保身,他已成了一枚弃子……"

鲁韶山听得入了迷,忙问:"后来呢?"

苏兰泽叹了口气:"后来,邵逸之在狱中拒不认罪,并递呈诉状至御前,在状中写诗说什么'心无藏私天底宽,意不嫌猜丹心赤',还说了些过于慷慨激昂的话,未免把自己标榜得高了些,并且对朝廷有怨怼之意,大约对皇上也有些不敬。皇上就向上林公主要了一杯混有病死疑的毒酒,赐给邵逸之,说什么:'你若真的心底坦荡,这杯酒又能奈你何?'明着就是赐死了,邵逸之也就这么死了,家产全部充公,儿女没籍为奴。长安侯为着这事,荣宠大减,才使得明相趁机而上,这两年来势力渐渐坐大,两人已成了相峙的局面。"

她举笛欲吹,但还是放了下来,道:"长安侯一直深忌这个'邵'字,一来是觉得没办法救得邵家,心中有愧。二来也是唯恐又引发当年之事,令皇上对他的厌憎之心再起。况且,宦奴是太后的人,邵子却是长安侯的旧部。如果宦奴真是邵子所杀,那岂不意味着长安侯对太后此心当诛吗?"

"我想,他明知宦奴死在水牢中,且壁上有那四个字,却不肯自己说出来,还要假装不知道,希望由我们帮他找出来,以避开他自己的嫌疑。究其源头,大约也就在当年邵逸之那件事上了。"

回燕阁中的谈话,已接近尾声。

"侯爷,在下早说过要您完全信任我,为何您始终没有做到呢?"

杨恩目"视"着他,目光一如既往的沉静,隐现出锐利的光芒,令胡燕郎一时竟不敢对视,几乎要忘了杨恩根本就是"看"不见的。

他解嘲地一笑:"十二年了,燕郎和杨兄,都会有改变的,不是吗?"

杨恩沉默了片刻："小鹊说,最后一次见到宦奴夫人,是在三天前的亥时,她服侍宦奴夫人入睡。宦奴夫人身上的尸斑,说明她死的时间也是在亥时和子时之间。她是在小鹊睡下后,悄悄跑出去的。水牢里我们也仔细勘查过,壁上四个字是她的笔迹,她挣扎的痕迹以及蹬落半边的绣鞋也说明那里的确是她死去的第一现场。"

"这说明了什么呢?"

"一个能在亥时后将她叫出去的人,一定是个熟人。她出去时擦过胭脂,穿着娇媚的纱衣和抹胸,后来我们又在水底捞出了她的披帛——这样的打扮,会的自然是她所中意的人,她信任的人,那个跟她有私情,令她写出那些曾被侯爷你隐约得知的'淫词艳曲'的人。这个人,在亥时后一路畅通无阻地来到宦奴夫人的房外叫出她,又熟门熟路地骗她来到回燕阁外的水牢出口,然后将她推进去溺死。我和兰泽仔细盘查过当日所有当值的侍卫和婢仆,都说没有外客进入。当晚的侍卫和仆役中也没有任何人请假或擅自离岗。不是普通的侍卫或仆役,能经常与宦奴夫人接触,所以日久生情,熟悉内闱情况,得知水牢的秘密——会是您府中的哪一位呢?"

"啪!"

胡燕郎的手掌重重往榻背上一拍,脸色已变得铁青:"是史开全?还是刘紫荣?"

"是史开全?还是刘紫荣?"苏兰泽拧起一把热毛巾,细细地为杨恩敷在紧闭的双眼上。一宿未睡,他的眼角已经有些浮肿,精神也明显委顿了许多。

热气熏上来,杨恩舒服地叹了口气:"我也不知道。"

"那你……你也要多注意自己的身体,犯不着一宿不睡,这样下去元气迟迟不能恢复,你的眼睛……"

"我不怕。"杨恩准确地握住了那只拿着毛巾的手,"兰泽,哪怕一辈子看不见也不要紧,你就是我的眼睛。"

"可是,"苏兰泽笑靥如花,轻轻把脸伏上去,贴在了他的手背上:"你看不见,就不怕我骗你吗?"

"人心多疑。"杨恩微笑着伸出另一只手,抚摸着她柔顺的垂发,也感受着两人难得的温馨时光,"多疑又来自于多欲。想得到的多了,自然怀疑的也多了。而我……我只想得到你。"

"咳咳!"

一声刻意的咳嗽声响起。苏兰泽陡然抬起头来,只见鲁韶山扭扭捏捏地站在阶下,额上还有细密的汗珠,显然是有急事一路急奔而来,却分明又摆出一副进退不得的模样。

"我让你去查香料,你查过了没有?"杨恩问。

鲁韶山闻言脸色一肃,竟带有几分凝重:"捕神大人,史总管自杀了!"

出人意料的是,杨恩并没有大惊失色,甚至连苏兰泽也只是拿过毛巾,在热水里再拧了一把。

花影轩内,胡燕郎的脸色实在是很难看,哪怕水芙那怡人心脾的香气,也不能让他稍微改变半分。

到侯府只有一天,但已从对婢仆侍卫的问话中收集了大量侯府各类信息,甚至其中也不乏狗血八卦的事。因此,对杨恩来说,他知道胡燕郎有个习惯,就是每天早上到花影轩来坐上个把时辰。一来是沿湖遛个弯,权作强身健体。长安侯这个爵位不是来自军功,胡燕郎又颇为文弱,当然不会采用拉弓搬磙的方式。二来,这处花影轩着实是个好地方,上次匆匆来一趟,只惦记着要见过长安侯,倒没仔细"瞧"过。

折腾了一夜,天边曙光已变得甚亮,那特别亮的地方,就是朝日即将破云升出的地方。

四面窗户尽数打开,早有仆役奉上茶来。茶氛萦绕,又有花香水气穿窗而入,越觉目明神清。

"轩中无他意,唯有书香、墨香、花香、茶香,果然古雅。"

杨恩率先打破了僵冷的气氛。胡燕郎勉强一笑:"这花影轩是先父生前最爱的轩阁,一天之中,倒有大半天在此处盘桓。先父逝后,本侯很思念他,所以这轩中的布置一点也没有改动。"

鲁韶山挺直身体，站在杨恩旁边。他职司不够，按规矩是不能赐座的。苏兰泽的目光落到一处檀木架前，突然眼前一亮，脱口赞道："好剑！好弓！"

那剑横放在第二层架上，长有三尺，鲨鱼皮鞘，柄上镶有一暗绿菱形宝石，犹自幽幽散发光芒。弓却放在最高的第三层，弓身小巧，竟如弩弓大小，两端镶银，丝弦莹白，一望便知不是凡物。

胡燕郎的视线随之投了过去，神色微微一动，道："姑娘好眼力！"他指了指那柄剑，道："古剑'破阵'，是家父当年的佩剑。"又指着那张弓道："姑娘博识，可认得这是什么弓吗？"

苏兰泽凝眸注视片刻，道："银弓犀弦，虽然我没有看到旁边放有箭支，不能确定是否为白羽金箭。但这天底下所有的宝弓之中，也只有神越弓才能有如此非凡的贵气。"

"是神越弓？"杨恩笑道，"难怪难怪！此弓是前朝名匠逢叔子的最后之作，小巧便携，能连珠齐发，同时放出七箭，且箭力奇大，几乎等同于六石重弓。此弓原系圣上所用……"他顿了一顿，胡燕郎果然道："不错，这正是皇上赐给我的。"

秀美的眉尖拧到了一起，这位美艳不输女子的长安侯叹了口气，终于绕回正题上来："史开全这次莫名其妙地死在本侯府中，本侯真是不知如何向皇上和太后交代。"

没人作声，他一个人似乎是喃喃自语地说下去："本侯很小的时候，他便是本侯的伴当，二十多年来，办事一直勤谨周全，实在想不到他会跟这桩丑事扯上关系，更没想到他知道事情将要败露后竟然自焚而死。"

自焚而死——当杨恩等人闻讯赶到现场时，史开全所居的南院已经有一大半被烧成了废墟。

史开全从未娶过亲，连妾侍都没有，哪怕年近五旬，仍是孤身一人。这正是他能比其他人更加勤于诸事，从而得到胡燕郎信任的主要原因。他一个人住在这南院中，南院正好在回燕阁和侯府后眷们的居所之中，这方便他既很好地服侍胡燕郎，又能自如地帮助胡燕郎管束为数众多的姬妾和婢女们。

鲁韶山瞧着那被烧成一团焦炭的身躯，很是悲恸。

他从靖宁府落梅镇被宣入京都，进入缉捕司，虽说是受了长安侯之令，但毕竟长安侯门下贵官无数，还顾及不到一个区区靖宁府尹的姨侄，大半倒是因为史开全与赵久一的私交让史开全在胡燕郎面前多说了几句而已。

鲁韶山入京后第一件事就是前来长安侯府，协杨恩查这一桩宦奴的案子。他比杨恩早来一天，饮食寝卧也是看这位史总管的面子才安排得舒舒服服。所以对史开全之死，他比杨苏二人的悲意的确要深上那么几分。

火势起时，便惊动了人，以侯府侍卫婢仆的能耐，不到一炷香的时间就迅速扑灭了火头。然而，大火已烧去了大半个院子，梁折柱倾，足见火势之快之猛。换句话说，足见史开全死志之坚决。

"他先把生油倾倒在房屋周围，又在室中泼上了大量的生油。"当时鲁韶山仔细地查看了现场，告诉杨恩。

生油是一种出产于西域的黑色稠油，有异味，不能食，但触火即燃，又称火油。因为这种特殊的油性，有巧匠制作了一种特殊的火枪，原理有些像水枪，将生油灌入细长的枪管里，再加上小小的机关，此枪可以像水枪一样喷射，距离可达数丈之远。当然它喷出去的时候是烈火，其威力之大，也足以骇人。

长安侯府中当然也有这种火枪，而史开全又总管府中事务，所以他可以轻易地从库中弄到大量生油，把自己解决掉。

花影轩中，"韶山，你来说。"杨恩示意鲁韶山。

"是！"后者立即踏前一步，语气铿锵，似乎格外显示出其对案情结果的重视或者说是自得，"卑职查过火场周围，也问过附近的侍卫，没有人进出的痕迹。从所有烧毁的梁柱残垣来看，也排除了有外人曾大力破坏门窗潜入的可能。而且史总管在事发前的确曾命看守库房的人员，给他送来两大桶生油，又屏退了所有服侍他的婢女，然后他将生油浇泼在室内外，点火、自焚。"

"他为什么要这么做？"胡燕郎狠狠一击旁边的高几，盏中茶水激溅出来，"难道真是为了宦奴？"小娥连忙拿过银丝白玉盏，重新为他续了新茶，又抽出帕子，给他拭了拭衣襟上的水渍。

"侯爷府中，自回燕阁往后，皆是眷属们居住的后园。按规矩，连六岁以上的童子都不能入内，只能有婢女服侍，侍卫们是分班巡视，一刻漏的时间就要重新点名，管理得很严谨。就算是如刘侍卫长这样的亲信，也只能白天进来领差听令，掌灯时全部要退出。为什么侯爷会放心让史总管住进去？"苏兰泽坦率地问道。

胡燕郎古怪一笑："本侯与他相处二十余年，从未见他对任何女子动过心思，昔日本侯曾亲自赐给他几个绝色女子，他居然也完璧退还。所以本侯以为……以为他是……"

"天阉！"鲁韶山差点把这两个字叫出去，赶紧闭紧了嘴唇。

天阉指的是男子天生有疾，不能人道，虽然伟器具全，但跟宦官也没有什么区别，难怪胡燕郎肯放心把他留在府中后园。

"况且，我正室夫人体弱多病，相貌也并不怎样出色，一向深居简出，不见外人。至于姬妾，"胡燕郎淡淡道，"如果开全他真的看中了，以他多年来与本侯的情分，哪怕是宦奴这样的女子，只要太后那边不怪罪，本侯也没有什么舍不得的。"

"既然如此……"杨恩的手中不知何时又摸出了那根竹笛，"既然史总管是自焚身亡，而不是受到袭击。那么他的确是因为宦奴尸身被发现，知道事将败露，所以才畏罪自杀的。"

杨恩终于做了结论，胡燕郎的脸色却更黑丧了几分。

"那……'邵子杀我'这四个字又怎么解释？难道不是邵逸之一事的牵连？"鲁韶山仿佛想起了什么，赶紧问道。

"如果宦奴的确是史开全所杀，那这四个字也能解释。或许是宦奴临死前心有不甘，故意扯上邵逸之一事令侯爷疑心……或是其他，都有可能。"杨恩好整以暇地答道。

"宦奴和史开全已死，二人就不再重要了。只是可惜他这一条命，竟挂在一个女人身上。"胡燕郎好像换了一个人般，那种喀然若丧的神情消失得一干二净，对于宦奴也中毒的事情更是似乎不足萦怀，依旧是妖艳风流的态度，"倒是去公主表妹那里索要解药一事，还望杨兄着力些。不管宦奴是生是死，这中毒之事她可是脱不了干系。当然,在此事没有解决之前,本侯将继续封闭府门,只准进,不准出——只有杨兄你们三位除外。"

他的意思很明白:封闭府门,不容消息外泄,这也的确是个暂时避开麻烦的办法。否则单是宦奴之死被太后得知,便是一番口舌,到时府中一乱,消息纷纭,更对胡燕郎不利。所以即使杨恩索药,也不能明确泄露宦奴生死及府中情况。

"我们就这么去宫中?"走在车水马龙的大街上,鲁韶山大有隔世为人之感,觉得侯府那种压抑阴冷的气氛,已经是有多远甩多远了。他见杨恩一副悠闲的样子,浑不以去找公主要药为难事,忍不住问道。

"兰泽也好久没上街了,上次让你去问侯府中有谁买过香料的事,你到底去了没?"杨恩反问道。

"还没来得及去,史开全就……"鲁韶山看着一旁拿着个摊子上卖的小靶镜爱不释手的苏兰泽解释道。

"宫中不必去,四处逛逛去,不如首先就去香料铺子吧,家中的熏香也快没有了,正该买些,这个兰泽比我们在行。"

"哎!我们不去宫里,怎么拿……拿那个东西?您还有闲心买香料?"街上人多,鲁韶山不方便将"解药"这两字叫出来,慌忙追着那两人向一间名为"陈记老香"的香料铺子跑过去。

"各位客官,小店新到了不少香料,您请只管选看。"掌柜颇有眼力,赶紧撇开店伙计,亲自迎了上来。

虽然自谦地说着"小店",但这店绝对不小,铺地青砖,粉白涂墙,比一般的香料铺子足足大上两倍。拔地而起的一排排大柜,被分隔成巴掌大小的小屉,都镶有玳瑁双环铜扣,千百种香料的味道从那些小屉中飘出来,氤氲成一种甜郁古怪的气味。

"沉水香二十两,丁子香、鸡骨香、兜娄婆香、甲香各十五两,零陵香、白渐香、青木香、甘松香各五两,雀头香、苏合香、安息香各三两五钱,沉檀龙麝、龙脑香各二两。"

苏兰泽熟练地报出香料名字,香料的价格向来不菲,如沉水香、麝香、龙脑香等更是价值十倍于黄金,所以这笔生意所赚到的银子并不是一个小数目,足够让掌柜笑眯了眼。

"拿个香炉来。"苏兰泽吩咐道。掌柜的一边命伙计给几位大主顾上茶,一边忙不迭地拿了个博山炉来,虽然不是真品,但小巧玲珑,精致可爱,显然也价格不菲。

苏兰泽取下炉盖,用指甲挑出几种香料来,熟练地加入炉腹中,炉底隔层里烧着上好的细炭,热气一烘,顿时有烟雾从炉身镂空处流逸而出,在空中盘旋缭绕,芬芳袭人,如处仙境。

鲁韶山深吸一口,只觉心旷神怡。倒是那掌柜吸了吸,问道:"姑娘这是什么香,闻着像心字香,但比心字香更悠长,就是叫人头昏昏的。"

"掌柜的果然深谙香理。"苏兰泽笑道,"这是从扶桑传来的一种新奇的方子,我也是第一次试配呢!因这种香里所需的几种香料,譬如上好的龙脑香和沉檀龙麝,实在太难得到了,哪怕京都也是不常见的,能在贵店买到,看来掌柜这里货品的确是全啊。"

掌柜的顿时颇为自得:"那当然,小店的香料料真价正,可算是这京都里的头一家了。"

"可我妹子上次在孙源记家买的,就比您这儿要便宜。"

"他家!他家哪有!这龙脑香可是从海外弄来的,咱这中原根本不产它。这香一路大风大浪地还要漂洋过海呢,因为船里常有积水,一船的香料能保存住十之一二就不错了,哪里还轮得到孙源记家拿货?孙源记家一定是拿假的充真的。不瞒您说,整个京都,除了我家,就是李家才有。"

"哪个李家?"

"大名鼎鼎的龙香李家啊,他家和我家一样,都是百年的老店子了,加上他家长袖善舞,比我这个老头子可强多了,多少达官贵人都是他家的主顾。譬如文安伯家、户部周侍郎家,甚至连坏了事的邵御史家,以前也只认他龙香李家的招牌货呢!"

鲁韶山一对眼睛死死盯着苏兰泽调制香料的动作,几乎眨都不眨。

"这种香味如何?"苏兰泽盖上炉盖,第三次问他。

"很好闻,以前没闻过。"鲁韶山闻言苦了脸,"苏姑娘,再闻下去,我觉得我的鼻子就什么也闻不出了。"他偷眼看了看杨恩,"其实捕神大人的鼻子非常灵敏……"

"别说话!"苏兰泽把香炉再次凑到了他的跟前,她的声音里似乎有一种独特的魅惑的力量,"不管做什么,只要全心全意去做,总没有不成功的。你再试试,闭上眼睛,告诉自己忘掉身边的所有。"

"喔……"鲁韶山听话地闭上眼睛,整副神情徐徐舒缓开来。

"你的耳朵听不见任何声音,眼睛也看不到任何东西,甚至你的心也是空荡荡的,什么都不要去想。调动全身所有的灵识,化作看不见的你,神游虚空之中,捉住一丝一缕的香气,仔细去感知……"苏兰泽的声音像是从遥远的地方传来,像春天的风般柔和、轻暖,在他的耳边轻轻一拂,又像柳絮一样飘远了。

渐渐地,所有的一切,喧嚣的市集声、来往的脚步声、细碎的说话声,也都像柳絮一样飘远了。在香料铺所独有的沁凉的幽静中,他觉得有一个看不见的自己,正自由自在地伸出手去,捉住一缕袅袅而起,正想要狡黠遁去的香气。

苏兰泽一直看着他,鲁韶山的眉梢忽然一动。

"怎样?"

"这种香气,好像有点熟悉,有些像龙涎香,可是沉郁中又带有一种软软的香,跟龙涎香那种沉郁的甜香不相同。而且一定是在侯府闻过的,因为我老家那地方可没这么好的香。只是我一时想不起来,在侯府哪里闻到过。"

"好,"苏兰泽满意地收起香炉,"这样就足够了。"

"足够什么?"

"足够我们回去了。"

"我们不是去宫里求见公主吗?"刚出香料铺,鲁韶山就迫不及待地问道。

"现在去求见公主,难道直接向她索要解药?可是我们并没有明显的证据,她要是不认怎么办?"杨恩感受着市井中喧嚣的人声,他看上去似乎并不嫌吵,还觉得很惬意。苏兰泽小心地扶着他,行走间很自如,没有人想到他的眼睛其实是看不见的。

"怎么没有证据？侯爷说亲眼看到宦奴下毒，而宦奴分明又曾经是公主的人……"

"可是宦奴后来是奉太后之令嫁给侯爷做妾的，公主大可推托说许久不与宦奴往来。"杨恩打断了他的话头。

"可是她至少有解药……"

"还有个关键问题。你有没有想过，若论毒性酷烈，鹤顶红一定是天下第一。可为什么说病死疑是最厉害的毒药？"

他微笑着"看"着满面疑惑的鲁韶山说："天下之物，相生相克。即使如鹤顶红这样的剧毒，如果及时煎服马铃草，还是可以拣回半条命的。唯独病死疑这种毒，是没有解药的。"

"啊！"鲁韶山失声大叫，引来不少行人惊疑的目光。他赶紧抓住杨恩衣袖，低声问，"当真？"

"比真珠还真。"苏兰泽含笑插了一句，"人的七情六欲之中，最害人的就是疑心。一旦有了疑心，虽父子夫妻也不能互信。这种疑，来自自己的内心，外人谁也没办法解除。那么以病死疑命名的这种奇毒，正跟人的疑心一模一样，至死无解。"

"那侯爷为什么还要我们来索要解药？"

"因为人心总有侥幸，一天不死，就一定要寻求转机。如果知道没有解药就枯坐等死，又怎么会是权倾天下的长安侯？"

鲁韶山看看她，又看看杨恩，终于松了手，伸到脑勺后搔了搔："可为什么……你们一点也不着急？而且也根本不向侯爷提起来？"

"有什么好着急的？"杨恩淡淡道，一点也不觉得自己这句话大逆不道，"长安侯不是还活得好好的吗？"

"那我们此时去……"

"我们既然出来了，怎么能不先去找上林公主？"

"你不是说没有证据……怎么敢去宫中求见公主？"

杨恩代苏兰泽回答他："苦夷草只有上林公主的药圃中才能种植，而且因为只有她懂得种植,所以产量很稀少。这些天侯爷为稳定毒性,大量使用苦夷草,太医院不可能不向公主禀报用量的去向。也就是说,上林公主一定知道侯府有人身中奇毒,而要用苦夷草来医治,中毒者身份贵重自不必说。可是长安侯居然没有向用毒圣手上林公主讨教如何解毒,难道还不能说明他的疑心吗?上林公主如果是个聪明人,应该对此已经起了疑心。恐怕我们不找她,她也会来找我们。"

他停住脚步,微笑道:"大概已经有位姑娘来请我们了。"

前方果然站有一名蓝衣女子,明眸长眉,相貌颇美,着蓝衣白裙,连头上也包着一块蓝纱,十分素雅。她向三人俯身行礼:"奴婢茹姬,奉主人令,烦请三位移步一叙。"

苏兰泽仔细打量着她,将那些香料放入绣囊中,问道:"你家主人现在何处?"

茹姬低眉顺眼,礼节颇足,答道:"此处不便赘言,但三位的确是我家主人所请的贵客,唐突之处勿怪,请随奴婢前往便知。"

三人竟然真跟了她去,茹姬当前引路,她脚步轻盈,只是稍稍近些,便能闻到她身上飘来的淡淡药香。

转过拐角,市声渐渐消失,这是一处极偏僻的巷子。两边都是房舍,但门窗紧闭,巷中也空无一人。

苏兰泽走上前去,向着茹姬笑吟吟道:"茹姬姑娘,你家主人都爱在这像坟场一样阴森无人的地方宴客吗?是她有什么见不得人的地方吗?"

茹姬脸色一变,转身便走。"砰砰砰!"两边门窗几乎同时碎裂,有七名女子跃出来,她们都着一色的蓝衣,只是脸上蒙了布巾。人尚在空中,手中已拔出利剑,另一手扬空一掷,各有一道黑线蓦然闪现,在空中弯曲成七道诡异的弧线,陡地弹起,夹杂在漫空木屑碎片中,直向杨恩三人疾射而来!

鲁韶山但觉微腥之气扑面而至,心中微凛,已来不及拔剑,力运掌中,大喝一声,虚虚拍去!

忽听苏兰泽断喝道:"闪开!"白影闪处,如同空中蓦然浮现出一朵雪白的云彩。却是她解下素白披风,当空飞卷,平地带起的劲风,激得那些木屑碎片和七道黑线都纷纷反转,甚至连两名女子的利剑先触到她的披风绸面,竟也嚓的一声，当即折断！

鲁韶山暗暗心惊："苏姑娘神仙般的人物，不料也有如此刚猛的内力！"

茹姬已避到墙根下，见状双足一绞，居然腾空高高跃起！她在空中嗫唇长啸一声，但见那七道黑线凌空反弹，如离弦之箭，竟然又向杨恩三人疾速射来！

鲁韶山此时已拔剑在手，眼疾手快，唰的一下就将最前面的一道黑线斩成两截！

他正暗自得意，却见那两截黑线只是在空中一滞，竟然没有下落，同时射了过来！腥臭之气顷刻到了面门！

破空有声，杨恩挥手掷出一物，居然是他系在腰间的一根灰黑色腰带，如蛟龙般凌空将那两截黑线一卷而走。随即在空中几番夭矫，其他几道黑线也都卷在其中，被牢牢缠绕！

茹姬一声呼哨，几名女子如听到号令般，纷纷后退。

鲁韶山挥剑正要攻上去，却听砰然一声，空中乍现数团灰黄色药雾，瞬间遮住了视线。

衣袖风起，显然茹姬等人正跃上墙头准备离去，但啸声再起，显然茹姬仍在催动那些诡异的黑线。烟雾中又听"嘘溜溜"一串杂乱乐音自笛中蹿飞而出，飘荡在虚无的空气里，已压下了茹姬的啸声。响起的正是苏兰泽的笛音，起初低沉，后渐高昂，欢快热烈，似吟如唱，带着奇异的节拍与尾音。

烟雾散去，鲁韶山看到一片令人毛骨悚然的情景！

杨恩的衣带被丢在地上，旁边有八道黑线蜿蜒在地，都昂起半截，凌空扭动，似乎在随乐起舞。

那些黑线竟然是一种通体漆黑的小蛇，头如三角，细如丝线，却又覆满乌亮鳞片，所经之处，尽在地面留下一行闪光的滑涎。此时看它们在乐声中狂热扭动，金黄小眼半睁半闭，甚至那被斩为两段的蛇身，一边淌着鲜血，一边也在诡异起舞。鲁韶山心中不禁一阵发麻，感觉连毛发都要竖了起来。

苏兰泽笛声越来越急，黑蛇们也随之越舞越急，到最后几乎是全身抽动，似乎已耗尽力气，却还是身不由己地要随乐起舞。

苏兰泽引笛而吹，声音急转悠扬，徐徐溜出一串尾音，终于缓缓停歇。

黑蛇们也随之缓缓伏下身来，无力地摆了摆尾巴，终于僵卧不动。

鲁韶山心中莫名震惊，问道："这……这……这是什么妖物？"

苏兰泽神情凝重，道："这是苗疆黑梭镖蛇，与黑线蛇是近亲，生命力特别强韧，哪怕用刀剑斩断仍然可以存活，只不过毒性不如黑线蛇毒那样神奇罢了，但如果被咬上一口，中者立死。"

鲁韶山忽然想起那蓝衣女子来，结结巴巴道："她……她……她说她叫茹姬……茹姬可不就是……"

"茹姬，是上林公主的爱婢。"杨恩随手挽好敞开的外衫，淡淡道，"我们回侯府吧。"

胡燕郎正在花影轩中。他站在檀木架前，背着轩门，左手轻轻抚摸着架上的"破阵"宝剑，右手放在神越弓上，若有所思。

直到小娥向他福了一福，低声道："侯爷，捕神大人他们来了。"

他才转过身来，疲倦地向杨恩三人点了点头。

半天不见，他的脸色又憔悴了几分，明明是个俊美难画的人物，在毒性的折磨下姿容大减。

"可求见过公主？"他的话语平静中又有着一丝隐约的企盼。

"侯爷莫急，"杨恩静静道，"在下还有一件事想不明白。如果想明白了，一切当可迎刃而解。"

众人都沉默了片刻。

"本侯小的时候，有时会听不懂太傅所教的功课。太后她老人家总是说，想不通的话，就先不必想，放一放，总有灵机一动瞬间领悟的时候。"胡燕郎轻松地笑一笑，又恢复那种佻挞不羁的风度，"你也放一放这事，咱们先去燕阁的戏台，听听专为太后的寿宴所排练的大戏。这场大戏的角儿可是大大有名，所唱的梅戏，不敢说天下第一，也没第二个人超过他去。"

有四个美婢抬来软舆，扶胡燕郎半躺上去，其他人都随在舆旁，一起往回燕阁行去。

苏兰泽落在后面，与小娥并肩。小娥轻轻让一让，以示对兰泽的尊重。苏兰泽也对她微笑:"小娥姑娘真是香风习习。"

小娥只是淡淡一笑,自长安侯中毒后,她的眉宇间总有种淡淡的忧郁,几乎很少真心地笑过。

皇太后华诞在即,身为后族唯一的亲侄,胡燕郎自然不会对这献寿的曲目掉以轻心。他抱着病体,叫仆婢们把软舆抬到台下,亲临观闻。

杨苏二人被安排坐在他的旁边,隔着数道曲阑,远远看那戏台。梅曲名满天下,上至朝廷,下至民间都十分喜爱,据说,太后也是极其入迷,甚至还会一些简单的唱段。而诸多梅曲中,《瑶池仙会》可算是扛鼎巨作之一,描述的是王母寿宴,众仙赶来拜祝的情景。戏中场面繁华,人物众多,布景也十分逼真,当真是满目锦绣光彩。唱曲的伶人们做神仙打扮,穿梭来去,唱念做打,配上梅曲独有的清亮婉丽的腔调,让人心旷神怡,俨然身处仙境一般。

而那饰演王母的伶人身段高挑,姿势曼妙,更是分外的绝艳清贵,如同鹤立鸡群一般。只听她启唇唱道:"朝华路,三千云烟无重数。紫烟金华斗碧霄,群仙瑶池拜阿母。"一支曲子缓缓唱出,中间转折萦回,也数之不尽,但觉无数音符都如同有了自己的生命,汇成无形的音韵和风,穿越苍茫暮色而来。其优美跌宕,已达到了梅曲的极点,就连苏兰泽这样的乐中高手,也不由得听入了迷。

一曲唱完,那伶人退了下去,胡燕郎嘴边浮起略带柔媚的笑意,向杨恩道:"这旦角的嗓子如何?她戏名冬云,还有个响当当的名号,称作'梅皇',意即'梅曲之王'。"

杨恩感到有风穿过身边的座位——苏兰泽竟然离座而去,那熟悉的足履轻音,略显急促地向戏台后厢快步走去。他有些奇怪,但还是答道:"天籁之音,真乃唱作俱佳,既有天生的好嗓子,又妙解音律。侯爷你瞧,兰泽可不是已经过去请教了吗?"

胡燕郎得意大笑,道:"苏姑娘不是乐神吗?乐神之乐,自然是远胜凡俗,区区一支梅曲,难道会比不上冬云这个伶人唱得好?"

杨恩道:"不然。乐神之能,在于有着比常人更为敏锐的乐感,以及驭乐的能力,倒不在于对某种乐曲的把握。因为伶人在曲子中磨炼的功夫,一定比兰泽多而精深。但伶人至多不过是唱得好罢了，若是让他们修改音韵，又或独创一家，更甚至从乐音中听出喜怒祸福，就是千难万难了。譬如一国之主之于臣民——臣民众多，尽有才能卓绝之人。有的精通诗词，有的丹青如神，但治国的道理，原不在诗词，也不在丹青。所以诗词作得再好，丹青画得再是传神，终究只会是诗人和画家，却做不成国君。"

胡燕郎目中精光一闪，徐徐道："哦？"

杨恩面向戏台，此时台上已换了两个仙女装扮的伶人对唱，他的目光神态仿佛真正"看"戏一般，颇为认真，口中却随意答道："不过冬云姑娘唱得真是好，人只要守本分、术专攻，总有存身立命之所的。"

苏兰泽已与那冬云说完了话，飘然走了回来。她神情欣悦，脚步轻快，就连胡燕郎也不由得受了感染，微笑问道："苏姑娘跟冬云谈得很投机吗？"

苏兰泽嫣然一笑，道："冬云色艺双绝，倾倒众生，兰泽这一番请教，倒当真是受益匪浅呢！"

回去清菲馆时，夜已深沉。鲁韶山早在他们回来前就去睡了，露水降满了台阶，几乎弄湿了履尖足底，透过微微的寒意。

苏兰泽回首望去，穿过半掩的院门，隐约可见回燕阁灯火辉煌。在这黑暗的夜里，光华闪耀，简直就像是仙宫琼楼一般。

杨恩突然道："兰泽，这一次，我总觉得跟以前是不同的。"他深吸一口清凉的夜风，道："我说的不是这件案子，而是……而是这侯府里，处处透着古怪，论说长安侯贵极人臣，又是太后亲族，本不应该如此……破案或许不难，但我想，只怕这次我们回京，倒是回来得错了。"

他温情地"望"着苏兰泽，道："我虽远离朝廷，毕竟是天子臣民，究竟是躲不开的，何况我虽退隐，但抛不下做捕快的本分，能破的案子总是要破的。但是你……此前你对我说过，但愿这一生，能过安宁的日子便已经足矣。我只怕给不了你这种安宁……不如你先……"

"不——"苏兰泽抬起手来，为他紧了紧斗篷的衣领，暗红的灯影里，她的神情安详而宁静，轻声道："心安宁处是家乡。哪怕是在回燕阁下那个阴森的水牢中，只要有你在旁边，我的心也是很安静很安静的。"

"你这么说，我就放心了。"杨恩握住她的手，轻轻安放在自己心口，道，"那么，就让一切真相都来临吧。"

"来人啊！侯爷薨了！"

一声尖利的哭喊，突然自回燕阁中迸出，划破了寂静的夜间侯府。刹那间，四处灯火相继点燃，就连树丛花池中也亮起无数繁灯，顿时将整座侯府照得明如白昼。

而无数尖锐乌亮的刀剑枪尖随之纷纷浮现在灯的海洋中。这白日里看来空旷无人的侯府，竟然安插有如此多的暗哨护卫，简直不逊于防线森严的皇宫大内。

一个身着碧绿罗衣的婢女，踉跄着从阁中奔出来，及至奔到槛前，望见外面守卫如林，脚下一软，已经半瘫在地。

"是小致姑娘。"只着灰色外衫、连斗篷都不及披的杨恩和鬓发半散、钗环不施的苏兰泽在此时匆匆赶到。苏兰泽已经一眼认出了这绿衣婢女正是白日里抬软舆的四名近婢之一。

"苏姑娘！"宁致如同见到救星一般，涕泗横流，连滚带爬地上前来，死死抓住苏兰泽的衣襟，哭道，"侯爷他！他……"

"侯爷！"一声女子的尖叫传来，卫士们自动分成两排，但见只穿素色中衣的小娥从灯影刀光中快步走了出来，脸上尚带着泪痕。她想要扑入阁中，却被杨恩拦住："任何人不得妄入！"

杨恩立在回燕阁门口，沉声道："守紧四门，控制府中，不准任何人离开！刘将军，"他望向众护卫前站立的人，那是胡乱披了件锦衣就奔过来的刘紫荣，"我们一起进去。"

刘紫荣从听到凶讯赶来时，就一直口鼻抖动，整张脸似乎已经扭曲，随时都像要放声大哭似的。听杨恩叫他，他用力吸一吸鼻子，厉声向众护卫喝道："看好了！"

众护卫哄然称诺。

苏兰泽叹了口气，上前扶起全身颤抖仍强自镇定的小娥："小娥姑娘，你要哭也不为失礼，别忍着伤身了。"

"奴婢为什么要哭？"小娥咬着牙道，"侯爷又没事，奴婢才不会哭呢！你——"她忽然挥手打了小致一耳光，"今儿侯爷说让我歇歇，换你来值夜，怎么就会……早知道我就不会让你这小蹄子过来伺候了！不准哭！侯爷一定会没事的！"

小致被她打得吓住了，脸上立刻突起四条指印，她用手捂住脸颊，果然不敢再哭。

"侯爷会好好活着的。"小娥身子慢慢软下来，一下子跌坐在地上，似乎神魂也在渐渐失去，全然没有了昔日的镇定和淡然，"我不要你有事……我要你……活下去……"

鲁韶山此时才赶了过来，见到这幅情景，不禁骇了一跳，望向苏兰泽。

兰泽神情凝重，示意他站到一边，简略地告诉了几句，才说："杨恩和刘将军已经进去了。"

鲁韶山心里突突直跳，一时也不知怎么会如此。

大约过了一盏茶的工夫，有两个人影出现在阁门口，正是杨恩和刘紫荣。所有人不禁都将目光投过去，刘紫荣脸色沉重，眼角尚有泪痕，大声道："侯爷只是病情加重而已，大家心安。明日清晨我亲自入宫去请太医，今晚各自散了吧——守卫不得放松。"

众人心中都有些疑惑，但看刘紫荣神情也不敢多问，果然都各归各位。只有小娥和小致还呆坐在那里，杨恩似乎心事重重，居然也不理她们，先往清菲馆去了。

苏兰泽随后跟上，倒是鲁韶山心里有一万个疑问，一路跟着在走，却转了一万个念头，想要试探地问一问，却又不敢。

不知过了多久，回燕阁外的灯笼一盏盏熄灭下去，其实是用厚绒遮住，灯笼中的夜明珠，只留下三两点珠光，远望过去，映过重重帘幕，在夜色中化作一团模糊的光影。

回燕阁里，重重帘幕间，仿佛被风吹动一般，突然裂开一道半人许的长缝，有一道烟雾般的影子从缝里飘了出来。

珠光模糊，影子快速移动向前，几乎脚不沾地，当真像是烟雾在风中飘行。锦毡上听不到一点声响，七宝彩屏静静立在那里，上面镶嵌的珠玉闪动着异样的光芒。

影子越过宝屏，继续向内飘去，飘过那幅《万里江山图》的时候，顿了一顿，发出一声轻微的带有讥诮的笑音。

有一粒南浦明珠高悬在内室之中，淡白珠光映得一切阴晴不定。软榻之上，一面锦被将榻上之人盖得严严实实，各色锦线在被面上灿然生光。隐约可见被下覆着的人形轮廓，想必正是胡燕郎。周围一个人影也没有，唯有龙涎香的甜郁弥漫在空中，却掩盖不住阴森的气息。

影子看着他，突然缓缓俯下身去，左手紧握，右手掀起榻上的被角……

"唰！"锦被忽然凭空飞起，如一条绚丽的锦绣河流，呼地兜头罩了下来！

那影子陡然吃了一惊，身形向后退去，右手从怀中取出一物，疾速往空中一洒，顿时一团灰色烟雾蓬然炸开，异样的甜香气息飞速散发开来。

"砰砰砰砰！"

数声巨响，却是四面的窗扉门扇都在这一瞬间猛然打开！清凉的夜风吹了进来，四面穿越，顿时将那甜香吹得干干净净！而无数灯笼也在门窗外密密举起，光亮刺目，照得室内一切都无从遁形。

白影闪过，却是一条绫巾破空而至，灵动如蛇！那"影子"如融化一般，渐渐委顿——苏兰泽只是手腕一动，绫巾当空飞舞，已将那一袭灰纱缝就的斗篷卷了开去，轻飘飘地落在地上。

榻上人一跃而起，已站在地上，竟然是劲装佩剑的鲁韶山。

而杨恩和刘紫荣一左一右扶着憔悴不堪的胡燕郎，出现在窗前的锦毡上。珠光照得胡燕郎微微眯起眼睛，眼中却有着迷茫不解的神色。

杨恩看着影子，淡淡道："你真的来了，小娥姑娘。"

失去灰纱斗篷遮掩的"影子"，似乎是颇为畏惧那明亮的珠光，"它"一直低首弯腰,双手紧紧地捂住了脸庞。此时被杨恩叫到名字,"它"的身子不禁微微一震。

"你深夜来此,就为了给侯爷送来这个东西?"

苏兰泽绫巾一展,一丸白色的东西骨碌碌滚了出来:那东西只有李子大小,圆溜溜的,白中透青。

胡燕郎不禁奇道:"这是什么?"

苏兰泽微笑着转向"影子",问道:"这是什么,想必不用我告诉你吧,小娥姑娘?"

那"影子""啊"的一声,突然扑倒在地,哭道:"侯爷!侯爷!婢子并没有害侯爷的心,只是听说水晶茎有治病的功效,因此想试解您所中的剧毒,又怕有人说婢子胆大妄为,所以才在半夜无人时偷偷前来……婢子愚蠢,请侯爷宽宏大量,饶了婢子吧!"

灯光之下,"影子"慢慢抬起头来,满面泪痕之中,那双红肿的双眸越发楚楚动人,赫然正是小娥!

胡燕郎脸上渐显怜爱,长叹一声道:"小娥……你……你为什么这样傻?偷偷摸摸地过来……"

小娥泪流满面,哭道:"婢子不愿您中毒待死,这才大胆地拿了水晶茎来,求侯爷饶恕!"

"小娥姑娘怎么知道水晶茎——也就是水芙的根茎,能治侯爷所中的剧毒呢?"苏兰泽毫不客气地插话问道。

"婢子一向深谙花木之道,又怎么会不知道水芙的根茎的药性?"

"问得好!"苏兰泽笑道,"那么不如小娥姑娘也给我们讲讲其他的花木之性,比如枯叶牡丹?"

"姑娘的话,婢子不明白。"

苏兰泽紧紧盯着她:"你根本不懂花木,那天你送我们去清菲馆,说檐下牡丹欠缺照料,连叶子都打了卷。可那盆牡丹根本就是枯叶牡丹,天生地如同枯叶般,根本不是因为没浇足水的缘故!"

小娥脸色一变,道:"婢子心忧侯爷病情,随口敷衍你们两句,不过是失礼罢了，也并不是什么不得了的罪行！"

胡燕郎神色也有些不悦，道："小娥跟我朝夕相处，若要害我，本侯岂有命在？不过是恰巧此时来了这嫌疑之地，说到底不过是要给本侯服下水晶茎，难道水晶茎是毒药不成？"

苏兰泽冷笑一声，道："水晶茎当然不是毒药，而是解药！解的就是侯爷您现在身上所中的奇毒！"

胡燕郎在榻上坐下来，蹙眉道："这样说来，小娥更是我的恩人了，何况病死疑之毒何等厉害，岂是区区的水晶茎就能解除的？"

刘紫荣也忍不住道："不错。在下也实在不明白，捕神大人设这个局的原因何在？"

"设局？"小娥满含泪水的双眼，带着惊恨望向杨恩，"婢子也不明白，捕神大人放出侯爷不祥的消息，究竟是什么意思？"

"小娥姑娘刚才的话说得很对。"杨恩淡淡道，"仅仅只是带着个水晶茎潜入回燕阁，对小娥姑娘这样的侯爷爱婢来说，算不得什么大不了的罪名。但对在下来说，谁懂得水晶茎的药效，并且此时不想侯爷有事，谁就是真正的凶手！"

"什么？"胡燕郎整了整披着的衫子，怫然道，"凶手会不想我有事？杨恩，本侯看你真是退隐太久，有些不晓事了！"

杨恩"目"视胡燕郎，目中晶芒闪动，缓缓道："因为侯爷你所中的毒，根本就不是病死疑！"

除了苏兰泽，所有人都惊得怔住了。

一片死一样的寂静后，还是胡燕郎自己艰难地开了口，似悲若喜，又带着一种不信的恍惚，道："杨恩，你说的可当真？"

"第一次令我对此产生怀疑，是在发现宦奴夫人的尸体时。兰泽告诉我，她验尸时，发现宦奴夫人身上除尸斑外，在足边还有一块不明显的毒斑，与您中毒的症状颇为相似。"

"什么？"胡燕郎脸色微变，"你是说宦奴生前也中了毒？但她根本没有喝下那杯毒酒！"

"正是如此。"杨恩道，"侯爷说，他在杯中看见有蛇形的东西，显然宦奴如果下毒的话，应该是下在杯中，而非下在壶中。既然如此，没有拿过您杯子饮酒的宦奴，又为什么会中毒呢？更不可能在知道自己中毒的情况下，还欢天喜地地去与情人幽会呢？说明侯爷所中的毒根本不在杯中。那会在哪里呢？"

"这……"胡燕郎自己也不知如何说清。

"第二次令我产生怀疑，是我与兰泽、韶山三人，在从香料铺子返回侯府途中，遇到一个自称茹姬的上林公主之婢。她将我们引到一处僻静巷中，并安排了一场由七个女子进行的、并不完美的刺杀。"

"刺杀？真的是茹姬？为何不完美？"胡燕郎已经失了方寸，迭声问道。

"虽然茹姬的大名如雷贯耳。而我也曾风闻过茹姬爱穿蓝衣，以蓝纱包头。上林公主以聪慧著称，她的爱婢自然不会是蠢人。这样的一个人来安排刺杀，为什么不改变一下装束，也不改变一下刺杀方式，而偏要用苗疆所独有的七条黑梭镖蛇？"

"是呀！"刘紫荣一拍大腿，叫道，"何况黑梭镖蛇虽然生命力强，又有剧毒，但论起攻击人的本领，还是比不上我的金儿银儿。上林公主如果驱使七条金银线蛇来刺杀你们，那胜算就大得多了！"

鲁韶山想起苏兰泽那神奇的笛音，脱口道："那也不见得，苏姑娘的笛音可以杀死黑梭镖蛇，未必不能杀死金银线蛇。"

刘紫荣陡然想起来苏兰泽那笛音如刀，将线蛇一劈而断的凌厉，不禁打了个冷噤，点头道："正是。苏姑娘的乐音已通神入圣，实在叫人害怕。"

苏兰泽微笑道："乐音为天地交汇、阴阳相激时发出的力量。如果到了极处，可以掌生死、逆鬼神。区区驱蛇之术，算得了什么？"

"或许这正是那人驱蛇来刺杀我们的原因。"杨恩叹了一口气，道，"她不在意掩藏自己的身份，当然也知道我们的身份，知道这些黑梭镖蛇不可能杀死我们。想来种种做作，不过是为了要让我们认为，这一切都是出自上林公主的指示。"

"所以刺客根本不是我那表妹派来的，只不过有人想要误导你们，让你们更加怀疑到表妹身上。正如我所中的毒的症状也与病死疑相似一样。这一切都是为了嫁祸于表妹，可谁会这样干？为何要这样干？"胡燕郎已经迅速地理清了因果，恢复了平时的从容和冷静，对上林公主的称呼也变成了表妹。

"侯爷还少问了一个问题，"杨恩道，"侯爷想想，这个人胆敢谋害您这样的贵人，为什么不干脆用那种令人猝死的剧毒？如果那人真的想对侯爷不利……"

"本侯也百思不得其解。"胡燕郎苦笑着摇摇头。

"我想，死亡并不是最难受的，有时候孤独而痛苦地活着，比死了还难受吧。"苏兰泽脱口而出。她的眼前忽然浮现出那一年的落梅镇，漫天大雪中，青婉小姐踽踽远去的身影、那如释重负的表情、爬满皱纹的面庞、弹指间化为霜雪的长发。

"苏姑娘，在侯爷面前，说话不得无礼！"刘紫荣的低喝打断了恍惚回忆。苏兰泽淡淡一笑。

"罢了。"胡燕郎神情也有些恍惚，挥了挥手，"苏姑娘说得也有道理。说起来，孤独而痛苦地活着，的确是比死了还难受吧。特别是，当内心还有着恐惧和怀疑的时候……"

他陡然惊觉般地住口，示意杨恩道："你接着说下去。"

"在下想给侯爷讲一个故事，这个故事恰好就充满了孤独、痛苦、恐惧和怀疑。"

珠光寂静地投下来，每个人的脸上都显得更加苍白，小娥仍然垂首跪在地上，唯有杨恩平静的声音缓缓地响起来："很久以前，有一个刚刚考中进士、做了官的年轻人，他为了自己的前途，迎娶了朝中一个官员的女儿。这倒也没什么，只是他以前有个相好的女子，原想着娶亲后纳她为妾，没想到新娶的正室夫人很厉害，根本不准许他再纳妾。他惧怕夫人娘家的权势，只好将那个相好秘密安置在一个小宅院里。不久后，相好的这个女子就给他生了一对儿女，他很喜欢，许诺说有机会就接他们母子回府。

"这个人本来学问就不错，又颇有些见识，投奔了朝中的权贵做靠山，官越做越大，到后来，他的夫人也敬让他几分。他就又纳了几房美妾，妻妾各给他生了儿女，渐渐地，他也就将当初相好的那个可怜女子给抛在脑后了，只是还不时派人去送些钱粮,维持生计罢了。直到十二年后,那个可怜女子病死了。他迫于无奈,又觉得有些愧疚,就把一对儿女接回了府中抚养。"

刘紫荣听在耳中,暗道:"这不就是一个狗血的始乱终弃的故事吗?京都中的达官贵人,哪个没几桩这缺德事?恐怕侯爷本人也是这样的负心汉呢!"

杨恩的声音还是很平淡,像在讲着一个根本不相干的故事。

"如果真这样过下去,倒也罢了,可是这位贵官还有几房美妾,其中二姨娘最受宠,不料后来纳了七姨娘,二姨娘的宠爱就渐渐淡了。如果是别的女子,倒也放开手了。可惜这位二姨娘并不是普通人,她原本是江湖女子,出身于某个以毒术闻名的帮派,这位贵官也是机缘凑巧与她结识并纳为二房的。二姨娘对七姨娘怀恨在心,可是因为知道大人了解她的手段,她并不敢明目张胆地下毒。

"而且贵官也防备着她,七姨娘本人又十分警惕,所用食具一概为纯银,且根本不让二姨娘靠近住处。但二姨娘是一个非常聪明的人,她亲自调配了一种新的香料,芬芳甜郁,闻者无不喜欢,贵官自然也不例外。因为用了香料的人并没有什么不适的地方,渐渐地,连七姨娘也肯在房中焚烧这种新香。没多久,七姨娘就得了重病,最后竟然香消玉殒。"

"这香料真的有问题?"刘紫荣忍不住问道。

"香料本身没有问题。可是二姨娘让人在七姨娘的房舍前后,种下了一种奇葩,花香与香料的气息相混合,生成剧毒,因为只是呼吸间染上毒素,并不是直接进入肚肠,所以不会猝死。但年长日久,毒浸肺腑,也会要了人的命,而且不易被发觉。"

"你……"胡燕郎目光如刀,在杨恩身上扫了一扫,"你是想说,本侯所中之毒,也是因为这个原因?但本侯所用的龙涎香不是凡品,本就有解毒清心的功效……"

"第三次令我产生怀疑的就是侯爷所用的龙涎香。"杨恩打断他的话头,"龙涎香燃尽后的灰烬是银白色。可是我们在宦奴夫人的卧房中查探时,发现她的香炉余灰中有深黑色的杂质。虽然有人事先把炉中的香灰细心地倒尽了,但还残存一些。"

苏兰泽从袖中取出一方包好的素白绫帕,手指灵巧地打开四角,果然帕心处有一点香灰,果然银白中有点点深黑。

刘紫荣不禁长叹一口气,道:"捕神和苏姑娘果然细心,连这样的地方也没放过。"

"起初,我们是由宦奴夫人私通一事想到的。"苏兰泽包好绫帕,放回袖中,说道,"她与情人私会,身边婢仆众多,竟然没有一人发现。而我们在向小鹊问话时,发现她精神有些萎靡不振,且身上有一些淡淡的香味,与龙涎香有些不同。而且她还说睡觉特别沉,虽然陪睡在离宦奴夫人最近的榻上,却连宦奴夫人何时离开都毫不知情。除非她也是宦奴夫人一党,否则就只能是中了迷香的缘故,所以我们才去查验炉中香灰。"

"宦奴夫人的炉中有迷香。兰泽发现迷香中含有沉檀、龙麝和鸡骨香。鸡骨香倒也罢了,沉檀、龙麝可不是便宜货色,因为它的香气与龙涎香相似,但龙涎香过于珍贵,哪怕显贵宗室也不能轻易拥有,能够大量使用龙涎香的贵人,除了皇上,大概也只有侯爷了。所以很多贵人府中,会用沉檀、龙麝来取代龙涎香。但侯爷府却是一定不屑去买沉檀、龙麝的。在下查过侯府中往来的礼品单子,也没有什么不长眼的人送这种香料作礼物。既然侯府中根本没有这种香料,那是谁去买来制成迷药,又送给宦奴夫人使用的呢?"

"侯府礼制森严,婢女不得私自出府,一应物品都有专门的采办人员。"鲁韶山终于找到了个说话的机会,"而沉檀、龙麝这种东西,虽比不上龙涎香贵重,却也不是常人买得起的。所以捕神你就和苏姑娘去了香料铺子?"

"对。"杨恩微笑着看了他一眼,"我们查到了有三家是售卖沉檀、龙麝的香料铺子,又将购买他们的顾客一个一个排查,终于发现了一个可疑的人。"

"是谁?"刘紫荣赶紧问道。

胡燕郎目光一闪,显然也很在意。

"这个人就是邵子。"

"邵子?"胡燕郎再也无法保持淡然的姿态,失声问道,脸色陡变。

"是的,邵子。"杨恩淡淡道,"他以前就是京都第一香料铺子中有'龙香李家'之称的调香师。"

所有人都目瞪口呆,唯有杨恩的声音不疾不徐:"刚才的故事还没有讲完。

那位贵官的七姨娘死后,贵官痛不欲生。他原本是个喜怒不形于色的人,知道七姨娘死得蹊跷,就故意做出一副淡薄的样子,对二姨娘更是宠爱有加。他终于诱得二姨娘放松戒备,无意中说出了自己害死七姨娘之事。更重要的是,她还说出了当初在七姨娘所居的房舍周围种下那种奇葩的人,居然是贵官的那对子女。"

"啊!"所有人都发出轻轻的叫声,只有小娥蓦然抬头,恨恨地盯住杨恩看了一眼,又低下头去。

"那对子女也是可怜的孩子,他们不过是年少无知,二姨娘告诉他们说,七姨娘天生娇弱,一碰着这种花粉便会全身发痒。他们本来深恨七姨娘一直在贵官面前撒娇弄痴,恃宠之下,对他二人颇为冷淡,他们更是痛惜自己母亲命苦,于是便听从了二姨娘的唆使,在七姨娘窗下的池塘里种下那要命的花朵。七姨娘深防二姨娘,对这两姐弟并不在意,更何况只是这种花种草的小事?七姨娘没想到自己竟这样送了性命。"

"贵官得知真相后,勃然大怒,二姨娘在一个月黑风高夜莫名其妙地消失了,府中对外说她背夫私逃。而那对姐弟也被贵官赶出了家门!"

"你所说的贵官,难道就是……"刘紫荣忽然想起多年前京都一桩闹得沸沸扬扬的闺门丑闻,也是说的某府爱妾背夫私逃之事。

"本侯也有所听闻。"胡燕郎的脸色在珠光下比旁人分外苍白一些,"本侯只是想知道,这对姐弟后来怎样了?"

"他们改名换姓,投到一户专莳花木的孤寡人家门下。及至长成后,姐姐极擅长花木之道,经她调弄的牡丹,一枝能开出七种颜色,号称'虹霓牡丹',名满京师。后来她因此被买入权贵府中为花婢,也曾受到严格的盘查。但是她有名有姓,有来有历,况且不过是可供役使的一个婢女,再是如何严格,也不见得细微至此啊!"他长叹一声,道:"后来她更是因聪颖伶俐,竟然很快得到了主人的欢心,一跃而成了一等侍女。弟弟却进入京都最有名的香料铺子,从学徒做起,苦熬数年后,成为一名资深的调香师。"

"咣啷。"胡燕郎的手无意中打翻了案上的一只双耳觚,觚中盛着的清水、斜插的兰花洒了满地。刘紫荣想上前收拾,却被他止住了:"等一等。"胡燕郎的眼神一直落在杨恩脸上,"你说的就是……"

"他们改了名字，不姓邵，而随母姓裴。"杨恩还是不疾不徐的语调，"姐姐单名一个'娥'字。"

胡燕郎的眼神中有着前所未有的锋锐，扫向了低首跪地的小娥："小娥，本侯记得，你正是姓裴，而你的弟弟，也是在'龙香李家'做调香师。你们……你们……"

小娥神情木然地抬起头来，双手交握，轻声道："不错。我们本不姓裴，我们是邵逸之的儿女。隐瞒侯爷固然有罪，可是，"她抬起眼睛，看向胡燕郎，"婢子担心侯爷知道我们的身世，就不肯再把婢子留在府中。婢子早就把侯府当成自己的归宿，不愿意离开这里。如果这也有错的话，请侯爷惩罚婢子吧！"

她俯身下去，以头撞地，发出"呛呛"的声音。

"隐瞒身世，罪不至死。但如果是谋害国之贵戚呢？其罪如何？"杨恩的声音中有一丝逼人的严厉。

"婢子没有谋害谁！"小娥抗声道。

"我早问过府中相关人等，当初在花影轩周围种下水芙的人，正是裴娥。"杨恩对裴娥的称呼听起来很奇怪，"而当初种在七姨娘窗下，害得她最终身死的奇葩，也是水芙！还有，我们在花影轩中的香炉里，发现了这个！"

他从袖中取出一块和苏兰泽先前那块同样的绫帕，打开来时，里面是一点点雪白的香灰，"这种香灰根本不是龙涎香，而是一种新的香料！"

刘紫荣忽然醒悟过来，叫道："先前苏姑娘试配过几种香料，最后一种酷似龙涎香，但其实是用从香料铺子买来的几种香料中配出来的，就跟花影轩所用的香料是一样的，对不对？"

"不错。"苏兰泽点头道，"沉檀、龙麝不但可与鸡骨香等配制成迷香，与龙脑香混在一起，也可以配制出和龙涎香差不多的香气，不过是香味长久不同罢了。"

"你是说……这就是邵逸之的二姨娘当初所调配出的那种香料……"胡燕郎的脸色苍白如纸。

"处心积虑利用陈年旧事，想在侯爷身上重演惨案！除了你们姐弟，还有谁知道用这种法子来害人？除了曾做过调香师的邵子和在侯府做近婢的裴娥，谁又能把这种香料带进侯府,并轻易地用在花影轩中?"

"何况宦奴夫人是在第一日的未时,请侯爷来花影轩饮酒的。而我也听府中人说,那水芙按花期推算,应该是那一日开花。而那一日花影轩中的香灰正是含有沉檀、龙麝的毒香。谁知天气陡变,水芙竟然晚开了一日,侯爷当日并没有中毒。只到第二日辰时,侯爷按惯例去湖边走走,途经花影轩小憩片刻,才中了水芙与沉檀、龙麝所生的剧毒!可是宦奴夫人在第一日的亥时就已经遇害了,为什么她身上也有与侯爷相同的毒斑呢?兰泽告诉我说,水芙向来是在夜间初放,那么只有一个可能,宦奴夫人在第一日的亥时,被人诱到花影轩后,那人又在轩中燃起那要命的毒香,这才令宦奴夫人中毒昏迷,从而被那人杀死。"

"我已经问过所有的婢仆,确定那两日花影轩中的香料是你亲自交给轩中侍奉的婢女的!而在你房中的香炉里,一样发现了迷香的余灰!从余灰的颜色看,应该正是这两日内焚烧后留下的。而你身边的婢女也都说,在第二日起床后,头有些晕,精神也不好。这正是受过迷香的症候,也就是说,第一日亥时,你用迷香弄晕了你的婢女,提前赶往花影轩,在那里焚起毒香,并等候宦奴夫人的到来。你就是杀死宦奴夫人的凶手!"

"这一切都不过是你的推理罢了。"小娥毫不畏惧,抬头直视杨恩,嘴角露出一丝含意莫名的嘲意,"是我把香料分配给婢女的,香料在途中或许被人调了包。我的房中有迷香余灰,并不能说明燃起迷香的人就一定是我。再说宦奴夫人的情人是史总管,只有他才能让宦奴夫人大半夜的来花影轩相候,我又怎么有力气,将宦奴夫人一路弄到水牢去?何不直接抛尸湖中?这一切也有可能是史总管做下的,我为什么要认罪?"

"若宦奴夫人死在湖中,侯爷还可交代说她是妻妾间争风吃醋,一时想不开投了湖。可是她被抛尸回燕阁下的水牢之中,侯爷又该如何向太后解释?"苏兰泽微笑着接上话头,"至于史总管……并不是因为他死了,他就一定是宦奴夫人的情人。宦奴夫人临死前留下的四个字'邵子杀我',可不是空穴来风。"

"宦奴是怎么死的,迷香如何制成的,邵子与宦奴是怎么勾搭上的……你是想说,这一切的一切,都死无对证,是不是?"杨恩毫不在意地对上小娥的目光,"其实我有一个最大的证据。"

"那你拿出来啊。"小娥冷笑道。

"这个证据就是你。"杨恩淡然道,"只要你脱光衣服,一切就一目了然。"

"放肆!"刘紫荣大惊失色,厉声叱道。小娥是胡燕郎的爱婢,权贵之家的这种婢女,往往都是主人的禁脔。即使只是侯府一个最下贱的粗使婢,也不能被外人用这种言语来羞辱,即使是杨恩!

刘紫荣张口结舌,不由得转头看向苏兰泽。后者却静静地没有说话,清丽的面庞宛若珠光下缓缓盛放的一朵白兰花。不一会儿,苏兰泽张口说道:"杨恩说得不错。我们大可传个婆子来,帮我们验一验你的真身。"

刘紫荣还是迷茫不解,但是小娥的脸色却蓦然变了!

那种顽固的嘲讽和隐约的冷静从她的脸上消失了。珠光照映下的脸色,已经不再只是苍白,而是苍白中带有死灰。

胡燕郎一动不动,丝毫没有表现出失态的样子,既不因杨恩的要求而发怒,也不因苏兰泽的话语而诧异,只是目光灼灼,盯在小娥的身上。黑洞洞的瞳仁里,似乎燃烧起两束阴冷的火苗。

"呵呵。"小娥忽然笑了,缓缓仰起头来,脸庞已经冷硬如石,连说话的声音也变得生硬冰冷,仿佛是出自另一个人的口中:"捕神大名果然不虚啊,连这样陈芝麻烂谷子的事情都能查出来。不错!我就是邵逸之的私生女!胡燕郎!你使我父死族灭,连我们返回邵氏宗祠的唯一希望也断送了!与你相比,我所做的这一切,又算得了什么?"

胡燕郎眼中的火苗更盛,额上青筋突突跳动,厉声道:"你父亲食君之禄,却视国家擢才之意于不顾,犯下欺君大罪!莫说本侯与他只是平常之交,便是父子兄弟,亲生骨肉,遇到这等大是大非的事情,也只能依国法处置!"

小娥目中射出利光,冷笑道:"什么大是大非!什么国法处置!我父亲向来是你的亲信党羽,理应还有几分走狗的情义吧?可是你们这些达官贵人,成天在朝中争斗不休,一着不慎,便要弃卒保车!哪怕这小卒子是全家抄斩,也不放在大佬们的心上!别人生死痛楚,宗祠断绝,对你们来说当然无关紧要!我就是要让你也求生不能,求死不得!甚至你的家人也将跟你一同陪葬!"

她一跃而起,手腕翻处,掌中竟然亮出一柄匕首来!匕首在空中划过一道虚黑的弧线，直向胡燕郎扑去！刘紫荣大喝一声，抢步而出，谁知小娥只是肩头微晃，已如清风般掠过他身侧，仍是不依不饶地扑向胡燕郎！

"啪！"一声轻响，胡燕郎所坐的榻面滑开，竟然露出一只暗格！他往下一抄，左手中早多了一张精致银弓，右手拈出一支短小的白羽金箭放到弦上！

箭弦微颤，箭羽轻晃，饶是小小一支箭羽，竟然隐约带有雷啸之音，颇具威势，已然脱弦而出！

"铮！"

一个小小淡金龙头，张目怒睛，突然凌空出现，龙口竟架住了毒刃！杨恩手腕翻转，就势前撞，裴娥陡觉掌腕处的太渊穴一阵麻软，体内气机受阻，"哐啷"一声，掌中匕首落到了地上！刃上乌黑发亮，一望便知淬有剧毒。杨恩胳肘再次进攻，肘尖正中气海穴，裴娥周身酸麻，身体不由得向后仰倒，跌在地上。

与此同时，杨恩左手两指蓦地伸出，一声轻响，指间已夹住了那支白羽金箭！饶是如此，他还是觉着指间一股大力向前冲出，几乎要夹持不住！

白影拂过，却是苏兰泽长袖轻挥，将白羽金箭就势卷过，掷在地上，轻呼道："神越弓？"

胡燕郎拈箭当弓，冷笑道："二位阻拦本侯，可是想与这贱婢同流合污吗？"

"不敢。"杨恩淡淡道，"国家法度，不能肆意杀害疑犯。即使是侯爷也不能。何况侯爷所中之毒，还要着落在她的身上。"

胡燕郎一怔："本侯所中的病死疑，与她有什么相干……"

"其实，我已经想明白了，侯爷所中的毒并不是什么病死疑。毒发的症状、时间、反应，都跟邵逸之七姨娘中毒后的情形十分相似。"

"可是那杯中的的确确是有一条黑色小蛇！"胡燕郎急急道，"本侯亲眼所见，绝不为虚！"

"无论是不是病死疑之毒，你都死定了！"裴娥阴冷狠毒的声音缓缓飘来。

她穴道受制，气血不畅，整个人委顿在地，却毫不畏惧，迎上胡燕郎刀一般的目光，冷笑道："你冷漠无情，心中除了自己没有任何人，也以为别人都跟你一样，唯有疑念深入骨髓！这样的心病疑毒，不是比病死疑更要厉害得多吗？"

"哼，你一生害过的人太多了，你信过谁？你的夫人？妻妾？宦奴？宦奴啊，那样出色的美人，就因为是太后赏的，你就冷落她，她名为你的姬妾，其实就是在守活寡！哼，她却发疯地喜欢邵子呢，说可以为他付出一切……她听我们的话，撒娇卖痴地让你去花影轩喝酒，又算得了什么？后来我们想着，水芙反正开了也是开了，那种毒弄昏她十分容易，省得再费心思。她以为要与邵子幽会，可欢喜得很呢，打扮得狐狸似的就跑来了。她中毒昏迷后，我们为了稳妥，倒也给她喂了入腹立毙的剧毒，可没想到她在水牢里竟然还会有短暂的清醒，留下了那四个字。"

苏兰泽回想那水中的女尸青白可怖的脸色，尽力挣扎后扭曲的手臂，还有折断的染有凤仙花汁的指甲，但觉喉咙一阵发紧，涩意自舌间泛起："她对你们并无二心，而且也没有背叛你们的意思，即使不愿下毒，总还是可以传递消息，并不是完全没有价值……否则……你们早被侯爷给杀了。"

"传递消息？"裴娥眉梢一挑，"哈，起初是我们想错了，我们以为宦奴是长安侯身边最亲近的人，只有接近她才能伺机杀掉长安侯。后来，我们渐渐发现，宦奴虽受宠爱，实则被侯爷疏远，并没有什么用处。况且，"她眨了眨眼，面中带有几分森寒，"我直到后来才明白，人的疑心已经足够杀人。如果运用适宜，那才是杀人不见血的刀，令人防不胜防的毒药。侯爷，我虽没有直接毒死你，但这些日子来，你身处疑虑阴云之中，不辨方向却又胆战心惊，那滋味一定是与众不同吧？是否比刀刺毒染更令你难熬呢？"

"你……弟弟对宦奴竟没有一点情义吗？"苏兰泽叹了口气道，"宦奴若早些明白，未见得会听命于你们。"

裴娥也叹了口气："情义？世人唯知利益，哪里会管什么情义。我们姐弟对父亲，对邵家一片真心，若不是将二姨娘当作自己母亲一样信任，又怎么会被她利用，成为她害人的工具？何况是在这长安侯府，这锦绣万重、更加闻不到人味儿的地方！在这侯府里，有情义的人都死了，没情义的人才会青云直上。裴娥……"刘紫荣听她说到这个名字时，竟然有几分古怪。

"裴娥从一个小小的莳花婢，变成长安侯最宠爱最信任的近婢，不正是因为她对长安侯没有丝毫情意吗？"

她咯咯的笑声早不像从人的喉咙里发出来的，倒更似深山里的猿鸣枭声："这个世界是多么讽刺啊，只有心中没有情义的人，才会做出最深情款款的样子，才会获得别人真心无比的信任。"

"至于宦奴，她原先自然是对侯爷有情的，不然也不会在宫中无意中，见到前来觐见太后的侯爷，便费尽心机嫁了来做妾！原想着太后与侯爷姑侄情深，没想到……嘿嘿嘿，杀与不杀，对她而言又有什么分别。水牢么……那里水深幽静，无人打扰，这整个侯府之中，还有比那里更适合的埋骨之所吗？"

没有风，也没有烛火，然而满室光影，仿佛在那一瞬间飘摇、黯淡。

胡燕郎深吸一口气，声音也冷了下来，道："宦奴是太后的人……你好大胆子！"

"邵家已经被灭门了，"裴娥冷冰冰地说，"还有什么能再让我们恐惧的呢？我们姐弟本来就是从坟墓的边上爬回来的，当初母亲怀上我们，父亲怕影响邵家声誉，派人送来堕胎药，这药居然没有伤到我们的小命。后来邵家坏了事，永不能归宗的我们更是形同活死人……"笑容浮现在她清俊的脸庞上，仿佛那种叫作水芙的花朵，宛若荷莲，清雅明媚，但一遇上别有用心的香料，却变成了可以害人的毒药，"侯爷，您有没有想过，宦奴在那个水牢之中，短暂的清醒里，看着死亡一步步逼近却呼救无门的时候，心中是怎样的感受？终有一天，您也会像宦奴一样，亲身经历临死前的一刻——不顾一切地渴望求生，却只有死亡的无限恐惧。"

胡燕郎冷冷地瞪着她，目光利如刀锋。如果是当真的刀锋，裴娥脸上早已会有千万刀痕，纵横交错，鲜血淋漓。

"不管你中的是什么毒，我都没办法给你解开。"

那明丽如水芙的笑容，渐渐变得古怪起来，嘴角也开始抽搐，一层青黑之气快速地在她的双颊蔓延开去。

苏兰泽见机不对，急忙上前，一把扳起她的肩膀，左手食指迸出，在她肩、胸几处连点数穴，但裴娥口中不断涌出白沫，手脚如牵线木偶般扯动不停，不多时，头颅蓦地往旁垂下，全身软倒，再也没有丝毫动静。

苏兰泽扳开她的下颌看了看，裴娥的嘴角流出一缕黑血来。苏兰泽叹了口气道："是我疏忽了……没想到她牙中一直暗藏一颗毒丸，恐怕她早就萌生了死志。"

胡燕郎脸上青白不定，显然今晚所发生的事情太过离奇诡异，让他一时也难以接受。他突然腾身下榻，或许是心中已大为安定，竟不需刘紫荣搀扶，径直走到裴娥的尸身之前。四周寂然，唯有柔和珠光洒落在他那艳丽的丝绸单衣上。

胡燕郎看着僵卧的裴娥，但苏兰泽总觉得，他的目光仿佛透过裴娥，投到遥远的地方去了。

"你错了，"胡燕郎轻声地说，"小娥对我，多少有一些真心……"

"侯爷？"过了半晌，刘紫荣干咳一声，试探着叫道。

"此事不要声张，太后那边，我自会去说，"胡燕郎淡淡道，"总算服侍我一场，裴家的这个刺客……不要装殓，直接丢进一口薄棺，拖去烧了吧。"

"竟然有这样的事？小娥，不，裴娥竟然是杀死宦奴并毒害侯爷的凶手？因为她所下的毒太过奇怪，这毒令人恐惧而不是令人马上毙命，所以你们才设了个侯爷假死的局，诱得她主动现身去救回侯爷的性命？"鲁韶山跑到清菲馆，睁大眼睛，懊恼得直跺脚，"这样匪夷所思的案子，昨晚为什么不叫上我一起去？"

"我们自然有我们的理由。"杨恩道。

他的神情实在是少有的凝重，使得鲁韶山也感到有些奇怪。再看苏兰泽的脸上，也没有破除大案所应有的轻松和喜悦。

"你们……"

"韶山，你是真的想当一个好捕快吗？"杨恩缓缓坐下来，相当认真地"望"着他，眼神中有一种说不出的东西，是企盼、担心，还是欣慰？鲁韶山抓了抓脑袋，露出赧然的神情："是，所以每次捕神大人破案的时候，我都恨不得时时刻刻跟在身边，学习破案的技巧，希望有一天也如您一般，如鬼神授以天机，似法眼洞悉私密。"

"可是有的案子破了反而会后患无穷，你怎么办？"杨恩端起苏兰泽送上的一盏清茶，盏盖徐徐荡开细碎的茶沫，眼神还是停留在鲁韶山的脸上。

鲁韶山好像有些领会到他的意思，可是又想得不太分明，有些迟疑，但仍是一扬脸庞，朗声道："大丈夫心地坦荡，无愧于天地，也就行了。"

"好一个心地坦荡，无愧于天地。"杨恩微微一笑，喝了一口茶水。

"捕神大人，你是如何破获这起案子的呢？"鲁韶山看他的神情似乎转为柔和，连忙虚心请教。

苏兰泽抿嘴一笑，把另一盏茶奉到了鲁韶山跟前："韶山，那日这所谓的茹姬引我们入巷中，我发现你一路手都按在剑鞘上，一副戒备之态，这是为什么？"苏兰泽忽然笑着问鲁韶山道。

"苏姑娘你在香料铺子中，教我怎样摒弃杂念，能够在纷繁喧嚣的环境下，去仔细辨知香气的成分。"鲁韶山得意道，"那位茹姬姑娘，她虽然身上有着淡淡的药香，很符合上林公主爱婢的身份。可是一个经常碰触药物的人，身上的药香是沉静而悠长的，绝不会像她身上的香气那样生疏而浮躁，似乎是急着在几个时辰中强行熏出来的。所以那时，我就在怀疑她的身份了。"

"韶山长进了。"杨恩微笑着夸赞了一句，道，"那你又为什么没有提醒我？"

"因为我见你的手放在腰带上，而苏姑娘五根手指紧紧握着笛子。"鲁韶山坦然道，"平时很悠闲的时候，你的手一向是缩在袖中的，而苏姑娘喜欢用三根指头拈着笛身。"

苏兰泽忍不住笑道："好啊，连我们都观察上了。那不如你也听听，我们是怎么凭借观察来破案的，好吗？"

"从香灰发现端倪，清查发现侯府没有龙脑香和沉檀、龙麝的清单，这才转而一路查到了京都的三大香料铺子。继而派人详查，发现邵子的身世。然后与宦奴被害留下的线索相结合，推断出凶手就是邵子，这都不是难事。真正难的，是我将侯府所有婢仆暗中排察三遍，却始终发现不了哪个是邵子。以他与裴娥相似的相貌，隐于侯府根本不可能。直到我遇见了冬云。"

"冬云？那个梅戏名角儿，有'梅皇'之称的冬云？"

"对。"

"什么？"鲁韶山忽然想到一个惊人的真相，忍不住叫了起来。

"你想到了，是吗？"杨恩笑道，"邵氏姐弟，想为家族报仇。因为深恨长安侯，所以不愿意轻易让他去死，一定要狠狠折磨他，令他生不如死，才能解除心头大恨。他们少时曾亲眼看过七姨娘中毒后，生不如死、疯疯癫癫的样子。他们想要依法施为到长安侯身上，可是侯府森严，邵子根本无法长期接近长安侯，裴娥又不通香料之术。既然如此，邵子又是如何潜入府中的呢？"

苏兰泽从怀中掏出一只小盒子，作梅花形状，里面所盛的正是极艳的胭脂。她将那盒子打开来，道："我曾暗中潜入过裴娥的居所，发现妆台上的首饰极少，脂粉却比较齐全。而这盒胭脂是上好的玫瑰卤子淘成的，讲究新鲜好用，不比别的胭脂，可以长久放置，一般八九天就要倒掉重做，否则颜色就会变暗。可是从这一盒的颜色来看，说明时间已经至少一个月了，但据我悄悄观察，我们这位裴'姑娘'却还在使用。"她微笑道，"女子爱惜容颜胜过一切，难道以侯府的富贵来说，一个受宠的婢子竟舍不得倒掉这盒子胭脂？只能说明这使用胭脂的人，根本就不了解女儿家的这些妆饰之事！"

"直到我遇到了'梅皇'冬云，我在向他讨教梅曲技艺时，意外地发现他竟然不是女儿身！我这才知道，原来一个男子想要装作女子，只要学会缩喉与缩阴之术，其实也并非难事。而这些邪门歪道的秘术，很多梅戏中的男旦都懂。这所有的疑点加起来，我们应该能猜到，真正的'小娥'已经消失了，眼前的这位，不过是三个月前借尸还魂的西贝货！可是，要多么逼真的易容术，才能在朝夕相处之中瞒过侯爷的眼睛？而我们恰恰知道，邵逸之的私生子女，原来却是一对孪生的姐弟！正因为人人都想不到眼前的小娥姑娘竟然会是男儿身。所以才任由他在侯爷的眼皮底下，成功地将宦奴变成了自己的情妇与帮凶。"

鲁韶山不由得张大了嘴巴，像落到岸上的鱼，久久不能合拢。

杨恩并不停歇，一口气说了下去。

"说起来，破案也是要靠一点运气和细心的。如果兰泽不懂香料，如果我们没有从小鹊的神情中发现异常，如果我们没有找到香灰，就不会得知其他的线索，也不会知道邵子的下落。"

"当然在寻找所有的线索时，也离不开我们捕快所属的缉捕司的强大力量。缉捕司百年来苦心经营，眼线布满天下，多少陈年逸事都清清楚楚，查起来分外容易。韶山，天下根本没有什么捕神，只有细致再细致的勘察和分析，还有强大的缉捕和情报势力罢了。"

"如果长安侯府里没有只用龙涎香的习惯呢？您又该从何处下手呢？"鲁韶山心有疑惑，连忙问道。

"天空如果有鸟飞过，就一定会留下痕迹。"杨恩简短地答道，"阴谋如果发动，也一定会有种种准备措施留下的痕迹。或许我就会从侯府近半年来所有异常的情况查起，比如哪些婢仆有不当的行为，比如宦奴夫人平时交往的都是什么人，又比如花影轩里种了什么奇葩。凡事有果，必有因。韶山，以后你要查案，一定要记住我说的这句话。"

鲁韶山隐约觉得杨恩今天的态度和说话似乎都大有深意，可是又不明就里，不好意思地嘟哝了一句："可是，您是捕神啊，还是跟我们不一样的。"

"我没有什么长处，"杨恩回答道，"我对诗词歌赋不了解，对医术乐道一类的精通，也远远比不上兰泽。"

"但是……"鲁韶山想说什么，但发现没办法表达。

"我写不出诗词歌赋，但能背诵大部分。我不懂怎么行医救人，但能识别各类药草的毒性。我吹笛子向来喑哑难听，兰泽教过我很多次我都没学会，但是，我能够听懂别人吹奏的乐音中所蕴含的情感。作为一个捕快，这些是很重要的。

"你不要认为一个捕快不需要学这些。神目如电，能够探索到深藏于九幽黄泉里的罪恶，并不是因为我真的有第三只法眼。而是这十二年来，我一直在学习我刚才所说的那些，这个太难了。我记得我背诵全唐诗足足用了三个月，走路吃饭都没放下过，晚上睡觉的时候头痛欲裂，一闭眼，那些字节在我眼前跳来跳去。

"在我失去眼睛后，兰泽帮了我的大忙。她眼光敏锐心细如发，胸中包罗万象——这些都很重要，否则你又怎么能从细枝末节中，发现那些罪恶留下的线索？但这都不是最重要的，"他拍了拍鲁韶山的肩，"最重要的是情。"

"情？"鲁韶山十分好奇。

"我们所在的万丈红尘，是一个有情的世间。"杨恩道，"所有案件的起因，都离不开贪嗔痴三毒。只要你能深谙人心，洞悉其情，就一定能找到凶手所走过的路径，并以各类痕迹细节为依据，最终打开案情的入口。这就是我眼睛虽然瞎了，还能断案的原因。"

"捕神一番话，胜读十年书，在下只愿此后一直跟随在您的身边。"鲁韶山由衷地望着眼前英秀沉静的灰衫男子，心中忽然涌起一种敬慕和亲近相激荡的情感。

杨恩站起身来，整了整衣襟。苏兰泽也微笑着站在他身边。

"韶山，刚才我们说了半天一个捕快对细节的探寻。那么我问你，侯爷为什么对宦奴和邵氏姐弟的死亡都轻描淡写地不再提起？我并没有告诉他我怎么识破了'小娥'是邵子所扮，可他为什么会嘱咐刘将军不要收殓'小娥'，直接烧化了事？"

"他难道早就……"

"权贵的近婢，一向和主人有通房之秘。想必真正的小娥也不例外吧，即使邵子和姐姐长得一模一样，但在朝夕相处的枕边人看来，未必没有丝毫破绽。"

"可是他……"

"他有时太疑心了，有时又太沉得住气。或许有些事真的很简单，可是在他看来太不简单。"杨恩露出一丝苦笑，道，"我双眼已废，可缉捕司的未来需要你这样的捕快。所以我不愿让你来趟这场浑水，昨晚才刻意没有叫你。侯爷恐怕也不会轻易放过我和兰泽。"

"什么？他……"

杨恩示意鲁韶山低声，却看了苏兰泽一眼，露出了那种鲁韶山所熟悉的、笃定沉稳的笑容，道："可惜，当初皇上做不到的事，长安侯也未必做得到。"

回燕阁中，胡燕郎坐在榻上，脸色已经恢复了几丝血色。他带着那种春风般柔媚的笑意赐了杨恩和苏兰泽的座，又谈起皇太后将到的寿宴，谈笑间意态自如，似乎一切风平浪静。

等婢女们上过茶点退下后，他才叹了一口气，忽然道："真正的裴娥现在何处？她……她虽是邵家人，后又引狼入室，但随侍在本侯的身边也有很长一段时间。人非草木啊，她……现在在哪里呢？"

杨恩淡淡道："侯爷只需问问哨岗卫士，一个月内，曾见她出入过几次。又或是她月前归府时带回来的人这一月内有无出入。若是没有的话，侯爷，她一定还在府中。"

"还在府中？"胡燕郎神色乍变，但随即淡然下去，"你是说她已经……"

"不错，"杨恩面无表情，答道，"侯府何等森严，岂能多出一人而不被人察觉？裴娥既然处心积虑，要邵子冒充她的身份留下来，她又怎能继续存活下去？依我看来，若要消灭一个人的身体又能不留痕迹，或许会像史总管那样……烧得干干净净才叫人放心。"

胡燕郎突然打了个冷噤，紧了紧那件外衫，喃喃道："可那是他的姐姐……骨肉天伦就当真淡薄如斯了吗？"最后这一句话极轻极轻，仿佛是从心里说出来的自语，又带着一种凉透了的失意。

杨恩在心里轻轻一叹，表面上仍是站起身来行礼："侯爷说那杯中出现的黑蛇，似有若无，还是叫人放不下心。但因邵子一事，更不便去求到公主门上。在下认识一个异人，也擅长解毒之术，就住在京都郊外的山中，或许他有妙法也未可知。求侯爷送我与兰泽前往探寻，也好早早去了这心病。"

胡燕郎的神情瞬间恢复如常，满面春风地笑道："这件事就生受杨兄了，等此事一毕，本侯还想请杨兄多盘桓几天，好好叙叙旧事。"

一架金丝藤轿被悄然抬出了长安侯府。抬轿的还是那八名轿夫，但从二人上轿到起轿出府，他们一直紧闭嘴巴，沉默不言。

此时天色已经有些阴沉，早上那暖煦的艳阳，不知何时躲在了云层之中，倒是天际有乌云渐渐压了过来，云堆还镶有阳光的金边。

轿夫们脚下加快，不多时已到了官道一处岔路。此时天色越发沉了，道边林木参天，行人也越发稀少。

下肩、平掌、躬身，八个人的动作十分统一，几乎是一气呵成，又仿佛是出自同一个人的整齐动作，金丝藤轿稳稳停在地上。

轿门紧闭，一个轿夫向前踏上一步，沉声道："捕神大人、苏姑娘，到了您二位指定的地方了，小人们都候着呢，请下轿吧。"

轿门纹丝不动，车内人似乎并没有下轿的意思。那轿夫与同伴交换个眼色，略略提高了声音:"二位说要到这里来查探,侯爷派小人们跟随侍候,快些将事情办完,今晚还要返回府中回禀。此时天色已经不早了,还请二位快快下轿办事,不要耽误了时间,倒是为难小人。"

轿中仍然悄无声息,那轿夫突然脸色一变,飞身上前,猛地推开轿门!

"砰!"轿门向两边打开,但见里面垂下一幅湖青色的软幔轿帘,此时经风一吹,缓缓漾开一圈圈的幔纹。透过轿帘的缝隙,他已经清楚地看到:轿中早已空无一人!只座位上放有一件男子外衫,此时衣结散开,露出里面一块盆大的青石。

一阵风过,众人只觉脸上微湿,抬头看时,才发现天上已飘起了牛毛细雨。

"人呢?"为首轿夫失声喝道,转身四顾,鹰隼样的眼睛扫过那些路口和黝黑的树林。其他轿夫面面相觑,有一人嗫嚅道:"可是自从他们入轿直到现在,轿中的重量一直都没有减轻过啊!"

"笨蛋!"为首轿夫厉声喝道:"杨恩心思缜密、敏锐灵捷。而苏兰泽何止是精通音律而已,轻身功夫几乎傲视天下!"他猛地一跺脚:"我真是大意了!早知道他们如此精明,没有想好对策,岂肯乖乖让我们跟着?一定是苏兰泽中途离开,却让杨恩使出千斤坠的功夫,保持重量暂时不变。而苏兰泽又寻机将与体重相若的一块青石放入轿中,这才与杨恩离去,因此没有引起我们怀疑!"

"他们是不是……早就察觉侯爷……"一名轿夫低声问道。

为首轿夫突然眼睛一亮,俯身从轿中拾起一张封好的纸笺。他重重地出了口气,脸色阴郁:"大人们的事情,不要多问!回府!"

一柄浅粉纸伞在雨丝间蓬然张开,宛若盛开了一朵浅粉大花。

伞面精致,伞沿上以淡红水粉画了几枝疏落的桃花。桃花半开半落,栩栩如生,映在微雨之中,仿佛连花瓣都正在轻轻颤动。天地间那寂寞的雨丝,因了这几枝桃花,突然间,多了几分灵气与娇美。

纸伞缓缓向前移动,灰衫男子持伞,而依在他身旁的白衣女子与他缓步前行,手中执有一根竹笛,正横笛而吹。笛声穿越雨丝,带着水气,更觉分外的湿润清亮,这正是一曲《归去》:"君子归来兮?胡不归?一夜银霜落窗扉,梦里月色满翠微。君子归来矣，胡不归？百花凋尽终有时，何如倚枝数清梅。"

杨恩侧脸微笑道："你想离开了吗？"

笛音愈显清婉动人，但觉人魂魄归肺腑，都如在清水里浸过一般："归亦归，今亦非。心安宁处是故乡，红尘万丈遍芳菲。"

"史开全……"

在优美的笛声里，杨恩轻声道。

苏兰泽停止吹奏，瞥了他一眼，嗔道："明明邵子才是宦奴的情人，真正的裴娥不知去向——就连那湖里白骨也都是多年前溺毙的，哪有新死的尸骨？偏偏史开全自焚，只留下一具辨不清面目烧成焦炭般的尸骨。你是个聪明人，难道想不通这点？"

"我只是在想，小娥，不，是邵子，最后以匕首刺杀长安侯时，身法轻盈，他用的这种身法我有些熟悉，倒有些像我们在落梅镇时，见过的张银娘的身法，还有冒充上林公主来刺杀我们的那些女子……我也曾暗中调查过史开全，发现他进入长安侯府之前的履历竟然全部都是伪造的。他来得神秘，但以此时已有的侯府总管之尊荣，又是什么让他走得那么仓促而奇怪呢？"

"这些疑点连起来想，似乎不仅仅是邵氏姐弟为家仇刺杀长安侯那样简单。"

苏兰泽抿嘴一笑："你说得固然不错，可是或许这与邵氏姐弟的复仇根本就是两件事。"

"邵子煞费苦心，甚至牺牲了自己姐姐的性命——当然真正的裴娥或许也是自愿赴死，因为知道自己比不上弟弟的手段厉害，而又心痛父族被诛。其实越是从小被邵族人抛弃的孩子，比长于邵府中的孩子，往往更要加敏感，并且更加珍惜自己是邵氏族人的身份——虽然他们姐弟的这个身份，邵逸之并不看重。他只是将这看作一次风流的后果而已，但这两个私生的孩子却为了根本不承认自己的邵氏，献出了自己的生命。"

"那么，他们不肯干脆杀了胡燕郎，却偏要弄得他疑神疑鬼，甚至怀疑到上林公主的头上，是因为他们知道这样比直接要了胡燕郎的命，更能让邵氏泄愤。可见长安侯得罪的人实在是太多，也难怪他疑神疑鬼，甚至因为担心此事外泄对他不利，连你我也不想放过。"

他们已经走到一处幽静的山畔湖边，湖中生满各色水草芦苇，不时有白色的水鸟从水面一掠而过。

苏兰泽停下脚步，放目向远处眺望。

细雨如丝，宛若极密的雾幕，将远处的京都城阙都笼成了一片茫茫的灰色。那些飞檐曲栏、宫廷街巷，在雨雾中若隐若现，仿佛海中浮现的海市蜃楼，又仿佛暗藏鱼龙的深潭。

苏兰泽突然转过头来，笑道："你留给胡燕郎的信中，说到了那杯中蛇状的毒液到底是什么东西了吗？说起来，若不是靠着这个要挟他，他只怕是会追杀你我到天涯海角了。"

杨恩也笑了，道："我只写了八个字——所谓毒者，杯弓蛇影。"苏兰泽咯咯地笑起来："难怪后来我听你在问侯府婢女，胡燕郎在花影轩饮酒那次，是什么时辰，又是什么天气。原来，你早就怀疑，那是因为神越弓的倒影，恰恰在那时映入了杯中……"

杨恩轻轻转了转掌中的伞柄，伞面水滴四面飞溅，在空中洒出一道美丽的弧形："起初没有想到，可是后来听长安侯的描述，觉得世界上根本不会有这样一种匪夷所思的毒。人的眼耳鼻舌身意，看上去是福源，其实也是祸根。比如眼睛，虽然能够让我们看到美好的东西，但有时也会欺骗我们的心。我想，如果杯中根本没有毒，那长安侯眼睛所瞧见的一定就是幻影。大凡幻影，又无不是因为视角偏移和光线变化。所以……"

苏兰泽失笑道："我只是奇怪，长安侯根本就没有中毒，为何看他的面色和脉象，居然会跟中病死疑毒后的症状一模一样呢？所以那些所谓的名医们才吓得不轻，拼命地用珍贵药材保他的命，却没想到大补之下，反而害得他元气更弱，当真是吃了大大的苦头。"

"真的呢，'莫望烟华玉京路，仙阙远隔长安府。兽炉龙香焚心字，南浦夜珠夺明烛。'在天下人口中如此传颂的富贵，如此显赫至极的长安侯府，原来竟然也是一个让人不能心安的地方。"杨恩"凝视"着远处迷蒙的烟雨，缓缓道，"所谓的奇毒，竟然是杯弓蛇影。可见这世上最厉害的毒药，并不是病死疑，而是自己的疑心。先存了这个'疑',才有了病,甚至连病的症状都跟自己心中所怀疑的一模一样,终于日夜不安,身心齐溃,由疑而病,由病到死。何止是毒性如此,只怕人性也大抵如此!"

　　他微微闭上眼睛,深吸一口湖边水草的清香,喃喃道,"可是,兰泽,令长安侯疑心的,究竟又是什么呢?"

爱别离

"仙翁！仙翁！"

袅袅青烟，自双耳兽炉中盘旋而起，复又徐徐消散，笼罩在旁边的一具七弦琴之上。琴身漆黑铿亮，弦白如银，尾端却镶有七点绿石，形若北斗，散发出幽幽的光芒。

一只纤纤素手，轻按在琴上。指节细腻修长，光洁如春葱，中指曲勾，大指拨弄，在丝弦上勾掠而过，如行云流水般娴熟。"仙翁，仙翁"之声，从虚空中轻腾而起，异常清灵，又带有一丝隐约寒意，如三春初融的冰雪。

手指移开，一片春雪般的衣袖自琴面拂过。白衣如雪的女子，在似有若无的琴韵尾音里，脱口赞道："好琴！"

立在一旁的女子本来忐忑不安，此时也不由得笑生双颊，连忙道："能得乐神苏姑娘您的称赞，这琴身价可从此不同呢！"

"慢着……"苏兰泽抚弄着琴尾上的一颗绿石，淡淡道，"我的话还没有说完——琴身虽是上等桐木，却是曾受雷击的残木，被称为雷击木。雷击木质地阴寒，须以年轻守寡的女子，于冰天雪地里怀抱偎暖，满百日方苏，才能斫为琴身。每根琴弦由百缕雪蚕丝搓就，雪蚕丝极是柔韧，虽只有毛发十之一二粗细，却能承百斤之力，倒是上好的材料。只可惜雪蚕丝与寻常蚕丝取法不同，要雪蚕活着时，生生剖腹取出才是上品，这样七根琴弦便要牺牲七百条雪蚕的性命。"

那女子已听得呆住了，忙推一推旁边的中年男子，嗔道："琴追阳，怪不得绣心这样看重这琴，也只有你那跟你一般怪脾气的侄女，才肯要一张这样的怪琴！"

那琴追阳远远坐在角落里，穿一件半新不旧的黑衫，满头苍发几乎遮住了大半张脸。他似乎不善言辞，讷讷地张了张口，又垂下头去。

苏兰泽看他一眼，道："原来是青虹帮第一琴师琴追阳琴先生啊！早听闻你爱琴成痴，收集七弦琴无数，没想到令侄女最爱的倒是这张琴。此琴虽然讲究，不过观其成色，最多不过是前朝旧物，年代既短，论品相则流于凄清，也并非吉物，经常弹奏有违淳和之道，于主不祥。但要完成虹姑你眼下的难题，倒是最上上之选。"

那被称为虹姑的女子年纪不过四十上下，遍体绮罗，满脸脂粉，眼角眉间皆是练达，一看便是那种长袖善舞的角儿，连忙道："愿闻其详。"

苏兰泽轻轻抚摩琴身，道："雷击桐木之痛、丧命雪蚕之哀、冰天雪地之寒、孤寂守寡之怨，四样俱是至阴之冷之情，这样制出来的琴，自然也是至阴至冷，又怎么会有雍容吉庆之音？"

虹姑的笑容有些僵，但随即咯咯一笑，道："怪不得这琴的名字也古怪，叫作七星夺命琴，听绣心说，这琴原来的名字更古怪，叫什么爱别离。不过，明相府上来人说，这次是为相府一位已逝的夫人做冥寿，想来所用的曲子定然不会有吉音。否则还真是叫人为难！"

苏兰泽抬眼看她，微微一哂，虹姑眼珠一转，笑道："不过这天下所有的七弦琴，甭管它是怎样制出来的，落在我们乐神手中，想弹出什么样的曲调，都是一个随心所欲罢了。"

苏兰泽站起身来，微笑道："虹姑你何必如此抬举我呢？我横竖欠你们青虹帮一个人情，你贵为帮主，但有所遣，直说便是。"

虹姑喜得将手一拍，被苏兰泽目光略扫，又讪讪地放下来。青虹帮中都是女子，向来以歌舞伎为业，结交江湖大豪、巨户富室颇多。虹姑身为帮主，阅人无数，向来泼辣。但在这冰雪般的女子面前，总是有些忌惮，不敢放肆。

虹姑当下咳了一声，道："乐神你是知道的，明相府中点名要我青虹帮送去最好的琴师和歌伎。明相权倾当朝，府中什么出色的人物没有？我这里的琴师，入得他老人家眼的也只有琴先生。偏琴先生自五年前游历江湖后，不慎得了风症,只好在老家养病,至今未愈。他这次回来原是来探望绣心的,况且他五年未碰琴弦,手也僵了,寻常弹弹无妨,若是侍奉明相,可就差得远了。若是绣心还在,凭她那歌舞双绝的才艺,倒也抵得三分,可如今……"

"琴绣心?那位所谓的江湖第一美人,她果真有这般本领?"苏兰泽似乎对这江湖第一美人的名头不以为然,端起茶盏来,漫不经心地吹了吹——青虹帮中所供,果然皆是上品,连茶都是贡茶天涵玉,只怕寻常大臣家中都难觅影。汤色清碧,茶香淡雅,莫说毫无渣滓,其实连茶沫也不见分毫。

一旁的琴追阳却突然开口了。他的喉咙沙哑,果然是伤风的症状,但他说话却咄咄逼人:"绣心六岁习字,七岁能画,八岁作诗,十岁学弹箜篌,十三岁便以歌舞之技颠倒众生,她自幼习医,擅岐黄之术。她聪慧巧思,能言善辩,艳名长盛不衰,这样难道还当不得'江湖第一美人'这六个字吗?"

苏兰泽放下茶盏,斜睨了他一眼,突然"扑哧"一笑,道:"果然叔侄情深,对侄女的浮名竟如此看重。"

虹姑双眉一挑,眸中冷光一闪,喝道:"琴追阳!"琴追阳一怔,慢慢低下头去,果然不语。虹姑脸色稍和,又向苏兰泽笑道:"乐神宽宥,自绣心一年前失踪后,琴先生思念过甚,不但病患缠身,竟连琴技都荒废了。他现在不过是个废人,跟他计较什么。至于奴家方才所说之事……"

苏兰泽微笑道:"不过是要我充作琴师,有什么为难的。"

虹姑喜上眉梢,连连道:"绣心既去,奴家这里梅曲唱得最好的,便是蕙质了。有乐神亲为奏琴,莫说是蕙质,便是个常人来唱,被那琴音一衬,只怕都变成了天籁之音呢!"

苏兰泽打断她的话头,长身而起:"明早让蕙质来找我吧!"她回头看了琴追阳一眼,"带上那张夺命琴——不,是爱别离。"

明府,兰苑。

苏兰泽和蕙质素服淡妆,从后园进入了明府。一路只见花木相映,湖石错落,偶有不多的几处亭阁,稍微点缀景致,与长安侯府那一派富丽端荣的气象迥然相异。此时已当黄昏,除了引领她们入内的明府家人,四处静悄悄的,几乎看不见一个人影。

明照清贵为宰相,权倾当朝,与长安侯胡循分庭抗礼。他是进士出身,为官已有二十多年,历经两朝天子,门生故旧无数。若论资历威望,只怕还要胜过靠外戚得宠的胡循一筹。就连先皇——已故的景贤皇帝都曾在他某次生辰时,亲笔题字送他,以示与众不同的恩宠,这君臣相得的美谈,一向为朝中百官所艳羡,并广为称颂。而现在这御笔新题的匾额就挂在兰苑的入口处。苏兰泽抬头看了看,有些失望:那是极简单的一块黑漆匾额,方方正正,字漆为金。只匾上覆有一层黄绫,体现它与众不同的尊贵,代表其乃天子所赐:"日月既出,涵照海清"。

景贤皇帝笔法雄伟开阔,古朴而又不失典雅。俗话说,字同其人。这题字笔法与这位文治武功俱有建树、有"尧舜之景,德贤千古"之称的皇帝的生平作风,倒也颇有几分相似。

兰苑是明照清日常起居之所,明照清不上朝时,所有公事往来都在兰苑处理。天下人提起"兰苑"二字,敬畏之心油然而生。苏兰泽一路行来,颇为诧异,她跟随杨恩,多与朝中人交往,也从未听人提起过兰苑中还有这样一番情形。

当中一条卵石铺径,蜿蜒向前。小径两边,室檐低矮,地基却颇高,且有数层小巧石阶引伸而上,建成阁室。阁室俱是青瓦粉墙,中间又以木质隔扇分别隔离开去,与寻常建筑大不相同。

不过那些阁室小却精致,门窗镂空成各色人物花草图案,并垂有薄纱掩蔽。微风拂来,纱幔飘动,带有园中花草的清香。只可惜室门全部紧闭,瞧不见里面的情形布置。

地基石阶边生满了一簇一簇的爪形花朵。这些花远望连成一片,映在满天夕阳的霞光里,明丽妖异,越显花色鲜红似血,如同一簇簇跳动的火焰。这花香极为浓郁,隔得尚远,鼻端便有所闻。

蕙质年纪只有十五岁,尚有些孩子气,悄声问道:"苏姑……公子,这是什么花?"苏兰泽还是一身男装,飒爽神秀。

"多嘴!"明府家人头也不回,冷冷喝道,"除了唱曲,不准多说一个字,出去也不准说！否则当心你们的小命！"

蕙质吓了一跳，赶紧闭嘴。

苏兰泽低首不语，忽觉一阵风来，鼻端充满了浓郁的白兰花香。眼前豁然开朗，两人已到了一间临水轩台之前。数株白兰映照在轩下的碧波间，匾额上写着"临水照花轩"五个字。

明府家人将她们一行引到轩中，嘱道："稍后你们便在轩中弹唱，同来的还有别的班子歌伎。大家该唱便唱，不唱便务要肃静。"

言毕去了，有婢仆捧上糕点。此时，陆续有人前来，看妆饰都是来唱曲的歌伎。当中有一人苏兰泽曾见过，这人居然是曾在长安侯府中与她有过一面之缘的名伎"梅皇"冬云。"她"云鬓峨峨，粉光脂艳，身上着的虽然也是素服，但看得出是精心下了功夫：紧袖窄口小衫，腰间用素绫束紧，越显得纤腰纤细，从腰线以下，那裙裾却蓦地泻开，层层叠叠，足有七八层轻绡，远望有若云雾拖地曳开，行走间如洛神凌波，兼之一颦一笑，风情万种，简直比真正的女子还要妖媚动人。

不过苏兰泽此时做男子打扮，又稍微易过了容，冬云并没有认出她来。

此时天色已黑，各处点起白纱灯笼，便连阁室轩台也迅速挂上了素白挽纱，远望雪白一片。轩台中间竖一红轴，上写"仙乡不老，佛国长春"八个大字。戏班开始唱起本朝流传最广的梅曲，多是仙人祝寿的曲目，隐喻逝者已登仙境。

身为琴师的苏兰泽，此时正端坐在轩台后的黑暗里，前面还隔了一层薄帏。放眼望去，但见那阁室之中，也有几间透出灯光。阁室周围影影绰绰，居然冒出不少人影，却悄无声息，笔直不动，看上去颇为诡异。

苏兰泽忖道："明照清架子忒大，在自家府中还要这般装神弄鬼。自己不肯光明正大地看戏，倒藏在一边，又要这许多人守卫。"

她拿起单子来看，青虹帮所要演奏的曲子也是相府指定，名叫《葛生》。不过琴绣心并不擅长梅曲，所以这支《葛生》便是乐府歌调。

苏兰泽看了片刻，便瞧出些端倪来。整场冥寿庆祝与平常有些与众不同，既没有络绎不绝的宾客，也没有做水陆道场。但各色纸箔元宝、糖茶供点却异常丰盛，看得出都经过了精心准备。

此时唱曲的又换过一人，正是有"梅皇"之称的冬云。冬云号称是梅曲之皇，果然唱得声声下泪、字字带血："倏忽人鬼两重天，孤子遗余三十年。常恨为人难自主，暂延残喘天地间。大道循环终有时，生灵何辜断尘缘？向使净土果真在，世上何物不可怜！"

苏兰泽眉头微蹙，暗道："死的那位夫人究系何人？听这曲的意思，竟在追祭母亲。明照清乃当朝宰相，若为亡母做冥寿，自然是大张旗鼓，连当今天子都要惊动的，又何必在这兰苑之中悄悄祭祝呢？"

只听冬云又唱道："一去黄泉何茫茫，默泣哀哀断人肠。手迹宛然如生时，衣泽犹遗旧日香。也曾临风拟新祭，焉知随雨恨偏长。梦里若得娇儿力，顺挂云帆还故乡。"

苏兰泽点了点头，心道："听这曲子的意思，是说那位夫人死时，离故乡有千里之遥。明照清之母是扬州人氏，在他少时便已逝于扬州，那时他还尚未入京。看来这冥寿之主，一定不是她了。难道是明父的小老婆？不对，若当真是祭祝母亲的冥寿，何以交给我们所唱的曲子，又是一支思念亡故爱人的《葛生》？"

正思量间，冬云衣袖挥舞，步伐流致，周身裙裾也随之在空中上下翻飞，有如轻云出岫。周身所挂的各色环佩也随之凄鸣不已，叮玲鸣音，与歌声隐约相和，听在人耳中更是如泣如诉："凄风苦雨无尽时，新土未干泪先干。一自俗世入秋后，始念灵台有暑寒。寒时着衣饥来言，为汝儿女岂忌惮。惭愧未尽人子心，生不能孝死当还。"最后这个"还"字，一跌三宕，幽幽不绝，当中似乎蕴含无限感伤、无限慨叹。

在袅袅的余音里，有个男子的声音赞道："好曲！"

苏兰泽抬眼望去，但见离戏台最近的一处阁室纱窗上，映出模糊身影。虽是坐姿，仍看得出其身形挺拔，显然是个正当壮年的男子，不可能是年近六旬的明照清。也不知方才那句赞叹，是否出自他的口中。

忽有一侍从奔入轩中，大声道："赏冬云玉如意一柄！"

众伎一阵骚动，冬云大喜过望，连忙拜跪谢赏。但见那玉如意长约一尺，通体莹透，两头都是金镶云纹，贵重异常。

轮到青虹帮上场了。

月上中天，夜色深沉，已是暮夏时节，风中微带一丝凉意。

一身玄黑交衽裙服的蕙质，娉娉婷婷地站在轩中，开口唱道："葛生蒙楚，蔹蔓于野……"

忽听那阁中有人低低"噫"了一声，道："听这歌喉，似乎并不是琴绣心？"声音低沉而不失威严，显然出自那男子之口。

台旁的侍从连忙举手一挥，示意歌声停止，喝道："怎么不是琴绣心？"

蕙质吓得身子一颤，歌声立止，人也不由得退后两步，嗫嚅道："绣心姐她……她……"那侍从双目一瞪，喝道："大胆青虹帮！竟敢藏匿琴绣心而以他人抵充，连明相都敢欺瞒，难道不知这是死罪吗？"

蕙质吓得花容失色，差点便要哭出声来。

忽听台上帷幕之后，有人淡淡道："盛名只是浮云，真正知音之人，听的是乐音，而不是人。如果音能动人，那么发声技巧的高低反而在其次了；歌者的选择，又在再次。蕙质，你用心唱上一段，叫人听听，是否就差过了琴绣心。"

蕙质精神一振，咬了咬牙，站直身子，吐气唱出来："葛生蒙楚，蔹蔓于野……"

两句清唱，才刚刚离开喉咙，忽然"铮"的一声，有沉郁琴音在风中飘然而起，仿佛曾有凝重如石的铭记，一直坚硬地哽在喉头；只是到这一瞬间，借着琴弦的拨动，那哽物终于悠悠发散，化入虚空，尽为无穷无尽的哀思。

隔着帷幕，只隐约看见操琴之人俯手按弦，白衣飘然，有如山间一抹微云。

阁中男子身形一震，竟缓缓站了起来。

"予美亡此，谁与？独处！葛生蒙棘，蔹蔓于域。予美亡此。谁与？独息！"琴声低沉，歌声清婉，渐渐融合交汇。一阵风来，吹得草木摇曳，发出簌簌之声，起伏转折，竟然也与节拍暗合。

无知无识的草木尚且如此，何况是本来有着七情六欲的人呢？

阁室轩台之间，那些影影绰绰的人影原本是站得笔直，有如雕塑，此时也不由得侧过头去，张开耳朵，侧耳倾听，钢铁炼就般的心壁渐渐因为倾听的忧伤而柔软。而轩台侧的各歌伎原本要较常人更多愁善感，此时乐与心合，更有人刹那间触动情怀，竟忘了这是明府，忍不住低声饮泣起来。

　　天地间所有的声音为琴音所感，都在唱起这一曲思念爱人的挽歌："角枕粲兮，锦衾烂兮。予美亡此。谁与？独息！"

　　夜色漆黑，挽纱素白，在这黑白之间，忽有一道耀眼光芒破空而来！宛若流星，却比流星更为凌厉森黑，疾射向阁室中的男子！

　　是剑光！

　　"有刺客！"尖叫声、惊呼声、筝磬钟鼓被撞倒的声音夹杂在一起，几乎是台上所有的歌伎乐师都离开了原来的位置，惊慌地捂住脸，在轩台后挤作一团。连蕙质也带着哭音，全身发抖道："苏……苏……"

　　唯一安坐如山的是那个为蕙质操琴的白衣"少年"。

　　事起突然，苏兰泽无名指在弦上一按，"铮！"一弦立断！指尖就势勾起，断弦在空中绷得笔直，宛若流箭，穿过面前薄帏，飞速射出！

　　灵巧指尖在琴面拂掠而过，虽然只余下六根弦丝，却似乎并无影响，白衣"少年"沿着先前的曲调，按宫引商，没有丝毫滞涩："夏之日，冬之夜……"

　　"噌！"

　　断弦后发而先至，弦首正中剑身！剑势稍滞，在空中微微一偏，却见一只纤手伸出，已将剑柄握在了掌中！

　　"百岁之后，归于其居……"

　　苏兰泽定睛一看，心中一惊："冬云！"

　　冬云长剑在手，足下陡点，身形已如一只飞鸟，腾空跃起，以无坚不摧之气势，直向那阁室窗扇扑去！

　　"她"接剑、跃起、扑刺，一气呵成，疾同闪电。此时那些人影才仿佛从乐声中复苏过来，纷纷喝道："刺客！"

　　惊乱杂音之中，唯有那琴声破空而来，清冷的弦鸣哀婉欲绝，刹那间升上顶峰，铺天盖地而来，却又清晰如线，直逼每个人的耳中心底："冬之夜，夏之日……"

　　"砰！"阁室窗扇被剑气冲碎！木屑纱片四处飞溅，冬云连人带剑，已冲入室中！裙裾在空中飘扬成一朵层层叠叠的花形，剑光寒气，涨如银瀑，直向那男子席卷而去！几乎与其同时，有微弱的淡白光芒从那男子面前从容升起！那光芒如此微弱，有如月空之下的一点萤虫。然而只在空中一闪，冬云那样雄浑如瀑的剑气，已被当头斩断！

谁知另一道黑影，自遍地红花间蓦然现身！此人先前伏在那一片血红花朵之间，黑色衣衫与地色暗影完全融为一体，竟然没人能够察觉！此时，但见黑影一臂曲，一臂伸，似乎正拉开某种弓箭！"嗖！"一道银色破空而出，挟带凌厉之气，进而穿过那片淡白光芒，急速向室中射去！

苏兰泽低首抚琴，勾抹不已，无名指向上一挑，已凝劲于指尖。

"铮铮！"琴上两弦齐断，凌空射至！嗖嗖两声，两弦绷直如矢，一根当空拦截银光，一根刺向那黑影颈窝！然而那琴音仍未断绝，甚至不曾有任何凝涩。黑影翻身回削，"唰！"琴弦立断！又是一声轻响，却是那银光已射断琴弦！然而那样强劲奔势，终于被阻上一阻，尚未射入阁室，便已在室外阶前斜斜落下！

淡白光芒大炽，"哐啷"一声轻响，却是冬云的半截剑尖已落到地面。

那黑影足尖一顿，身形反而向后飘起，掌中寒锋闪过，已刺倒数人。继而他掠过那些人影，落入花丛，飞快地消逝在那片血红之中！

"夏之日，冬之夜，百岁之后，归于其室。"弦上音韵转急，嘈嘈切切，如泣如诉。冬云身边已拥来人潮，纷纷喝道："放下武器，饶你不死！"

"夏之日，冬之夜，"琴音悲啸，动人神魄，断心肠，摧肝胆，似乎那样的悲伤，已经到达了一个难以承受的顶点！刹那间，甚至连屋顶上都出现了侍卫的身影。眼见逃走绝无指望，冬云那艳若桃李的脸上忽然浮起一抹冷笑，他手腕翻转，将断剑毫不犹豫地往胸口一刺，"噗"的一声，断剑已深没入内！

而那铺天盖地的琴声，也在这一刻蓦然收落，悠悠而来："百岁之后，归于其居！"

"居"字的最后一抹尾音，尚在空中幽幽延绵，冬云已轰然仰面倒下！鲜血从胸口喷薄而出，那些浓密的点滴液体，挟有无限生机，在空中化作一朵繁复细碎的红花——如同那些盛开在阁室台阶旁的花朵，甚至形状、颜色都如此相似，如此妖异，仿佛在一刹那间，汇聚了花中所有的生机，才化成这种令人炫目、久久不能忘怀的血红。

尸体在第一瞬间已经被人拖走，第二瞬间，地面的血迹已被清理干净。血红花朵一阵摇曳，那是有人搜索遁去刺客的踪影，花丝毫未损，但搜索的地方比梳子梳得还干净——都是一些什么人，才有如此惊人的处理能力？

苏兰泽叹了一口气，抱起七弦琴站起身来。

阁室中有人开口道："我道天下间，哪里还有人能奏出这样的琴音，原来是乐神驾到。乐神如此尊贵，何必操此贱役呢？"

这声音略显苍老，音量虽然不高，但吐词清晰，每一个角落都听得清清楚楚。

从阁室这边看过去，轩前薄帏一掀，低首出来一个"少年"：白衣胜雪，素履玉带，甚至用来束住髻子的也是一根无瑕的青玉簪。"他"通身上下，似乎未曾沾染上半分世间的尘埃。"他"那样悠然，一手抱琴，一手负后，只在轩台上一站，顿时四周草木仿佛都有了瑶池风华。"丰容冶艳，清姿雅仪"，这八个字突然跳上众人心头。

这样一个浊世翩翩美少年，竟然会是那个被江湖人赞叹为"百技皆通，慧超常人；斯乎其技，唯有神矣"的乐神？所有人，包括那些吓成一团的歌伎乐师们，都惊异地睁大了眼睛。

苏兰泽从容一揖，气度潇洒，颇有几分翩翩少年的派头，笑道："天地间万籁的声音，无影无形，通过声，抵达人们的心，这也是一种道的体现。道无所不在，君王以治国传道，剑客以青锋传道，乐师以乐器传道。形不同，而意同，为的是贯彻上天的旨意、顺从造化的安置，又怎么会有贵贱的分别呢？"

众人鸦雀无声，只听她轻轻一笑，说道："再者，兰泽被众人抬爱，称为乐神，自然要与乐器为伍；正如宝剑在您的心中，一定也是最尊贵的东西，才不枉却您剑神的名声啊！"

剑神舒高炽！

天下绝技，尽在四神，剑捕乐技，各法通玄。捕神杨恩，查案洞微如烛照；乐神苏兰泽，通晓百音乐理；技神张白石，擅研土木之术，在世人心中，无异于真正神仙般的人物；而剑神舒高炽，江湖传说其剑术已达飞仙之境，甚至百里之外,便能取人头颅。

只是,正因为其精妙剑术已达到了隔空无形的地步,所以往往与他交手之人,都很少看见过他的相貌。

方才冬云蓦然发难,雷霆一击,便是看准了苏兰泽乐音动人,众人心荡神摇,警戒随之减少;而阁室中男子身边,并没有其他人的影子。只可惜他只少算了一样:这世上还有一个舒高炽。

舒高炽并不需要待在任何人的身边,因为他的剑术从来就不受空间的限制。

此时他的声音仿佛来自神秘广阔的天穹,却仍不紧不慢:"苏姑娘所言极是,是舒某见识浅薄了,望勿见笑。"

苏兰泽叹了口气,道:"惭愧得紧,什么以乐传道,我抚琴为曲,居然没打动这个刺客,也没打动舒剑神您啊!"

"啪!"一声轻响,却是数团棉花落在苏兰泽足边。

舒高炽笑道:"苏姑娘请看,那刺客耳中早就塞了这玩意儿,若不是惧怕姑娘琴音慑心,又何必如此呢?况且以乐神之能,这一曲也未尽全力,否则舒某说不定也是心魂授予,不能自已了呢?呵呵,姑娘应该早就发现这位'梅皇'冬云身上大有蹊跷了吧?方才姑娘琴弦连发,威力惊人,便是没有舒某,刺客也一样会被制伏。"

苏兰泽心中一凛,笑道:"不错。先前我见她穿着的衣裙,就已觉得大大不妥。"

"衣裙?"阁室中男子听到此处,忍不住出声询道,"不过是太美了一些,也会不妥吗?"

他语音低沉,虽然柔和,但自有一种说不出的威严。

苏兰泽嫣然一笑,答道:"美虽美矣,却不实用。但凡唱曲之人,发音的高亢清亮,全在于胸腹一带的气息畅通。可他却偏束紧腰间,唱歌时每有气息吞吐,腰间便受到冲击,有如针刺一样难受。他又不是傻子,偏要这样与自己过不去?自然是因为他想把软剑带进来,只好将剑束在腰间,充作腰带,掩人耳目罢了。"

她想起另一抹诡异的黑影,叹了口气,道:"另一名刺客的武功倒也罢了,倒是他手中的那张弓,似乎经过了精心的改装,其箭力之强,约有十石,竟然连剑神您的剑芒都能穿透,当真是神器,只怕还要胜过我朝赫赫有名的神越弓之威。"

舒高炽沉吟片刻,道:"是。神越弓因其威力过强,尚不允许普通百姓执有,更何况是这样强大的弓箭。我们必会彻查此事。"

苏兰泽不愿久留,当下向前方施了个礼,扬声道:"若无他事,我们就先行告退了。"说完将蕙质一拉,就待走下轩台。

那男子脱口而出道:"慢!"

苏兰泽望向阁室中那挺拔身影,淡淡道:"不知尊驾有何吩咐?"

那男子沉吟片刻,道:"你有一张好琴,弦音清冷哀伤,才能将一曲《葛生》弹奏得如此动人。此琴当非凡品,不知从何得来?"

苏兰泽微微一凛,答道:"此琴名为爱别离,乃是新罗人朴正焕所制,后流落江湖,为青虹帮所得。"

"爱别离?"那男子颇有些惊异之意,道,"琴好,名字也如此蕴含深意。正……我正想请姑娘奏琴,重听一遍《葛生》。"

苏兰泽手心冒出细汗,却哂笑道:"此曲不祥,恕难从命。"

"嗯?"

不过是低哼一声,却连树木都在簌簌作响,仿佛从四周涌来无形压力。苏兰泽按定心神,坦然答道:"黄泉红尘,本就是阴阳的陌路。一曲《葛生》,是生者无尽的思念,或许却是对死者安息的羁绊。如果反复倾听,究竟是对亡者的刻骨思念,还是对自己心结不能释怀的纠缠呢?"

"兰泽不才,恕难从命。"

言毕拉住已吓得发呆的蕙质,从轩台一跃而下,向阁室遥遥施了一礼,径自离去。

一夜辗转,恍惚间便到天明。苏兰泽睁开眼睛,听见外面的鸟鸣分外婉转,晨曦微光,透过霞光楼的云红纱窗,投到床榻上来。

青虹帮不同于江湖其他帮派,所操持的乃是歌舞一类贱业,但帮中妓馆舞榭众多，分布各地，这些销金窟聚集起来的金钱，使得青虹帮成为江湖巨富。苏兰泽暂时寄居的霞光楼，正是青虹帮的产业之一，处于京城西郊一条幽静的巷道中。此处外观只有一扇小门作为出入口，里面却楼阁巍峨，屋宇壮丽，别有一番洞天，也是青虹帮的总舵所在。

昨晚回来，她简单地把情况给虹姑交代了几句，虹姑眉毛一挑："冬云这'妮子'，着实不像是我们这行当中的人。"

苏兰泽接过小丫头递来的雪白手巾，仔细擦净手掌，淡淡道："只怕你早知道他有些不对，否则如此的绝色，雌雄难辨，早被你弄进青虹帮了，哪还能在那个小戏班里自在？"想到冬云袭杀的手段，自尽的刚决，分明是受过严格训练的杀手。

虹姑握住手帕，咯咯一笑，媚态颇俗，看上去便是个年长色衰的普通老伎，决计令人想不到她居然是一帮之主："姑娘忘了？青虹帮最擅长的并不只有歌舞。"

苏兰泽也微微一笑："但我也知道你们有些擅长的东西却是连钱都买不到的。"青虹帮最擅长的便是刺探情报。上至名门巨富，下至江湖各地，但凡有歌舞美女的地方，便没有青虹帮不知道的秘密。

当然，有些秘密，青虹帮是不肯外泄的，哪怕有钱也买不到。虹姑在江湖与朝廷的隙缝里游刃有余，因为她实在是个聪明的女人。譬如，她虽听苏兰泽讲述了大致经过，却没问过一个问题。至于与剑神在一起的男子，究竟是不是明府中人，她连提都没有提起。

其实在这世上，终究还有一些秘密连青虹帮也探不到，钱更买不到。

苏兰泽想到这里，不禁轻轻叹了一口气，披衣起身。盥洗时，她的左袖滑下，露出腕上一只玉镯：这是上好的羊脂白玉，晶莹剔透，一清到底的水色。只有仔细端详，才能看清那镯中尚浮有七缕浅碧的颜色，宛若花瓣攒簇，竟浮出了花朵的形状。

她的目光，停驻在那花形碧纹上，竟有些出神。

淙淙铮铮！一串急促琴音在楼外花木山石之间蓦然响起。每一粒音符都如同弹丸在虚空中跳跃飞击,繁密如雨,防不胜防。

苏兰泽猛地抬起头来,颊边尚挂有几滴晶莹的水珠,越衬得那张脸庞宛若一朵带露的芙蓉。

园中两人相斗,其中一人竟然是琴追阳!此时他足尖点地,身形急速后退,怀中紧紧抱着一具七弦琴!琴身漆黑,丝弦如银,尾端却镶有七点绿石,排成北斗之状,散发出幽幽的光芒,赫然正是那具夺命七星琴。只是昨日被苏兰泽截断的琴弦,早已补好如初。

琴追阳在江湖中的声名,号为"琴音追魂"。此时但见他拂琴对敌,琴声凌厉,确实无异于一柄利器!

与他相斗者身形矫捷,一袭红袍鲜红如血,剑路如流风一般,将满含杀机的无形音符尽数席卷吹拂开去,竟然一时未落下风!园中花木大半被剑风所扫,残叶碎花落了满地。

寒芒一闪,是红袍人剑势斜出,那一剑飘若轻风,疾如闪电,只在一瞬间已逼近琴先生面门!琴追阳无可避,举琴相阻!

"叮!"异响声起,随即"噗"的一声,似乎刃尖稍滞,仿佛刺入了某处坚硬的物体之中。

红袍人力贯腕尖,剑身一颤,变为微弱弧度,竟然再难刺入一分!

琴追阳嘴角露出一缕古怪的笑意,手臂陡抬,倒转怀中七弦琴,细长的五指伸出,反向一拂!沛然劲气,自弦上喷射开来!

红袍人剑尖大受激荡,竟被弹离开去!他剑锋急转,在空中已变幻数招,有攻有守,向琴先生围涌过去!

"唰!"剑气纵横,虚空中凝聚有真气的最后一粒音符应声而碎!红袍人执剑一指琴追阳,凌寒剑气,已将他要穴遥遥锁定,厉声喝道:"琴绣心在哪里?"

琴追阳发出一声冷笑,满头苍发经剑风一逼,四下散开,更是乱如飞蓬。

"最后问你一遍!绣心呢?她在哪里?"江如雪腮边青筋隐隐突现,牙关紧咬,一字一句,似乎是从齿间挤出的几个字。红袍随风而动,有如一片缓缓流动的鲜血。

玄靴、红袍,这人明明是公门捕头的打扮,却在公服外套上绣金锁腰,华美而炫目。他有着一张清瘦冷寒的脸庞,眉长眼细,鼻挺唇薄,唇角微微下抿,带有几分阴骛之气,与这样的年轻不太相符。

"你好大胆子,竟敢来问我!"琴追阳冷冰冰地道,"堂堂京畿卫的捕头,竟也像市井下流之徒,成天追逐我家绣心,她不是被你们追逐得四处奔走逃避,怎会随着另一群轻薄子出走?"

"是谁挟持她出走的?是谁?"江如雪的眼中掠过一道惊喜的亮光,立刻身形微变,足下只是轻轻一动,一阵冷风掠过——琴追阳一手拂过琴弦,无形杀气再次逼来!

江如雪不得已跃身后退,"唰!"冷风横掠之处,有半截草叶应声飘起:"琴先生!暂且不论私情,我身为捕头,前来青虹帮调查琴绣心失踪一事,也是理所应当。这一路你不由分说,一直对我大下杀手!我对你一再忍让,可不是因为怕了你……"

"铮铮!"琴声再起,如三九天的冰凌当空射来,寒意透骨!

江如雪一个巧妙的侧翻,闪过这无形夺命的杀气,旋即稳稳落在地上。

他提起左掌,双指骈出,在剑锋上轻轻一抹,整柄长剑化为一团雪亮光影,旋转着向琴追阳冲撞而去!就连满地的草叶,也仿佛感受到剑意无形的凌厉,迎风而起,顿时被气流平掠斩碎,纷纷飘落,青草独特的土腥味在夜色中弥漫开去!

琴追阳轻斥一声,手指连拂!

琴声森然,杀气如波浪,自空中一波一波推来。江如雪的剑气穿破琴音外层,直入其中!流风回雪绝不是浪得的虚名,那无坚不摧的力量,便是钢铁的墙壁也一定会被击出洞来!

"明月乌鹊,天清云斜,归客何来,何歇?"

忽有若有若无的乐音,连同淡淡香氛,幽幽传来,仿佛这乐音来自最深的虚空。耳鼻灵识,刹那间都被最美妙的声音与气息溢入、充满,让人忍不住想要闭上眼睛,仿佛在眼前那空灵的境界中,竟有满天花雨,正冉冉飘落。

而那场中剑拔弩张的杀气,受这乐音所化,不知不觉中已经无影无踪。

琴先生吃了一惊，手指犹豫，僵在那里。

江如雪也不由得转过身子，愕然望去。

一个白衣乌髻的"少年"，从旁边楼上向下面走去。"他"翩然行来，令所有的尘嚣似乎都在远去。冰雪般的容颜，仿佛隔绝了红尘，却又有着最动人的温暖。这满园花木，原本受剑气琴音所逼，瑟瑟发抖，却在这一刹那间，仿佛因这"少年"的到来，而重焕生机，花香鸟语，又在空中暗暗浮动。

"他"皱了皱眉，向那红袍人说道："雪捕头，你不在公门办事，怎么在这里？"

"原来是苏姑娘。"江如雪脸上有不安神色一掠而过，随即躬身向她行礼，"苏姑娘，此次京畿卫奉令协从捕神大人查办黄金墓之谜。恰逢青虹帮内伶人琴绣心失踪之事，也与黄金墓有关，在下正在问案，琴先生却不由青红皂白痛下杀手……哼，就算不说袭击公捕人员，也该判个阻碍公门事务之罪！"

苏兰泽不答他，倒是似笑非笑，目光掠过虹姑的脸："虹姑，你什么时候变成这样的软脚蟹，让人在你总舵里大打出手？看这些花木，都被损得不成形了！"

虹姑懒洋洋地倚在一株花树旁，身边站着两名帮中绝色弟子。她还是那样艳丽，珠翠满头，锁边石榴红双层纱衣，上绣百蝶闪金花纹，举止间便有光彩流转，更显得全身上下竟没一寸不是活力万分，媚态无匹。她瞟了江如雪一眼，余风又扫到了琴追阳，这才"唉的"一声，叹道："打扰苏姑娘清净，当真是罪该万死！可是……他们两个都是为了我们绣心，说起来情有可原。我虹姑也是个有情有义的人，难道就为了几株花木，把他们赶出去打不成？"

"琴绣心？"

苏兰泽眉尖微微一蹙，"就是你帮中那个失踪了一年的红牌？江湖第一美人？"

"就是她，琴绣心……她……她的确是我喜欢的人。我身为捕头，寻常人失踪都有责任追查，何况是我喜欢的人？"江如雪抹了一把脸上的血渍，随着那个名字的响起，唇边不由露出了隐约神往的笑容。他其实还年轻，只是长期保持着一种冷寒的神态，渐渐形成了岩石一样的外壳，不能承载丰富的表情，于是，这笑容便显得有些僵硬。

"琴心绣口,"他傲然道,"江湖第一美人,青虹帮堂主琴绣心。"话语虽短,却藏有说不出的骄傲与自豪。

"琴绣心姑娘之名,我也略有所闻。"苏兰泽淡淡道,纵然她女扮男装的身份早被虹姑方才一口叫破,但仍从眼前红袍男子的眼底,窥出一道射向出色同性的嫉恨和敌意。这使得她在看惯所有男子对自己容色的惊艳眼神后,感到了一种前所未有的新奇。

所以她仍从容地说了下去:"她结交江湖大豪、巨户富室颇多,但琴姑娘一向洁身自好。曾有王公贵族以十斛明珠为聘想纳其为妾,都被琴姑娘婉言谢绝。"

琴追阳冷冷道:"我家绣心岂是庸脂俗粉,怎么会被这些珠宝所打动?"

他鄙夷地转过身去,背对着江如雪,"正因为我家绣心生得太美,惹来这些狂蜂浪蝶,终日不得安宁,只好四处奔波躲避!一年前,绣心在淮中卖艺,却又被一帮轻薄子缠上,胁迫而走,一直没有音讯。直到数日前我才得到消息,说江湖上有人见她的最后一面,却是在京城附近的黄金墓!"

"黄金墓是什么地方?"苏兰泽懒得理他们那一笔烂账,漫不经心问道。

琴江二人脸色一变,虹姑却长叹一声,道:"说起这黄金墓,可是京城方圆百里有名的宝地,可也是有名的凶地。三十多年前,江湖上突然流传一个关于宝库的传说。'月圆之夜,黄金墓启',说是每一年的这个月圆之夜,当金光从墓顶射出时,便是墓门开启的日子,墓中藏有一座黄金的宝库,获得者富可敌国。世人以讹传讹,那墓也就被称为黄金墓了。"

"可有人取出过宝藏吗?"苏兰泽似乎颇为好奇。

"三十多年来,因受这黄金墓蛊惑,贸然入墓的人好像都没有活下来。"虹姑看着江琴二人,意味深长,"第一年时,进去了三十五名江湖豪客,无人生还;第二年,只有二十一个人敢探个究竟;第三年,此事在江湖上被传得神乎其神,所以入墓的人数就暴增到一百零一人;第四年又只有七十四人敢于前去;第五年、六年、七年……那些人进来了,就没有出去过。他们都被活埋于那座黄金墓中,是死是活,谁也不明。去年又有一批所谓的武林新秀,吵吵着要入墓寻宝,一样不知所踪。唉,原想着这股寻宝的浪潮会落下去,哪想到还有不怕死的你们两人,一定还要进去。"

"死了这么多人，又是天子脚下，京城官府怎么不管？"苏兰泽从身畔花树上拈起一片被剑风扫落的花瓣，道，"那些贵人们不是最爱黄金的吗？还能不如蝇逐臭而去？"

"这黄金墓是在三十多年前突然出现的，原来这片地就是荒野，这墓却似乎是一夜之间突然冒出来的，官府竟然也没有过问，好像一直讳莫如深。但我们派人去官府打探时，发现那些官员们也都蒙在鼓里，只是隐约地接到过上令，知道不能干涉。再说黄金墓虽说是在京郊，实则离京城还有数十里路程，那里又人烟稀少，旁边只有一个平安镇。小地方便是闹得天翻地覆，可也不关京城里贵人们的事儿！"虹姑皱了皱眉，旋即又咯咯一笑，"奴家不是对姑娘说过吗？有些秘密，便是青虹帮也不敢探知。不过此番捕神既然前去查勘，再有姑娘你这么冰雪聪明的人儿在旁，或许……"

苏兰泽忽然一笑："天下还有你青虹帮找不着的人，探不了的路？你到底在打什么主意啊，虹姑？"

她左袖拂出，玉手径向虹姑探去！

虹姑柳腰微摆，游鱼一般侧身滑开，足尖凌空而起，竟是平着滑了出去，连裙裾都没飘动一分。江如雪冷哼一声，道："好一个凌波步！果然不愧是青虹帮帮主！"

虹姑飘然立定，笑吟吟地挥了挥手中帕子，嗔道："姑娘恼了？奴家确有不得已的苦衷，那黄金墓如此神秘，青虹帮一个小小的江湖帮派，哪敢一探究竟？可姑娘你就不同了，堂堂乐神，又是捕神的红颜知己，听说连长安侯都欠着你的人情，朝廷大佬们当然也要卖你三分面子……"

苏兰泽抬起手腕，向她晃了一晃，虹姑定睛看时，忽然脸色大变：苏兰泽两指纤纤，捏着一根攒珠金凤钗，凤口里吐出的珠串尚在晃动不已。虹姑摸了摸自己的鬓边，果然那里已经空了。

若苏兰泽方才拔下金凤钗时，顺指在鬓边太阳穴上一点……

苏兰泽不理会她的神色尴尬，指了指江如雪："虹姑都不敢沾惹的黄金墓，你竟敢前去？况且人家叔父并不待见你，也不承你的情……女色虽美，至于不顾一切吗？可别毁了你自己的一世声名。"

江如雪突然右手一挥，掌中宝剑已经回鞘，他不看众人一眼，竟扬长而去。

琴追阳哼了一声，望着江如雪远去的背影。虹姑也随之看去，笑道："哼，雪捕头！都说他这个'雪'字，应该是鲜血的'血'，果然性情暴虐，便是咱们琴姑娘在，也未必高看他一眼。琴先生，你别气啦。"

她挥了挥手，琴追阳等人躬身为礼，也退了下去。

苏兰泽见她打发了众人，笑吟吟走近自己，手腕一拂，金凤钗嗖的一下飞了出去，重又插回虹姑鬓上。那片花瓣拈在她右手指间，花色嫣红，越衬得指尖如玉。

虹姑扶了扶鬓，笑道："我就知道姑娘最好，定会把心爱之物还给奴家。"她看了一眼冷若冰霜的苏兰泽，赔笑道："不瞒姑娘说，绣心这样的天生尤物，男人所见，无不死心塌地。只要绣心在的歌馆，且不说日进斗金，便是打探来的消息，也比别人强上百倍。"

她抿嘴一笑，神情像只积世的老狐，"无论绣心失踪是否与黄金墓有关，我青虹帮总是又欠了姑娘的情。何况救回绣心来，姑娘你以后要奴家办事，又多了一个喉舌。实不相瞒，这一年来没有绣心，可真不方便。若是怪虹姑欺瞒姑娘，奴家这就赔罪啦！姑娘冰雪聪明，奴家也早知道骗不了姑娘，只不过不做作一番，说不准姑娘连听都不要听一声呢！"

苏兰泽张口一吹，右手指间的花瓣飘然落地："早知道你是舍不得你的摇钱树了，为了一个琴绣心，你这番做作！还有那个雪捕头……"

远远看去，花木间渐行渐远的身影鲜红似血，桀骜不羁。

"雪捕头江如雪，可是近年来京畿卫中炙手可热的人物！难得对绣心又这么痴情，可对绣心痴情的少年郎，又岂只有他一个？喏，一年前，京城鼎鼎有名的百草堂堂主百草翁的少公子若夜，听说原被派往淮中收账，因为在那里见着了绣心，一见倾心，生死争着一路跟了来，到了京郊也失去了消息。"虹姑说到这里，见苏兰泽凝视着江如雪如血鲜红的身影，只是怔怔地出神，不禁停住话头，小心询道："苏姑娘？您有心事？"

"啊，"苏兰泽仿佛突然醒转，淡淡道，"我在想，明相府中的花朵真是奇怪。"

"姑娘说的是白兰花?"虹姑扑哧一笑,"堂堂宰相,两朝元老,放着多少名贵的花卉不赏,竟然喜欢姑娘们常戴的那种白兰花,府中到处种了不说,连后堂都叫兰苑。"她的声音低下去,带着神秘的意味,"听说这白兰花啊,跟明相少年时的一段往事有关呢!"

"我说的不是白兰。"苏兰泽的眼前仿佛浮现出那片熟悉的血红,喃喃道,"明相府中,清贵门第,为何会有那种花出现呢?"

"入黄金墓,真的只是为了查勘所谓黄金宝库和历年江湖人物失踪之谜?"苏兰泽抬起头来,看着头顶上方的黑漆大匾,手中折扇啪地打开,露出扇面上的青绿山水,颇为潇洒。她还是作男子装束,只是换了一袭白衣,襟袖间以青绸镶边,越显得骨清神秀。

淡淡斜阳,落在"平安茶楼"的黑漆大匾上。年代久远,漆面脱落斑驳,散发出破败的气息。

这是平安镇上唯一的茶楼,楼分两层,每层摆着七八张乡下条桌,几张梨木粗椅。壶盏一色都是白瓷青花,盛着碧清的茶水,倒有几分拙朴。

"入黄金墓,自然不全是为了这个。"杨恩曲起手腕,四个指尖在额上按了一按,苦笑道,"给我的旨意上只有五个字,简单至极——查——明——爱——别——离。"暮夏初秋,天气尚有些热,他却在衣衫外罩了件浅灰披风,珍珠白小圆纽扣,珠灰色领口,越显得沉静英秀。

最近一段时间重案迭出,杨恩内力尚未复原,被迫奔波查勘,又无暇修养调息,心神已大是受损。这名满天下的三眼捕神,此时脸色有些憔悴,眉心已有了几道浅浅的细纹。

"爱别离?"苏兰泽蓦地想起琴追阳那具七弦琴,但随即皱起了眉头,"他是何等身份,放着京畿卫不用,却又派你出马。不是说长安侯中毒一案了结后,再办两件案子就放你长归林下的吗?却为何让你去办这种没头没脑的案子?难道是他在故意为难你?"

杨恩苦笑道:"他倒也不见得是在为难我,只是他自己也不甚明了吧。通常我们所说的爱别离指的是佛教中的八苦之一。当然,青虹帮的琴追阳有一具七弦琴，原来也叫这个名字，但他也不曾披着藏着那具七弦琴，他肯定也听说过关于爱别离的事，却一直无动于衷，显然'爱别离'这三字，指的并不是这具琴了。不过这三字吗，"他的指头移到太阳穴上轻轻地按了按，"倒是跟黄金墓有些关联。墓是死者的归宿，对于死者而言，爱而别离，或是生离，或是死别。他要我查明的爱别离，或许真的跟黄金墓有关。"

"我不断追查，倒是有了一星线索，便是我得到了一张关于黄金墓的草图，听说是三十年前建墓的工匠头领，当时的新罗巧匠逢羿所留。这逢羿虽是异族人，却在土木之术上造诣颇深，技神张白石也曾向他学了一年技艺。只是他后来不知所踪，十有八九是不在人世了，而且这图纸上有一个徽记。"

他以指沾茶，在桌上轻轻画了下去，虽只寥寥几笔，却分外生动，那是一个狰狞的怪兽头像，牛角獠牙，掀鼻方口，栩栩如生。

苏兰泽"啊"了一声，道："地狱守护兽？这不是幽冥门的徽记吗？"

"正是幽冥门。这诡异的门派声名虽响，却深居简出。就连我所见学了的门中弟子，也不过二三人，却都是极狠的角色。比如青府的那个张银娘……"

两人静默了片刻，不由得想起了落梅镇的那场大雪，那凄婉悲凉的唱腔。在梅曲幽幽的回声里，高台溅血，一朝情逝，青丝刹那间变成白发。

"修建黄金墓的工匠头领，居然也会是幽冥门的人？或者说，三十年前，幽冥门就已经存在了？那黄金墓中宝藏传说，还有那些失踪的江湖人，岂非也与幽冥门有关？如果那人要寻找的这个爱别离也与他们有关的话，他们手段狠辣，势力深藏，这……"

苏兰泽收起折扇，看着杨恩，脸上已不觉带有担忧的神色。

他的身体在灭太湖盗盟一战中受损太甚。如今虽经自己精心调养多年，但只怕再也劳累不得，若是好好调养，才能减少病魔的折磨。多少次她都想和他离开这里，无须与那人有什么约定。可是……可是她知道，杨恩之所以留下来，并不仅仅只是为了那个约定。真要让他断绝与外界的一切往来，缩在家中的话——如同将搏击长空的鹰隼关在笼中，将叱咤山林的猛虎拔去牙齿，便是旁人看了，也有说不出的叹惋之意。

"别担心。"杨恩对她露出温和的笑容，笑容中却隐现出一种非凡的力量，

"幽冥门虽然令人生寒，但也不见得就是神魔。"

苏兰泽看着他，目光不禁慢慢柔和下来。他这种坚忍不拔的性情，遇难无惧的决心，她一直都明白。所以，无论他选择怎样的艰险，她从来没有阻拦过。而她唯一能做的，就是跟随在他的身边，竭尽全力来保护他、帮助他，然后，跟他一起，去走过那些艰险的道路，去欣赏悬崖绝壁般的奇异景致。人生的乐趣，是否也在于此呢？

即使杨恩早已失明，也一样能感受到她的目光：如三春水波、暮夏凉风，洒落身上，无声而温柔地沁入全身。甚至他的心都仿佛褪去了所有的烦躁和忧虑，慢慢安宁下来。

这是一个懂得他的女子，更难得的是，她一直都懂得。

"你刚才说，在明相府中，看到了……曼……珠沙华？"杨恩问道。说到最后这四个字时，他似乎有些少见的犹豫。他伸手提起茶壶，略微一倾，碧色茶水从壶嘴中凌空倒出，直入苏兰泽面前的白瓷盏中。若是旁人看来，断然不会相信，如此自然而流畅的动作，是出自一个失明的人。

"不错，我看得很清楚，那样血红妖异的花朵的确是'开一千年，落一千年，花叶永不相见，情不为因果，缘注定生死'，传说中来自幽冥之中、三途河边的彼岸花——曼珠沙华。"苏兰泽的脸色也黯然下来，"彼岸花，彼岸处。映万重，幽冥路。花开花落无双生，相念相思永不负。"

她手执折扇，在桌上轻轻击打，口中低吟，恰与击打音节相和："曼珠沙华，曼陀罗华，一是彼岸花，一为天国花。曼陀罗华，你是见过的，以前我在你的居所庭院中，不是种了许多吗？它还有一个名字，是……"

"七幻花。喻示着佛经中的七还人间，一年只开七天，一生只开七次。"杨恩伸手过去，握住了苏兰泽的手。她的双手微微发抖，指尖冰凉，有寒意从中透出。

怎么会忘记呢？那些如雪般的花朵，小小的庭院，两人静默的相守，是一生最美好的回忆。若不是受皇命相召，若不是为了那玉琳琅……

"兰泽，"他"凝视"着她的脸，柔声道，"你在怕吗？"

"嗯。"苏兰泽的声音也低下来，带着一丝缥缈，如远山上的微风，"这两种花，向来只生长在……生长在那个地方，在那里，我们用它们来代表不同的两种意义。一种是往生之美，一种是别离之哀……这两种花，世间是没有的。当初我跟你出来时，因为要配制调养你内力的药物，所以被特许带了七幻花的种子。可是曼珠沙华为什么在明相府出现了？难道……难道……"她仓皇地抬起眼睛，那种俏皮刁蛮的光芒已经渐渐消失了，取而代之的是难心言述的惧意，还有隐隐闪动的泪光，"七还人间，一生只开七次，也就是七年。杨恩，我跟你在一起，已经有六年了……这么多年，我渐渐忘记了那里，也忘记了当初我说你的眼睛七年后必定重现光明的预言。而我们是有约定的，那我……我和你……"

"别怕。"杨恩简短有力地打断了她，"或许只是巧合呢？或许恰好有花的种子从那个地方泄露出来呢？而明府权倾天下，恰恰得到了这些种子，所以……"

他松开苏兰泽的手，把茶盏递到她的手中，示意她喝一口。

"你看看这张图，其中有一部分跟你说过的明相府中的那些阁室，可有相似之处？"

杨恩从怀中取出一张羊皮纸，送到苏兰泽手中。

苏兰泽展开羊皮纸，不禁吃了一惊："房舍模样结构，颇有几分相似……不，有八九分是一样的，除非我身临其境，才有十分把握。你从何处得来？这图纸线条细腻，角度精准，可不是出自常人手笔啊……甚至这个幽冥门的徽记，也是如此生动。"

杨恩温柔地"看"着她说："我在搜集所有黄金墓的资料时，费尽周折才得到了这张图纸。这不是原图，原图因为年代久远，已经破烂不堪。这张是由有技神之称的张白石，大致地临摹并补充完整后交给我的。张白石此人精于土木机关，绘图笔法又颇为生动，此图应该不会逊于原图。"

"张白石最大的弱点就是贪财。"苏兰泽嫣然一笑，"听说他爱金如痴，家里连马桶都是用金子打成的，平日爱好便是购买金子，身边既无美人，亦无朋友，甚至不爱与人交往。也幸亏他身怀绝技，前年为太后兴建那座隆庆宫，造得如仙阙紫府一般，让太后凤颜大悦，可是赐了不少黄金。"

杨恩也不由得一笑，说："酒色财气，世人所好。咱们四人'剑捕乐技'齐名，江湖上以'神'呼之，其实呢，剑神爱剑成痴，冷酷无情。在他心中，剑道有无上的地位，甚至超过了人性；我呢，就偏好附庸风雅，明明笛子吹得难听，却偏偏割舍不下，没有大智慧的决心；技神贪爱黄金，已经是达到了嗜金如命的地步，又好机关之术，最喜欢冷冰冰的土石，却不待见活生生的人。说起来，也只有你，性无所恋，心无挂碍，看似淡漠清和，兼具温柔慈悲，真正有神仙之气呢！"

苏兰泽神情已渐渐镇定下来，嗔道："看不出来，你也会说好听话儿，不过……"她举起茶盏来，叹道，"我并不是真正的神仙，又怎么做得到真正的无恋、无碍呢？"

她转过话头，道："你是得到了这张图，又知道相府兰苑里有那样古怪的一处阁室，才让我前去青虹帮的，对吗？"

杨恩点头道："正是。这种阁室过于低矮，并不是我天朝建筑的风格，别的地方也从未出现过。明照清此人最是深沉，为何会在兰苑之中，兴建这样的阁室？且寻常不许人入内，又在阁室中大办神秘的冥寿。其用意何在呢？我去不便，所以才烦劳你以交流曲乐之名，去跟虹姑周旋。因琴绣心失踪，琴追阳琴技大不如前，虹姑无奈之下，自然会让你操琴师之职，你才有机会入内查看。"

"谁知一场冥寿，竟还有如此多的变故。依我猜想，说不定那位逝去的夫人，生前就是这居所的主人。这位夫人又会是谁呢？"

苏兰泽喝了一口茶，凝思片刻，摇头道："不对。我们那晚所唱的曲目包括曲词，全部由明府拟好送来。冬云唱的那支曲子中，有'孤子遗余三十年'的句子，所以这位夫人应该已经离开人世三十年了。而兰苑中的那些阁室，门窗木色尚新，显然是刚建起不久，不可能是她生前长居之所。"

杨恩沉默了片刻，道："其实我并不知道我要找的究竟是什么东西，甚至那人也语焉不详。我也不知道为什么会有这张图，这图上房舍究竟有怎样的含义。"

"然而，图上居所会跟明相中的阁室相似，明照清在此事中，一定脱不了干系吧。"苏兰泽想起明府阁室中，那倾听《葛生》的男子，那种凭空传来的肃杀冷压之气，如渊底的潜龙忽然昂首，此时想起来，仿佛还是有着莫名的压迫。

"冬云突然刺杀那阁中男子，又是什么道理？他若知道那人的身份，又怎会不知舒高炽必在左右，刺杀无异于是自寻死路而已。"

"纯属送死的刺杀，只有一种解释，就是警告。"杨恩淡淡道，"冬云的主子明知不可为而为之，还牺牲了冬云这样一个出色的杀手，可真是大手笔。难道事情真的严重至此了吗？要警告的，又是什么呢？为什么要选在明府冥寿上呢？难道也会跟冥寿有关？"

苏兰泽叹了口气，低声道："我得到讯息，当日冬云所在的戏班所有人都被下狱，秘密进行了审讯后，即被全部处死。真是枉费了几条人命，他们哪里会知道冬云的事情？奇怪的是，明相倒也没有进行全城搜捕和任何的株连。"

"此事不宜宣扬，自然不会大张旗鼓。况且大家心中有数，不必去查，也是清楚的。"杨恩静静道，"我只是突然对明相感到好奇，他明知是一潭浑水，却偏要蹚在其中，这场冥寿办得太蹊跷。"

他若有所思地端起茶盏，道："黄金墓太过诡异，数年来已有多人在此失踪。图纸上既然有幽冥门的印记，那么这些人的失踪说不定也与幽冥门有关。这次更是牵连到百草翁之子百若夜，还有当今太后最喜欢的歌伎琴绣心。琴绣心倒也罢了，百家与朝中大佬们交往密切，百若夜失踪一年，穷尽人力都寻找不见，自然不是小事。有人看到他曾与琴绣心同行，最后的行踪，也是消逝在黄金墓附近。此次入墓查勘，寻找他的下落，也是任务之一。况又牵涉到那人所要的东西……"他听见楼梯响，知是有人上来，便停住话头，饮下一口茶。

苏兰泽凝视着他："我来的时候，看见镇口多了很多陌生人。"

"那是自然。江如雪带着京畿卫的人，已经秘密封锁了平安镇前往黄金墓的道路，不准江湖人入内。"杨恩道。茶楼算是镇中最高的地方，苏兰泽从楼上看下去，但见整个平安镇极是狭小，两边房舍稀少，只当中一条主街，一眼便能望到尽头。

"江如雪此人冷寒入髓，我不喜欢他。"苏兰泽想起江如雪那扬长而去的背影，噘嘴道。只有在杨恩面前，她才偶尔会出现这些娇娜的小儿女态。

"雪捕头，血捕头，江湖上对他的称号如此，此人性情可见一斑。他功夫是不错的，查案也很有一套。"杨恩若有所思，看向窗外，"不过，内心如何，又有谁真正明白呢？"

苏兰泽沿着他的视线向外看去：尽头是一片广阔的荒野，方圆再无人烟。荒野上生满长草,密立如林,隐约可以看见遥远的地平线上,有一座圆形山丘拔地而起,气势迫人。

那就是令人谈之色变的黄金墓。

镇子小,先前茶楼上是空荡荡的,这会儿断断续续地来了几人。二楼包括苏兰泽这一桌在内,才只占了三张桌子。靠左首是个小户人家模样的妇人,发髻蓬松,抱个半睡半醒的五六岁孩子,她口里咿咿唔唔唱些不成曲的调儿,哄孩子入睡。另一张桌上是个猎户模样的汉子,脚下放着只硕大的皮袋,鼓鼓囊囊,袋口处伸出半条风干的羊腿,显然是下山来贩卖干肉的。只是这人酒气熏天,似乎喝过了量,一上来就趴在桌上睡得鼾声如雷,一声还高似一声。茶楼伙计来推过他几次,他就是不醒。

苏兰泽皱了皱眉,住口不吟。她还是男妆打扮,白衣玉簪,风仪清雅,执扇的手修长而白皙,简直与那白玉扇骨一般无二,光滑莹洁,连上来斟茶的伙计都不由得要多看两眼。

她便将眼一横,猛一拍桌,做出凶恶的神气来:"看什么看?怕本公子不付你茶钱?"

"不是不是!"伙计是个矮个子的年轻人,一张平淡无奇的脸顿时吓成了蜡黄,连连哈腰,"小人眼皮子浅,待在平安镇上,一年也见不着几个贵人。原以为一年前见着的那些人已经是神仙了,谁知今日见公子您,才知道小人是井底的青蛙,就忍不住多看了几眼……冒犯!冒犯!"

杨恩不禁笑了,道:"伙计,你下去罢,我们自己斟茶。"那伙计巴不得这一声,慌忙放下茶壶,灰溜溜地就待跑走。

"回来!"苏兰泽高声唤道。

那伙计只得又转回身来,低声道:"您老人家有什么吩咐?"

苏兰泽"啪"的一声打开折扇,装模作样地摇了摇:"你说一年前看见过几个什么人,会是神仙样的人物?"

伙计瞧了瞧她的脸色,迟疑道:"这个……"

杨恩微笑道:"那几个公子,"指了指苏兰泽,半带促狭,"都有这样年轻俊美吗？"

伙计见他说话温和，胆子便大了一些，忙道："看那打扮，一定是大户人家的公子，有几个还带着刀剑哪！特别是其中一位姑娘……"他眼中闪动着迷醉的光芒，"那个美，真是画儿上的女子也没她好看！那些公子们围着她，跟捧凤凰似的，只怕吹口气，她便飞走了不见啦！"

苏兰泽听他说得形象逼真，不由得扑哧一笑，道："她是女的，我……我是男的，如果我是个女的，有她漂亮吗？"

伙计搔了搔头，为难道："说不上来……公子您要是个女的，也跟她不一样，她要是神仙，也得是狐仙！而您就是观音菩萨……"他叹了口气道，"只可惜，他们也是喝了茶就走啦，平安镇上，连茶馆都只我们这一家，哪里住得下这样的美人？"

"他们走的时候，有没有说什么？"杨恩紧跟着问。

"没有。"伙计苦笑道，"不过猜得出来，这些年来，外面的人到咱们平安镇，向来是为了黄金墓中的黄金珠宝。那黄金珠宝好是好，只是人人都说墓中有恶鬼，诱人进去陪葬的，让人有去无回。那几个人可别是去了那儿呀，特别是那个美人……"

他忽然想起了什么，惊惶地望着苏兰泽，"公子你别是也去那里的吧？"

苏兰泽拿起茶盏，冷笑道："你且喝一盏茶，我再告诉你！"

"喝……喝茶？小的不敢……也不配……"

"哟！难道现在的世道，喝盏毒茶，也要讲个配不配？"苏兰泽陡然变脸，手中折扇"啪"的一声，将对面射来的一团寒光收在扇内！扇面展开，那团寒光反向伙计面门疾射过去！

"砰！"伙计将手中茶盘一摔，茶壶茶盏碎了一地，茶水淌出来，顿时冒出了滋滋的轻烟！托盘的手中多了一柄匕首！他整个人腾空跃起，那团寒光从他足底飞过，"夺夺夺夺"，如急雨般，尽数钉在不远处的柱身上！

"好轻功！"苏兰泽摇扇不动，冷嘲道，"一个茶楼伙计，也要学金雁功吗？"

那"伙计"身形舒展，颇为魁伟，先前的猥琐之意已荡然无存。他也不答言，匕首带起寒风，如大鹰般扑刺下来！

而先前伏在桌面睡觉那人，此时鼾声立止，上身扬起，双手连挥，无数细碎寒光在空中交织如网，当面向苏兰泽和杨恩当头罩来！

"相思万里织如网！"苏兰泽叱道，"你是山西秦家的人？"她一脚踢翻长桌，"砰！"桌面平平向外，凌空飞起，挡在身前！夺夺声中，那些寒光尽数打在桌上！而几乎与此同时，她挥扇上击，手臂在空中陡然反向，竟以完全不可能的角度成弧形递出，正中那"伙计"腕间的太渊穴！

此穴为肺之原穴，百脉交会，气机一旦被阻，真力即趁势而入，攻入百脉之流！那"伙计"一声惨叫，匕首脱手而出，已跌落地上，整条手臂便如电击一般，剧烈抖动不已。

那擅暗器者冷哼一声，左臂忽伸，已抓住那骇得呆住的妇人，带同她怀中孩子，竟一把提了起来！妇人惨叫声中，母子俩一起腾空而起，宛若百余斤重物，向苏兰泽砸了过来！

而他右腕挥处，一串利刃闪电般飞出，在空中首尾相连，宛若半道圆弧，狠狠地向那端坐不动的杨恩颈项割去！

苏兰泽手臂一振，已将那妇人半边身子接住！"伙计"已忍痛自地上一跃而起，重拾匕首，向她飞身刺去！苏兰泽飞起一脚，正中他腕间，匕首再次脱手！但那"伙计"甚是悍恶，就势身形前扑，双手已向她搂出！

苏兰泽唇边浮起一抹轻蔑的笑意，"砰！"那一脚余势未衰，正中他胸口，声如败革！但他铁钳般的双掌，犹自死死抓住了苏兰泽的脚踝！

这一连串伏击之中，连守带攻，谋划周密，事事处在先机。苏兰泽纵然已对他们有所警觉，只可惜此时手中扶着那妇人，左足受制，顿时空门大开。那擅暗器者终于忍不住露出一丝喜色，手掌中摸着一枚毒针，心道："哪怕你是真正的神仙，也难逃出我们联手一击——只可惜这大好的功劳，又要被分了去……"

丁零当啷！一截碧绿的竹笛，蓦地从那半弧形的利刃间伸出来，如凭空生出的一根翠生生的新竹；而那些原本凌厉飞削的利刃，却改变了原有的方向，一片一片，参差不齐地附在笛身上，化作披拂的竹叶。

灰衣男子执着这枝"枝叶"俱全的"翠竹"，轻轻一挥，那些"竹叶"就噼里啪啦落了一地。

灰色的身影如同轻雾，又似微风，明明每一个动作是那样清晰：曲腕、沉肩、挥笛，却偏偏是不及反应、不及闪避、不及还击。

擅暗器者只觉肩部一麻，手指松开，那枚毒针已经滑落。整个身子受一股大力所驱，飞了出去，"砰"的一声落下来，顿时砸碎了一张厚重的桌面，木屑横飞。

寒光一闪！

苏兰泽素白履尖上，已弹出半截锋刃！那"伙计"惨呼声中，锋刃穿掌而过，气劲一懈，顿时有血珠洒落！

"唰！"锋刃连同素白绣履，如此轻巧地落回地面。只在地面一点，复又飞起！"伙计"胸口血洞蓦现，手掌一松，有暗绿光点，自指缝里飘浮出来，迎风化作一朵朵绿荧火焰！

"是幽冥门！"

杨恩双眉一挑，晶莹的瞳间竟有冷光闪过！他挥笛疾点，那些绿荧火焰早失去了真力催动，空有威力却无法发挥，须臾之间，便一一消失在笛风之下。那"伙计"口中喷出鲜血，扑地便倒在地。

苏兰泽一把提过那妇人，冷笑道："你难道不是与他们一伙……"突然一怔，那妇人双瞳放大，嘴巴张开，唇边点点血渍早已干了——竟然在那擅暗器者凌空丢来时，即被暗中震断了心脉，早就气绝身亡！而那个孩子还紧紧抱着她的脖子，头埋在母亲怀中，似乎并没有受到外界的惊扰，犹自咂了咂嘴，仿佛正梦到什么好物事。

她怔了一怔，低声道："死了？"

空中突然浮现出无数寒光，条条缕缕，密密麻麻，以飘拂的姿态带来那凄厉冷清的杀意。然而，那杀意隐藏在寒光中，带来了更多的惆怅。仿佛是别离已久的故人，蓦然回首，一点愁绪滑落，唯有秋风，吹扬起那一头银白的长发，无限杀意，无限凄厉，无限惆怅，无限别离，劈空席卷而来！

杨恩蓦地飘跃而起，"啪啪啪啪"，珍珠白小圆纽扣应声而开，跳跃着弹了开去。浅灰披风在空中划过一道漂亮的弧形，已托在了他的手中！"哗"的一声，披风散开，仿佛是飘来一团浅灰的云雾，然而那种柔和的形态陡然变硬，披风边沿，竟化作剑的锋利，当空斩下："好一个'别离千载发如霜'！幽冥门主？"

"霜"字未落，那满天的"银发"已被斩开断裂——原来那不是"银发"，而是一根根银白的细针，首尾相连，七八根连起来，便如一根硬挺细长的银发。

满空断裂的"银发"——那些银针本待飘落，也仿佛又受到一种无形力量，蓦地激射而出！

杨恩脸色微变，披风蓦然合拢，受内力所激，竟然鼓胀如蓬，将银针尽数扑落！只闻无数针尖刺破布面，发出轻微的簌簌声。

"呛！"金光耀目，却是他已经拔出了一柄极为锋利的匕首！

而此时，那个妇人怀中熟睡的孩子，缓缓睁开了眼睛！他似乎被眼前的情形惊骇住了，"啊"地哭了起来，含糊不清地叫道："妈妈！妈妈！"从妇人怀中一扭，挣脱出来，白白胖胖的小身子滑落到地上。

擅暗器者大喝一声，脸上鲜血淋漓，从满地木屑中一跃而起！双掌在空中陡然转向，并不是攻向苏兰泽，却向那孩子重重拍出！

那孩子惨叫一声，身子向前扑倒，脸部着地，有鲜血蜿蜒着从脸下的地面流出来！

苏兰泽喝道："无耻！"

她凌空拍出一掌，"砰"的一声，真气爆开，两人一触即退，苏兰泽迅疾俯身，推开已经冰凉的妇人尸体，去抱那早扑倒在地的孩子。

尖厉而凄异的啸声，猝然响起！只是极短促的一声，便戛然而止！

"啪"，那孩子突然举起一只小手，向妇人胸口拍下！妇人的胸膛炸开，血肉模糊中，有一团金色光点飞涌而出！苏兰泽遽然挥袖拂卷，沙沙作响，金色光点尽数投入袖间。但仍有一个光点掠过，"啪"的一声，苏兰泽弹指挥开，谁知那光点却忽然如同生出了一只小爪，反将她的指尖抓住！"啾"，那光点针尖般破皮而入！

苏兰泽手下一软，全身四肢百骸，竟然使不上任何劲力，整个人软软向着地面伏倒。她本能地挥起一掌，可那孩子的身体如风形光影一般，悄无声息地滑了开去。

恍惚间，只看到那个"孩子"的影子已站在身前，那张嘻嘻笑着的无邪童颜上，黑亮瞳孔，深如秋潭，却闪耀着一缕不属于孩童的诡异光芒！

他的小手交错一挥，胖乎乎的十指如风一般地点来，有一指点在肘间，尤其重而疼痛。且那针尖般的感觉，开始在血脉间飞奔而走，到最后直刺心房！

苏兰泽但觉丝丝疼痛，从心头蓬然炸开，脑中一阵眩晕，再也支持不住。

这么多年，从离开那个地方后，一直跟在杨恩的身边，虽不曾经历龙潭虎穴，却也有无数惊险风波。可是从来没有一次像现在这样，死亡的阴影隔得如此之近，几乎听得到死神的鼻息声，然而恐怖之中，似乎还有一丝欣慰。

如果真的有死亡降临，至少，还有他在身边。

"嗖！"

尖厉风声呼啸交错，带着童稚口音的惊叫蓦然响起，似乎正是那"孩子"的声音。

昏沉之中，苏兰泽感觉自己的身体已被扶了起来，背部至阳穴中有股醇和气息徐徐注入，直达灵台，顿时缓解了那种丝丝钻心之痛。一个熟悉的声音在焦急问道："兰泽！你怎样？"

苏兰泽缓缓睁开眼睛，也许是视力昏沉的缘故，看眼前的一切，似乎也笼上了一层淡淡的柔光，仿佛是在梦幻的云气中，见到那个男子英秀的脸庞。

这一切是那么熟悉。

但她马上说出来的，却是另外一句话："你……是不是用了第……第八层的功夫？"

杨恩轻轻舒了一口气，眼下浮起一抹异常的红晕，仿佛初见情人的少年："别说这个，你快运转一下真气。"

他的红晕扩散开去，却有真气输入她的经脉间，与那醇和之息相融，渐渐在体内流转，然而转过头时，仍不由得刺痛了一下，使她微一皱眉。更可怕的是左腕，那里破皮的地方已渗出鲜红的血，她摸索着，用力将右手两指按在伤处，然而指间却有微微颤动，仿佛有什么东西要从骨肉里面奋力钻出来一般，却又总是被她的手指强行按下去，样子十分诡异。

杨恩声音都有些变了，急道："怎样？怎样？是不是很痛？"

苏兰泽心口又是一阵刺痛，旋即蔓延全身，似乎全身都在发抖，却强忍着，举起右手两指，迅疾在左腕周边点下，向杨恩说话的声音也尽量地镇定："没……没什么，真的没什么。"

周边很安静，桌椅碎片中卧着那假扮伙计之人的尸体，旁边僵直的是那个擅暗器者，浑身插满断裂银发一样的针尖，有如刺猬般。然后她的目光定定地落在不远处的角落，那个"孩子"斜倚着妇人的尸体，躺在地上，颈下一片鲜血汩汩，有一点白光在血中闪动——正是杨恩衣襟上的珍珠白小圆扣子，想是他情急之下，已来不及发出别的暗器相救。然也正是因为小圆扣并不锋利而且力道稍弱，所以那"孩子"才没有当即断气。

近了看时，才发现他虽貌如孩童，身材矮小也如孩童般，但那样老成阴沉的神情和身上隐约散发的戾气却不是一个真正的孩童所具有的。更令人注目的是，那垂落在身边的胖乎乎的小手，左边那只竟然有两根指头是木头的！不过形状削得有若真指，指端已经发黑，再看一眼，只觉幽幽寒气从心里冒了出来。

"你……是木指童子？有'无影杀手'之称……的木指童子？果然是叫人……叫人防不胜防啊！"

"哈哈哈！"木指童子尖声笑了起来，"中了我的……伤心蛊，还能说得出话来，似乎也只有乐神你一人了，真不愧……不愧……咳咳，是乐神啊！"

"伤心蛊？"杨恩脸色大变，"伤心蛊、断魂香、五蕴炽这三种最邪恶的毒药，当初已经被江湖人列为禁用毒物，不是已经全部集中起来销毁掉了吗？近三十年来再无这种毒药在江湖上露面，你从何处所得？解药呢？给我解药！"

"咳咳……伤心蛊，伤人心，根本没有任何的解药。捕神见多……见多识广，难道连这个都不知吗？"

木指童子喘息之中，有血沫自颈下伤口冒出来，仔细看时，但见他面部皮肤虽然光洁如孩童，想必是用了驻颜药物的原因，颈项间却有了皱纹，所以他先前不敢露面，要藏在妇人怀中，只露出一张脸来。

伤口冒出的血量已大大减少，他说话也流畅起来："蛊虫一旦入血，即随经脉运行，直达你的心脏，在那里留下毒素。只是蛊虫同时又分泌出另一种毒，恰是原毒的克星,所以蛊虫在你心脏中时,你反而不会死去。一旦蛊虫从皮肉处出来,即只留下原毒,人便马上毙命。伤心二字,说得好,伤的就是你的心嘛!"

"你!"杨恩身形一动,却被苏兰泽拉住手臂:"别担心。"她柔声慰道,"我有办法,不会死的。"她撑起身子,摸索着从怀中取出一只小小瓷瓶,倒尽瓶中药粉,敷在左腕伤口之上。果然伤口血痕渐渐凝固,她先前痛苦之状也已消失,再没有什么异状。

"是啊,用黄连封住伤口,也可以活上个六个月,"木童子阴笑道,"哈哈,蛊虫害怕黄连的味道,便不敢从伤口出来,只好留在心脏之中,两毒相克,才能保住性命。只是,哼,心中留有这样一条蛊虫,时时啮咬不定,偏手不能及,药不能治,个中痛苦滋味,也未见得就强过了痛痛快快地死去!何况过个一年半载的,还是会死呢!"

"住口!"

杨恩目中冷光陡然一转,利如刀剑。

木指童子咧嘴一笑,恶毒的眼光也不由得缩了缩,却并不住口:"因为这是有天下第一毒之称的伤心蛊,它的全名叫作伤心断情蛊。蛊虫啮心之苦,一如这世间的情爱,便是你有通天的本领、绝世的武功,练通任督二脉,打通全身奇经,可毒在心中,也是望尘莫及,束手无策。"

苏兰泽淡淡一笑,扶着杨恩的手臂站起身来。她的神情已经恢复,似乎并没有受到任何的创伤:"伤心蛊的名字虽不好听,却未见得难得倒我。天下万物,相生相克,哪会有真正解不开的毒?杨恩,"她柔声道,"你该相信我的医术,当初你那样重的伤都不要紧,何况一些小小的蛊虫?"

杨恩脸色稍慰,突然跃过身来,出指如风,已点住木指童子肩上的两处穴道,止住流血:"是谁指派你来的?说出来,我或许还会饶了你!"

木指童子锐声道:"我早就不要性命了。"他微侧目光,望着那死去的妇人,渐渐安静下来道:"死在这里,正是我平生所愿。"

苏兰泽一直凝视着他的举止,此时才轻声道:"如果我们把你和这假扮你母亲的妇人都挫骨扬灰,一个丢在泰山之巅,一个洒在东海之滨呢?"

"你这毒妇!"木指童子脸色陡变,目中射出怨毒的光:"你堂堂乐神,为何要这样糟践死人?"

苏兰泽不以为忤:"真正糟践她的人并不是我——她甚至活生生地被当成了蛊母。伤心蛊用来害人,自然是上上之选。可是此毒如此邪恶,所害的人并不仅仅只有中毒者一人。一来,此蛊虫必须种植于人体内,称为蛊母。蛊母将自己的心肝作为蛊虫之食物,施术时必要拍碎蛊母的胸膛,挟临死前的怨念和血肉之威,才能让伤心蛊无坚不摧,哪怕是武功再高的人也闪避不及。二来,蛊虫这样厉害,施术者自身也必须先服下十八种剧毒之物,才能驱使蛊虫害人,否则与蛊母朝夕相处,只怕还未害人,便已被蛊虫反噬。然而十八种剧毒服下去,不过是毒性最初相互克制,不至于立刻发作。一旦驱发蛊虫,周身血气自然翻腾,哪里还压制得住呢……你们前来时,已抱定了必死之心,自己不肯爱惜自己的血肉之躯,又怎怪人家来糟践?"

杨恩冷冷道:"伤心蛊害人害己,才被列为禁毒。同为世人,有什么了不得的怨恨,拼着牺牲施术者自己和蛊母的性命,也要去害别人?"

苏兰泽接下去道:"你木指童子在杀手中已是一等一的高手,说起来也并不缺钱,理应不会接受这样的任务。然而你偏偏接了,还带来了这个山西秦家的人,和那位说不定就来自幽冥门的假伙计……他们不过是为了钱,可让你来杀我的代价,就是付出你和这女子的生命,是吗?"

这句话听起来有些怪,杨恩不禁一怔。

木指童子瞳孔收缩,冷冷道:"你倒知道得清楚!"

苏兰泽笑得十分平和:"你虽然是成名多年的杀手,然而在情感上却比少年还要青涩。谁都能从你的眼神举止中看出来,你对那妇人有着异乎寻常的感情,大约派你来的那人,也正是因为看得出来,才以此来作为牺牲你的条件吧?"

木指童子听她谈起那妇人,不知不觉中,满脸的戾气瞬间退去,望向那死去妇人的眼中,涌起无限的温柔情意,仿佛她不是这僵白的死尸,还是巧笑嫣然的鲜艳模样:"我这一生,受尽人的欺辱和迫害,虽然后来练成武功,人人都害怕我,又有谁是真的喜欢我?唯有她……"

他转过头来,定定地看着苏兰泽,"都说乐神慧超常人,果然连这都看出来了……"

苏兰泽道:"你们分明就是让她先行引起我的疑心,后又将她的心脉震断,用来当作迷惑我的疑阵。我若发现她已死,又怎会再对怀中的孩子起疑心?只有这样你才容易得手……"她顿了顿道,"但凡天下间,无论怎样的英雄,一旦情爱相偕,是可以抛下一切,终生相守的。你们却一个宁愿先死,一个也不肯后活,说明来之前就抱定了必死之志,是因为生时,你二人根本无法厮守……"

木指童子那孩童般的脸上渐渐开始有了变化,鼻梁沟边开始显现出两道皱纹:"是啊,可惜我们无缘同衾,但若死能同穴,此生也就足了。"他的脸上露出奇怪的笑容,"伤心蛊,嘿嘿,天下最伤心的莫过于相爱而别离。不过我也听说,伤心蛊唯一的解药,就是爱……爱别离。我……不要我们分开……所以,请你不要把我们……分开……"

苏兰泽不觉有些动容,看那死去的妇人,但见她死状虽惨,面色却甚是安详,道:"你放心,我方才只是试一试你。生不能同衾,已是人间憾事,我断不会让你们死难同穴。"

"我……我害了你,你还能如此待我们……"木指童子的脸上终于浮起一抹感激,他张了张嘴,想要说什么,但一缕黑线却从咽喉部的薄皮下缓缓升起,经下颌、嘴角、鼻孔,直向眼部穿游而去。刹那间,他的口鼻间沁出黑血,似乎连嘴唇也已僵硬,只发出几个简单的字节,"黄……是黄……"

杨恩动指如风,在他身上大穴连点数下,企图输入一丝真气,然而木指童子的眼耳间也有血丝沁出,头已向一边颓然垂下。

杨恩的手垂了下来:"十八种剧毒……终于发作了……他最后或许是想告诉我们,谁是指使他来的主谋,然而只能说出一个字。黄……是黄金的黄吗?"

"或许他要说的正是黄金墓。"苏兰泽闭了闭眼睛,喟然道,"这座墓如此诡异,也许真的不是只有传说中的黄金宝库那么简单。我突然想起了幽冥门……黄金墓,幽冥门,二者之间,究竟会不会有所联系呢?"

他二人相处日久,心意相通,杨恩点头道:"方才那式'别离千载发如霜',据说是只有幽冥门的主人才会的功夫。不过,这几人的功夫虽然不错,却还比不上传说中的幽冥主人,或许是他的亲传弟子也未可知。"两人都沉默了片刻，然而思绪刹那纷飞，都不由得想起了落梅镇上的张银娘。

"哪个才是幽冥主人？"苏兰泽为宽他的心，岔开话题，指了指那伙计及擅暗器者的尸身。

杨恩摇摇头，道："我当时只急着要救你，一时不及，就下了杀手。况且杀人出动，向来只是领命临时的组合，却并不见得知晓彼此的真实身份，或许两个都不是……"

苏兰泽担忧地看着他："可是你的内伤如今只有六成，这一次强行运行八成，对经脉之伤岂不是雪上加霜吗？"

杨恩已觉心腑间一阵阵气息上涌，颇为难受，然而，当着苏兰泽的面，他还是强行压制了下去："是一点小伤要紧，还是你要紧？唉，早知他们如此狠毒，竟然使用伤心蛊，我就该速战速决，根本不必想留下活口问案。人即使死了，线索也不会死。如此也不会让你……兰泽，不如你先返回我们的住所调养，黄金墓我一人入内便可。现在京畿卫封锁了道路，那些江湖人是进不来的。我……"

苏兰泽笑道："你别担心，我并不惧这伤心蛊，我自然是要跟你在一起的。我只是在想两个奇怪的问题——肯让木指童子及其情人甘为赴死，这主使者定非常人。如果真要杀我，重金聘请十个八个这样的高手，我也就死定了。为何木指童子一定要用伤心蛊？此毒被禁已久，要找到它可并不那么容易；二来，他为什么不用这蛊伤你？"偶然一瞥间，她的脸色突然变了，视线落在那死去的妇人身上。

杨恩敏锐地感知到了她的不安："你发现了什么？"苏兰泽俯下身，拨开那死去妇人头上包着的抹额。

近了看时，她才发现那妇人虽是乡野装扮，尘土满面，然而擦去灰垢后，里面露出的皮肤着实细腻，并不像久惯劳作般粗糙。而最让人惊讶的是，那妇人的鬓角黑如鸦羽，掠上去后，可看出被修得齐整如月的发根，显然并不是真正的乡野妇人。

杨恩摸索着一触鬓角，两人面面相觑，作声不得。此时脚边传来一声低低的呻吟，竟然也将二人吓了一跳。

茶楼中既混进了假伙计，这真正的主人和伙计自然是不知所终。加上镇外道路皆被京畿卫封死，捕头官兵都不能赶来。平安镇上的百姓见这阵势，早就吓得关门闭户，四周颇为宁静，这声呻吟也就听得分外清晰。

两人的目光都投向了那个置于桌下的羊皮袋。袋口被撑开一道缝，半只羊腿伸出来，里面满满地装得是什么？

杨恩指尖一捻，已扣有一枚小小银针，正是方才还击那擅暗器者时，尚留在手中的一枚。

苏兰泽足尖挑起，已将地上一支匕首挑到手中，手腕轻抖，匕锋凌空划出，"唰"的轻响，那袋子应声被一剖而开！

"哗啦"，几根干羊腿先散落在地。随即又是一声呻吟，袋里竟滚出个人来。

那人四肢攒绑，全身弯弓，双目紧闭，面朝地下紧紧缩在一起，宛若将要抬上屠场的猪羊般，若不是那细微的呼吸起伏，几乎便与死人无异。

杨苏二人吃了一惊，苏兰泽拾起匕首，上前斩断绳索。杨恩伸手一探那人脉息，便发现此人呼吸微弱，不过是因被捆绑过久，气血微滞而已，当下便运劲贯入，助他推拿活血。然而这一近前，杨恩鼻端却嗅到一缕淡淡的药草清香。

那人徐徐睁开眼来，似乎有些愕然，低声道："求求你……你们不要……杀……杀我，我告诉我爹爹……我们百草堂会给……给你们钱……"

苏兰泽目光一闪，但见他衣襟下摆，衣褶间垂有一块晶莹剔透的玉璧，下面束有梅花络子，中间镂空，五色丝线绞就一个"百"字。他陡然想起虹姑的话来，杨恩却已先出声问道："你难道是百草堂……百草翁的少公子……百……"

苏兰泽与他几乎同时说出来："百若夜？"

那人此时已缓过劲来，喘一口气，点了点头，微弱道："在下正是……正是……百若夜，你们……你们是？"他不过四十来岁年纪，相貌颇为清秀，或许是因为先前受惊的缘故，面色十分苍白，眼神中时时流露出一种倦怠，带有几分苍凉之意。

杨恩亮出一块腰牌，淡淡道："你不必害怕，我是公门杨恩，奉令前来查处平安镇外黄金墓一案。你与琴绣心姑娘一起失踪，现在怎么会出现在这里？琴姑娘呢？她在哪里？"

百若夜眼中一亮："是三眼捕神吗？素闻您神目如电，绝不会冤枉一个好人……我……我终于有救了……捕神，我……不是我害了绣心……"他急得几乎又喘不过气来，连连咳嗽。

苏兰泽递过一盏茶，他感激地看她一眼："这位难道就是乐……乐神……"

苏兰泽点了点头，道："你如实道来，杨恩绝不会冤枉你的。"

"一年前，我被派往淮中收账，在那里机缘巧合，遇见了绣心……"百若夜倚桌而坐，喝下一口凉透的茶，已恢复了不少气色。说到此处，他虽然脸色仍然苍白，眼中却多了几分羞意，"她说要入京游玩，我便一路随来，因为怕父亲责怪，故意跟家中失去联系。谁知到了京郊，她听说了黄金墓的传说，定要来这平安镇。我阻拦不及……"

"琴绣心果然进了黄金墓？她失踪的时间岂不正是……"

百若夜低下头去："今晚就是月圆之夜，我失去她，已整整一年。"

"什么？"苏兰泽失声道，"你难道不知道黄金墓的凶险？这么长时间了为何也不声张？至少要告知青虹帮让帮中派人前来救她啊！"

百若夜头更低了些，声音也几乎低不可闻："那个月圆之夜，她执意不听我的劝阻，跟了几个江湖上的少侠进入黄金墓中。我不肯进入，他们一起笑话我，但最终还是同意我留在外面，说好一月后在平安镇见面。可一个月后，他们再也没有出现……"

杨恩静静地"凝视"着他，道："你爹爹很担心你，甚至不惜动用了朝中的力量去寻找你的下落，你知道吗？"明知这位捕神目不能视，然而那样的"凝视"虽然淡淡的，却仿佛有一种穿透人心的力量，使得他更不敢抬头："我就是怕爹爹生气，又怕青虹帮怪罪我，甚至找我要人。我谁也不敢告诉，只在这平安镇四周流浪，一直暗暗侥幸地期盼着，终有一天他们能出来，直到……直到上个月，我实在不敢也不想再等下去，就派人向青虹帮送了信，想托他们的力量，把绣心从墓中救出来……可没想到，青虹帮的人首先抓住了我……"

"是青虹帮的人抓住你的？"苏兰泽瞥了一眼地上那擅暗器者的尸身。

百若夜也随着看那尸身一眼，下意识地往后缩了缩："这位抓我的人说……是青虹帮重金悬赏的……他在镇外找到了我，抓我放在袋中，但好像遇上了一件紧急事，来不及将我送到青虹帮，就奔到了这里，然后……然后的事情，你们都知道了……"

苏兰泽与杨恩对"视"一眼,杨恩从身上取出一锭银子来,递给百若夜:"我们有公务在身,不能送你回京。你自己先回衙门投案,待我们查清后必会还你公道。有令尊在,便是投案后也不会有什么苦头,你可放心。"

"不!不!"百若夜急得站起身来,"我不能这么回去!"他连连摆手,"这一年来,我一直自怨自艾,恨自己当时胆小,不敢随她入墓,成天提心吊胆,生不如死!我之所以没离开平安镇,心中也是在暗暗想着,能否等到这一年的开墓之期,亲自进去看看,哪怕死了,也死得瞑目……"

苏兰泽蹙眉不语,只看了看杨恩。

百若夜已经抓住杨恩的手,几乎要跪倒在地,哀求道:"如今捕神既然亲临,就请带我入内,我的武功虽然不算强,但我也不害怕……我要见绣心!我要见绣心!"

苏兰泽忽然问道:"京畿卫早封了来镇上的道路,木指童子是怎么带你们过来的?"

百若夜摇摇头:"我也不知道……他们很少互相交谈,似乎彼此也不熟识,只是临时组合在一起……我被装在袋中,看不到入镇情形,但木指童子好像给京畿卫的人看了什么腰牌,也就没被阻拦……"

"铮铮!"忽有琴弦之声遥遥传来,在这样的薄暮中,宁静如死的镇上,陡然听闻,但觉一种说不出的苍茫凄凉悠悠散开。

杨恩三人悚然回首,但见满地斜阳之间,有一个黑笠黑衫的中年人,正从街道那头踽踽行来。仔细一看,那人竟是琴追阳。

他身后缀有数条人影,一路飞奔追来,然而不及到得他身边,琴追阳回首一瞥,也不见他如何出手,那些人影已经纷纷倒地。

杨恩长身而起,遂又顿住,道:"好手法!听那风声,似乎是青虹帮的独门暗器风兼雨,难得他手法如此之准,每一枚都打在中者的膝弯……大约青虹帮目前在京都的人中,也只有一人有这样的功夫。"

百若夜突然"噫"了一声,站起身来,指着琴追阳道:"他……我认得他,我在京城的一次堂会上见过他,他是琴师,听说是绣心的叔父!他……他怎么也来了?"

此时琴追阳一手平伸,掌心稳稳托有一架样式古朴的七弦琴,另一手轻轻拂弄,竟也自成曲调,正是苏兰泽曾于明府弹奏过的那一曲《葛生》:"葛生蒙楚,蔹蔓于野,予美亡此,谁与?独处……"

苏兰泽不知何时已站在杨恩身边,注目聆听。白衫如雪,衬着她沉思的面容,有一种遗世而独立的隐约光辉。

"叔侄情谊深厚,琴绣心又在黄金墓中,眼下墓门一年一度的开启之日将至,他怎能不前来探个究竟呢?"苏兰泽忽然道,"杨恩,你以前听过《葛生》这支曲子吗?"

"据说三十年前已经有了这支曲子,我很小的时候就曾经听过。"杨恩静静地道,"听说是一个男子为纪念他的亡妻而作。该曲哀伤凄美,意以平凡的乐府曲调,胜过了本朝第一大曲梅曲,被作为思念亲人的挽歌,在各类冥祭仪式上广为传唱。"

《葛生》的曲音幽幽而来,杨恩心中忽然生出一种前所未有的惧意,轻轻叹了一口气,"是怎样的深爱才有这样的力量,纵然是别离也不能让它断绝,还要化作另外的一种方式,流传在这世上?"

琴追阳看上去走得颇为缓慢,然而有如烟雾一般,散入荒凉的野陌之中,刹那间失去了踪影。而另外一条血红的身影,正从镇外旋风一样飞奔而来,尾随而去。

"我们也该前往黄金墓了。百公子,入墓后记得紧跟我们,或许可保你安全。"杨恩向百若夜道,一边下意识地摸了摸握龙头匕的柄首。

既来之,当安之。

月圆如盘,高高悬挂于夜空中。青石铺就的墓道,一直延向那座高大的圆形山丘。墓道宽阔笔直,可供四乘车并肩而驰。道旁矗立有数十尊神态各异的青石守陵兽,神兽面庞狰狞而拙朴,都沐浴在无边月色里,披一身冷冷的稀薄白光。

风吹过墓道前的一排白杨,发出簌簌响声。

路面已经破败，石隙中生满杂草。一只玄色靴子拦腰踩下，微一用力，便可碾断那细得可怜的草茎。一滴清露自茎头落下来，闪动着微弱的水光。

"黄金墓？"喃喃地说出几个字，似乎是从齿缝间丝丝冒出来的，带有一缕不易察觉的欣喜。

玄靴离地而起，靴边掠过一缕鲜红的袍影，在草丛中几个纵落，直向墓道尽处奔去，但那步履却是轻如薄烟，莫说是伤了茎叶，便连草上夜露也没触落一颗。

墓道尽处，是一座占地约百丈，高数十丈的陵丘。墓前立有一尊异常高大的石坊，八角飞挑，三重滴檐，檐下各垂有一串样式奇特的铜铃。借着淡淡的月光，可以隐约瞧见石坊、铃身都刻满了繁复而精致的菊纹。

玄靴略一犹豫，停了下来。距离靴尖不过半丈，沿着墓道延伸过去，便是厚重紧闭的青石墓门。门前的石面十分洁净，似乎未沾尘埃，不知被什么磨得颇为光亮。

他仰起头来，看那轮圆月在天空升起，眼中闪过一抹狂热神情，左手已伸到腰间，紧紧握住了宝剑的吞口。由于太过用力，他的指节都捏得隐隐发白。

"月圆之夜……"声音低到几乎难以听闻，从他嘴里丝丝地吐出来，颇有寒意。红衫如血，映着寒夜凉月，却是说不出的萧索之意。

墓前竖有一块高过人头的石碑，云纹底座，素净光洁。碑面不是墓主名氏，反而密密麻麻，布满字体。

他不必俯首去看，便已喃喃念了出来。

"葛生蒙楚，蔹蔓于野。予美亡此。谁与独处！葛生蒙棘，蔹蔓于域。予美亡此。谁与独息！角枕粲兮，锦衾烂兮。予美亡此。谁与独旦！夏之日，冬之夜。百岁之后，归于其居！冬之夜，夏之日。百岁之后，归于其室！"

那是《葛生》中的词。

"不必百岁之后……绣心……"最后这两个字却是带有温度的，明亮跳跃。

月色在此时突然一暗，一个头戴黑笠的瘦长身影出现在墓道之中，挡住了部分倾泻而下的月光。

红袍人若有所感，蓦地回过头来！

"琴先生，你不顾京畿卫的禁令，擅自进入平安镇，还伤了我好几名手下，我追了你好久，却失了你的踪影。这倒罢了，你如今竟然还敢在黄金墓前露面？"一阵风来，红袍飘忽不定，仿佛一片飘洒的鲜血。冷恶的笑意浮现在他年轻的脸庞上，淡淡地盯着眼前那厉鬼般的黑笠人。

琴追阳的声音仍然沙哑，却透出森然的寒意："我有什么不敢的？这是一年一度黄金墓开的日子，我一定要去找绣心，无论生死。"

江如雪咬了咬牙："京畿卫之令，任何外人不得进入黄金墓。绣心的生死，有我跟随捕神自会查明，何劳叔父操心？"

琴追阳的瞳孔在乱发和黑笠的遮掩中，缓缓收缩："不要胡乱攀认，你留着些气力，到我杀你的时候，也会有趣得多。"

江如雪随意地拂了拂剑柄上的流苏，轻松地笑了："叔父大人……"似乎有些拗口，"我真不明白你为什么要这样对我？我要找回了绣心跟她成亲，我也是你的侄女婿了！你……"

"住口！"

琴追阳冷喝道："我不会让你再见到绣心的！"

江如雪还是笑笑，笑容中有一丝诡意："这可说不定。"他看了一眼那高大的墓碑，"百岁之后，归于其室……有些事，琴先生你是拦不住的。"

圆月渐移，将要挂上中天。

琴追阳冷笑道："那么就让你瞧瞧我这七星夺命琴的厉害！"

"铮铮！"两根银白丝弦应声断绝！随着琴追阳在草尖上迅速移动的脚步，弦身在空中蓦然绷直，原本的绵软化为了尖锐的利器，径直刺向江如雪的咽喉！江如雪翻身向左边躲开，谁知那丝弦如影随形，"嗖"的一声，当中一根已抢先而出，几乎是擦着他的脸颊，如标枪一般，疾速扎入草下泥土之中！

"琴追阳哪来这么高的武功？"江如雪背上一寒，汗意沁出。剑身只在空中划过一道炫目光芒，已向琴追阳疾刺而去！

瑟瑟轻响，琴动五弦。初时冷寒，化为了一团缥缈，仿佛汹涌的波浪，此时便化作了江心的漩涡，无声无息地席卷而来，吸住一切力量，向下、向下……

"砰！"剑气消散，其中真力顿时回弹！闷响声中，江如雪身子也被弹了起来，斜掠向后飞出，当真如一只断翅的红鸦般，终于悄然落于长草之中!

"你——"他强自抬起头来，怒视琴先生，口鼻耳中都沁出血来，十分可怖。

"我?"琴追阳发出一声轻微的笑，苍发披拂，看不清他的相貌，只可以猜测得出，他的脸上正带着讥嘲的神情，"你别再妄想啦!"

话音未落，他已将两根干瘦的手指轻轻按在了琴弦上。按指用力，琴弦发出"嗡嗡"响音，带有森寒的杀气。

江如雪暗暗运气，但受那一击之力，肝腑剧痛，竟然无法聚集真气。眼前突然一花，却是琴追阳指头挑起，另一根丝弦应声而断，破空而来!弦尖一点森然寒意，直奔咽喉!那寒意是如此的沁骨而入，竟连他的一声惊呼都因此被冻凝在喉头!倒是刚才这一运气，牵动内伤，一股鲜血涌上喉头，张口一吐，便喷洒而出!

"绣娘，莫非我再也见不着你……"江如雪眼角余光一转，忽然惊惧交加，失声叫道："有鬼!有……"他舌音滞涩，却再也发不出声来，只是张大了嘴巴。

笛声一缕，幽幽响起。

那一刻他有些疑心：究竟是鬼魂，还是神仙?

他神情不似作伪，琴追阳不由得也转头看去，但觉眼前一亮!冷寂的郊野荒地，那一瞬间大发光明，仿佛集中了所有的月色清辉——不，或许月亮的光芒，仍然是不及她的。

一个白衣如雪的女子从空中徐徐飞来，翩然落于墓道前的青石之上。她掌中执有一管翠绿竹笛，此时正翩然而吹，那优美乐音正是自笛孔中悠悠飘出。淡淡的香气，亦随风逸来。月色下但觉风姿如画，清丽难言，竟然不像是这世间的人物。

她如此之美，前所未见。琴追阳却觉得有一股寒气从心底冒了出来，想都不想，她一跃而起，手指疾速又向琴弦拂去!

白衣女子横笛而吹，一串清音流淌而出，仿佛有谁迎空洒出了一捧滚珠碎玉，飞泻而出的无形力道，斜刺里抢掠而出，已经当头拦住了那根尖利的丝弦!"扑!"一声轻微得几乎听不见的声响，丝弦绷紧的力道仿佛从中被截断一般，顿时软了下来！

"唰！"另一根扎入泥土中的丝弦弹跳而起，在空中划过一道完美的弧线，反向江如雪的喉头绕去！

然而只是迟了这么一瞬间，白衣翩然，如云气从山间轻盈地飘掠！她只是挥笛轻轻一绕，笛端划过唇间，又是一串清音逸出！琴追阳只觉指间一松，那根丝弦又被她以奇妙的音律截断！

琴追阳心头大骇：这琴弦化为利器，以柔转刚的绝技，往往出人意料之外，刚柔并济，又兼以利器与乐音之威，任是怎样的高手，也没有人如她这样随意自如地破解这个绝技！此人除了需要有内力和修为外，还要极其精通音律，特别是深谙以乐驭力的诀窍，才能在乐音转为真气的刹那间隙中，准确出手，击破那稍纵即逝的薄弱一环！

他先前立意要杀了雪剑客江如雪，也是想独力进入墓中。谁知竟冒出这样一个神秘女子，武功又是如此高强。如果让她进入那黄金墓，自己只怕行动更难自如！

想到此处，琴追阳杀意大起，手指用力，在琴面连连拂开！

"铮铮铮铮铮！"剩余五弦的同一端，同时断绝！

琴追阳嘴角露出一缕冷酷的笑意，他左手抱琴，右手五指蓦地拂洒而出，指尖灵巧转换，变化出无穷幻影！

五根丝弦在空中扭曲交织，化作奇特的线条！"嗖"的一声，一根丝弦率先奔出，笔直扎向那女子的咽喉，而另两根丝弦已左右环绕，巧妙绞向她的颈项！白衣女子竹笛挥动，拨开那刺向咽喉的弦尖，就势一绞，缠住了另外两根丝弦！琴追阳冷笑一声，最后两根丝弦悄无声息擦地而出，如出洞毒蛇一般，"嗖嗖"两声，已分别缠住了她的手腕！

他咬一咬牙，力贯右掌，五根丝弦蓦地向外拉开！

白衣女子双臂受力，被猛然拉开，竹笛脱手飞出，啪的一声落入草丛之中。

琴追阳大喜！脸色虽在黑笠的遮掩下看不分明，但也能听见他的牙关兴奋交击的声音，仿佛野兽待人而啮一般。

他毫不迟疑，左手食指伸出，正待在琴面最上端凹处按下！

一声清啸，突然从白衣女子的口中发出！

那啸声穿越夜空，扶摇直上，仿佛一直钻入深远神秘的云霄深处，也有一种穿透人内心的力量，将某种积蓄的力量破坏了，使之在刹那间失去了最锋利的威力！

就在琴追阳心神失守的刹那间，所有的丝弦失去了力度，由绷紧的直线突然软化，在空中飘散开去。白衣女子跃起身来，层层衣衫如同百合的花瓣，在空中蓬然盛开。

白衣女子凌空回转身子，衣袖飞舞间，伸出一只白玉般的手来，五根指尖只在空中虚一捞，已将一把丝弦都握在手中！

琴追阳顿时回过神来，沉身不动，挥手只在琴面一拍！

寒光闪动，却是琴面上的七点绿石脱身飞出，闪动着幽然的绿光，扑面而来！

白衣女子右手再发一招，无形气机自掌心涌出，直向绿光抓去！

琴追阳阴鸷的眼中闪过一抹喜色，却听有人厉声道："当心绿光！"

"啪！"绿光陡然大盛！原先不过是幽绿的七点，此时竟瞬间冒出千头万缕，形成七簇细细光针，唰的一声，无数细绿光芒，向四面八方喷射开来！

江如雪脸色惨白，喃喃道："怪不得这琴又叫夺命琴！原来……原来这就是夺命……"

白衣女子挥袖一招，绿光受真力所吸，尽数入袖。然而噗噗有声，那绿光竟然穿破衣袖！白衣女子蓦地弯腰闪避，绿光几乎贴面飞过，只在袖上留下一片小孔。

琴追阳狞笑一声，喝道："夺命七星，遇者夺命！"言毕身形一闪，径直跃到了江如雪面前，手腕一拂，琴上两根丝弦唰地飞出去，径直缠向江如雪的咽喉要害！另三根脱弦而出，当空绷紧如箭，直向那提醒白衣女子之人的发声处飞去！果然是存了一个遇者夺命的心思！

两根丝弦如毒蛇一般，素白的光影划过夜色，眼看就要缠上江如雪的颈项！江如雪双眼瞳孔睁大，已经染上了绝望恐惧的灰色。

"铮！"

一声琴弦轻响，在这充满了死亡寂静的月夜中悠悠传来。

而两根纤秀修长、骨节均匀的手指，已是掠空而至，几乎是贴着江如雪颈部的肌肤，指节只略微一曲，夹住了那两根细细的丝弦！

江如雪气血凝滞，此时心中一松，猛然迸发出来："啊！"

那是一只苍白而优美的手，从浅灰的袖中伸出来，指甲剪得干净整洁。两指略曲，琴弦在中。三指屈伏，隐于其后，宛若幽兰形状，异常之美。而那屈伏的三指间，露出一缕熟悉的素白，竟是那另外三根袭去的丝弦，这丝弦两端各绷于无名指及中指的根部！此时，那只手的无名指却在弦上轻轻一拂，那琴弦轻响，便是由此而来。无论姿势，拟或弦响，均悠然而自得，浑然一体，毫无懈处。

琴追阳心中突然升起一种恐惧！他经验老到，对于危险的感知，一如山间历经猎阵的老狐。他虽尚未看清情势，但当此情际，也本能地一跃而起，疾速向后退去！

即使是在如此仓促之时，他仍不忘将琴身当空一挥，布下三重劲气！

"崩崩崩崩崩！"五根琴弦，一齐当中断裂！蜷曲的弦身落入荒草，仿佛抽去了筋骨的蛇尸。那五根修长的手指保持着原来的姿势，只是食指微曲，旋即弹起！

有一缕冷风，自指间疾射而出，奇迹般地穿破重重劲气！琴追阳只觉胁下一酸，满身真力刹那间找到一处出口，全部泄去。他手腕酸麻，从不曾离手的琴身居然"啪"的一声掉落在地上。而腰、膝、踝三处穴道上，仿佛一阵微风吹过，血液就此凝滞不行！他再也站不稳身体，"扑通"一声，栽倒在道边草中。

白衣女子俯身蹲下，从草丛中拾起那具弦断石散的七弦琴托在手中。只那一个优美的侧影，江如雪已认出正是霞光楼中，那风神如玉的白衣少年："是你……"他望向那个轻易间便破去琴追阳琴弦之势的灰衣男子，顿时努力想要起来，"下官……下官参见捕神大人……"

"江捕头伤势如何？"杨恩从怀中摸出一只小瓶递给了他，"瓶中是顺气疗伤的和香丹，你受了内伤，先服一丸调理一下。"

"和香丹？这可是上好的内伤用药，"江如雪接过瓷瓶，倒出一粒服下，但觉丹田间有暖融气息升起，伤势果然缓解许多，喜道，"多谢……捕神相赐……"

苏兰泽一手扶琴，一手理弦，灵巧穿梭，顷刻间断弦已全部续好。

"琴……还我……"琴追阳跌躺在荒草之间，嘶哑着声音，伸出双手，固执地叫道。黑笠阴影下，琴追阳的面部轮廓急剧扭曲，那样渴求而又惧惶的神情，像被夺走了生平最亲密相伴的情人似的。

"琴先生，你胆子真大啊，居然还敢无视京畿卫之令，伤了我们的人不说，竟潜入了黄金墓。"苏兰泽看了一眼灰衣男子，淡淡道，"先别说你的琴，且问杨恩如何处置你。"琴追阳神色一变，喃喃道："杨恩……我早该想到……可是先还我琴，我的琴……"

苏兰泽托琴而立，淡淡道："其实我早认出这琴来了，这爱别离之琴原是新罗琴师朴正焕所制。朴正焕于景贤年间随金妃入朝后，多年师从名师，尤擅识琴制弦。听说他一生孤寂，郁郁而终，所制琴虽都为上品，弹出的却多为凄苦之音，不被达官贵人所喜，加上他是异族人，所以声名并不显著。他的这具爱别离，据闻是宫中之物，后来遗失，怎么会到你的手上？还被你镶了七颗宝石，取得个什么七星夺命琴的俗名，这实在是糟蹋了它！"

"朴正焕早死了，这琴……这琴流落民间，为青虹帮所得，虹姑把它送给了我……"琴追阳穴道被制，起身不得，着急道，"她说这琴的名字，取自佛经中八大苦恼之一的爱别离。"

爱别离。

苏兰泽忽觉胸口有如针刺，剧痛蓦然袭来，不由得双手一抖，几乎要将那具七弦琴摔下地面。杨恩感觉到她的异状，敏捷地扶住了她，问道："怎样？"

琴追阳的声音微微一顿，涩滞起来："我也是孤苦一生，唯有这具琴陪在身边……我喜欢这琴的凄清之音，可我不喜欢这个名字，后来我把它进行了改装，又改了个名，叫……七星夺命琴……琴音再美，也比不上琴身实用……实用啊！"

苏兰泽但觉那剧痛越发加剧，先前如针刺，此时却仿佛有千万把小刀在她胸腔里疯狂搅动，她抱紧了七弦琴，喘息道："没……没什么……"

百若夜悄悄看了一眼杨恩，道："先前我在茶楼，也听见了……听见了木指童子的话……苏姑娘这个情况，莫不是伤……伤……发作了？"

"木指童子？"江如雪脸上一变，"我已接到手下报告，说是茶楼发生了搏斗,没想到茶楼死的那人当真是木指童子?还有蛊母……我已经叫他们处理了现场。如此说来,苏姑娘你……"

杨恩打断二人话头,望向苏兰泽:"兰泽,你不是说你有办法将此蛊压制下来吗?"

百若夜见他的脸色陡转苍白,不敢再说,只微微点了点头。

苏兰泽勉强笑道:"偶尔会有发作,不过……不碍事……"她举起中指,放在唇边用力一咬,顿时有黑血流了出来,浓稠似墨。百若夜"啊"的一声,琴追阳却冷冷道:"原来乐神中了伤心蛊之毒。乐神精通医术,所以才用放血之术,不过放血之法只能暂缓一时……"

苏兰泽指尖黑血滴落了四五滴后,血色已渐变淡变红,神情也舒缓了许多:"只要延续更长时日,有获救生机,也未可知。"

她抬头看了看天空,挺直腰身,深吸一口气,向杨恩道,"时辰差不多了,快,我们走!"

"等等!"琴追阳急呼道。

"你的琴!还你!你擅闯平安镇,只怕也走不了,就留在镇上,听候公门发落。"苏兰泽将手中七弦琴抛到他怀中,转身欲走。"不是……不是琴……"琴追阳长喘一口气,道,"请带我进去,我听说绣心在里面……"

杨恩双眉一挑,轻声道:"月上中天了。"话音未落,忽然有金色光芒自墓顶射出,"唰"的一下刺破了夜空的暗蓝!那光芒穿越天际,旋即化为一束弧形光晕,缓缓流转,交错不已。炫丽纯正的黄金光芒,于夜色中分外耀目,在一瞬间几乎迷失了所有人的心神:"金子!是金子的光芒!"

"轰!"

金光笼罩下的地面,忽然一阵轻微摇晃,眼前的墓门轧轧有声,居然露出一道漆黑的缝隙!如神魔裂开的唇,在那样诱人的金光背后,仿佛要择人而噬,隐约似还有喑哑莫辨的狞笑声,自其中隐约传来。

苏兰泽一拉杨恩,举步便待入内。百若夜略一犹豫,慌忙跟了上去。

"让我……让我进去,我家绣心……"琴追阳急切地伸出手,嘶哑着嗓子顺道,"我要去找绣心,她是我唯一的……唯一的亲人……"

衣衫飘动，却是杨恩抢步在前，向墓门一掠而入！江如雪咬一咬牙，负痛起身，跟在后面。百若夜也急步跟上，苏兰泽落在最后，向四周警觉地扫了一眼，纵身向墓中跃去！

忽然，她的足上一紧，似被什么牢牢抓住一般！

她毕竟是个女子，在这荒墓之地，心中多少有几分害怕，不由得厉声喝道："什么人？"

"是……是我……"她低头一看，却见足旁墓道上斜卧一人，左手探出，紧紧拉住了她的裙裾。他黑笠偏歪，露出几绺苍发，脸部掩映在笠下阴影之中，轮廓起伏不平，月光下看去，竟有几分狰狞，此人正是琴追阳！

苏兰泽又惊又怒，喝道："放手！"

琴追阳不肯松手，抬起那张鬼怪般沾满鲜血的脸，哀求道："我要进去！求你带我进去！"

"你是江湖人士，公门办案，怎好带你进去？"苏兰泽厉声道，"琴绣心是死是活，候我们出来便知！"

杨恩的声音自墓中传来："快些！这墓门开启不过半炷香功夫，顷刻就要关上了！"

只听轧轧微响，苏兰泽蓦然回头看时，但见墓门果然重又晃动起来，自上而下，缓缓降落。

当下提足便要向墓中奔去，但才一用力，那琴追阳的手臂却犹自固执地紧紧揪住了自己的裙裾，不肯撤回。

她心头怒起，只是稍一提力，竟然一跃而起，钻入墓门之中！此时，琴追阳身躯在外，尚有半截手臂随着她的裙裾进入墓中，但他居然五指紧扣，还是不肯放手。

墓门下落之势愈急，苏兰泽俯下身来，咬一咬牙，正待撕去那幅裙裾。终是心中不忍，喝道："墓门快要落了，你再不放手，可是不要自己的手臂了吗？"

琴追阳喘息几声，嘴角又沁出血来，呻吟道："绣心她……她在里面……"

黑笠下的细眼中，那一瞬间闪过一道亮光："我要去找她……她……"

话音未落，墓门挟千钧之势，轰然落下！

剧烈的冷风扑面而来，琴追阳绝望地闭上眼睛！就在一刹那间，他忽觉身子已被一股力道掀了起来，腾空飞起，哧溜一声，落在另一片冰凉的石地之上，扬起一蓬微尘，直钻入鼻端！

一种沉郁的气息扑面而来，带着泥土所特有的干燥腥味，但旋即被一种淡淡的幽香所充满，心胸中的不适之感顿时一扫而空。

他心中一宽：苏兰泽终于还是不忍心让他葬身墓门之下，他赌的就是她的不忍心。

他睁开眼睛，眼中渐渐显现出高大巍峨的拱顶、笔直深邃的甬道。甬壁砌满三尺见方的巨大石面，每尺都镶有夜光石，散发出微弱的亮光。在这常年不见人迹，甚至没有任何生命迹象的甬道里，那亮光便显得分外的诡异。沉重厚实的墓门，此时已凝然不动，隔绝了墓中幽暗与外面的荒月清风。

拱顶下最清晰的是杨恩的身影，高挺而俊秀，甚至连那青灰的衣袂上，仍然流连着如此从容、自然的气度，仿佛没有沾上一粒人间的尘埃。

苏兰泽站在他的身边。那微光勾勒出二人淡薄的身形，那种朦胧的美态竟是如此的不真实，却又莫名地让人心中感到安然。仿佛只要这二人所在的地方都是如此温暖，哪怕是幽暗生怖的坟墓，也沐浴在春日的暖阳之中。

"你们要进来，我便带你们都进来。"杨恩转过身，冷然道，"在下与江捕头奉令查办黄金墓一案，也是为了止息谣言，以免更多江湖人陷入墓中。各位入墓后，凡事但请自重，勿要擅自行动，否则不要怪杨某得罪。"

他话语说得虽然客气，但三眼捕神之名早已威动天下。近年来，他虽处于半隐退的状态，但凡出手，破的都是牵涉朝局的大案。而且又有这位乐神跟在他身边充做助手，如今的声名与在朝时相比，只怕还要更显赫一些。

"奉令查办？"琴追阳突然冷笑一声，道，"江湖人物死活，还劳得动三眼捕神大驾？哼，先前那墓外金光夺目，各位都看在眼里。难道对于传说中的黄金宝库，捕神大人就一丝都不想染指吗？"他还是戴着那顶黑笠，一手抱琴，样子委顿。杨恩似乎已解了他膝下穴道，使他能够勉强站稳，但上半身仍然不得自由。

"世上最珍贵的，或许有人看来是黄金，但在我杨恩心中，却不是。"杨恩淡淡扫了他一眼。他的眼神安然而温和，眉间如玉无瑕，哪里有那传说中犀利锋锐、"任你黄泉深藏，我自神目如电"的第三只眼？旁人虽明知他的双目已盲，但当双方视线对接时，那目光中所蕴含的温润风致，并不像其他盲眼一般散淡无神，反而有一种奇异的力量，仿佛要一直投射到内心深处，常常会让对方莫名地自惭形秽起来。

微弱光影间，在那清朗的风度中，总有一种震慑的威严。

江如雪轻轻地喘了一口气，靠着甬壁，挣扎着站起身来。"我们也想和捕神一起，查寻墓中真相。当然理应同心协力，不敢有违捕神之令，更不敢妨碍捕神办案。"百若夜嗫嚅道。

琴追阳阴沉着脸点点头，却疑惑地看了一眼扶着自己的百若夜："这位是……"

杨恩尚未开口，百若夜已抢先答道："在下姓夜，名陌。只是一时好奇，才随捕神和乐神进来的……"

苏兰泽看他一眼，百若夜目中露出哀求之意，他先前在墓外，亲眼见过江琴二人为了琴绣心的拼命激斗，想必是担心引来这情人叔父和情敌的合力追杀。

她并未出声，似是默认了他的新身份。

"此地看起来就是一座墓，我还以为一进来，就会看到满是黄金的宝库呢！"杨恩握住苏兰泽的手，指尖似不经意地在她经脉上试了试，又放开去，微笑道。苏兰泽知道他心中仍在为伤心蛊一事不安，却也不肯说破，随之笑道："奇怪的是，每年的月圆之夜，总会有金光自墓中射出，直冲斗牛星宿。咱们刚才也看到了，偏这墓里一两金子也无，难道是咱们想金子想得眼都花了？"

百若夜颇为好奇，四面打量，却又带些忐忑，道："这墓好气派！"

杨恩若有所思道："是啊，从风的走向来感觉，墓中的结构和高度要远远大于一般富室之墓，便是这青砖……"

他轻轻地拍了拍墓壁，"也是官窑用特殊黏土烧制出来的'雨天青'，坚逾钢铁，不易盗挖。向来只有王侯才能用这砖，没想到黄金墓也有。"

江如雪进来便不停地东张西望，此时忍不住道："难道黄金墓中葬的是一位王侯？"

苏兰泽摇头道："此墓建于三十年前，本朝三十年内共有四十二位王侯，其中有十四人尚在世上，另外二十八人的墓地都在国陵之中。所以，这里不应该是王侯之墓。"

众人转过一处甬道拐角，百若夜忽然轻呼一声，手指向正前方，道："这是……"

道路尽头，竟然是两扇紧闭的石门！门扇镏钉密布，门上当中悬有一只牛角獠牙的青铜兽首，其眼如铜铃，掀孔方鼻，夜光石黯淡的光影投下来，越显得神像狰狞可怖。

苏兰泽在那铜铃般的妖异大眼的瞪视下，不由得往后退了一步，道："地府护卫神的青铜像？这个……不是中土墓中供奉的神祇吗？奇怪。"

江如雪此时已服下杨恩所赠的疗伤药丸，又胡乱地抹去了脸上血渍，倒是精神了许多。他凝神看时，突然叫了起来："这里有字！"

青铜兽首的下颌处，悬有一块小小铜牌。兽首、铜牌上都隐约有斑驳铜绿，唯有中间那几行小字所镌之处，似乎是被人摩挲过，还闪动着晶晶的亮光。

"入我幽冥，付汝魂灵；黄泉不涸，永为墓殉。"

苏兰泽将这十六个字轻声读了出来，所有人的心中都不由得升起一股幽幽的寒意。

"墓主是在警告我们呢，"杨恩抬起头，"望"着那地府护卫神的头像，若有所思，"如果我们进入了这道门，就是真正打扰了他的宁静，他将会把我们的灵魂留下来，永远作为墓主的殉品。"他淡淡地"扫"了一眼琴追阳和百若夜二人，"墓中吉凶未定，且墓室结构层层扩进，越往深处，只怕到时越不易脱身。"

琴追阳阴阴沉沉道："绣心在不在里面，我总要亲眼看了才肯死心。若她真在里面，纵然她死了，也是我们琴家的人，我也要陪她死在一处！"

江如雪仿佛受到了极大侮辱，涨红了脸，大异他平时冷寒孤傲的模样，厉声道："若是她死了，我也决不独活！她说过……"他的眼睛仿佛也变红了，"她说过，若我爱她，便不能与她片刻分离！我怎会将她留在里面？我也自然是要进去的！"

苏兰泽突然"扑哧"一笑，清丽的笑音如清泉汇入冰河，瞬间融化了剑拔弩张的敌意："好一个相爱便不别离！看来二位都是重情重义之人，只怕幽冥界也不肯收。"她仰首看向杨恩，眸中映入微光，柔和如波，"我们可要进去？"

"要去。"杨恩答道，"'月圆之夜，黄金墓启。'只为了这八个字，已断送了多少有贪欲之人的性命。岂能因为几句空话，便有把我们吓回去的道理？"

他放低了声音，"倒是你，兰泽……"

"我们有过约定，你的眼睛一天不复明，我就一直是你的眼睛。"苏兰泽微笑着说道，"那你告诉我，我衣领上印有几枝花朵？说得出来，我就不随你进去。"

百若夜偷偷一瞥，但见她衣衫雪白，领口上面干干净净，哪里有花朵的影子？

杨恩无奈地挑一挑眉，唇边不禁浮起微笑，这笑意仿佛是春天的花朵一样，从心底绽放出来，使得整个脸庞都焕发出一种动人的光辉："我看不见呢！看来你是不能离开我了。"

他伸手推了推，暗中已用了三成力道，但那两扇门竟然纹丝不动，想必是用了什么机关置合。

"兰泽，"他轻声唤道，"你来帮我瞧瞧，这门上机关，一定不会在很隐秘的地方，应该很容易找得到。"

江如雪忍不住问："何以见得？"

苏兰泽已站在门前仔细查探，闻言横了他一眼，道："看这墓主既肯一年开启一次外门让人进来，又放出黄金墓的风声，似乎恨不得多进去几个人作为他的殉品。况且这十六个字如此晶亮，显然是时常被人摩挲的缘故，外面墓道里又没有成形的人体骨殖，自然那些人是很轻易地找到了机关，径直进里面去了。如此推理，当知开门的机关一定是在显眼之处。"

江如雪脸上一热，不敢再说，心中却也一动："捕神、乐神，果然是心思灵动，精细如发，若是我断不会在这顷刻之间，便能推测出这些情况来。"

苏兰泽突然轻轻地叫了一声："在这里！"

她玉雕般细长的手指，遥遥指定了那门上狰狞的青铜兽首。

江如雪定睛一看，失声道："是了！看它的嘴巴！"

"呛！"

他抽出了自己的宝剑！

铜铃巨眼、掀孔方鼻之下，那两根尖尖的獠牙最易吸引人的目光。然而在两根獠牙之间，却是一个指头大小的黑洞，洞边尚遗有一抹暗色的渍迹。琴追阳仿佛懂得他的意思，恰在此时，冷冷地接道："那是血！"

江如雪点了点头，道："不错，这也是一种异族的法术。据说愿意与护卫神结下血盟，护卫神才肯让他进入冥夜地界。"

江如雪的剑刃寒锋薄而轻透，如一片摘下的柳叶，在幽暗间越显雪白。他左手缓缓举起剑来，右手食指伸出，嘴角微一扯动，便将剑刃向那指端落下！

刃风掠过，手指一颤，鲜血如蛇般游了出来，有一滴立即落下地面，轻微地溅开。

他将自己流血的指头毅然塞入了那个黑洞之中。

那洞似乎远而深，连指尖也无法碰到它的尽头。四周寂静，仿佛听得见血液流动的声音。江如雪拧紧眉头，保持着那个姿势半天，突然抽出指头来，叫道："血止住了！"

众人一起抬头看去，但见那门坚如石崖，根本没有任何动静。他又要拔剑出来再割，却蹙了蹙眉，道："只怕是要我们每人都滴些血进去，才算作是我们都与护卫神达成了进入冥界的盟约呢！"

杨恩从腰间拔出一柄精巧的匕首来，柄上还雕有一个小小的淡金龙头。江琴二人看在眼里，心中又是一动："御赐龙头匕！"

但见杨恩手起刃落，已经划破了手指，将伤处堵在了黑洞之中。片刻，血自然凝止，苏兰泽和琴追阳也先后如法炮制。不同的是，苏兰泽借用了龙头匕，而琴追阳居然取下七弦琴上一片残破的木片，干脆利落地划开了自己的指尖。

百若夜咬破自己手指，也将血滴入洞中。

一俟，最后一人的手指刚刚离开洞口，那青铜兽首突然"啪"的一声，当中裂开！众人只觉耳边轧轧有声，镶满镏钉的厚重大门缓缓向两边开启。一股凉意自门内悄然逸出，寒彻入骨，仿佛是真正的幽冥地府之门，已经张开了吞噬灵魂的巨口，正在狞笑着迎接鲜活的祭品一般。

"砰!"

门扇如受重力,忽然向两边生生拉开!

众人但觉眼前一亮,不禁异口同声惊叹道:"天啊!"

一幅只在梦中幻境浮生的华美场景,刹那间活生生地出现在所有人的眼前。

墓顶一轮圆"日",一弯弦"月",高悬空中,照射出黄金雕就的连绵高山,黄金倾就的滔滔江河。山崖极高,河宽且广,仿佛完全突破了墓室的局限,而具备了真正山河的那种巍峨雄奇、一泻千里的气势,栩栩如生。山上树木密生,水边有舟停泊,崖外建有房舍,俱是以碧、白、青、黄四色美玉雕刻而成,且不论制作何等精巧,单看那玉质,远远瞧过去无不是晶莹剔透,毫无一丝杂质!

而就在山之阴、河之背的空处上,竟然全部堆满了各色明珠玛瑙、玳瑁美玉,还有两枝高可丈许的红珊瑚树摇曳生姿,如今市面上三尺高的珊瑚便是有价无市,何况这两株树下还堆满金块,枝丫上都挂满了一串串玉片,无风自动,丁零生音。

这哪里是处于幽暗地底的一处墓室,简直就是昆仑西王母的宝库私园!

在珠宝的豪光照耀下,每个人的脸上无一例外地出现了震惊、迷醉、惊诧、茫然、贪婪等混杂一体的神情。

苏兰泽仍不忘迅速地低声跟杨恩描述一番,叹道:"真美!尤其那四色美玉雕成的房舍,半掩在崖下河边,只露出檐角曲栏,也真是栩栩如生。"

百若夜激动过甚,竟然双腿一软,坐倒在地。江如雪站在一旁,想去扶他,但他全身瘫软如泥,哪里扶得起来?

"啊!"竟然是杨恩第一个忍不住,拔足向着近在咫尺的宝库奔去!

江如雪脱口叫道:"等一等!"身边另一条影子掠过,在那交错的一瞬间,通红的眼睛在黑笠下分外清晰!

琴追阳的穴道解开了?

"轰!"江如雪的脑中也是一片混乱,尚存的一丝理智灰飞烟灭,满目满心,顿时全被金珠宝光充满,脚下情不自禁,已是轻飘飘地向前跑了起来!

杨恩双臂伸出,左手指尖眼看就要碰着那黄金山脉,忽然手在空中一顿,仿佛已被什么东西当面挡住!

而与此同时，杨恩足尖所着的地面陡然下陷，露出一道幽深的坑道！青石砖面砰然破裂，带着杨恩双足，纷纷向着坑底落去！

江如雪足尖一软，踩在坑道边沿！土石滑落，他难以收力，身体不由得随势向坑底滑下！珠宝光芒，反映出坑底的闪闪亮光——不用多看，他便知那是金属的反光！恐怕坑底布满了这种尖锐的利器，每一柄都是稳稳当当的刃尖向上。还有一股恶臭到了极致反萌生出的软滑腻甜的气息，自坑底飘扬而上，几乎令他完全窒住了自己的呼吸。

难道要葬身于这黑暗的坑底？被千万根利刃插透身体，从此化为这气息的一部分？

熟悉的青灰衣袖飘然拂过，袖中伸出一只修长的手掌，伸缩之间，疾如闪电，已紧紧揪住了他的衣领！

"砰！"江如雪感觉到自己被重重地抛落在地。"砰！"又是一声！

他睁开眼来，恰好看见苏兰泽手臂扬起，收回长长的素白绫帛，重又缠回臂上。

琴追阳倒在他的身边，狼狈不堪，但令人惊奇的是，那顶黑笠居然还没有脱落。而在苏兰泽的身边，站着的正是杨恩。

"快走！"杨恩一把拉起百若夜，沉声道，"这里站不得了！"江如雪和琴追阳几乎是连滚带爬地奔到了杨恩的身边，眼见得那紧挨着黄金宝库的地面，在此时浑然裂开一道宽可丈许的大缝，而地底又仿佛潜伏着巨大神灵，不停地撞击四周，于震耳欲聋的"哗啦"声中，所有的砖石土砾正大块大块地坍塌下去。

苏兰泽伸臂挥舞，绫帛当空天矫，有如一条蜿蜒白龙，异常灵捷地穿越墓道而去。江如雪这才看清，原来墓顶也同宫殿一般，竟然还搭建有木梁。苏兰泽将绫帛穿过那些梁角，灵巧数挥，已将帛端绕稳。她的手腕旋即用力，身形借势飘然而起，轻如蛱蝶一般，从那些翻涌的地面上一掠而过。

杨恩首先抛起百若夜，又一把抓住江如雪，向空中掷去！

他看似温雅，但这一抓一掷，快如闪电，用力刚劲，竟把这七尺之躯的江如雪当作婴儿一般轻巧扔起。江如雪心中骇然："据说捕神受过极重的内伤，武功大打折扣。可就以这样的本事，要取我性命也是易如反掌！"

苏兰泽在空中已先后接过百江二人，只在肩上一提一按，力道巧妙转换，已将他向宝库之后那处空地推去！

杨恩伸手又来抓琴追阳，却被后者粗鲁推开："金子！金子！"琴追阳远远看着那堆耀目金珠，眼睛几乎要喷出火来，"这样一路坍下去，岂不是要把我的宝库给活活吞没了吗？"

"你若死了，给你什么金子也白搭！"苏兰泽气怒交加，喝道，"真是利欲熏心！不用管这人了，杨恩你快走！"

"琴先生，放心吧，这宝库是夺人魂魄的诱饵，墓主才舍不得毁了它呢！"杨恩并没有动身，反而一边侧耳聆听，一边以手比画，摸索着指给琴追阳看一路塌下的痕迹，"你看，这样的天翻地覆也没损着山河半分，肯定是有人为之，再说这黄金山河是给墓主的享用，他又怎么舍得让机关将它们毁去？"

琴追阳定睛一看，一颗心终于放了下来，咧开嘴道："果然……"

一言未毕，腰上已被杨恩击出一掌，整个身躯飘飞而起，苏兰泽在空中如法炮制，将他也送到了安全之处。

"轰隆！"

杨恩足下最后一块空地也在此时陷塌，他的身体疾速下落！苏兰泽惊叫一声，绫帛飞速滑开，整个人已是凌空扑下，左手执帛，右手一把便抓住了杨恩的左手！

"快走！"她咬牙说了一句，运力左腕，已将身体迅速升起。杨恩紧紧握住她的左手，足尖在最后一块将坠未坠的地砖上蓦地一点！借力反弹之际，两人心意相通，身躯相向，单手相握，有如双飞大鸾般齐齐于空中旋转而过，稳稳落在空地之上！

此时，无数块巨大石板当空落下，顿时将那处翻覆的天地铺满。而几乎是在同时，璀璨的宝库唰的一下，有如幻影般疾速消失在石板的那一端。

"轰隆隆！轰隆隆！"唯有地面坍塌的声音透过石板，仍是隐约传来。

"不要！"突然有人尖叫一声，冲到石板跟前，竟趴了上去！一看，这人是琴追阳！

"宝库！黄金！我的宝贝珠宝！都去哪儿了？都去哪儿了？"琴追阳整个人伏

在地上，疯狂地扑打着那些石板，"杨恩！你骗人！你说这些黄金珠宝不会被毁掉的！它们都被石板压得粉碎！我一样也没抢出来！这都是我亲眼看到的……你们赔我金子！赔我金子！"

江如雪冷笑一声，嘲讽道："口口声声要与琴家人死在一起的好叔父，居然会被黄金所迷！黄金江山，珠玉在侧，哼哼，当然是比侄女重要得多了！"

琴追阳扭过头来，恼羞成怒，哼道："方才面对黄金，谁又不曾扑上去过？连捕神都不例外，你也不过是晚了一刻而已！"

江如雪一时语塞，倒是苏兰泽冷冷道："你们利欲熏心，以为杨恩也跟你们一样吗？如果他当真迷乱了心智，试问江如雪那一跌之下，又是何人就近将他拉起来的？"

杨恩却仿佛并没有在意他们之间的争执，只是伸出左手，拇指与食指的指尖互相缓缓摩挲，若有所思道："那是什么？"

"什么？"苏兰泽疑惑地问道。

"哦，"杨恩回过神来，"这黄金江山，珠玉在侧，但凡是人，一见那宝库，自然忍不住对黄金的贪欲。"他自嘲地一笑，"可惜，我却是个盲人。"

"啊！"众人恍然大悟：杨恩目盲不能视物，这黄金宝库再是如何华美璀璨，他不能亲眼所见，自然所受诱惑就大打折扣了。

他淡淡地一笑："倒是琴先生的解穴功夫颇为一绝，若不是您见着这黄金库大为失态，我尚无暇查知，原来您的穴道早就被自己冲开了呢！"

琴追阳满头乱发，黑笠也歪向一边，怒道："这墓中险象环生，我有武功在身，当可自保，有什么不对？"

杨恩点了点头，居然也没有再补点穴道的意思，道："琴先生，你先别失望。那些金子并没有被石板毁掉。"

琴追阳固执而恨恨地盯着他说："你骗人！"

杨恩忽然一跃而起，整个人直跃向高高的室顶。那假造的"日""月"并没有受到刚才剧变的影响，仍然悬挂不动，在这幽暗洞室里，光华四射，如真正的日月一般。

他挥袖一拂，似乎有光影掩住，如云霭飘浮过月面，众人只觉眼前一亮，琴追阳"啊"的一声，惊喜交加，叫了出来！

但见满目金辉，却是那黄金山河竟然平地而生，赫然出现在众人的面前！

琴追阳脚下一动，便要扑上前去！忽觉眼前一动，真气破空，拦住了他的身体。他反应迅捷，当下跃身而起，反手已抱紧了手中的爱别离琴，转头看时，却是杨恩翩然飘下地来，正挡在他和黄金山河之间。琴追阳不禁大怒："杨恩！你想独吞黄金吗？"

杨恩摊了摊手，代表自己并没有动武之意，道："没有黄金，何谈独吞二字？"

"那……那不是……"琴追阳一指黄金山河的方向，突然呆了！苏兰泽敏锐地投过目光，失声道："有人！那玉舍旁边有人！"

在黄金铸造成的山崖与河流之间，那四色美玉的房舍旁，竟出现了一个人影！

珠光刺来，所有人的视线都有些模糊和眩晕，但仍隐约看出，那人影曼妙婀娜，分明是个身着红绡的女郎，她长发披拂，手中似还执有一物，于四色美玉雕成的房舍旁款款而行。众人虽看不清女郎的面貌，然而仅看那女子的身姿形态，便有翩若惊鸿之美，笼在珠玉的光晕里，有如烟霞中的仙人。然而再仔细看时，却见那女郎竟然是没有足的！下半截裙裾到了足边就消失了，却仍然凌空飘行，分外诡异，令人心中直冒出一股寒气。

百若夜猛地向后退去，背紧紧抵住壁角，叫道："女鬼！黄金宝库里有女鬼！"

他大骇之下，声音尖锐失真，蓦然响起时，直刺得人耳膜沙沙作响，更平添了几分恐惧之意。

那一瞬间，随着他的尖叫声，甚至连悬在室顶的"日""月"光芒也稍稍一暗！那座黄金宝库连同红绡女郎的身影，也在这瞬间消失得无影无踪，只留下那片石板地面。琴追阳揉揉眼睛，不甘心地冲上前去，用脚踩踩，用手拍打——没有，什么也没有，每一块石板间都严丝合缝，似乎什么也没有出现过。

江如雪也呆呆地站在那里，几乎不敢相信自己的眼睛。

只有百若夜缩在壁角，全身发抖，径自喃喃道："鬼……鬼……鬼……"

杨恩拍拍他的肩，却把他吓得跳起身来，叫道："女鬼！"

"没有鬼，"苏兰泽一直凝视着黄金宝库消失的地方，道，"那只是一个幻影罢了，或许是一幅画，或许什么也没有。包括这个黄金宝库……"

琴追阳蓦地转过头来，疑惑地盯住了她，黑笠下发出两点幽幽的光："你说什么？"

苏兰泽看着杨恩，杨恩微微一笑："是的，真的黄金宝库并不在这里。"他的眸子在"日""月"的照耀下，闪动着温润而智慧的光芒，那么真实，仿佛并不是如传闻中，仅仅是在瞳孔表面覆上了一层鲛晶，"各位太过于相信自己的眼睛，我没有眼睛，只能凭借自己的心去感知。"他抚了抚自己的眼睛，"万物都有自己独特的气息，哪怕是无知无识的死物也一样。如果在你的面前多了一样东西，它一定会阻碍左右穿行的无形气息。那么，哪怕你闭上眼睛，一样会感受得到。"

他顿了顿，"我听到了你们的惊叹，可是我感受不到我的面前有什么黄金宝库。不，是空荡荡的，有气息在那片空间中暗暗流动，并没受到任何阻碍。

"我一听你们惊呼，便大胆率先奔上前去，正是为了要看看其中的花招。再说有兰泽在旁，我也自有照应，并不担心。可是在我奔上前去时，我从你们的叫声中，已经知道我快要触着那宝库中的物事了，然而那一刻，我只觉指尖无感，居然触到了虚空！"杨恩摩挲着他的指尖，"我知道变数马上就要发生，暗中做好了撤回的打算，这才顺手救回了江公子。"

"捕神大人，那……或许是黄金山河四周的地面设有机关，我们奔上前去时触动了机关，就自动将黄金山河藏在了地底！"江如雪突然反驳道。琴追阳精神一振，也顾不得江如雪是他眼中的"登徒子"，忙道："正是！或许是藏在了地底！"

杨恩还是淡淡一笑："黄金山河消失时，我同样有一种奇怪的感觉，就是我完全感觉不到，那样巨大的黄金山河，在蓦然消失在地面之下所激起的劲风和气息。综合种种，只有一种推断，就是这黄金山河并没有真正存在，存在我们面前的只是一层逼真的幻影而已！"他见众人将信将疑，便指了指头顶的"日""月"，"难道大家没有发现，这'日''月'有什么不同的地方吗？"

众人不禁都抬起头来,向头顶望去。

墓顶由坚固而紧密的石条砌成,中间没有丝毫的缝隙。唯嵌有日月之形的这两块地方分外盈透,散发出夺目光芒。

杨恩道:"进来时,兰泽便已将里面情形给我描述了一遍。她说这日和月,似乎是由琉璃制成,所以光华流转,有若真正的日月。"

"我却想到,但以本朝历代修建墓地惯例,所有王侯以上的贵人,墓室中也会布置有'日''月',但用的多为黄玉之类,因为它雕琢出来的光芒更近似于真正的日月。以这墓中的黄金山河的壮美奢华,理应选择更珍贵的黄玉宝石之类来充作日月,岂不是更加璀璨逼真吗?为什么一定要选择并不贵重的琉璃呢?"

众人抬头仔细看去,果然隐约看出琉璃的质地来,与黄玉相比,的确是清透了许多,却欠缺了凝重内敛的光华。"所以……"江如雪缓缓道,"大人方才跃起身来时,实际上是去探摸这'日''月'的虚实。"

"不仅是这样,"杨恩答道,"我还发现,它们都是可以活动的,背面安装有调整的机栝,可以任意倾斜那两块琉璃的角度,当然也就改变了光芒照射的方向。所以我想,我们方才所见到的黄金山河并不是真正的黄金珠宝,而只是从某个角度射过来的虚幻的影子。也许是当我们踏入它的附近时,触动机关,地面就会发生剧烈的变动,而这种变动又触及了'日''月'背后的机栝,琉璃倾转,原有的影子无法透过琉璃的日月,照射到地面上来,我们也就看不见黄金山河。"

众人都以一种难以置信而又钦敬的眼神看着这个徐徐道来的男子。他的眼睛看不见,却似乎比所有人更具一双清明的慧眼。

他微笑了一下:"这个道理并不难想透。只是,一来各位太过于相信自己的眼睛,却忽略了最切实的感觉。二来各位有太想得到黄金的心,也不肯接受这黄金山河居然是一个幻影的事实。"

"或许……或许真的是这样,"琴追阳咬了咬牙道,"可是……难道我们这么多人的眼睛,还比不过你一个没有眼睛的人吗?"

"住口!"江如雪与苏兰泽几乎是同时叱道。

但杨恩并没有发怒,只是无可奈何地笑了笑:"我还有一个证据。"他站在原地,几乎与琴追阳是在一个笔直的线条方向上,指了指前方,"琴先生是在这里看到那个女郎的,对吗?"

琴追阳点了点头,脸上浮起迷醉与恐惧相杂的神情:"她行走在玉舍前的模样……像神仙,又像鬼魅……"

杨恩道:"但不知琴先生有没有记起,最初我们一起进来,看到黄金山河的地方并不是在这里,而是在那里。"他抬起手来,准确无误地指向偏南五步之距的地方。

琴追阳狐疑地盯着他:"不错,那又如何?"

江如雪脑中忽然灵光一闪,大声道:"大人!属下明白了!"百若夜听得入了神,连忙问道:"江捕头明白何事?愿闻其详。"杨恩赞许地颔首示意江如雪说下去,江如雪鄙夷地扫了琴追阳一眼,道:"那黄金山河中建有此崖,崖壁高峻陡峭,有如真正的山崖一般。那四色美玉房舍,就掩藏在崖后河边,地势曲折幽深,只能从正面的角度,方能看到房舍之前的景象!"

苏兰泽淡淡道:"琴先生,你难道还不肯明白?你先前看到玉舍的角度和后来看到玉舍的角度,根本相隔甚远。也就是说,你两次看到的都是黄金山河,然而这黄金山河的方向却发生了变化。若不是通过琉璃透出来的幻影,哪能在片刻之间,在没有触及任何地面机关的情况下,发生这样大的位置错移呢?"

"而且大人方才跃上去时,一定是趁机推转了'日''月'琉璃的折射方向。"江如雪的话语一出,杨恩立即点头,"不错,因为我也想通过事实来验证,一个瞎子的真实感觉是否一定超过了明眼人的眼睛。"

"可是那个女鬼……"百若夜突然叫起来,打了个寒噤。

"兰泽先前不是说了吗?"杨恩拍拍他的肩膀,安慰道,"或许正因为我改变了琉璃透光的方向,所以将琉璃背后其他地方的东西也折射过来,重叠地印现在黄金山河的幻影上。那女子或许是一幅画,或许是一个人偶,所以才会有世间女子寻常并不会穿着的红绡衣裳……"

"那我们该怎么办?"琴追阳失声叫道,紧紧地抱住了怀中的七弦琴,"原来这墓中根本没有黄金!原来那个传言都是骗人的!我们被骗进来了,我们该怎么出去?怎么出去?"

他的声音古怪而尖利,不知是因为恐惧还是失落,有些微的失真。

"琴先生进来，果然不是为了绣心。"江如雪鄙夷而嘲讽地斜睨着他，"你既然是为了金子进来，不如就找到金子后再出去吧！绣心有你这样的叔父，真是可怜！"他看着琴追阳的神情，似乎找到一种奇特的快感，继续说下去，"我们是奉令前来查案的，所以一定不能离开。这黄金墓机关重重，几十年中进来的人没有一个能够出去。所以，我们或许真的不能出去了呢，琴先生。"

最后这一句话，似乎有寒意升了上来。

苏兰泽往后退出一步，轻轻拉住了杨恩的胳臂。不知为何，她忽然想起那一片血红的花朵来，心中竟有片刻的安慰："《葛生》中说，'百岁之后，归于其室。'如果当真不能出去，也不过是将人生百岁的光阴，现在就移到了这黄金墓中。能跟他在一起，是在外面还是在墓中，又有什么关系呢？"

琴追阳的手微微发抖，到后来抖得越来越厉害，几次似乎要把琴面按得要凹陷下去。杨恩忽然道："我曾听技神张白石讲过，说是所有贵人的墓室一定都建有通道。因为墓主希望死后的灵魂还能通过这个通道，能时时游走回到人间，重温生前的繁华。至于黄金宝库吗，或许真有黄金宝库，就是那片黄金山河。"

所有人都一怔，似乎已理所当然地信任了他的每一句话，本来或失落或隐约沮丧的心中，又有了希望的影子。

江如雪脱口而出："大人此话何意？"

杨恩目"视"琴追阳，缓缓道："因为纵然那黄金山河只是一个幻影，可这幻影不是无根之木，总要有一个本体，琉璃不过是将它的形状折射出来，那它的本体，可能就是传说中所说的黄金宝库！"

琴追阳喜道："是极是极！我怎么就没想到这点？"

江如雪哼了一声，道："或许那本体只是一幅画呢？"

苏兰泽道："不，若是琉璃折射的是本体的影子，则本体绝不会只是一幅画。因为天底下并没有这样高明的画师，能画出如此光芒璀璨的黄金山河！"

众人回想先前所见景象，那些黄金珠玉的氤氲宝气，果然不像是画笔之工。

虽然各人入墓的原因并不相同，但人内心深处，对于黄金的渴望和占有欲并没有太大的分别。此时听说果真会有宝藏的存在，众人不由自主地都振奋了起来。琴追阳的手果然没有继续发抖，百若夜也长长地吸了一口气，问道："那接下来怎么办?"

杨恩只回答了一个简单的字："走。"

苏兰泽跟在他身后,二人向墓道深处缓缓走去。百若夜是吓怕了的,此时更是紧紧跟随,不敢落下一步。

倒是江如雪叫了一声："捕神大人!这琴……琴先生向来狡诈,他的穴道又已经解开……"

杨恩并未回头,唯有声音淡淡传来："无妨,有一处穴道叫巨阙穴,他是不敢自行冲开的,他的功夫顶多自保,伤人却是不能。若没有我独门秘法,自行解穴,极易冲击肝胆,震击心脏而死。"

江如雪如释重负,跟了上去。琴追阳却是陡然黑面,恨恨跟在其后,闷声不语。

江如雪讽刺了琴追阳几句,心情大畅,突然之间,却又想起一件事来："杨恩说,但凡是人,一见那宝库,自然忍不住对黄金的贪欲,所以眼睛反而会蒙骗我们心。我们五人之中,我和那姓夜的还有琴先生都大为失态。杨恩他是因为目盲而避惑,苏兰泽呢?她从头到尾也没有被黄金所打动,难道她就不是凡人?"

一路行走,众人虽然提神戒备,却再没有触动什么伤人的机关。心怀放宽后,便觉墓中虽然阴寒了些,但并没有湿水渗入,通风尚算透畅。道路也甚是宽阔,若不是光线幽暗,几乎可当作是一场普通的散步了。

江如雪陡见前方拐角处隐约又有亮光,忍不住又道："怎么那里如此明亮,难不成也是有个宝库?"

苏兰泽脚步快捷,迅速转过壁角,突然一怔,站立在那里,任由光线照映,把她的身躯拉成一道长长的投影。

杨恩敏锐地感觉有异,快步跟上,问道："兰泽,怎么回事?"

所有人的脚步突然都不禁一滞:自拐角处起,地面已由青石砖面奇迹般地换成了清一色的碧金凿花琉璃砖,色色相嵌,严丝合缝,仿佛一大块天然绚丽的琉璃地面,虽然比不上那黄金山河令人瞠目,却也堂皇富丽,巧夺天工。

甬壁、墓顶全由琉璃镶嵌，夜光石也换成了十余颗真正的夜明珠，每颗足有鸽子蛋大小，晶光闪耀，照得此处犹如白昼。

更令人惊骇的是，在这天宫般华美的墓室中，墓道两边却整整齐齐地排有两行骷髅，四周落满了衣衫腐朽的碎片，只留下灰白骨骼，森森怵目。且这些骷髅全部是作跪行之姿，双手反按于头顶，高高扶起一盏双耳螭龙形白玉灯。灯中油膏有如琼脂，尚只燃去小半盏分量，灯焰却是分外明亮，边缘带一小圈青色光晕。

江如雪喃喃道："这……这……这是哪里……这灯真是邪门了，不知燃烧多少年了，居然还没有熄灭。"

杨恩一直在听苏兰泽小声描述情景，此时恰好听完抬起头来，便答道："大约是东海人鱼膏熬制的灯油，人鱼发捻就的灯芯，据说可以燃烧一千年不熄灭。"

琴追阳突然插话道："只有王公贵族才会有这样珍贵的灯盏。何况还有那些黄金山河，那些青砖……看来这墓主身份非比寻常啊！"

杨恩道："琴先生和雪剑客二位都是江湖名宿，见识广博，不知可否知晓这黄金墓的来历？"

江如雪摇头道："不知道。我听闻黄金墓一事，还是绣心告诉我的。我再问她时，她也语焉不详了。"

琴追阳厌恶地看了一眼四周的骷髅和灯盏，道："我也是从绣心那里听来的。她是江湖第一美人，追逐者们为了博取她的欢心，是什么都肯说的。而青虹帮的最大长处也正是在于打听讯息，作江湖各派之斥喉。如果连她们都不清楚，我想不会有人知道得更多。"

"这就奇怪了，"杨恩静静地道，"如果墓主藏宝于此，理应保守这个秘密，又何必流传出去？纵然是不慎流传出去，又为什么要在墓门设下机关，每年都让人自由进入？"他伸手入袖，取出一管翠绿的竹笛来，轻轻抚摸。笛端翠色，竟泛出玉的光润，显然是常受到他的抚摸之故了。

苏兰泽当真胆大得很，并没有一般女子的柔弱娇怯，竟然走到那些捧灯骷髅跟前，一具具地仔细看过去。

江如雪只看得一眼，便觉那些骷髅面目可憎，齿牙龇出，仿佛随时会择人而啮，心里一阵怦怦乱跳，慌忙扭过头去。

百若夜忽然叹道："谁知无定河边骨，犹是春闺梦里人。这些人留在这里，他们若是有心上人，也一定在等着他们回去。哪想到一旦分别，却是永远都不能再见了。"他"咦"了一声，问道，"苏姑娘，你的脸色怎么这样难看？"

苏兰泽在听到这几句话时，心中一动，但觉一种哀伤之意，无可抑制地从心底冒出来，宛若尖刀，刺得痛彻心扉，几乎站立不稳，便要蹲下身去。

她心知百若夜这几句话引发了伤心蛊的毒效，当下再次咬破中指，果然这次滴出的还是黑血。琴追阳一直凝视不语，此时忽然道："哼，伤心蛊毒乃是一个苗人女子所创，本来是为了报复对她始乱终弃的一个汉家男子。听说相爱而别离后，多有情侣自残以疏解心头的痛苦。爱及至深，与中毒又有什么区别？唯有刺骨的疼痛，暂缓一时，"

江如雪全身一震，道："伤心蛊？难道会厉害到连苏姑娘都解不开吗？"

杨恩早上前将她扶住，关切地摸索着抚上她的手，问道："怎样？"

苏兰泽微笑道："不要紧，控制得住。"

琴追阳冷笑一声，道："伤心蛊之毒，世所罕有。姓江的小子才吃了几年米饭，自然只闻其名，却并不了解此毒的厉害。苏姑娘精通医术，自当是已经用黄连堵住了伤口，又施以放血之术来控制痛苦。只是放血之术，仅能控制三次发作。苏姑娘已发作两次，再有一次，又当如何？即使放血也无济于事，便要忍受极大折磨。这种生不如死的痛楚折磨，就算忍受得住，但一年之后，黄连也会失效，那时即使不死，却比死还要令人疯狂！"

杨恩的脸色已越来越沉，到最后，沉默半晌，才放柔声音，向苏兰泽道："兰泽，琴先生所说，正是伤心蛊的可怕之处。可是你……你不是说你还有办法吗？"

苏兰泽身子微微一晃，哀伤的表情一闪即逝，低声道："是的，我有办法。只是我现在不能做！"

杨恩眉宇间露出焦灼来，道："兰泽，你先回去调养……"

苏兰泽咬了咬牙，抬头微笑道："现在回去，也没有用。那个法子……一年后再说……"

百若夜也颇为焦急，道："苏姑娘，解毒救命，刻不容缓！怎么还能再等一年呢？"苏兰泽看他一眼，答道："你看，墓门已合，就算让我出去，我们也得寻找出路才行啊！"

江如雪却被琴追阳所描述的中毒之状惊得目瞪口呆，喃喃道："伤心蛊，这名字取得真好，伤心之毒，也唯有黄连之苦可以暂时遏制，或许还要流出几滴热血，亦能缓解一二。但这样不过是暂时之举，一个人真正伤心，那是什么药也治不了的，到了后来，终于是心灰如死，心冷如雪，虽生犹死，变成一具行尸走肉……"

杨恩突然打断了他的话头："兰泽，看看地上有什么物事？我闻到一丝异样的气味。"

"气味？"江如雪耸了耸肩，"这里通风很好，没有什么腐败的味道啊……"

苏兰泽目光四面一扫，突然停住了，叫道："怪哉！"

她从袖中取出一只薄如蝉翼的素白手套，戴在手上，这才蹲下去，从地上拾起一根细小的白骨来。若不是她目光如炬，其他人竟没有发觉。

所有人都屏息盯住了她的那只手套，手套似乎是由某种极细的银丝织成，细密光华，套在修长的手掌上，处处熨帖，宛若只在掌外附上了一层皮肉。

"这是一根人的无名指骨。"她举起那根白骨，递到杨恩的面前。

惨淡苍白，骨枝森森，指节处还残留有灰白的腐肉。

江如雪一阵作呕，急剧掉过头去。琴先生的身子也微微一晃，百若夜急道："快丢了它！当心有尸毒！"

"没事，"苏兰泽手指曲回，慢慢摩挲那指骨，道，"它是自然腐烂，并非中毒。再说我戴了银丝柔，就是腐蚀性极强的天水也不能透过。"

杨恩不知何时也戴上一只这名为银丝柔的手套，接过那根指骨来，抚过骨根："唔，骨面参差不齐，不是利器斩断的，倒像是被人生生拗断的呢！"

苏兰泽凝神注视："残存肌肉略有腐烂，但仍未烂到脱骨，说明这根指骨被截下来的时间不到月余。嗯，指节纤细，指端又不甚长，死者生前定然养尊处优。"

"黄金墓中如此排场，墓主生前一定非富即贵。而且我一路看过来，见四处墓角的泥土都十分干燥，甚至没有虫蚁出没，说明当初择地之时，必是一块上佳的风水宝地。我刚才一一看过了，排在最后的这几具白骨居然还微有湿润的感觉，岂不是很奇怪吗？一来，在这样好的风水宝地中埋葬，即使是人殉，没有好的棺木收葬，在短短的三十年时间里，也是不可能腐烂得如此彻底，毫无皮肉，仅余骨殖。二来即使是烂成白骨，也应是枯干之极。除非……"

她看了看手中的白骨，若有所思，"除非这是刚死不久的人骨！"

苏兰泽道："还有一件事情非常奇怪。我仔细看来，才发现这最后的两具白骨，居然都失去了左手的无名指。"

果然！那高举人鱼膏灯的左手骨，只残余了四根骨枝，安然地置于骷髅头顶。

琴追阳不禁退后一步，江如雪更是吓得叫了起来："乐神姑娘！你可不要吓我们！"

苏兰泽似笑非笑，站起身来，悠悠道："更吓人的，我还没有说出来呢！"

江如雪结结巴巴道："什……什么更……更吓人的？"

苏兰泽指了指那两排骷髅，道："你瞧瞧他们，虽然化作骷髅，可是全身骨架居然未散，可能是生前便服下一种药物，这种药物进入骨骼之间化作粘胶，即使骨筋烂断，那胶仍能将骨枝黏合在一起。这倒也罢了，那些骷髅端端正正地排在两边，除了最后这两具丢了无名指外，其余的一根骨头也没丢失。"

她指着杨恩手中的那根白骨，"可这根多出来的无名指骨，又是谁的？"

他们的一言一语，在高大的穹顶上嗡嗡回响，恍若冷风，一丝丝直钻入人的骨头里去。

那风，是不甘身死的亡灵，还是隐伺暗处的厉鬼？

"我……有些气息不继……"百若夜的脸色苍白，哀求道，"我们快走……这根骨头……"

"没事，"杨恩安慰道，"墓室阴寒，疑心生鬼，其实此时的白骨生前也是我等一族。生与死，肉体与白骨，不过是两种不同的存在方式而已，人人将来都会如此，又何必将他们视为异类呢？"

他语音虽然安然平淡，听在耳中，却有一种抚慰人心的力量。

杨恩用一块手帕包住指骨，放在腰间皮囊之中，又将手套一并取下，交给苏兰泽放好："只是，这根指骨是从何而来呢？"

所有人的目光，一齐投向了墓道的尽头。

由两侧骷髅人鱼灯引导向前的墓道，宽广华丽。琉璃光转，一直延伸到墓道的尽头，依稀看清那里是一间较为广阔的墓室。

杨恩和苏兰泽对视一眼，提步走上前去，其余人紧紧跟上，唯恐落下一步。四周静寂，听得清灯火在膏油中燃烧之时，发出轻微的滋滋声。

"入我幽冥，付汝魂灵……"

忽有一缕幽幽的声音，在墓道间悄然响起。于寂静之中听来，尤觉可怖之极！

百若夜"啊"的一声，跳开身去，紧紧抓住了杨恩的衣襟！苏兰泽也吃了一惊，琴追阳陡然站住脚步，江如雪脸色一变，但他毕竟是江湖中人，虽然畏惧，却并没有像百若夜这般失态，倒是"唰"的一声，抽出剑来，喝道："是谁在装神弄鬼？"

"哗！"

墓道尽头，忽生炫目光华，在流转的华晕中，竟然显出一块巨大的五彩琉璃壁来！

众人顿觉目眩之极，苏兰泽更是动容，忍不住由衷赞道："真美！"

那琉璃壁通体盈洁，彩光流转，毫无瑕疵，上以极细的淡金线条，勾勒出一幅巧夺天工的图画：祥云浮现，飞天回翔，漫空有花朵纷纷扬扬地飘下来；而披着绣带霞绶的金童玉女，簇拥着一位凤冠羽衣的女贵人，正迎着祥云冉冉飞升而上，衣袂飘舞，状如神仙。

寻常墓中壁画，往往绘有墓主升天图形。想必这画中女贵人，也正是黄金墓中的主人，所以才会在这幅富丽多姿的琉璃壁画之中，成为往生极乐的主角。在工匠如神的巧笔下，那女贵人的眉目发丝，都刻画得根根清晰，在琉璃的华光中，显得分外妍丽鲜明。

看得片刻,众人眼前渐渐模糊,时间和空间,画面与真实,都缓缓融在了一起,那漫空飞花,仿佛都飞出了琉璃壁外,一股诱人的清香气息随之飘出,渐渐萦绕在众人的鼻端。而在这样美妙的香气里,琉璃壁画间的那个女贵人眉目掀动,眼波流春,鬟发仿佛被云间的风吹拂而起,一寸一寸,竟然活了起来。

她明眸善睐,仿佛正注视着所有琉璃壁外之人,口唇微启,那缥缈失真的声音,正是从唇间幽幽传来:"黄泉不涸,永为墓殉……"

江如雪再也忍耐不住,挥剑迎空便斩!

杨恩不料他如此鲁莽,想要出手拦时,已是来不及了,但见剑风光影,刹那间已经撞击在了一起!

没有想象中的剑刃与琉璃相击时的清脆碎裂声,这一剑仿佛斩在了虚空,怎么也无法刺入琉璃壁中!而几乎与其同时,轰隆一声,众人背后降下一道厚重石门,隔开了外面的白骨和灯火,而眼前琉璃壁中的所有光华,也在刹那间完全熄灭!

地面忽然沉下,仿佛被无形的巨手抽空了支撑,所有人急速落下去,四周有声音萦绕,似乎是粗大的箭支从四面射出来,一时各人拔兵刃击打箭矢,交击声、惊叫声充斥了整个黑暗。

一条柔软的帛带夭矫而来,杨恩但觉那帛带已缠住了他的腰身,凌空而起!龙头匕随着身躯跃飞的方向,在幽暗中划过一道道淡金光芒,飞舞的轨迹恍若星河越过虚空,无数的箭支被匕锋击落。

箭刃交击声渐渐低了下来,从粗重的喘息声里,杨恩辨出几人大约都在,不禁松了一口气。他本就眼盲,在这样目不能视的场景里,于他反而没有任何的影响,更不会有太大的惊慌。

他当下接住一根箭支,向下投出。候得那声落地的实响传来,另一只手便探入怀中,取出了火折子。"啪"的一声,火光燃起,照亮了四周的情形,他这才轻轻跃下。

"啪啪",落地之时,只听两声轻响,却是最后两支箭被琴追阳击落。

这里原来是一处密封的墓室,方圆不过数十尺,均是空荡荡的,一无长物。

杨恩遽然感到不对,一把抓住琴追阳,喝道:"他们呢?"

琴追阳"啊"的一声叫起来:"怎么……怎么就只有我们两个人了?他们刚才明明还在的!我听到了他们的呼吸声!他们……"

杨恩一把抓住腰间缠着的帛带!这是苏兰泽的帛带,轻柔的质地,上面绣有数茎墨兰,触手可觉,是他最熟悉不过的东西!此时帛带仍在,似乎上面还有苏兰泽的体温,方才那缠绕他腰上,以力带动他凌空折落箭支的力道,也正是出自她手。然而她人呢?她在哪里?

空荡荡的墓室中,只有两个人,除了杨恩自己,就是紧紧抱着七弦琴的琴追阳。

杨恩将火折子塞到琴追阳手中,突然跃身而起,足尖在墓壁上疾点数下,整个人已向墓室上方追去。那里是一片黑黢黢的夹壁巷道,方才他们正是从那里掉落下来的。然而不过片刻,他又轻飘飘落下来,神色凝重道:"上面出不去,也没有人。"

琴追阳沉默片刻,毕竟是老江湖,知道眼下景况诡异,也强行镇定下来,道:"我看过了,此墓室位于主墓道最偏西之地,墓壁上无画,壁龛中还有燃过的油灯,灯油枯干,蒙有很多灰尘,壁角丢着几块方形石头,也是粗糙未雕琢过的。种种迹象表明,此地是当初修建陵墓时,供工匠们临时歇脚的地方,俗称临室。"

杨恩有些意外:"看来琴先生对墓室还有一定的了解。"

琴追阳苦笑一声:"事已至此,捕神洞明如神,我也不再隐瞒。其实绣心入墓一年,至今尚无音讯。纵然当时不死,饿也要饿死了,我最多不过是找到一具尸骨罢了,何必甘冒奇险?此番入内,为的不过是黄金宝库,当然要先下一番功夫了解一下,否则墓道曲折,哪里找得到头绪?"

他目光灼灼,看向杨恩,"捕神大人先前说,这墓中真有黄金宝库,应该不是为了宽慰我们的心吧?"

杨恩道:"我也只是推测。不过,"他淡淡扫了一眼琴追阳,逼得对方不得不移开目光,"黄金宝库,哪个世人会不喜欢呢?琴先生纵然是在此找着了宝库,难道就一定能保证为己所有吗?"

琴追阳干笑一声："捕神也好，江捕头也好，还有那些江湖人也好，只怕都不会让琴某独占这一块肥肉。不过……"他顿了顿，道，"咱们眼下还是要风雨同舟，不然只怕寻不着黄金宝库，还要将命送在这里。至于宝库为谁所得，也就看天意罢了。"

杨恩不置与否，忽然眼睛一亮，道："琴先生，此处既然是工匠们休息的地方，就一定有通往主墓室的通道！"

琴追阳嘿嘿笑道："所以这区区的机关和墓室是困不住我们的。"

两人在墓壁上寸寸敲打，果然寻到一块地方响声有异。琴追阳利索地从腰间皮囊里取出凿匕之类的工具，敲掉外面一层伪装的壁面，土石脱落，露出里面一扇石门来。

杨恩以手试了试门，侧身立于壁旁，这才掌上用力，推得石门微微一晃，应声而开。

"啪！"他又打着一根火折子。

明亮的火光燃了起来，琴追阳睁大眼睛，突然身躯一震：首先映入眼帘的是一间晶光闪烁的巨大洞室。

不，那是一座巨大的迷宫。从这边的入口看过去，有蜿蜒的窄长道路穿插其间，隐约连起千门万户。门户之间重重叠叠，却又层层隔开，真的如蜂巢一般，是一处妖异的世界。

虚空之中，浮起无数幽绿的光点，中心有核，长短不一的光束乍开乍放，如同无数妖异的花朵绽放开来，将那诸多的门户照得隐约可见。

在这些道路入口的汇合处，杨恩默默地站在那里。琴追阳只能看到他的背影，他的背影还是那样飒爽而英秀，却有几分说不出的落寞。奇怪，以前他和苏兰泽站在一起的时候，并没有这样的感觉。

"咦，临室所通之处，难道会是幽冥地府？"琴追阳长吸一口气，惊异地说道："这里在千层黄土之下，而缥缈虚空里的光点，料想都是磷火，如果只葬有墓主，且如此富贵，一般都以上好棺椁密封，断不至于生出磷火，难道……"他顿了顿，道，"难道当初有很多人随之殉葬，埋没于这黄土之中？这里又紧挨临室，说不准正是那些修建墓室的工匠，他们……这些绿光，无根而飘浮，多么像是传说中的幽灵,不是幽冥地府,还能是哪里呢?"

"地府?"杨恩略带焦灼地抬起头来,目光"视"向那飘满幽绿光点的虚空。但就在一刹那间,他的神情已经恢复了一向的沉静淡然,"琴先生,我有一言,须告知你。"

琴追阳惕然生色,向旁退开一步:"捕神有何吩咐?"

"兰泽不在身边,我失去了一双眼睛。所以需要琴先生您来充当我的眼睛。但凡看到什么,都请您务必详细讲与我听。此间事毕之后,先生被点的穴道我自会解开。"琴追阳强笑道:"这个自然。"便将前面情景描述了一遍。

杨恩静静听完,略一沉思,做了个"随我来"的手势,竟然一跃而起,落入了迷宫之内,不知是通向哪里的一条曲折道路之中。

琴追阳望向身后,一时也寻不着什么退路,只得随之而入。

道路两边,皆是一间间的洞室,以木质隔扇分别隔离开去。室檐低矮,地基却颇高,且有数层小巧石阶延伸而上。与寻常所见的建筑风格相比,很有一些怪异。隔扇镂空成各色图案,边缘尚粘有几片朽化的纱层。看得出这是一种名贵薄纱,因为年长月久,已经破败不堪。

然而透过隔扇的空处看进去,看得清每间洞室的地面皆铺设的是光滑木板,并陈设有方桌或是长几之类。桌上放列七弦琴,几上置有砚台,有的壁角还供有双耳青瓷花瓶。只是七弦琴的弦断了一根,砚中墨汁早已干涸,瓶中没有了花枝,只有地面飘落的一层絮状枯干物。

还有一间洞室的当中,放置有一架折叠半身屏风,旁边摆有绣架,白缎子绷得笔直,只是缎面上的菊形花纹也才绣了一半。

这间洞室的窗下,甚至还有一条细细的溪流悄然流过。那不知是从哪里引过来的地下水,远远从窗口看去,便觉得寒气逼人。

空旷洞室、古雅陈设、潺潺水流,还有那些生活的痕迹,如此清晰,宛然鲜明。好像在一个静谧的夜晚,穿行在巷落间。而那些浮在空中的绿点光芒,如夜空中闪耀的群星,使得这里似非人间,却又仿似人间。而这一切,偏偏又是深藏在厚土深处,对于琴追阳来说,实在是一种前所未有的诡异感觉。

琴追阳跟在后面,看着杨恩不厌其烦地拉开每间洞室隔扇,步入其中,或伸手抚琴,又或是摆正砚台,随意恬然如处家中一般,咕哝道:"这地方好生邪门,倒像是将某家的宅子搬到地底下来一般,只是没有人而已。"

杨恩突然站住,蓦地转身,向着另一条岔路走下去。

他脚下生风,走得极快,琴追阳只能努力提气跟上,口中喋喋不休,向杨恩描述四处景物形象。这道路是以细碎的鹅卵石铺就的,靴底薄了,踩上去还有些硌疼。

琴追阳停住述说,恨道:"奶奶的,怪不得那门口放着一双木齿屐,看着怪模怪样的,敢情是为了对付这路!"

杨恩蓦地止住脚步,琴追阳的鼻端忽然闻到一阵浓郁的香气。

前方不远处,竟是一间独立的洞室。有数级石阶延入室中,阶外有栏,约半人高低,雕镂精细,疏爽有致。室外轩台三面围住,台上竟然开满了花!花形如爪,花色如血,繁密连绵,远看如同一片赤红锦绣,那香气正是由此中传来。

"是血红色……血红色的花……一瓣一瓣的,有如爪形……"琴追阳舔了舔嘴唇,突然觉得有些发干。

渐走得近,那香气越是浓得仿佛化不开,到了最后,初时的浓香在鼻端退去,残留的气息中,竟然带着一种分外凛冽的味道——对,仿佛最甜美的血腥,诱人而又诡异。

而更诡异的是那花竟然没有叶片!只有鲜血般的一片花朵,连绵不绝,看得久了,最后视野也渐渐变得模糊,但觉漫天漫地,全都是那种怵目而妖异的血色。

"开满了血红色的花吗?"杨恩轻声问。

"是……"琴追阳喉咙动了一下,"我们要不要入内?"洞室四面不再是那镂空精美的木隔扇,而是青石壁墙,且装有一扇极为厚重的石门。杨恩伸手去推,那门自然纹丝不动,似乎被严丝合缝地嵌在石墙里一般。

门上三个大字,晶光粲然:"锦洞天"。

琴追阳仔细看了一眼,道:"石门无窗,面向北斗,且是叫作锦洞天,此处应该是一处丹室。里面应该是被门闩卡住了,所以推不开。"

一声轻轻的呻吟,忽然从室内传来。

"唰！"亮光一闪，却是杨恩掌中匕首蓦地刺出！"嗖"，如遇烂泥般，匕首已插入门缝之中！

琴追阳倒吸一口冷气，艳羡道："好！"

杨恩贯劲于内，将匕首一划而下！

那厚厚的石门竟然如同豆腐一样，咯噔一声，似乎是门闩已被削断。杨恩不再犹豫，伸手将那石门向内推开！

一股混合了尘土和恶臭的沉闷气息扑面而来。

二人捂紧了自己的口鼻，抢步入内。然而出人意料的是，这室内竟分外明亮。顶上镶有一颗极大的夜明珠，雪白的明珠光束当头洒下来，使得在幽暗中穿行许久的人一时间竟然睁不开自己的眼睛。

琴追阳候得眼睛稍稍适应，才看清洞室阔大，地面四壁都贴满琉璃凿彩砖，通体莹透，光华流转，使人如处梦境之中。四处室角，各雕有玉质龙凤，龙凤并头而翔，形态极为逼真。特别是那凤头高高昂起，目珠四射，龙爪穿云而来，大如人拳，甚至连爪筋都看得一清二楚！

当中设有锦褥宝座，一具骷髅人鱼膏灯在宝座后躬身而立。灯盏安置在它的头顶，火焰闪动着惨白的光芒，竟然并不比珠光逊色。

琴追阳突然失声叫道："这……这是……"

又有一声呻吟，从地面轻轻传来。呻吟虽轻，但这次杨恩听得分明，竟像是江如雪的声音。

琴追阳定睛一看，果然是一个人横卧于宝座阶下，面扑向地，但看那身形，的确是江如雪无疑！他不禁叫道："是你！江如雪！他们呢？夜陌呢？苏姑娘呢？"

身边有衣衫飘过的微风，杨恩早抢先一步，掠到了那横卧地面的人身边，一只手已准确无误地按到了他的颈后，哗地撕开了他的衣领！

一只青紫的爪印赫然出现在眼前！琴追阳凑近去看，但见那爪印虽只有三条，似是有人以三指成箕捉之状，却深伤入肉，条条棱起，青紫交加，看上去颇为可怖！

"是这里吗？"杨恩碰了碰琴追阳，沉声道。

琴追阳又惊又敬地抬起头来,望着眼前男子沉静的面容道:"是……是……捕神大人怎么知道?"

"我听见他呼吸不畅,咽喉发声模糊,显然是督脉受损,伤及风府要穴。"杨恩简短地道,"伤痕是什么颜色?"

"青紫……"

"这里有鬼!绣心,这里有鬼!"江如雪突然仰起头来,一弹而起!

杨恩与琴追阳不防,竟让他挣脱开去,整个人如弹丸般径向外面奔出!"砰!"昏乱中他不辨方向,正撞在石壁之上,瘫坐在地,双手在地面乱抓,一边口中仍呼道:"有鬼!绣心你快走!快走……"

杨恩喝道:"抓住他!"琴追阳一跃上前,按住江如雪的双手,江如雪神志不清,只是胡乱抓打,哪里会是他的对手?琴追阳使了几下回背反扳,已将江如雪上半身拉直起来,牢牢定住。江如雪似乎已陷入半癫之中,只是拼命挣扎,杨恩左手探出,使他呈坐正位,又一按其颈部,将一根银针,直扎入江如雪下颌之间!那银针还是先前那幽冥门"别载千里发如霜"一式中发出来的银针。

他运针如飞,只刺得数下,江如雪已长长吐出一口气,渐渐安静下来,却依然昏迷不醒。

杨恩拔出最后一刺,皱眉道:"他怎么仍不醒来?"

只听一个女子的声音幽幽说道:"入我幽冥,付汝魂灵;黄泉不涸,永为墓殉。"

杨恩与琴追阳遽然回头,但见琉璃壁上有一个飘忽的影子缓缓飞来。隐约只见一头的秀发,如瀑般垂下削肩。恍惚间,有渺然的香气从空中飘逸而起,琴追阳突然面色大变,失声叫道:"是你……你……"

刹那间,四壁都映出了同样的人影。影子飘行,那层层的红绡衣袂也如云朵一般,从四面的景象中蹁跹而起,令人目驰神摇,耳边仿佛还能听到铿然有节的环佩声。

那声音也从四面八方传来,同样的声调、同样的徐缓,扣着同样的节拍,汇融到了一起:"入我幽冥,付汝魂灵;黄泉不涸,永为墓殉……永为墓殉……永为……永……永……"回声绵延不绝，低沉而沙哑，却又带着一种说不出的妖魅之气，真是如来自幽冥深处的呼唤声，令人心中不由得生出寒意。

忽然，秀发从壁中飞出，由虚幻的影子化为灵动的乌黑河流，向着杨恩流泻而去！

发束游动，已经悄无声息地缠上了他的颈项，蓦然间喷发出惊人的杀气，发梢反卷，与后半截发束交叉而过，狠狠相绞！

"咔嚓！"那脆弱骨骼断裂的声音，已经不是第一次听闻，仿佛时时在梦里、幻里，甚至在静寂里，都会经常地回响在耳边。然后，是那颈子上柔软的肌肤如同抽了骨的蛇身，颓然地堆积在一起……蓦地一阵生疼！

不错！是头皮上清晰传来的剧烈生疼！那熟悉的"咔嚓"声，居然是自己头皮被扯动时，牵动颈骨关节的声音！发束交叉相绞的地方，居然多出了两根手指！修长的、有些苍白但优美的两根手指，深深地陷入柔滑的秀发间。

"唰！"如雪刃光闪过，几缕发丝飘落在地！

一束束黑亮的发丝飞快地从指上溜过滑走，飞速地回拢在一起，重又化作一条乌黑的河流，远远地飞了回去。

模糊之中，仿佛有几下轻微的交击，夹杂有微冷的刃风，然而这一切似乎都不足道，整个思绪脑海仍然沉浸在那诱人的香气里。

"砰！"仿佛有女子尖叫一声，整个身子飞出，撞在壁角的龙凤玉雕上！那玉雕哪里受得了这个大力，"啪"的一声断下了半截！连同什么物事，一起摔倒在地！

琴追阳陡然惊醒，似乎是刚刚从一个迷人的美梦中醒来，此时，他惊异地发现：杨恩掌中多了一柄匕首，此时刀锋已经出鞘，刃锋雪亮，衬得那柄端的淡金龙头更是傲然威严！杨恩厉声喝道："哪里来的鬼物，竟敢惑神杀人！"

地上飘落数缕发丝，一片衣物。杨恩紧握龙头匕，他的衣衫凝滞不动，显然真气蓄劲，与掌中匕首恰好形成一个似开而合、如闭如流的守势。

宝座上多出了一条人影，斜斜倚坐。琴追阳用力睁了睁眼，仍觉那人影周身似有烟雾轻笼，仿佛随时便要从空中化去，当真如鬼如魅。

"我是幽冥主人座下的侍者。"坐在宝座上的那个人影冷冷道，"你们擅闯幽冥禁地，打扰逝者安宁，难道还不该死吗？"

杨恩的目光落到那"鬼物"身上，蓦地变得冰冷起来。

"你是谁？谁派你在这里害人的？"

那"鬼物"动了动，迟疑了一下。

"我是谁？"她抚了抚被斩断些许的发丝，用一种似笑非笑的语气轻声道，"我当然已经是鬼了。你们呢，你们又是谁？"

珠光灯火，仿佛在空中陡的一跳，更加辉颜耀目。江如雪忽然呻吟一声，悠悠醒转过来。

那"鬼物"好像有些不胜亮光，居然举起左臂挡了一挡。

然而只这一瞬间，所有人都已经看清了"鬼物"的模样！那是一个年轻的女郎，红绡衣衫长垂及地，斜襟微掩，长裾拖曳，如一蓬触目的鲜血般在地面蜿蜒铺展开去。因为是举臂遮挡，一时看不清她的容貌，只见她那一头丰美漆黑的长发几乎要落过膝盖，先前乌黑如河流，此时在亮光的照耀下，却变成了一匹闪光的黑缎子，寸寸鲜活，裹住了她玲珑有致的一截身躯。

而单单只是这一截身躯，已仿佛蕴藏有不尽的风情，叫人只看上一眼，已是心动神摇，情不自禁地想再看第二眼、第三眼，甚至是一直一直看她，都不会觉得厌倦。

"绣心！"

一声微弱的惊呼与琴追阳的尖叫，几乎是同时发出来："是你！"

琴追阳更是激动万分："绣心！叔父终于找到你了！"

"'琴心绣口'，号称江湖第一美人的琴绣心？"

女郎哧的一声轻笑，缓缓放下左臂，露出一张苍白的脸庞来。

或许是长期未见天日的缘故，她的脸已经失去了丰盈的水色，虽然还是依然白皙，却带有一种腻沉沉的死气。

然而，那黛眉如远山，眉痕长挑入鬓；眼眸如秋水，顾盼动人；瑶鼻如管，樱唇如花——这也不算十分出奇，天下间，有许多绝色的美人，包括苏兰泽在内，似乎都有这样完美的眉眼鼻唇、雕琢一般的精致脸庞。然而谁也没有她这样的风情，眉动眸转，似冷生艳，既媚且寒。

纵然杨恩目不能视，于这一瞬间，也仿佛感受到了她的呼吸芳香、意态撩人。只在这短短的一瞬间，空中气息流转，便似乎已掠过七八种不同的美，每一种都能生生地要了人的命。他突然明白了，这样的一位琴绣心，为何能被称为天下第一美人。

平常女子一生能有一种美，已能倾国倾城，而琴绣心却独拥多种美，那俯仰难画的魅力，连神仙也是无法比拟——

哪怕苏兰泽在一种美上固然胜过她，其他的美竟然也是不如的。

"绣……绣心……"江如雪挣扎着想要坐起，脸上神情仿佛要立刻哭出来似的。他的眉毛急剧抖动，眼睛通红，整张脸几乎扭曲成了一团："原来刚才我没有看错！真的是你！我打听到你的消息，就一路马不停蹄地赶了过来……我……我……"他一时激动，牵动未愈内伤，不禁俯身大咳，直咳到满脸涨红，仿佛要滴出血来，却还是强忍住气息的翻腾，回头向杨恩急切道："捕神大人，这墓中真有鬼物！我们要快些离开这里，我不想……不想绣心受到任何伤害！"

杨恩眉头微微一蹙，伸手在他肩头一按，已止住了他的挣扎，沉声道："你刚才落入墓室夹道，遇到了什么？兰泽和那位夜公子呢？他们在哪里？"

"我……我不知道……"江如雪拼命摆头，脸上潮红仍未散去："我们落下去后，一定是触动了机栝，四处有箭支射出来……我一直在击打箭支，忽然颈后一凉，有一只冷冰冰的手……"他打了个寒战："那手像寒冰一样，突然掐住了我的脖子，将我拧了起来！我想叫，却忽然失去了知觉……"他不由得伸出手去，心有余悸般摸了摸颈后的青紫印痕。

"在失去知觉的最后一刻，我突然看到了绣心……"他的眼光转到琴绣心脸上，后者微微一笑，更是令他目眩神驰："我看见绣心的影子从空中飘浮而过，像神仙一样！我以为我死了，我以为是绣心的魂魄前来接引我，然后……然后我就什么都不知道了。可是当我醒来时，我真的看到了绣心……绣心，你真的在这里等我吗？"

杨恩徐徐地松开了按住江如雪的手，站直身子。

"嗯。"琴绣心流波般的眸光懒洋洋地在众人的脸上一掠而过，轻倩得像是蜻蜓在水面一点,她的目光落到了江如雪脸上:"嗯,如雪,我在这里等你一年啦。"

她此时的话音已不同于琉璃壁中的飘忽,软绵绵的,并不清啭如莺,却甜中带沙——那真是一种要命的沙哑,如同一根轻轻搔痒的羽毛,一直能搔到人的心里去。

"你过来,如雪,让我好好瞧瞧你。"她向琴追阳嫣然一笑:"还有……你,叔父,你也过来吧。"

江如雪摇摇晃晃地站起来,一步步向着宝座中的女郎走去。光晕照射下,她更是美艳不可方物,甚至连琴追阳也抱紧了怀中的七弦琴,向她的方向迈出一步。

"绣心,我一直都在想着你……你鬓边的那朵花,真美……"

"慢!"

灰色的影子突然掠过二人身边,淡金光芒在空中一闪,疾射向那宝座上的女郎!

"啊!"江琴二人的惊呼声响起,惊中带怒:"住手!""绣心!"二人身形闪动,剑光乍起,只向灰色影子扑去!

"唰!"的一声一根优美修长的手指,微屈半节,弹在了剑身之上!而几乎与此同时,淡金光芒疾矢一般,已刺中了女郎的身影!

"绣心!"江如雪惨叫一声!

然而,此时并没有预想中鲜血四溅的场面,倒是一声锐响,凌空忽然落下无数棱状晶片,而女郎曼妙的身影在被淡金光芒穿透的瞬间,如同化成了细碎的沙砾,缕缕流走,消失不见。

"这是怎么回事?"江如雪仓皇四顾,四周只有静悄悄的珠光。

"别过去,"杨恩沉声道,"她若是人,怎会头上戴有曼珠沙华却没有丝毫香气?"

琴追阳身躯一震,不由得抱紧了琴:"难道……难道她已经……"

"叔父真是聪明。"琴绣心魅人的声音蓦地在空中响起。这一次她的倩影出现在宝座的左侧,淡淡光晕之中,似真若幻,越是缥缈无依。她亭亭俏立,左手缓缓抚过那头乌发，右手却缩于袖中，说不出的妩媚动人，"如雪，我早已死了。"

"死了？不，不，你不是好好的吗？你不会……"江如雪突然大声叫道。

"你真傻，"琴绣心嫣然道，"这墓中水米俱无，我怎么活得下来？何况你知道，我早就中了……"

"不！不！绣心，我不能没有你！"江如雪突然疯了一样，"呛"的一声，抽出了他的宝剑！他先前神秘地昏迷在这里，但身上诸物并没有失去，宝剑也依然挂在腰间。

他双目发红，手执长剑，狂热地看着那个俏立的女郎，"你好好地站在这里，我要带你出去！谁也别想拦着我！"

杨恩身形一侧，已拦在了他的面前："让人家叔侄说上几句话也是应该的吧。"

"绣心，"琴追阳突然出声道，"告诉叔父，你们到底是怎么回事？什么一年之前？把你留在墓中的他又是谁？"

琴绣心轻轻叹息一声，但那叹息中唯有轻柔婉转，令人心醉，仿佛她所言诉的并不是什么可怖之事："一年前，我中了伤心蛊。"

"伤心蛊？"杨恩目中锐光一闪，盯住了那娇俏的女郎，"你中了伤心蛊？"

"是呀，少年郎，你的功夫倒真是不错呢！想必是江湖上有名的人物，也一定听过伤心蛊的厉害吧？"琴绣心向着杨恩浅浅一笑，身形不易察觉地往后缩了缩，似乎对他颇有几分忌惮。

"他是我们的捕神大人，三眼捕神杨恩。"江如雪急忙道，"我们奉令调查黄金墓之秘，我们能救你出去的，你不要再害怕，什么也不必害怕了！"

"杨恩？杨恩又怎样？三眼捕神治得了伤心蛊吗？"她奇怪地笑了一下，"伤心蛊，伤人心，断人情。当真是天底下最厉害的毒药。"

"中了伤心蛊后，即使是及时以黄连医治，也只能延长六个月寿命。"杨恩忽然道，"你说你一年前中毒，那现在……"

琴追阳不由得退后一步，黑笠遮掩下的目中仍不由得露出畏惧的神情，看看那光晕中巧笑倩兮的女郎："绣心，你不是鬼！我知道的，虽然我不知道你怎么会成了这样……"

"叔父，我的确还没有完全变成鬼。"琴绣心笑道，"别忘了我从小也精通岐黄之术，中了这蛊毒之后，怎么能不想尽办法延长寿命呢？"

"六个月前，我早已毒发，但因为用了一种奇妙的法子，这身躯并没有腐坏，尚能承载我的灵魂行走于这黄金墓中。"

她的声音中透着诡异，"一来是这墓与世隔绝，自然也隔绝了人气污物，蛊毒发作自然就慢了些。"杨恩心中一动，却没有出声。

"二来吗，"她接下去道，"我找到了医治伤心蛊的法子，也试了十之七八，的确还是有些疗效呢！"

"伤心蛊有救？"江如雪狐疑地看着她，却又压抑不住心中的狂喜，"那你刚才骗我！你说你已经是鬼……让我这样伤心！绣心，那你快些治好蛊毒，就随我出去好不好？"

"治好蛊毒自然是好。"琴绣心笑盈盈道，"不过，我先要问一句，如雪，你爱我吗？"

还是这样柔媚如水的一个声音，一如当初洛阳初逢之时。

那一年的洛阳花会，红绡红衫的她自花间翩翩而来。便是这样，她如天籁之音般亲口叫出了他的名字，不知羡煞了多少人。

当他携着她的手，如在梦中一般，缓缓行过锦绣般的牡丹花海时，当他闻到牡丹的香气，和她含笑说话时，吐出比牡丹还要幽淡诱人的脂香时，他真切地感受到了幸福的滋味。

她在花海间侧过头来，轻轻在他耳边说："如雪，你若爱我，千万不要与我有片刻别离。"

他是如此不愿跟她别离，他自然是爱她的，很爱很爱。

"绣心，这一辈子，我都只爱你……"

"真的吗？"她眸光一亮，定定地投到他的身上，越觉明艳无双，"好，我等了这么久，等到我的皮肉都酸掉了，只为了等你这句话。"

三人都看着这美丽的女郎，她明明在说着最甜蜜的情话，但听在耳中，却有森然的冷从骨头里冒出来。

"你看，"她咯咯笑着，一直笼着右手的红绡衣袖缓缓滑落至肘弯，露出里面的手来，手指修长如春葱——可是，无名指的地方却是森森的一枝白骨！

"啊！"江如雪和琴追阳几乎是同时失声叫起来，"你的手……你的手指怎么只剩下白骨？"

"你们知道伤心蛊发作时会是什么样子吗？"琴绣心慢条斯理地举起右手，"起初是蛊虫啮心，让你痛不欲生。然后蛊毒自心脏外泄，行至全身，所到之处，皮肉全部烂光，烂到最后只剩下骨头，偏偏五脏六腑尚在，完好无损，人的一口气断不了，只眼睁睁地看着自己慢慢变成了白骨……这不是比死还要痛苦吗？"

众人听她徐徐道来，不禁都打了一个寒战。

琴绣心张开嘴来，伸出一点粉红的舌尖，就那么满不在乎地在无名指雪白的指骨缝间剔了剔："喏，看到了吗？我当初就是这样，看着自己的皮肉一点一点腐烂下去，直到烂见了骨头。"

江如雪浑身发抖，但仍紧紧地咬住了唇。琴追阳已经闭上眼睛，不忍再看。

分明是地狱逃出来的女魔头，修罗场下来的女罗刹，哪里有半分"琴心绣口"的模样？

但她的舌头突然停住了，她疑惑地举起那根白骨，凑到跟前看了看，又用舌尖舔了舔骨间的一缕线状物。

光影虽暗，但看得依然清晰：那居然是一缕残存的皮肉，大概是腐而未落，肉茸翻起，粉中泛白。

江如雪盯着那缕腐烂的肉丝，浑身真气仿佛在那一刻全部泄光。他突然掉过头去，但觉胸口一阵翻腾，不由得蹲下身去，抱紧双膝，发出一阵剧烈的呕吐。越吐脑门越是生疼，只恨不得要吐个翻江倒海才罢。

琴绣心扫他一眼，忽然伸开双臂，漫不经心地伸了个懒腰，慵懒娇态，仿佛一只猫儿般妩媚："如雪，你是在嫌弃我吗？嫌弃我这森森的白骨？"她娇慵万分地举起右手，"你知道吗？蛊毒全发的时候，我身上的每一寸都是这样子的呢！"

江如雪惊恐地看着她，脑中不断想着，这千娇百媚的美人化作根根冷霜样的白骨，会是怎样一幅诡异到了极点的场景？

倒是琴追阳开口了，抑制不住的激动："绣心！你吃了很多苦，才这样说胡话对不对？叔父终于找到你了！你……你是去年今日的时候，被那帮浪荡子骗入这墓中来的？你受苦啦，叔父不会放过他们的！你的蛊毒怎样？他们……他们有没有把你怎样？"

"他们没有把我怎样。"琴绣心咯咯笑道，"是我把他们怎样了。"她从怀中取出一件东西来，那是块光洁丝滑的锦帕，层层打开，里面赫然是两根无名指的指骨！仔细看时，但觉骨型、长短均有不同，显然不是出自同一人之手。

琴追阳低声告知了杨恩，后者微微一怔，道："指骨？"

"对呀，"琴绣心目光灼灼地望着江如雪，微笑道，"如雪，你不是问，我要如何才能治好伤心蛊的吗？我呀，我当初中了蛊毒后，想了很久很久，终于想出了一个办法。"

她包好锦帕，复又放回怀中，伸出那只白骨森森的手，慢慢地理了理乌黑的长发，"以前武林中说到这种厉害的毒药，都说无药可治，我却在后来听说了两句话，'要解伤心蛊，唯有爱别离'。"众人的目光，不由得投到琴追阳怀中的七弦琴上。琴绣心笑道，"这个爱别离，指的可不是我叔父的这张琴。琴又不是解药，难道要劈开它烧成灰，再喂给人服下去吗？"

"人生八苦，"杨恩静静道，"生、老、病、死、爱别离、怨憎会、求不得、五蕴炽盛。"

"是啊，捕神大人。"琴绣心答道，"后来我想，伤心蛊，伤人心、断人情，起初会让人的心脏受到啮咬的痛苦，所以要解除这样的毒素，必定是要从心和肝开始。然而蛊毒发作时，又会依靠十二经脉的运行，游走到全身，所行之处，皮肉寸寸腐烂。所以，真正的毒素应该是与经脉中的气息有关。而气息的浮动和转变，又是来自我们的内心。"

所有人都像着了魔一样，听她徐徐地讲述下去："医者治病时，往往以毒攻毒，以物养物。所以我想，要真正克制心中的蛊毒，无非是外疗内治。一来用药石之功，二来断绝爱念。断绝爱念，倒没有什么难的，他们这些人，我一个也不喜欢！可是，爱别离，爱别离……我在这黄金墓中，整整想了三天，终于想出了治这蛊毒的药方。"

"药方……是……是什么……"江如雪的声音颤抖起来，仿佛是蚊蚋落上了蛛网，随时便要跌落下去。

在惨烈的话语中，却有不与之协调的淡淡香氛，如春风吹拂，在室里干燥憋闷的空气里隐约徐徐溢开。琴追阳抽了抽鼻子，正自诧异，忽觉那香气穿鼻而入，丝丝贯穿全身，每一块肌肉都酥软起来，仿佛被泡在一池温水之间，说不出的惬意舒适。他伸了伸手臂，想要更舒服一些，却觉得手臂软绵绵的，"啪"的一声搭了下来，七弦琴掉落在地，然后整个身躯也随之软倒。

"扑通！扑通！"又是两声，似乎又有人躺到了地上。

"药方吗，"琴绣心嫣然一笑，却带着深深的诡异，"伤心蛊，伤的是自己的心，也只有靠别人的心才能补上啊！我没有爱的人，所以取不到我爱人的心。可是，至少我还有许许多多爱我的人，他们有心哪！"

"唰！"光晕中的身影刹那间消失不见。

唯有雪白的珠光从室内洒下来，柔和无比，如春日的暖阳，带着和煦的气息，让人感觉如在江岸长堤上躺着晒太阳一般。

"哗！"一面琉璃壁徐徐升起，轻轻的脚步声传了过来。

珠光猛然一亮，照上那黑缎子似的长发，光亮润泽，绚丽动人。不过一袭红绡衣衫穿在她的身上，寸寸鲜活，每一寸竟然可以如此妖娆。红绡衣裙堆砌在地面上，有如绣金与血色的海洋，沿着裙、裾、袂、袖一路看上去，果然是她——琴绣心终于站在了他们的面前，不再是缥缈的幻影，而是如此活色生香。鬓边的血色花朵散发出浓郁的香气，几乎要令人窒息。

"看到这朵花了吗？外面也种满了这种花。这种花是地狱之花，名字叫曼珠沙华。此花从不生长在世间，以前你们一定没有见过，自然也不知道曼珠沙华与人血相融，所制成的药是最上品的迷香。"

她得意地晃了晃手中的指头大小的瓷瓶，"令人酸软，动弹不得。无论内力多么深厚，也抵御不得。你们啊，还是不要运功的好。"江如雪绝望地松出一口气，果然发现丹田内空空荡荡，根本无法运行真力。

她随手在壁上某处轻轻一按,高台的地面突然陷落,台上宝座"砰"的一声向后翻转。底部倒翻上来,竟是一张平滑的玉床,上面指头粗细的牛筋,牢牢捆住一架血淋淋的白骨!

骨上皮肉尚未完全腐烂,胸腔的血块早已凝固,远远看去,触目惊心,宛若地狱场景重现。

琴绣心轻轻抚摸着那具白骨的胸口,光滑如笋的指尖无限温柔地掠过那些暗色血块,仿佛面对的是最爱的情人:"我的第三剂药就快要服完了。可是伤心蛊的毒还没完全解去,幸好你们来了。喏,如雪,你说过你爱我的,只要我服下你的心肝,我右手的皮肉就会再长出来,白骨复生,那该有多美啊,如雪,你不喜欢么?咯咯咯……咯咯咯……"

她笑得畅快无比,清甜的笑声回响在室中,却无疑是死神的声音。

"刚才你在宝座上用幻影诱惑江如雪过去,是否就想利用宝座下的机关,将他捕杀?"杨恩躺在地上,平静地问道。

"你都要死了,还问这个干什么?"琴绣心斜他一眼,风情万种。

"心中存有疑问,便是死了,也要死个明白。"杨恩并没有惧怕之意,淡淡道,"先前外面的黄金山河中,那个红绡女郎的影子也是你吗?你们在壁上装了数面琉璃镜,自己躲在暗处,通过琉璃镜之间的折射,浮现出似真如幻的影子,却让别人根本无法知道真实的人究竟在什么地方。"

"先前在黄金山河一处,我已在暗处聆听过捕神大人无双的妙论。当时我想,你是因为没有亲眼所见,所以尚能冷静。如今你虽也没有亲眼见我,我却不比那冷冰冰的黄金珠玉,我有如此动人的声音和气息,难道也迷惑不了捕神的耳朵和神识吗?"琴绣心的嗓音还是沙沙的,带着无与伦比的魅惑之意,"此时,大人发现那宝座上的是我的幻影,难道也是因为……"

"琴姑娘,"杨恩并不直接答她,"眼耳口鼻,是阻碍真实感知的障碍。爱恨情欲,是阻碍我们看清自己心性的障碍。一个人太相信自己的眼睛,没想过眼睛会骗人。一个人太相信色相的魔力,却没想到这种魔力也会骗人。"

"骗人?"琴绣心笑得花枝乱颤:"你亲耳听到了,如雪说爱我啊,难道是因为我的色相吗?而你虽然不爱我……不,这也未见得。男人们见到我,没有不爱我的，只是你没眼睛，所以还把持得住罢了。"她一直在笑，"不过，伤心蛊一天未除，我也一天不能离开这里。到时我也马马虎虎地吃了你罢，三眼捕神的味道，只怕我还是第一个尝到的呢！"

"绣心！你说什么！你不但杀了他们，取他们的心肝，你还……"琴追阳斜倒在上，虽无力抱住那琴，却仍是固执地保持着守护的姿势，脸色惨白，喃喃问道。

琴绣心缓缓侧过头来看他，那双横波妙睇，在此时却有如山间野兽的眸子，闪动着幽幽绿光，在这墓中暗淡的光线中，更是亮得骇人："叔父——你刚才不是问到他们了吗？呵呵，你还问，我是怎么活下来的？现在我告诉你，这一年以来，我就是靠吃他们活下来的！"

"你……"

她不屑地皱皱鼻子："吃人有什么大不了的？喏，江如雪，江捕头，你身为公门中人，难道就没有吃过人吗？嗯？"

"去年的今日，你和我们一起进入了黄金墓……让我来告诉你们，这一年中发生了些什么吧！我们在这墓中东奔西突，也没发现什么利害的机关，就是寻不到出去的道路。嘿嘿，哪需要什么利害的机关，这天底下最厉害的机关，就是让你活活饿死在墓内，慢慢被自己的饥饿耗死！早知道那么难过，我还不如死在那黄金山河前的机关里，倒也干脆利落！"

"胃里的食物一天天被消耗殆尽，那迷宫里有一条地下溪流的水，可以用来暂时解渴，不至于马上就死。可是啊……喝水喝到最后，嘴里什么味道也没有，只有一点酸水从胃里面冒出来，到后来，连毛孔里冒出来的都是水！不！那是虚汗，那都是我们虚弱之极后，流出来的汗水啊！我们整个人都虚肿起来，看上去可胖了一大圈儿呢！"

她咯咯地笑起来，"你们知道饥饿的滋味吗？我们头昏眼花，看什么都看不清，胃里面像是有千万把锉刀在磨来磨去，一直磨到喉咙口……"

"不！我不要饿死在这里！我不要！"江如雪全身动弹不得，唯有眼珠发红，疯狂大叫，有如恶鬼一般。

"少安毋躁。"杨恩冷冷道，"你们不能出去，我们未必出不去！"

"出去?"琴绣心笑意未减,却带有几分凄凉,"当初我们也想要出去,可是到了最后,这种念头像火苗一样越来越小,越来越小,终于'噗'的一声,被完全吹熄啦。我们在迷宫里寻着几间洞室,暂时住下来。嗯,江如雪,你那时对我说,虽然明知是在等死,可是心里还是有一点欣慰,人活百年,总是要死的,既然活不成了,总算还是跟喜欢的人死在一起,也算不幸中之大幸了。"

"你……你那时也对我说,说你其实早就爱上我了,但一向矜持面薄,从来未有主动跟我表达过。眼下快要死了,你不想再委屈自己,所以就说了出来。你想和我永远在一起,永远活下去……"江如雪喃喃道。

"什么?你胡说,绣心这样的女子,生来就该像仙女一样高高在上,绝不可能属于任何一个男子,她怎会跟你说出这样的话语……"琴追阳厉声喝道。

江如雪笑了一声,"当时我听了后,又是喜欢,又是悲伤,只恨老天太过捉弄人,叫我刚收获人生最大的幸福,却马上又要被迫失去。绣心仿佛看出了我的心思,马上又哭起来,说到苑少卿对她纠缠最久,她一直厌恶此人,却碍于苑家势力不敢拒绝,此时生命最后的尽头,实在是不想再见此人一眼。"

"我一时还没明白她的意思,但心中也对苑少卿十分愤怒。此人生得风度翩翩,一副世家公子哥儿模样,有时候确实仗着家世,又太过狂傲,让人心中不快,何况他竟然还去骚扰我爱的女人?看着绣心在我怀中哭得梨花带雨,我恨不能摘下天上的星星给她,只为博她片刻的欢颜。"

"绣心见我如此愤怒,终于说出了她的来意。她说,苑少卿这几日似乎抱了主意,想着没有活着出墓的可能,竟然撕下了君子的外皮,加剧了对她的骚扰,她又不敢叫起来,有几次她甚至要以死相迫才保得清白。所以她忍无可忍,决定要我相助,找个机会诱走苑少卿,将他秘密杀死!我……我一时糊涂,所以就埋伏在她的洞室之中,她支走焦华,将苑少卿约入室内……然后……我们就将苑少卿杀了!"

虽然早就预料到了这样的结局,但杨恩的身子还是微微一动。

"杀了苑少卿,她让我悄悄离开,这才放声大喊起来,将我和焦华引到了她的室中。她一副柔弱模样,楚楚可怜,哭着对焦华说,是苑少卿趁四周无人时,对她不轨,她这才奋起反抗,失手将他杀死的。焦华自然深信不疑,然后她又建议说,墓中无食,不如将苑少卿的尸身食掉,以保几日之命,寻机会出去。我……我们……"

"所以,你就跟她一起,将尸身分食了!"杨恩打断他的话语,厉声说道,"江如雪!你也是堂堂的公门捕头,怎么就与禽兽无异?"

江如雪脸上的红潮退去,渐渐惨白如纸,在微光照映下,几乎也形同一个死人:"我也不想的……可是我们出不去!出不去!你们现在也出不去了,到时候只怕你们互相吃起来,比我们还要狠毒,还要决绝呢!哈哈,哈哈哈?"

他失控地笑起来,笑声干涩沙哑,简直如兽嘶一般。全身关节都如木偶般扯动不止,连头颈都在不自觉地随之痉挛抖动,"我们吃了苑少卿!哈哈!人肉原来是这么淡的,我们又没有调料相佐,不过那些肉啊……真的很鲜很甜,每一口吞下去都是软绵绵的……"

他长长的淡白的舌头伸出来,不自觉地刮了一下自己的唇沿,"保准你吃了一次后,就会一直想一直想……后来我忍不住饥饿时,又去找几根啃过的骨头,一口口从关节处咬断,连筋腱都啃了又啃,啃得干干净净……"

众人想到先前在墓道间所看到的那根白骨,果然是支离破碎,白骨上的肉被啃得干干净净,竟连筋腱都没有放过一根。不禁一阵寒战,几乎又要呕了出来。

"我真是个傻瓜,以为自己从此得到了她的心。幸好第二天,我因为吃了几块肉,浑身有了气力,又企盼着能够找到出去的路,便自告奋勇要四处探寻,他们自然守在室中等我。我四处瞎转,自然是一无所获。等到回来时,我突然调皮了一下,伸出手来,翻转门扇后的琉璃……我想把自己的影子透进来,吓绣心一跳……"

"你知道这里的琉璃壁有机关?"杨恩忽然问道,"你知道宝座下的机关吗?"

"我不知道宝座下的机关。"江如雪苦笑一下,道,"但我那些天实在无聊,东摸西看,终于发现了这里每一堵琉璃壁中,都装有三扇琉璃,只要调动角度,可将室内的景物投射出去,也可将室外的景物投射进来。方才我一见绣心的幻影,就知道她一定在这里!"

"当时,琉璃光转,我……我忽然看见了平生最不愿见的一幕!琴绣心坐在床边,罗衫半解,轻衫薄透,一副香艳的模样,她竟躺在焦华的怀中!此时琴绣心说了几句话，透过琉璃壁隐约传来，却仿佛晴空炸雷，在我头上轰然炸开！哼，她说焦华是她平生所见的最英雄豪气的男儿，初见他之时，便已倾心相许，不能自已。哼，焦华到了这种田地，已经飘到九天云外，不知自己有几斤几两！此时绣心又跟他说，要把我和百若夜杀死，二人分食其肉，熬到来年墓门大开之时，从此做一对神仙眷侣，在江湖上逍遥自在，乐其所哉。"

"我站在这边，一字一句，一幕一幕，听在心里，看在眼中，这些仿佛变成了刀尖，将我扎得鲜血淋淋。不知是什么时候，我才失魂落魄地离开了石室，一步一步挨回去。琴绣心的面容一直在我面前晃动，可是我……我……我心里……"

他似笑如哭，突然如鲠在喉，"哼，此时我才明白，绣心其实是最狠心最实际的女人，我们的追随和仰慕，起初对她而言，是一种虚荣、一种名气；可现在，为了在这墓中活下去，活到第二年墓门开启的时候，我们对她而言，不过是一种粮食罢了……我离开了这里，决定再也不要看她一眼！我想杀她！可是我下不了手……她躺在床上的模样是那么美，那么美，即使她像魔鬼一样狠毒，看上去却比这世间所有女人还要纯洁，还要高贵……"

"然后你就抛下我，一个人逃出墓去？"琴绣心一字一顿，冷冷道，"你是怎么逃出去的？逃出去后，为什么还要回来？你是爱我的，因为爱我才回来的对不对？"

江如雪惨然一笑："我自然要逃出去，这次回来，焦华也不在了，对吗？他们一定都被你……"

琴绣心打断了他的话："当然是被我吃了！实话告诉你吧，我中了伤心蛊，所以才这么迫切地要找到黄金墓中的宝藏，因为我需要宝藏来遍求名医！去寻访能治伤心蛊的爱别离！如果我不及时找到，到我毒发之时，状如白骨，你们还会对我有一丝一毫的喜欢吗？你以为，我真的只是要探险猎奇，才进入黄金墓的吗？"

她一步一步向着江如雪款款行来。她的风姿还是那么美，可是江如雪的脸上已经失去了那种心神俱醉的表情，他的嘴巴张开，脸上肌肉剧烈扭曲起来："可是我已经不爱你了！你吃了我也没有用！绣心！"

琴绣心摇摇头："你别说谎啦！如雪，我一定要吃了你。我知道你还是爱我的，不然你何必回来？爱我的人，心肝都是解药，我是不会放过的。你不是想永远留在我身边吗？你看，我吃了你的心，你的心就永远跟我在一起啦！"

"不！我不爱你！我不爱你！"江如雪目眦欲裂，几乎是用尽所有的力气喊了出来。

"你说谎。"琴绣心手中不知何时已握着先前被杨恩击落的一块琉璃碎片，形似三角，角端尖锐如刀，"我马上就取出你的心来，白骨呢，我也不想浪费，就做成外面那种燃烧人鱼膏的白骨灯吧，不过我会留下一节你的无名指，据说这根指头是通向心脏的，将来我出了墓，也一定会贴身带着你们的指头，我会记得，是因为你们爱我的心才治好了我的伤心蛊，重还我的国色天香……你不要怕，我会很轻很轻……"

"不！"江如雪嘶声尖叫起来，那声音几乎不似人类，"我真的不爱你！你的伤心蛊，就是我下的！"

"什么？"琴绣心皱了皱眉，手停在半空中："你胡说什么？你身上并没有中十八种剧毒，如果是你下的毒，你早就剧毒攻心而死啦！"

"是真的！"江如雪恐惧地看着她手中闪闪的锐利物事，"催发伤心蛊的另有其人，我……是我……是我在你常用的一件物事中藏进了蛊虫，蛊虫只要用雪蚕丝茧包裹，当时并不会伤人。除非是被施蛊者以特殊的法子唤醒，才会……"

"是你！"琴绣心锐声叫道。她的长发蓦然飘起，美艳的面庞扭曲狰狞，仿佛地狱逃出的恶鬼，"你为什么要这样做？是你毁了我！你知不知道，一个自负美貌的女子，眼看着自己的肌肤一寸寸消失，曾被人称羡绝色的红颜都化作森森白骨时，会对生命和死亡带来多大的恐惧？我……"她的牙齿咯咯作响，仿佛随时要将面前的男子一口口吞噬殆尽，"我改变主意了，我不会让你这么轻易就死掉的，我要先将你的肉一块块地割下来，一块块地吃掉，却偏偏给你留下最后一口气，让你亲眼看到，一个活生生的人是怎样变成白骨的！然后我再吃掉你的心、你的肝……你的一切……"

琉璃碎片闪动着死亡的惨烈光芒，向他更逼近一寸。

"我……你不能怪我！"江如雪面孔一片灰白，嘶声叫道，"我早就知道你不会爱我！我得不到你，为什么要让别人得到你？我……我后来，或许曾有一些后悔，所以才跟你说，黄金墓中真的有黄金宝库！我也想给你一线生机，谁知你那么狠心，你根本不爱我，我才彻底死心……绣心，如果你真的爱我，那你就算变成了白骨，我也会爱你的！"他嘴角奇怪地向上一扯，似乎是在笑，却显得分外可怖，"每次看到你跟别的男人在一起，你知道我有多伤心吗？你向来视男人为无物，视别人的痴情为无物，我要让你尝尝伤心的味道，只有伤心蛊……"

　　"你怎么知道我没有伤心过？"琴绣心洁白的牙齿咬紧了唇，阴沉的笑意浮起来，"伤人心，断人情的滋味，你又懂得多少？哼，既然你一心想着要我死，现在又何必回来？"

　　江如雪闭上眼睛，脸上肌肉抽动，喃喃道："这跟你没关系。""不！我要知道！"琴绣心尖叫着打断他的话头。她的长发披拂下来，散了一头一脸，目光自发丝间射出来，如同地狱烈火，哪怕看上一眼，也会灼得生疼，"是你舍不得，舍不得离开我……"

　　"哼，"江如雪的齿间挤出一丝冷笑，"我舍不得你不死。"

　　"这……这是怎么回事？"琴追阳张口结舌，本来中了迷香，此时似乎更加发晕，只好求救般地叫道，"捕神大人！"

　　"江捕头此次前来，并不是真的为了找到琴姑娘。"杨恩简短地回答他道，"而是为了杀她。"江如雪微微一震，没有开言。琴绣心却遽然转过头来，盯住杨恩："你胡说！我在墓中过了一年，又身中伤心蛊毒，应该早就死了。他怎会专门前来杀我？"

　　"三十年来，没有任何人能生离黄金墓。但这个'任何人'指的是那些前来寻宝的江湖人，可不是指的原本就常来这墓中的人！"杨恩的话顿时让所有人都暗暗一惊，"琴姑娘，你身中蛊毒，墓中又无粮无水。如果仅仅只是生食人肉，那几个人的尸身又如何能供你撑过一年？想必这墓中一定有人在这一年中对你多加照拂，使你能存活下去。而你今日现身出来，趁着我们对你放松警惕，便放出了曼沙华珠之毒，也理应是受到那人的派遣吧？"

　　他似乎"看"到了琴绣心惊怔住的神情，淡淡一笑，"这墓中人既能照拂你,为何不能照拂江捕头?你怎么没有想过,三十年来,入这墓中的江湖人,论阅历,论智慧,未必就输给了江捕头,为何只有他能逃出去?"

"你是说……江如雪和幽冥主人……"琴绣心蓦地掩口不说,显然已经察觉到自己的失言。

"幽冥主人,呵,"杨恩道,"不错,你最初自称是幽冥主人座下的侍者,看来这墓中的确有活人存在呢!就是幽冥主人吗?"

他似乎并不指望任何人回答他的问题,继续说下去:"唔,我们暂时不必追究这个问题,我迟早也会查出来。不过大家都把话挑开之后,我也不妨跟大家谈谈我心中的疑惑,那是关于江捕头的所作所为。琴姑娘,你可以当作是一个故事,权作听一听,也不慌着杀死我们。至少曼珠沙华的药性不会那么快过去。"

他仰视墓顶,神色平静,永远是那样从容不迫,"第一,是我们大家为什么躺在这里?""那是因为曼珠沙华……那种红花……"琴追阳连忙答道。

杨恩微微一笑:"可是琴姑娘也说了,曼珠沙华必须与人血相和,才能变成迷药。现在迷药是有了,可这个血是从何而来的呢?"杨恩的眸子粲然生光,琴绣心不由得侧开脸,冷冷道:"这就要靠捕神你来猜了。"

"猜猜也无妨。我曾听说过,用曼珠沙华和药固然妙绝,但要求人血必须是新鲜的,否则就会凝固成块,无法制药。可是琴姑娘的同伴早被杀死食尽,哪有血可流?我曾仔细倾听过琴姑娘的行动,轻快自如,从未有任何不适的动作,说明全身都没有创伤。琴姑娘的声音略微有些沙哑异样,最初语音有些生涩,后来才渐渐流畅,而且话语烦琐,异于常人,这是长久以来,没有开口与人对话导致的症状。这说明琴姑娘这一年以来,至少在最近的很长一段时间,除了那位神秘的幽冥主人外,应该没有见过任何的活人。唔,那幽冥主人照拂你,也不过是隔段日子送来粮水,想必也没有多余的话好讲。既然如此,这和药的鲜血,又会从何而来呢?"

琴追阳忽然道:"青铜兽首!"

"不错,正是青铜兽首,那所谓的地狱守墓兽。"杨恩答道,"我们所有人的鲜血都被这所谓的血盟骗入兽首之中。真正用来和迷药的鲜血,正是我们自己身上流出来的!江捕头,你一向是个谨慎的人,有如狐狸过冰河,走一步还要踩三下，唯恐冰破落水。然而面对那青铜兽首，你毫不犹豫便拔出了自己的宝剑。岂不是有些反常吗？"

"或许是因为我知道，这是一种异族举行血盟的仪式。"江如雪勉强笑道。

"所谓的血盟只是披着神鬼外衣的骗人把戏。"杨恩也笑道，"偏巧家中有一个玩具楼阁，兰泽常拿来玩，与这墓门颇为相似。其实那只是一个精巧的机关，运用水压的原理，当液体注入其中，对下面的机栝产生压力时，会触动一个小机栝。小机栝下落，拉动大机栝，环环用力，到最后门闩会被弹离，门扇自动打开。"

"我不过是割破手指快了些，或许是因为担心绣心的缘故。"江如雪咬了咬牙，唇上留下一排细碎的齿印。

"有道理。当时我对你的怀疑，不过只有一分而已。"杨恩居然认同他的观点，"那么我们再来推理第二个场景。"

"看到黄金山河的时候，所有人都对黄金失去了理智。"杨恩道，"不过当时我侧耳倾听，正常人，包括琴先生在内，看见黄金山河时，都会双臂前伸，足下腾腾，恨不得要将所有金珠尽数搂抱入怀。而江捕头你的姿势是最奇特的，一是你并非是什么心慈仁善之辈，竟然在那个时候，还拉了夜公子一把。而后来你虽然也跟着众人往前飞奔，却落在别人后面，更奇怪的是，我听你的脚步声忽轻忽重，显然是因为心中思虑不定，颇为犹豫。"

"捕神的耳力真是厉害，在那样的情况下，竟然还在分辨我们足音的不同。"江如雪冷冷道。这次连琴绣心也听得入了迷，手停在空中，竟没有行凶。

"所以我就想，为什么江捕头面对黄金的诱惑，竟然会那么犹豫呢？难道是江捕头不喜欢黄金吗？只到后来我看出了琉璃折射的秘密，我才想到，说不定江捕头的心中早就知道这黄金山河是假的！所以，你虽然本能地为金珠所迷，却仍能克制住自己，不至于完全失去了理智。此时我对你的怀疑又往上加了两分，变成了三分。"

江如雪深深地吸了一口气，被杀的恐惧此时有大半被杨恩的话语所转移："或许我也像捕神大人你一样天纵英明，看出了黄金山河的虚幻呢？"

杨恩笑了笑，似乎江如雪的回答早在他意料之中："那么，江捕头你挥剑斩落琉璃壁,触动后面的机关,就一定是蓄意所为了。"

"琉璃壁上的女贵人,很明显就是墓主。在任何一所墓中,但凡与墓主相关的形象,是一定设有机关保护的,更何况是黄金墓?江捕头你当时挥剑就斩,可是大异于你平时的作风啊!如果一定要我解释这种行为的话,我只能说,我就是要触动机关,一是最好置大家都于死地,二是即使大家没这么容易死,我也能抢出时间,独自赶去琴姑娘可能在的地方,查探她是否死亡,如果未死,当可击杀!此时我对你的怀疑,就有了五分。"

他用目光制住了江如雪的话语,"只是江捕头虽然找到了琴姑娘的所在,却没料到我和琴先生这么快也赶到了这里,所以情急之下,只好做出被恶鬼袭击的模样,假装昏倒在地。"

"假装?"琴追阳惑然道,"可是你看过他的颈子,三道爪痕棱起,青紫赫目,那个角度是不可能自己为之的啊?"

"的确不是自己为之。"杨恩答道,"起初我也迷惑不解,不知这爪痕从何而来,难道江捕头当真在墓中遇到了袭击吗?可是我们都在那墓道的机关中掉了下去,为何偏偏只有他被那只所谓'冰凉的大手'抓住了脖颈?直到我受到琴姑娘袭击之时,我才蓦地想清了这个问题。"他的手指奋力动了动,勉强移开丝毫,露出掌底半截碎玉来。

琴追阳费力地斜眼看去,只见那碎玉乃是条状,看不出所以然来,不禁问道:"这是什么?"

琴绣心咬牙道:"这是那壁角的龙凤玉雕!捕神大人一掌将我击飞时,我的后背撞在了上面,至今还是痛感未消。"

杨恩道:"当时我只以为是恶鬼,怎会想到是琴姑娘?自然也不会怜香惜玉。只是这一撞之下,却让我顿时明白,江捕头颈部的爪痕是从何而来了。本来我也在怀疑,不管是人是鬼,只要爪分五指,哪怕只有三指,各指力道都各不相同。然而江捕头颈上爪痕却是力道均衡,每一道用力大小,竟然都一模一样。

"直到这龙凤玉雕的龙爪被击碎掉落下来,我无意中拾到手里,才发现那龙爪的每根爪枝,其粗细与江捕头颈上的痕宽是一模一样!到了此时,我不由得推断出,江捕头并没有遇到什么恶鬼,只不过是来到此室后,听到琴先生跟我推门的声音，只好迅速扑到壁角，将自己后颈抵在龙爪之上，才做出那青紫的印痕！"

他顿了一顿，"只是，江捕头此举到底是为了要解除我们的疑心，证明自己是受害者；还是想要以恶鬼来吓退我们……我就不得而知了。不过，此时我对江捕头的疑心已经达到了七分。而江捕头方才情急之下，自己坦诚并非是因为琴姑娘才肯入墓来的，这可与江捕头先前一往情深的模样大相径庭，江捕头还说自己早明白琉璃壁折射的秘密，先前却做出意乱情迷之态，假装不知宝座上的女子就是琴姑娘的幻影，琴先生也被幻影所迷，但江捕头前行的步子方向却与琴先生有着微妙的差别，后来我回想起来，才发现江捕头所行的方向，一直都是向着琴姑娘最终现身的地方，而你的手，一直紧紧地握住你的长剑……江捕头，同在公门，我可是常常注意每位同仁的细节。你每次执行公务，杀气大起之时，喉咙会发出极其轻微的咕噜声，手腕处骨节也会时而作响。如此说来，在你见到琴姑娘幻影的那一刻起，就已经动了杀机。或者说，你根本一直都抱着杀机，在寻找这位曾经的心上人。如此一来，我对你的疑心没有九分也难。"

他淡淡道，"不如江捕头你自己把剩下的这一分填起来，帮我们解开这最后的谜团吧。"

杨恩的声音有些冷，有些沉，"你跟幽冥主人是什么关系？幽冥主人是谁？夜陌呢？他去了哪里？"

"黄金墓从来没有人能出去！你是怎么出去的？"琴追阳急促喝道。

"果然不愧是捕神啊，真是很难瞒过去呢！不过，"江如雪忽然一笑，那笑意竟然有几分狰狞，"我为什么要回答你们的问题？反正我是活不成了，你们也一样要死。'入我幽冥，付汝魂灵；黄泉不涸，永为墓殉。'绣心，你也活不成啦，伤心蛊是无药可救的，虽然你用这样狠毒的法子维持了一年的寿命；可我已经不爱你了，你在这墓中无法出去，也就找不到最后那一副爱你的心肝来合药！你很快就会毒发而死，而且，死得比谁都难看……"

"你……你胡说什么？我可以让他放我出去！我一出去，在红尘之中，可以找到许多爱我的少年郎……"琴绣心又惊又怒，手中琉璃碎片尖如利刃，颤抖着便要刺下！

"他不会放你出去的，即使放出去，你那只右手还是白骨，少年郎视你如鬼魅，避之不迭，哪里会爱你？"江如雪闭上眼睛道，"'入我幽冥，付汝魂灵；黄泉不涸，永为墓殉。'你忘了这四句话吗？你看，这黄金墓多么寂寞而广阔，不如就留下吧，就像那些白骨灯一样……你不是说过么……那些骷髅成色不同，所以应该是在不同时期被杀，充作捧灯的人殉的……他们多么安静，其实，我也累了……"

"那些来寻求黄金的江湖人，"琴追阳忽然说话了，他的声音平静得可怕，几乎没有什么起伏，"三十多年了，他们没有一个人重现江湖，原来，他们都已经化作了捧灯的阴灵侍者。"他在黑笠下的面孔也看不出任何表情，"我们呢？我们还能不能出去？"

这句话一问出来，几乎所有人的背脊之上都有一股寒意缓缓升起。

"我一定会出去的。"琴绣心俯首看着江如雪，良久良久，目中异光流转，忽然冷笑一声，"我要恢复往昔的美貌，我要游戏整个江湖，我要天下众生都拜倒在我的脚下，我要……"

她蓦地停住话头，举起手中琉璃碎片，再不犹豫，向着江如雪心脏猛地扎下！

一条灰影突然跃起，先前的僵直之态一扫而空，身形弓起，宛若开成满月的强弓，蓦地弹出！

"啪！"琴绣心惊呼一声，手腕被大力拗转，琉璃碎片已落在地上！

杨恩出手如风，已点了她几处要穴，轻轻一推，琴绣心便倒在地上，惊怒交加，狠狠瞪着他："你怎么还能行动？你难道没有中毒？曼珠沙华之毒，天下独步，你怎么……"

"我可能惧怕天下的迷药，除了曼珠沙华。"杨恩简短地说了一句，便转向江如雪，"江捕头，据我所知，此次黄金墓查探一事，其实是你暗地里给百草翁报讯，告知他百若夜极可能是在黄金墓中，百草翁又找到了朝中的大佬们，使公门不得不接查此案。你这样去做，一定是受人指使，那人是谁？是不是幽冥主人？"

"我……"忽闻一声轻笑幽幽响起。这笑声轻到了极点，却也冷到了极点。

"捕神大人，你知道谁来了？"琴追阳惊叫一声，"苏姑娘！是苏姑娘！"

淡淡光影间闪现出一个熟悉的白色影子，那是个穿白衣的女子。

即使看不见，杨恩也本能地抬起头来，把目光投过去："兰泽？"他的声音不由得变得急切起来，"是你吗？兰泽？"

苏兰泽没有说话。

然而，即使在这样幽暗沉浊的环境中，那袭白衣依然一尘不染、高洁胜雪。因为她是苏兰泽，也正因为普天之下，永远只有这样的一个苏兰泽，才显得弥足珍贵。

然而此时，在她的颈上却搁有一柄尖刃，刃锋上泛出淡薄的光。

看那身形，执刃站在她身后的是个男子，那人裹在一团流动不定的灰色雾气中，灰蒙蒙的令人看不清楚。

"你是谁？"杨恩沉声问道。

"我？"那人笑了一声，他的声音从雾中传来，尖利刺耳，似乎是努力将胸腔中的气流不是从咽喉，却是从鼻腔中强行逼出来的，所以越显得冷寒刺骨："你们不是在找幽冥主人吗？我就是此间幽冥的主人。捕神切莫乱动，刀剑本来无眼。"

他以言语迫住杨恩，凌空弹指，劲气正中江如雪哑穴，将其未出口的话截断："伤心蛊之毒，绣心已经解了大半，为何你不肯看她试验下去呢？苏姑娘也中了伤心蛊，难道捕神就不愿找到能医治她的法子吗？"幽冥主人嘿嘿一笑，笑声更显阴冷，"不过是个江如雪，京畿门一个小小的捕头而已，死便死了，又有什么关系？"

"我……"杨恩心中一动，真气凝于指尖，竟然难以射发出去。平生第一次，在法道与人情之间，他感受到了选择的艰难。要眼睁睁地看着江如雪被杀死吗？那苏兰泽所中的蛊毒怎么办？选江如雪还是苏兰泽？

只那一刹那的分神，幽冥主人指底劲气再次射出，已解了琴绣心的穴道！琴绣心已一跃而起，抓住了地上的江如雪！

杨恩遽然回首，身形一晃，仿佛只在眨眼之间，并没有隔着任何的距离，他已掠到了琴绣心的身前。

这用的正是他赖以成名的功夫——"寸短光阴"！

然而，琴绣心抓住江如雪，不断往后退！令人惊讶的事情发生了！那扇琉璃壁蓦地陷了进去，仿佛巨大的光影的旋涡，将二人的身影吞噬而入！杨恩身形再快，也只在那刹那间触着了琴绣心的红绡衣角！然后，他们消失了！

仿佛是同一刹那，那幽冥主人连同被他制住的苏兰泽一起，也消失不见。

"一定还是琉璃折射出来的幻影！真正的苏兰泽在那堵琉璃墙后，"琴追阳脱口道，"他知道只有苏兰泽才会让你心神暂分，但他绝不会放真正的苏兰泽出来！"

"你此时再说，还有什么用处？"杨恩苦笑一声，"一场白忙，连已有的线索都失去了！"

"你至少得先解开我所中的迷药！"琴追阳冷冷道，"我不会像你们一样，见着女人就会分神误事！且慢，曼珠沙华的解药应该在绣心手上！哎呀，这……"

"不用琴绣心。"杨恩拔出龙头匕，捉住琴追阳的一只手。琴追阳尖叫一声："你……你要做什么？"

"我不会杀了你。"杨恩皱一皱眉头，拈起他的一根手指，"曼珠沙华的毒性并没有什么药物可以解除，因为它本身是与鲜血相融制成的迷药，所以唯一的解药也只能是鲜血。"

匕锋一闪，他利索地割破琴追阳的指头，后者还未叫出声来，他已直接将创口塞入其口中。琴追阳疼得龇牙咧嘴，但仍乖乖地吮干了血迹，血腥盈腔，颇不好受。但那些混合有鲜血的唾沫咽下去，四肢真气却渐渐开始回流，活动起来。

"曼珠沙华？这种花我都没听说过，你怎会知道？"

"差不多了，再喝下去你就该喝干自己的血了。"杨恩不答，站起身来，扶起了琴追阳。琴追阳只觉手指颇为疼痛，不由得狠狠瞪他一眼，道："接下来怎么办？"

"我有一张地图。"杨恩从怀中取出那张图来，"我看不见，现在兰泽又不在我身边，只能劳烦琴先生了。"他将图展开，手法娴熟，仿佛目能视物一般，"琴先生，我此前曾将图记了个大概，也猜到我们现在所处的位置，应该是在这图上的锦洞天。也是主人模仿神仙洞府所造的一处丹室。虽然这里有名无实，并没有药品炼炉之属。但总的位置是不会错的。"

琴追阳接过图纸，仔细看了看，一时没有答言。

"琴绣心消失在靠南的壁侧，先前我也根据你们的反应，还有她和那幽冥主人现身的方向仔细推断过，他们应该是将可折射人像、制造幻影的琉璃镜，设在靠南的某一处洞室之中，以琉璃镜照映洞室中的真人，再通过锦洞天的琉璃壁反射出来，于特殊的光影中，映出以假乱真的效果。"

"我们现在应该往南寻找，是吗？"琴追阳收起图纸，塞回到杨恩手中，"我们是要现在就走吗？"

"稍等一等，"杨恩温润的目光在琉璃壁的流辉中，定定不灭，"我要去看看那具尸体，烦请琴先生为我描述尸体的形状。"

琴绣心虽然从机关逃走，却没有触动那个宝座。座底仍然翻转，露出上面镶嵌的铁板。尚存部分血肉的那具白骨被紧紧地捆绑在铁板上，在珠光辉映下，牙床呲露，胸腔打开，甚是可怖。幸而似乎没有什么难闻的气味，还不至于作呕。

琴追阳勉强看了一眼，道："这有什么可看的？"但还是大略描述了一下白骨长短、腐烂程度之类的内容，杨恩一直凝神聆听，忽然问道："肋间第三根骨可是泛灰？"琴追阳定睛一看，奇道："难道你看得见？果然是……果然是……"他扫了杨恩一眼，忽然犹疑起来，咕哝道，"你的眼睛好了？"

杨恩摇摇头，从腰间皮囊间取出那块手帕并解开，拿出一节指骨，道："你把它放上去，瞧瞧合不合适？"

琴追阳憋住气息，小心翼翼地翻拣了下白骨的右手，再看看左手，果然左手少了一根无名指骨。他从杨恩手中接过那节指骨，轻轻凑在死者的无名指根上，赫然严丝合缝，且指骨形状与其他指骨颇为相似，不由得点了点头，道："是。"

他张了张嘴，想要问什么，却见杨恩拿过那节指骨，放回皮囊之中，淡淡道："走吧，出锦洞天，向南找寻。"

出得锦洞天，外面的虚空中仍飘浮着那淡绿的幽光磷火。不知为何，却并不令人恐惧。琴追阳仔细观察，才发现此处的墓顶高大深远，竟然是整块的深蓝琉璃，将所有的光芒都收敛起来，如一片浩瀚深暗的夜空，那些绿点便是无数缀在空中的星辰，幽远而又迷人。此时点点"星光"照映着那片曼珠沙华，花色深，有如剪影。窗下的溪水潺潺流去，那水声令人有一瞬间的恍惚，仿佛正置身于一片广阔的荒野中,看得见风吹花朵,星月落寞,有一种说不出的寂静之美。

"主建这座墓室的工匠逢羿,一定是个非常了不起的人。"杨恩忽然开口道,"我虽看不见,却也能感觉到,他所想要表达的,并非只是死亡的凄凉和生者的追忆。其实,一个人的心如果很安然,虽死亦安,哪怕是白骨磷火、地狱之花等世上最冰冷的东西,也一样能表达出那种辽阔而静美的心绪。"

琴追阳静静聆听,神情竟是少有的肃然,半晌,方转开话头道:"我先前一路行来,已经仔细推断过,这墓室共分三进,入墓处为一进,如生人所居的院落一般。人鱼白骨灯处为二进,相当于生人所居的长廊。由院入廊,而后可以到达内室,即三进中的洞室。洞室各色齐备,与生人居所无异,而我们在锦洞天中所见机关结构与前两进相比,更是精巧复杂。想必这片洞室之中,便藏有墓主棺椁,也一定是整座墓中机关的总枢所在。他们借机关之利逃走,一定不会离开这片洞室。"当下,他又详细将洞室分布描述了一遍。

杨恩沉吟道:"听你所述,这片洞室虽是模仿生人居所,但建筑风格却与我们中土迥异。一般来说,阴宅仿造居所,主人应是居于正厅的后堂,但这里洞室都建得一模一样,连大小面积都没什么不同,彼此并列,并没有前厅后堂之分。或者说,从这张图上我们根本看不到有主人所居的厅堂,这到底是绘图者有意而为之,还是想要隐藏真正的机枢?"

琴追阳道:"纵然看不出前厅后堂,却能根据水流的方向来进行判断。所有居宅的水流,皆是从起居处引流进来,供饮用盥洗后,再流经整个宅第,由侧门绕院外流出。"他说到此处,蓦然停住,看了杨恩一眼,笑道,"我只是想当然,捕神可千万不要笑话。"

杨恩微微一笑,赞道:"你的话很有道理。"

两人溯溪而行,转入另一条陌生巷道,复行数十步,却见一处小小角门,果然图上未曾标注出来。杨恩推开角门,琴追阳跟在身后,只觉眼前豁然开朗,果然出现了一所独立的院落。院门上写有"别鸿小院"四个字,这字用的是古雅的篆体,与那玲珑花墙、精致房舍相得益彰。门边挂有灯笼,笼中不是蜡烛,却是明珠,散发出淡淡光晕,与空中的磷火连为一片。

琴追阳"噫"了一声,将所见情形讲给杨恩听,道:"看院落格局,果然这墓主是个女子。"

杨恩却只深吸一口气,道:"好香。"

"吱呀",杨恩探手出去,轻轻推开了院门。一片暗色花海,扑面而来。

珠光下,磷火中,通往厅室的小径旁,种满了那种叫作曼珠沙华的地狱之花。花香是如此浓郁,仿佛沉积了千年的思绪,在这一刻全部喷发出来。走在花中,竟也会有片刻的眩晕。

琴追阳紧张地望了望杨恩:"捕神大人,这些曼珠沙华长得古怪,那些洞室间有,这里也有。这几十年来,这些花生于地底,没有阳光,是怎么活下来的?绣心说它与鲜血相混是迷药,那它的香气会不会有……有毒?"

"只要不把花瓣捣碎,与鲜血相混,它是不会有毒的。"杨恩的手轻轻触上一朵曼珠沙华,"每种花都有自己的花语,这种花也有。"

"花语?"琴追阳问。

"是啊。"杨恩轻声念道,"彼岸花,彼岸处。映万重,幽冥路。花开花落无双生,相念相思永不负。传说它生长在地狱中,冥河旁,没有叶子,只有花朵,所以它又有个名字,叫作彼岸花。它不需要水,也不需要阳光,死人的血肉,是它唯一的供养。"

"这里种满这种花,长得这样繁盛,难道是说……这墓中……"琴追阳突然打了个冷噤。

"传说在幽冥之中,过了曼珠沙华的花海,就会走上冥河的奈何桥,喝下孟婆的忘尘汤,从此忘怀了前世所有的一切。所以曼珠沙华还有一层含义,代表永生的别离,别离同时也寄托了对尘世的留恋和对爱人的思念。这种花中土以前是没有的,所以琴先生你也不曾看见过。"

"捕神大人似乎熟知此花,不知以前在哪里见过?"

"我吗?"杨恩淡淡道,"这种花中土的确没有,我数年前曾在四方游历,于一次偶然的机会中,见到过此花,故此识得。"

琴追阳侧耳倾听动静,皱了皱眉:"这室中似乎无人,他们难道不在这里?"

厅室低矮精致,全部用细巧隔扇隔开,门扇上雕镂各色楼阁花草的图样,繁复华美。杨恩以手推了推,那门竟然应声而开。琴追阳性子颇急,一把抢上前来，把几扇门全部推开，里面果然空荡荡的，室顶镶嵌的几颗明珠散发出幽幽光芒。除了几张桌椅，这里什么也没有。

他失望地转过身来："他们不在这里！"

"不，他们应该经常在这里，"杨恩举起一只手来，"外面那些洞室都蒙尘许多，显然少有人迹。这里的门扇却不然，那样繁复的雕花理应是最能收积灰尘的，我方才摸上去，指尖却完全没有灰尘。说明此地经常有人进出。我们的判断是没有错的，经常有人进出的地方，一定是墓中机关中枢所在。"

琴追阳一窒，心下惭愧："论心思缜密，我竟然还比不上一个瞎子！"

耳边却听杨恩缓缓道："我只是不明白，他们为什么要待在这个墓中呢？"琴追阳道："刚才那人自称幽冥主人，幽冥主人待在幽冥墓底，倒也说得通，只是幽冥主人，嗯，这名字与幽冥门有什么关系？幽冥门的徽记可与那墓门入口处的地狱兽颇为相似。这种地狱兽也不是中土所有的图腾，寻常帮派怎会拿它来做徽记？这一切，应该不会仅仅只是巧合……"

二人穿厅入室，四处搜寻，厅中一架屏风后东西各有一门通向后室。但从东西二门入内后，路径房室却又各不相同，显然二门并非是通向同一地方。两人无奈之下，只得先从东门入内，依次经过数间房室，但见前方一条回廊。二人从廊上过去，依次看过几间房室，竟然又折回原路，却是从西门出来，仍是回到厅中。每间房室都不甚大，但牖户相通，曲折幽深，构造极其精巧。转向几趟，便觉有些目眩。琴追阳忽地脚下一停，若有所思。

杨恩问道："琴先生？怎么了？"

"我只是有些累。"琴追阳歉然道，又推开另一扇门。

"琴先生，这房舍奇巧，只怕有数十间之多，机关进口，却只会在某一处极小的位置。我们这样找下去，虽不是大海捞针，却也不是个办法。"杨恩驻足不前，说道。

琴追阳回过头来："那依捕神大人之见？"

杨恩微笑道："我们方才由东门入后室，沿途经过七间房室，便遇见了回廊。"

"嗯。"

"走过回廊,重又经过七间房室,却是从西门出来。看上去似乎是没有什么问题……"

"唔?"

"从东门进入的时候,我走进一间室内,去敲了敲对面那堵墙是否空心,共走了八步,到达那堵墙边。说明那间室的宽度,是八步的距离。"

"那么……"

"从西门出来的时候,我走进与那间室相对的一间室中,发现走到另一堵墙边,却只用了七步半的距离。"

"啊……"

"东西门的廊道格局一样,房室布列一样,这两间房室也是对应的,为什么一间的宽度为八步,另一间的宽度却只有七步半呢?"

"因为中间留出了夹层!"琴追阳叫道。

"我只是一个瞎子,都能看出来。琴先生是老江湖,应该也看出了蹊跷,"杨恩淡淡地笑道,"因为琴先生方才停步,正对着夹层之处。"

琴追阳干笑一声:"果然细微之处,都逃不过捕神查勘。当真令我愧惭不及!"他将那具从不离身的七弦琴绑上腰间,这才上前凑近那屏风,仔细抚摸,赞道,"这外面是屏风,里面可是厚实的石板,便是我们推毁屏风,可也没办法打开那石板呢!"

杨恩道:"再找找,屏风上一定会有机关。"琴追阳手指一顿,突然用力按上左上方某处,发劲微吐,'噗'的一声微响,那表面的一层木质已应声而碎。

他探手入碎裂处,指尖摸索片刻,笑道:"机关果然在这里,我是个粗人,只能用粗人的法子,坏了这屏风。"

杨恩只听细微的一阵声响,似乎是琴追阳用一根细长东西,伸入屏风碎裂之处,左右拨弄。

"琴先生是在寻找开动机关的机栝吗?"

"是。"琴追阳简洁地答道,"这里的机关需要启匙才能打开。所谓机关与启匙的关系,就相当于锁和钥匙一样。我们没有启匙,只好破坏掉这机关。"一言未毕,忽听"啪"的一声轻响,似乎某处机簧已被拨开。

"走!"杨恩几乎与他同时叫出声来,二人蓦地向后跳开,直跃到另一堵墙边,贴墙而立,紧张地盯着屏风。

"唰唰唰!"一阵箭雨从天而降,在空中掀过一片冷风,射在二人方才所站立的地方。箭头锐利,大半深深扎入地底,密密麻麻,甚是怵目。

蓦闻轧轧有声,眼前的屏风连同屏风后的石板一起,忽然当中裂开,缓缓向两边退去,露出一个漆黑的门洞来,隐约露出一节石阶,似乎延伸而下。

杨恩当前而入,琴追阳微一犹豫,也随后跃入了门洞之中。

石阶狭窄,只可勉强容二人并肩而过,空气倒还干燥,略带呛人的尘土味道。杨恩低声道:"我们强行破坏机关,引发箭雨,只怕已惊动了他们。若有遭逢,请琴先生负责救人,由我断后。"琴追阳正待答言,忽闻一声惨呼,自地底蓦然响起,声音凄厉熟悉,正是江如雪!

琴追阳失声:"糟了!"杨恩足尖一点,风一般向地底掠去。琴追阳紧跟其后奔下石阶,忽觉眼前一亮,却是足底阶下左方,有光束斜射而出,当下更不犹豫,叫道:"下行往左!"

左首果然是一间敞开的石室!二人方才奔入,忽然"哐当"一声,却是一只铁笼自天而降,严丝合缝,正将二人罩于其中!

琴追阳伸手抓住笼上铁条,用力拉抻!谁知那指头粗细的铁条却纹丝不动,真气反激,手腕微觉酸痛,不禁松开手来,挥掌又待拍击。

杨恩伸手拦住他,沉声道:"是精钢铸就,只怕无法打开。"

只听一人悠悠道:"不错,这只笼子也是出自前朝巧匠逢翌之手,全部为精钢所制,利刃宝器无法损伤,便是狮子老虎也逃不出来,何况人力?"

那声音娇媚,带着一贯的慵懒味道。室角之处,有一个红绡身影袅袅婷婷地站起来,仿佛从淡薄的光影中化生出来般,随着她的走近,越来越清晰。

"琴绣心!"琴追阳叫了出来。

那身影正是琴绣心,首先触目惊心的是她那鲜红的双唇,红得骇人,细看才知上面沾满鲜血,唇角还有一道淡淡血印流下来,分明是咀嚼过什么活生生的血食。血色红唇,衬着她苍白肌肤,如画眉目,却又有说不出的奇异惊艳,仿佛是传说中的阿修罗,绝美容颜下,竟然藏有那样一个邪恶而狰狞的灵魂。

她将手中的琉璃片往地下一掷，眸光更亮了，有些幽幽的绿，仿佛野兽捕食后的贪婪和喜悦："是啊，不愧是捕神，居然还能找到这里来。可惜你们一触动上面的机关，我就在下面准备了笼子！你们来此，是想救回江如雪吗？嘿嘿，真可惜，你们还是来晚了呀……"她娇娆地拈起兰花指，往墙角指了指。

琴追阳的目光已经投到了墙角那里。墙角也悬有一颗明珠，淡淡幽光，照亮了整间石室。

强烈的血腥气扑鼻而来，琴追阳渐渐适应光线的眼睛，已看清那里躺着一个人……不，与其说是人，不如说是一堆血肉，一堆失去了人形，已经乱七八糟的血肉。除了头颅尚完好之外，自颈而下至腹，已被利器割开，肉脂向外翻出，脏器鲜血淌了一地。

哪怕琴追阳久历江湖，一见这血腥场面，也不由得要翻江倒海。"你……"他艰难地吞了一口唾沫，仍觉得喉头发干，"你一刀下去，就切开了他的胸腔和腹腔，连刀口都是如此整齐！你……你好狠……"

"不如此，我怎能取出他的心肝哪？"琴绣心不以为意，咯咯笑道，"现在我终于服下了第四剂药，我的手……"她喜悦地举起自己右手上的白骨，端详不已，"白骨终将复生血肉，我……我就快能出去了！等我出去，我还会有更多爱我的人，哈哈哈！哈哈哈！"

她蓦地将笑声一收，面目竟有几分狰狞，"唉，我有很久没吃过新鲜人肉了，等我吃了江如雪，再来吃你们！横竖我的手长出血肉还需要一段时间，这段时间，我可就全靠你们来填饱我的肚子啦……"

琴追阳打了个冷噤，放软声音，央道，"绣心，我是你叔父啊，你怎能这样对我？你该放我出来的啊！我又不会害你……绣心！"

"叔父？"琴绣心冷冷看着他，道："从小我的父母就死了，是叔父把我养大的。我父母死的时候，我还只有四岁呢，模糊中知道，最爱我的人已经消失在这世上。我很害怕，我哭啊，哭啊，觉得天地都是昏暗的，不知道自己该投向哪里去……是叔父在他们的墓前，紧紧拉着我的手，对我说，'绣心，别哭了，还有叔父，叔父一辈子一生一世都不会离开你，都不会不管你的。'"

"绣心……"

"哦，"琴绣心微笑，"我一直信赖他，依靠他，事事都顺从他，我以为我们会相依为命，彼此不再分离，一直到活过这一辈子。谁知有一天，他却带了个年轻女子回来，告诉我说，以后他会娶那女子为妻，不再每天过来照顾我了。"

她的眸子空洞而黑亮，有着透心的寒光，"哼，那女子不过是个寻常人家的女儿，样貌才技，哪一样比得过我琴绣心？这么多年来，为了成为叔父的骄傲，我拜入青虹帮门下，又遍求名师，习得琴棋书画的绝技，夺魂掠魄的媚功……谁知道他自从有了那个女子，居然将这一切都不再放在心上！居然还要抛下我，过他们卿卿我我的日子！"

"他只是你的叔父，"杨恩淡淡道，"将你养大，是他的职责。可是与你共度一生的人，绝对不会是他，你该明白这个道理。"

"我不明白！"琴绣心将长发一甩，黑缎子般的光芒中，刹那间带上了森然杀气，"爱我，就不要离开我！我的父母离开了我，我不要再让叔父也离开我！所以，纵然他百般防范，可是啊，在两年前的那个夜晚，月牙儿挂上柳梢的夜晚，在他们幽会蜜爱的那个夜晚，我终于成功地扮成那个女人的模样，躲在床帐之中……趁着他不备的时候，亲手将一把匕首，深深送入了他的腹中……"

"啊！"琴追阳突然叫出来，"绣心！我没有死……那天你走之后，我被人所救……"

琴绣心的眸子粲然生光，双颊红云生晕，似乎是正沉浸在恋人往事里的甜蜜少女："叔父啊，死与不死，又有什么关系，你终归是为了一个女人不要我了……哈，你们看，世人冷漠淡然，连亲叔父都会抛弃我，我还能相信谁呢？从那一天起，我就暗暗发誓，所有爱我的人，都不准离开我！"

她仰天大笑，纤纤玉手陡然在空中划过一条弧线，仿佛俯仰天下，将所有人都划入了那广大的范围之内，她神态冶艳，令人心荡神摇，却让人从心里冒出寒气，"黄金墓，这真是一个好的传说。这里是我心中的乐土，是我最后的家园。"

她张开双袖，在原地轻倩地转了个圈儿，掩盖不住话语中的欣悦和快乐，"在外面，我恐惧那未可知的广大世界，恐惧那瞬息百变的人心，男人朝秦暮楚，便是个天仙，也不过三天便腻了。当初再怎么爱你，最终还是会离开的。我在青虹帮中，所见所闻，难道还少了吗？江湖第一美人又如何？我不过也是个可怜的女人，试图用美色，用才艺，用甜言蜜语，用一切的一切，去努力挽留住男人的心。啊，我累了，真的好累好累……可是在这里，"她甜甜一笑，话语中却多了几分狠绝，"什么都用不着，我只要吃掉他们的心肝，吃得干干净净就好啦，这下，他们的心就永远跟我在一起了，谁也夺不去！江如雪以为说不爱我，我就不会吃他吗？哼，爱与不爱，我都要吃了他！因为这是世上最有用的法子，多么简单，多么干脆利落，多么一了百了！爱别离，爱别离，爱而不别离，只有这个法子！"

"可是，"忽然有女子的声音幽幽响起，"难道真的服下这四剂心肝合成的药，就一定能够驱除伤心蛊的剧毒吗？"

那声音清丽柔婉，如风吹洞箫，带着由衷的深深叹息。杨恩如遇雷击，蓦地扑向笼边，抓住铁条，叫道："兰泽！兰泽！你在哪里？"

"苏兰泽？"琴追阳也是一惊，四下扫视，却没有看到第四个人的影子。

"杨恩，我在另一处地方，不过传声至此罢了。"苏兰泽柔声道，"你不用急，我还好好的。"细听之下，她的声音果然似乎是从空中传来，却不辨方向。

"好。"杨恩的神情已经瞬间平息下来，又恢复了一贯的沉着安然，"是幽冥主人……"

"不错。"那冷寒入骨的声音果然来自幽冥主人，却也一样辨不清声音的来向，"乐神姑娘现在还是好好地跟我在一起，不过如果捕神你有所异动的话，我可就保不定她的安全了。"

"我并不了解你需要我们做什么。"杨恩手扶铁条，淡淡道，"先前你阻止我们救下江如雪，眼下江如雪已死在琴绣心的手下。我们……"

"我所要知的，跟你来的目的一样。"幽冥主人突然打断了他的话头。杨恩暗暗一惊，幽冥主人却冷笑一声，"何为爱别离？"

何为爱别离！那秘密旨意上的内容，这诡异不明的幽冥主人怎会知晓？或者仅仅只是一种巧合？

琴追阳也不由得皱起眉头，道："又是爱别离！'要解伤心蛊，唯有爱别离。'捕神要找爱别离，是因为苏姑娘中了伤心蛊；幽冥主人你要找爱别离，难道你也中了伤心蛊不成？"

杨恩目光一闪，望向空中，却并不开言。

　　幽冥主人也并不理会琴追阳，道："苏姑娘，你方才的话，还没有说完。难道琴绣心的法子，不能完全驱除伤心蛊之毒吗？"

　　"不可能！"琴绣心锐声叫道，"我全身白骨，因为服了三剂心肝合药后，已经血肉重生！只剩下这只右手尚余骨枝，如果服下第四剂，怎么可能驱除不了？"

　　"伤心蛊毒发之时，的确是通过经脉的运行，将心中的蛊毒带到全身。"苏兰泽道，"你服食人心以补心力，原也算是一个抵御蛊毒的法子。只可惜伤心蛊不是普通的毒药，伤人心，断人情……纵然你服下爱你之人的心肝，也不过是斩断他人的情意而已，但自己那颗曾被伤害的心，又怎么可能复原呢？"

　　琴绣心脸色一变，先前那种灼灼的光芒渐渐从眸中退去，喃喃道："那颗曾被伤害的心？"

　　"是啊。"苏兰泽叹了口气，道，"伤心蛊真正的厉害之处在于它毒发的药引，并不是蛊虫，而是自己的内心翻涌，无法克制，才使得蛊虫借势而为。只要心念一刻不息，心绪一刻不宁，此毒便无法解除。可是，生而为人，生有人心，谁不曾有瞬息千变的心念，谁不曾有喜怒哀乐的心绪呢？"

　　"那么只有死人，才会真正解开伤心蛊的毒了？"琴绣心跌跌撞撞地后退几步，背脊几乎抵上了墙壁，"我不信！我的血肉都长出来了！你骗我！你骗我！"

　　"我为什么要骗你。"苏兰泽淡淡道，"我自己也中了伤心蛊的毒，根本没有必要骗你。你的血肉长出来，的确是因为你服食人心的缘故。我说过，服心可补心力，暂时遏制毒素的蔓延。然而你为情绝爱，杀人取心，魔意大炽，本来应该安宁平息的心，反而更加惊涛涌动，反而加速了毒性的发作！你只知伤心蛊第一重毒发作时，是全身皮肉化尽，只露白骨。却不知第二重毒发作时，正是白骨复生皮肉！你知道你的右手的无名指为什么总是白骨吗？无名指直通心脏，它无法复原，实则是因为心中仍然有蛊毒存在！"她的话语中暗含怜悯，"原本，当毒性积重到一定程度，会有一个短暂的相持期，或可再多度过一段时光。可你偏偏在此时吃掉了江如雪，打破了这种相持的平衡！琴姑娘，只怕你……"

　　"不！不是这样的！不是！"琴绣心突然暴躁起来，胡乱推倒室中石头桌椅，但她似乎无处发泄怒意，又举起一把石椅，狠狠砸到江如雪的尸身之上，霎时血浆迸溅，令人目不忍视。

杨恩厉声喝道："琴绣心！死者已逝，何必如此糟践呢？"

琴绣心蓦然转过头来，双眸已变得血红："我偏要糟践他！世人都糟践我，我为什么不能糟践他们？我……我等不得了，我右手还未复原，不如我再吃了你们的心肝！吃捕神的心肝，嘿嘿，"她咯咯地磨牙，"还有你，叔父的心肝，我这就按下机关，将你们乱箭射死，然后我把你们都吃了，说不定马上就好了！我瞧咱们的乐神姑娘还有什么好说！"

幽冥主人哧地一笑，似乎颇感有趣，道："好，早听说捕神智超常人，想必有一颗玲珑心，若是吃了，也许当真有意想不到的疗效呢！"

"你们简直是恶魔！"苏兰泽厉声喝道。愤怒的声音在室中嗡嗡回响，"伤心蛊，伤人心，断人情，其实都不过是自己的心魔！世间广大，谁说相爱就必须要占有？谁说相爱就一定不能分离？人活百年，总归是要死的，任是怎样的情爱，有谁能占有永远？便是相聚相守，最多也不过百年！相爱的终点，原本就是分离！"

琴绣心充耳不闻，痴痴发笑，脸上重新漾起红晕，春葱般的右手，向一边墙上缓缓按去，那根无名指的白骨，越发森然可怖："怕什么？吃了再说，吃了再说……"

"啪！"一声脆响，却是琴追阳早从怀中取出了那具七弦琴，举掌拍下！

琴尾豁然裂开，从狭长的裂缝中，露出一根黝黑的铁管！他将琴向空中抛出，"噗！"铁管中喷出一蓬黑色烟雾，顿时将铁笼顶部全部笼罩！雾中但闻滋滋声响，如雨打杏花一般，黑雾随即散去；而几乎与此同时，一道淡金光芒蓦然闪现，杨恩冲天而起，似乎整个人都化入了龙头匕那道淡金光芒之中，在尖锐碎响声中，笼顶铁条已被击碎！但见无数铁渣残枝，如雨一般，四下溅落！

巨大声响中，尚听见杨恩赞道："好强的'蚀腐雾'！"

淡金光芒击碎笼顶后，更没有丝毫停歇，挟无坚不摧之势，毅然冲向室顶！"砰！"碎石横飞，灰尘弥漫，众人惊叫声中，那光芒竟已穿破室顶，如紫霄长虹，直贯而上！

琴追阳接住七弦琴，复往腰带间一插，紧随杨恩跃上空中！在最后一刹那，他于淡金光芒中，偶然回首一瞥，却看到了身下的石室中，那幅终生难忘的情景。

淡淡珠光下，琴绣心兀立当地，带着一种奇异的神情怔怔地望向他。那种神情复杂莫名，似乎当中融合了哀求、惧怕、希冀、依恋……甚至还有一种怯生生的稚气。在这种神情的笼罩下，在这一刻凝固的时光里，她不再是那个颠倒众生的江湖第一美人，倒还原成了多年之前，那个丧失亲怙，惶恐不安，只能将唯一叔父当作生命支撑的小小孩童。

"叔父……不要离开我……"

一片指头大小的皮肉从她的颊边落下来，一片，又一片。额前、眉梢、眼旁……一片片皮肉鲜活生动，三色相间，黄的是皮，红的是血，白的是脂，从那张千娇百媚的脸上如雨纷落，越来越多，越来越密。那眉、眼、鼻、唇，在眼前幻觉般地消失了，仿佛脱落了外层光鲜油彩的一尊神像，渐渐露出了里面森然的白骨。

伤心蛊之毒，终于发作。

在琴追阳随着那道淡金光芒没入空顶的时候，他的视线中，只剩下那间寂寞而空旷的石室。淡淡珠光里，再也没有了曾经艳绝天下的那个女郎，只兀立着一尊裹有红绡的骷髅，红绡是那样的绚丽夺目，裙裾层层铺排开去，宛若一朵蓬然绽放的曼珠沙华。惨白的骷髅头上，尚剩下那把黑亮如瀑的青丝，两个目窟窿有如黑洞，骨牙龇出，失去了所有生机。

"入我幽冥，付汝魂灵；黄泉不涸，永为墓殉。"青铜兽首下刻着的十六个字，突然跃入了琴追阳的脑海中。究竟，是谁夺走了谁的魂灵，谁又是谁永远的祭殉？

是不是进入这墓中的人，其实本来便有着非常孤独的灵魂呢？

仿佛有喟然的轻叹，在这陌生的虚空里悄然响起。

花香浓郁，凌空浮动。那暗色的花朵，仿佛也堆积在空中，形成一片广阔的花海。那些花瓣徐徐吐绽，又徐徐收拢。明灭不定的微光，闪动在每一朵花上，化作若有若无的光网，将杨恩和琴追阳都网罗其中：那场景如此荒诞，又如此真实，迷乱的浮生之世，在这里投射出最小的缩影，照彻了心底的最深处。

杨恩突然一跃而起，身形弓起，宛若开成满月的强弓，蓦地弹出！

如箭一样射向的地方，居然是那花海的深处！金光闪处，龙头匕那威严狰狞的龙头，急促地将冷霜般的匕刃直推入内！无数花瓣被匕锋激飞，香气仿佛也碎成无数片，夺人心魄。

"啊！"急促的惊叫声从花海中隐约传来。当中隐约飘浮起一条影子，颜色极淡，似淡若无。

巨响声中，杨恩向前扑去，右手执匕，左手探出，风一样卷向那条鬼魅似的影子！扑势如此刚猛，宛若山狮搏兔！

自出道始，杨恩的淡然自若、镇定柔和，不仅是他个性的一部分，更早已融入了他的武学风范之中。哪怕身处再危险的境地，总是恪守捕快的职责，出手颇讲分寸，从不夺人性命。如眼前这样一种狠辣决绝的搏斗风格，只怕是平生罕见！匕锋与掌风交错相连，宛若当面封上了一张严密而布满杀气的大网！

"影子"飘然闪避，如同一阵风、一团雾，从网中穿越而出，几乎要让人怀疑有没有骨肉的结构，完全不类生人。冷风袭来，有只黝黑发亮的鬼爪凌空出现，直向琴追阳咽喉扣去！琴追阳要穴被封，内力大打折扣，且七弦琴已毁在下面石室之中，不敢直撄其锋，只得往后闪避！

"当！"金铁交击，却是龙头匕斜刺拦出！那手爪坚逾钢铁，以龙头匕之利，竟然不能损它分毫！鬼爪横斜，露出另一端来，竟是尖利的笔尖状，点刺穿钩，凌厉万千！琴追阳叫道："判官笔？"这的确是一对诡异的判官笔，笔头不是寻常的圆头，却化作一对狰狞的鬼爪，且笔身极短，只有八寸，如此近身互搏，笔尖、鬼爪皆可伤人，更添凶险。

他心中一安："不过是个武功高强之人，在这里装神弄鬼罢了！"

龙头匕本身也是短兵器，与那判官笔交击而斗，快如闪电，"当当当！"两样兵刃连连交击，力道所至，溅起一串金色火花！只是过得三招，已是险到了十分。蓦地眼前一花，却是龙头匕陡然涨大，匕锋中竟弹出一截金刃，化作一柄柳叶般轻薄的长剑！杨恩旋即凌空回削，洒落一片弧形的淡金剑光！

琴追阳失声而呼，甚至连那沉默的"影子"，也不禁轻轻"噫"了一声，似乎颇为惊异。

天下皆知，三眼捕神所擅长的功夫，一是"弹指神通"，一是"寸短光阴"，虽然是武林中绝妙高深的武功，却以缉拿擒捕对方为主，从来不肯沾染半分刀剑的血腥，后来蒙赐龙头匕，他也少有使用，一直带在身边，或许是为了表示对御物的崇仰和尊重。

时日久长，习以为常，江湖人甚至不能想象捕神佩带兵刃的样子；不曾想到这龙头匕暗藏机关，更不曾想到，杨恩竟可以施展出如此精湛的剑法！那剑法施展开来，浑然褪去了捕神一贯温雅柔和的气度，却是一派捭阖自如、大开大阖，如山间粗朴的松柏，随风自在摇曳。没有绮丽风流的招式，只有纵横的剑气和决心。

剑光飘泻而下，有如长江大河，寒锐杀气，便是江河中的暗礁，时隐时现；若高山远川，招式之精，却是山川间的云霭，似有还无。琴追阳立在一旁，如醉如痴，竟忘了要加入战团，但觉平生所见的武功，均不及眼前一幕的精妙奥微、庄美威严。

"嗖！"气劲飞缠，判官笔居然被生生绞了出来，扎入了石壁之中！

杨恩剑锋飞掠，直直刺向那团"影子"！这一剑毫无花哨，却坚定沉着、锋锐无匹！

"影子"腾空而起，急剧向后退去，突然冲天而起，"砰"的一声，掌力已击到室顶之上！

轰然声响，室顶一块石板应声移开，赫然露出一个空洞！那影子当真宛若一道轻烟，直飘而入。

杨恩几乎不曾犹豫，足尖一顿，提起剑身，婉若游龙般，随后也投了进去！

琴追阳如梦初醒，叫道："等等我！"足下一跺，咬了咬牙，竟然也跃入其中。

"砰！"机关合拢，四下里一片静谧。

轻微的足音，响在这空旷的地方，如同水滴落入玉盘，微弱得那样不真实。

那竟是一片广阔的世界：清风从未知的空隙中穿掠而出，带来夜的清凉气息。四壁和地面都铺有琉璃，望去幽蓝如海，苍茫缥缈。"海"上升起两个月亮：一如银盘，一如金钩，对映相照，颇为奇观……不！那只是形似满月和弦月的两片琉璃嵌在穹顶之上，透过真正的月光，便宛若重生的月亮。

琴追阳张大了嘴巴，简直不敢相信自己的眼睛：有碧玉雕成的一只画舫，临"海"而泊，似乎正要扬帆出海。舫身虽只有丈许，却舟楫齐全，栩栩如生。唯舱中空荡荡的，别无一物，只停有一具黄金棺椁。月色如水，透过琉璃墓顶，落在那黄金棺盖之上，将那些镂刻精美的画纹，都映成一片耀目的金光。

舫中竖有白玉桅杆，粗如儿腕，桅上无帆，却挂有一幅长约七尺的美人图，素墨勾勒，远望如桅帆。图中的女子净额低鬟，此外别无簪饰。女子身着雪白束腰长裙，外披极短的挑绣菊纹衣衫，素帛裙裾在腰前系成繁复花形，打扮有些怪异，不类中土。然而虽是画笔，遥遥观之，仍可见那女子容貌艳丽，特别是一双明眸，水光流溢，仿佛穿越画面而来，脉脉视之，柔情无限。

琴追阳不由得赞道："这里有海，有月亮，有碧玉画舫，还有美人……虽然都不是真的，可是真美！"

杨恩忽然冷哼一声，回身跃起！他虽不能看见此处情形，却能感知到对手的存在。当下，他只将手腕一伸，竟仿佛压缩了空间，将身形生生拉近数尺，指尖便险些触到那"影子"边缘！"影子"包裹在一团流动不定的雾气里，真如模糊不可触的幻影般，飘然闪开，却又挥袖上拂！暗色花朵，自袖中纷飞满天，一时间光芒大盛，蓬然绽开，却有无数暗绿光点，自花间蓦射而出！

杨恩似已感知到了周围的变化，蓦地剑光挥起，宛若虹霓的光芒，顿时席卷了这一片天地！所到之处，花朵尽数熄灭。剑锋上真气激荡而出，反向空中卷去！

"轰！"那些暗绿光点，被真气反激之下，非但没有熄灭，却当空一晃，化作一朵朵绿荧火焰，悄无声息，飘忽不定！那些火焰，映着那幽蓝的"海"，如同是天空的万千繁星，照亮玉舫的归乡之路。

然而这毕竟不是真正的繁星，当它再次蓬然绽放的时候，便是这世界上最令人生寒的暗器！琴追阳急切中叫了一声："当心！"猛地向地面扑倒！杨恩却将掌中长剑一拂，缓缓收回来，斜斜指定了那团飘移不定的"影子"："幽冥寒花是一种奇怪的冰晶凝就的暗器，因为太容易在常温中化掉，所以一向要依傍幽冥门独有的寒凉真气而生。方才灌输其间的寒凉真气，已被我的剑气破掉，如今这些绿焰便再不能伤人。"

"真气的强弱决定了你们驱动幽冥寒花的功力。当初玉琳琅一案中的张银娘也是你们幽冥门人，却只能驱动三朵，而你此时却能驱动如此之多的幽冥寒花……"

他闭上眼睛，仍然感觉到那些花朵所独有的寒凉，从四面八方幽幽投射而来。

"那么，谁能有这样深厚的功力，能同时驱生如此多的花朵？你自称幽冥主人，应该正是幽冥门的门主罢？你三十年如一日散出黄金宝库的流言，引诱江湖人绵绵不绝地入内！才有了那些人鱼白骨灯和那些曼珠沙华！"

"影子"冷哼一声，不置与否。那"影子"与他们二人中间隔开十余步的距离，在浓重雾气的缠裹下，琴追阳根本看不清对方的形体高低，只感觉那人微微地飘离地面，似真似幻，如鬼如魅。

"捕神，与人鱼白骨灯和曼珠沙华有什么关系？"琴追阳听得云遮雾罩，不明就里。

杨恩不置可否："以前我一直在想，为什么一座连墓主姓名都未可知的坟墓，却偏要有什么黄金宝库的流言，在江湖上传播开去。而且每当寻宝人一去不复返的悲剧，使得人人心中生出惕意，致这个谣言快要消湮时，又会突然以更热烈的声势被宣扬起来。这只能说明三十年中，一直有人不遗余力，刻意地在传播关于黄金宝库的谣言。是否传播谣言之人，对墓主有着刻骨仇恨，才要让源源不断的人来打扰墓主的安宁。"

"不！不是这样的！""影子"突然厉声喝道，"他们打扰不了她的安宁，她一个人住在这里，他们只配隔得远远的，谁也接近不了她！"

"现在我当然明白了。"杨恩淡淡道，"当我看到那些人鱼白骨灯，还有那些曼珠沙华的花海时，我当然明白，为什么这个谣言会三十年不绝。"他的目中射出剑锋般的锐光，连那"影子"都仿佛感到了其中的凌厉之意，包裹在周围的雾气，也不安地微微动了动。

"因为那个传播谣言的人需要源源不断的、大量的人殉，用他们的白骨制作灯盏，用他们的血肉滋养墓中种养的曼珠沙华！"

"曼珠沙华，彼岸花，代表永生的别离，同时也寄托了对尘世的留恋和对爱人的思念。"琴追阳想起别鸿小院里那一片暗色的花海，也想起杨恩的话语，喃喃道。

"它还有一种含义。""影子"幽幽说道，"它种在地狱和凡间相通的道路旁，灵魂如果有思乡之念，会随着它盛开的花朵，沿着香气飘来的方向，一路回到凡间，再次复活！所以它不仅是彼岸花，也是还魂花！"

"还魂？"杨恩的眉头皱了皱，"你想要还的是谁的灵魂？"

"影子"喋喋地怪笑起来，那声音冷峭如枭，在这空灵的室中，越觉阴森不测："捕神，你问得太多了。为什么不问一问，你的苏兰泽，还有那位百若夜，他们现在何处呢？"

杨恩目光一闪，缓缓问道："他们现在何处？"

"影子"笑道："你为什么不看看那海边的画舫？哦，你是看不见的，那么，琴先生，烦劳你告知捕神吧。画舫桅杆之上，那吊着的两个人究竟是谁呢？"

琴追阳依言看去，悚然一惊！失声道："真的是苏姑娘！还有夜……夜陌！他们……他们被吊在了桅杆上！"

果然，在那碧玉画舫的白玉高桅之上，不知什么时候，已经高高地吊起了两个人影，尚在微微晃动。"月"光映照下，二人的衣饰发丝，如剪影般清晰，分明正是苏兰泽和那名叫"夜陌"的少年。舫首二人身下之处，不知何时已竖起一片尖刀，刃上微光反射，雪亮一片。

"这是夜陌啊，怎么会是百若夜？"琴追阳诧异地叫道，"百若夜不是被琴绣心吃掉了吗？她亲口承认的，他怎会在这里？"

"影子"还在怪笑，笑声越发瘆人，阴寒至极，令人不忍卒闻："杨恩，苏姑娘二人，都中了迷药，全身穴道也被封住，毫无招架之力。如果你不肯听从我的话，我便会令我的手下割断绳子，让他们在你的面前活活摔死！你自负英雄，总不愿就此与心上人相爱而别离吧？"

琴追阳冷哼一声，道："竟拿人质要挟，真是无耻！"

"我自然不愿。"杨恩并不动怒，道，"我只是想知道，你希望我做什么。"

"我要找爱别离!""影子"嘶声道,"我知道你也在找爱别离!我不知道你要找的爱别离究竟是什么,可是我要找的只是伤心蛊的解药!苏兰泽自己也中了伤心蛊,她亲口说的,她有办法解开这种蛊毒!只要你们告诉我,这种名叫爱别离的解药,究竟如何制法,我便放了你们走!"

杨恩摇了摇头:"我该如何才能信你?"

"影子"的声音低下来,带有森森寒意:"你可以不信我。那么,我就当着你的面将他们二人杀了,作为墓中的殉品!"

"你敢!"嗔怒厉喝,声如春雷,没想到,这声音竟然是出自杨恩之口!他右手执剑,食指屈起,轻轻按在了刃锋之上。

"你杀得了他们吗?"杨恩一字一顿,淡淡说道。

指端只在锋刃上轻轻一带,刃的冷寒直透入骨,却腾地烧起另一种光焰,一路沿着骨骼燃烧下去!那样灼热的疼痛,灼疼了他的眼、他的心、他的五脏六腑,仿佛有一种隐藏许久的力量,正在呼啸奔腾,恨不能冲破所有的骨肉皮肤,狂乱地倾泻出来!

杨恩心中有一个声音在轻轻唤道:当初是你救我出地狱,如今为了你,我愿重生魔性,再入无间地狱。

满空绿焰,仿佛感知到那无名的力量,顿时一起乱舞颤动,光芒大盛。

"捕神大人!"在琴追阳的惊叫声中,"影子"忽然间感受到一种前所未有的惧意,本能地纵身跃起!就在跃起的那一刹那,他突然有了一种奇怪的感觉,仿佛周围一切景物早悄然转变,阴风惨然,鬼哭声声,时间光阴,蓦然缩得极短,但每一寸每一尺的地狱画面,或烈火满地,或恶鬼分食,或刀山油锅,在这漆黑的空间里,却又回放得如此清晰,清晰地感受到了时光如此玄妙精微的变化,却也分外清晰地感受到地狱的惊怖血腥。

"寸短光阴!"那"影子"心里有一个声音叫道,"这就是捕神最为惊人的绝技啊!"

神思恍惚中,仅存的一丝清明,使得"影子"想要挣扎着奔向那画舫,却身不由己,仿佛已化为一缕幽魂,轻飘飘往下堕落,穿过黄泉幽墓的层层泥土,穿过曼珠沙华的血色花海，直堕入无穷无底的地狱。

突然一声轻轻的叹息，在空中幽幽响起。

那叹息如此温柔，如此忧伤而又如此美好，仿佛海上的清风，徐徐贴着波面吹过来，带来沁人心脾的清新。"影子"神识一清，蓦地睁开眼来，却觉喉头湿润，伸手去摸时，一阵剧痛传来，指尖暗色渍迹映入眼帘！

是血！

一点寒光挟带透肌而入的杀气，停在离喉头约半寸之处。淡金剑光，在虚空中延伸开去，另一端却执在杨恩手中，冷然而立。杨恩目冷如霜，便连那英秀的眉端，也凝结了一片化不开的阴沉戾气，大异他平时温雅沉着的模样。

他的剑尖只是微微一顿，目中异光闪现，手腕陡动，几乎又要将那三尺寒锋向前递出！

"住手……"柔声呼唤，轻轻响起。画卷在桅间轻轻飘动，画中美人也随之翩然而动，宛若生时。

杨恩蓦地抬起头来，剑锋竟在微微颤抖："你……是你吗……"

一个白衣的女子从画中盈盈而来。"月"色澄澈，幽冥寒花那些暗绿的光点宛若星辰，她在这星月之间，雪白的裙裾飘飞轻盈，真如同神仙中人。

"小姐！"那"影子"突然"扑通"一声，跪倒在地，浓重的雾气在他身边围绕飘动，越发虚幻和不真实。那尖厉的声音因为极度的惊惧狂喜，已经扭曲嘶哑，越发刺耳，却还是那样急切地迸出来："您终于复活了吗？在这熟悉的望乡台，小姐，这些年，我们守你守得好苦……"

雪白的衣袖微微褪下，袖间露出一只肌肤晶莹的纤手。指尖微翘，执有一根碧透翠绿的竹笛，笛下流苏轻轻飘动。唇凑孔间，笛声悠扬，在这沉寂的广阔世界中响起。音律庄严肃美，恍若有鸾凤回翔，群鱼戏水，东方日升，照得海面金光万丈——那乐音终于逼退了别离的哀伤、归乡的愁绪，强大的震力渐渐撼动四壁，每一寸"海水"，每一缕"月光"，似乎都激奋起来，随之起舞。

幽冥寒花的暗绿光点，蓦地涨成绿荧火焰，在乐音传递的金光中挣扎翻滚，终于——熄灭。

杨恩全身沸腾的杀意，迎上那水银般泻入的庄美乐音时，如汤沃雪，瞬间平息下来。

"铮！"他脱手将长剑插入地面，剑身半没而入，顿时化作龙头匕的模样！他弯腰拔出匕首，先前的冷戾神气化成温暖的笑，重新浮现在他的唇边："你来了？"

"我当然要来，我是你的眼睛啊！"女子只着素白内襟，长裙飘逸，鸦黑发髻随便拢向脑后，略有些散乱，然而那飘逸的气度幽冷而寂寞，与那画中美人当真相似。

只是，她还是会常常地，带着最温暖的笑意——只要看见他。

"你为什么要用刚才的功夫？真是不听话……"

他和她，这家常的几句话，没有出彩，仿佛在僻雅的庭里，闲话春日的落花。她没有再说下去，但她和他的心中都是明白的：他方才险些便动了心魔，那是于他而言最大的灭顶之灾和劫数。所以她不能再隐藏下去，哪怕对她查明真相再有利，也是不能。让他为她担心，她不能。

龙头匕锋仍在，笛中余音萦绕。那衣衫袂角间流转的森寒劲气和那种隐然的威压，哪怕是当世最杰出的高手，也不敢有丝毫的小觑。

"你！你不是小姐！苏兰泽，你是怎么……"

苏兰泽转过头来，脸上笑容收敛不见，冷冷道："幽冥主人，你的小姐死了三十年啦，再也不会活过来了。"

"你胡说！她没有死！只要她愿意，她随时都会回来……""影子"在愤怒尖厉的声音中，身边飘浮起一团团灰暗的雾气，将自身重重包裹，看不分明。那雾气飘飘荡荡，宛如一摊可以流动的水渍，向四处缓缓扩去。

苏兰泽突然挥笛右拂，而杨恩也蓦地挥腕，龙头匕随腕而行，嗖然在空中划过一道锐利冷风，成功地隔断了一团想要偷偷溜走的雾气！

"影子"仿佛一惊，扩散开去的雾气悚然回收，使得身边那团雾气更浓重了一些，低低道："捕神乐神，果然名不虚传。"

那声音飘忽不定，有如风中的蛛丝，从很远的地方吹拂过来。

"'万地苍烟'的隐术，才是名不虚传。"杨恩执匕道，"早听说这种来自异域的隐术，可以将有形之人体，化为无形之烟雾，从而混淆视觉，攻守自如。只是你方才已被我伤及喉部，真气受损，只怕已不能继续维持下去了吧？"

"可是你看不见，又怎能伤我……""影子"不由得摸了摸喉头的伤痕，话语里也带了一丝惊异。雾气开始渐渐扩散，化作无数团浅浅的灰雾，人形在其中若隐若现。

"将有形化为无形的遁术，骗过的是人的眼睛，却骗不过人的心。可惜有时候，我们太过于相信自己的眼睛，却忘了判断最准确的永远是我们的心。"杨恩从容道，"对于一个没有眼睛的人，无论你变成什么样子，都是一个人而已。"

话语之间，灰雾果真徐徐散去，室中显出来的是一个身形瘦削的男子。青灰布袍，用白绦系住，宛若丧服，脸上却覆了一张黄金面具，那面具做工精致，金光粲然，有着极为狰狞的面目五官，却与外面的青铜兽首几乎是一模一样。他喉部渗出的血渍已染红了领口，整个人颇为委顿。

"咦！"琴追阳突然叫起来，手指那白玉桅杆，叫道，"怎么那上面……那上面还是两个人……"

果然，在"月"的微光里，悬挂在桅上的两个人影仍是晃动不定，栩栩如生。

苏兰泽抬手从发间拔下一枚月牙钗，挥腕射出！噗噗有声，月牙钗凌空旋得两旋，竟将悬有两个人影的绳子全部截断！人影飘然落下，软软落在舫外，消失不见。

苏兰泽转过头来，向着琴追阳淡淡一笑："两个人形木偶而已。"

"苏姑娘，你能逃出来，真是出乎我的意料。"说话间，总仿佛有丝丝的冷风，夹杂于幽冥主人的唇齿之间，故此口音听上去颇为奇特，"看你功力如常，难道你和杨恩一样，也不惧怕曼珠沙华之毒？"

"什么？兰泽，你可还好吗？"杨恩微微一惊，转向那苏兰泽。

"别担心。我怎会害怕这种地狱之花呢？"她低声向他道。她的唇边露出一缕神秘的微笑，"你忘了我来自什么地方吗？那里有世界上最圣洁的花朵，四季常开，如雪如云，永不凋败。"她的声音极轻极轻，仿佛进入了一个遥远的梦境，

"它所独有的香气，早就融入了我的血液之中，连同我的呼吸、我的心跳……它是曼珠沙华天然的克星，我又怎么会惧怕曼珠沙华的毒香？"

杨恩无声地抿了抿唇，突然觉得手心里沁出了微寒的汗意。

只有他知道，苏兰泽所说的是七幻花……那如雪如云的花朵，代表着至高无上的圣洁和生命的永不凋败。但在生命长存的背后呢？要七幻人间？还是七还人间？还有七年之约……这一切仿佛在传递着某种独特的含义，或许那是他这些年来，从来不敢去仔细回想的往事。七还之后，会是永久的别离吗？他"看"了一眼苏兰泽，五根手指不由得用力握紧了龙头匕，仿佛这样就能握紧那不可测的命运。

"我们触发机关，落入墓室夹层后，黑暗中，我被人点中了穴道，带离了那里。中途之中，他们唯恐我自解穴道，居然又对我施出了曼珠沙华的毒香。"苏兰泽轻描淡写道，仿佛说的只是一件微不足道之事，没有任何凶险。

"那人是谁？"琴追阳忍不住问道。

苏兰泽微微一笑："对我施以毒香的，是您的宝贝侄女琴绣心姑娘。至于点中我穴道的，自然就是早已潜于夹层之中的这位幽冥主人了。

"当时我假作被毒香所迷，让琴绣心将我带走。我被控制住行动后，先是被带到锦洞天之侧的洞室里，通过琉璃壁的反光，使你们有一瞬间的惊愕，从而让幽冥主人顺利地带走了琴绣心和江如雪，以至于江如雪终于惨死于琴绣心的手中。后来的事……你们都知道了。"

琴追阳低下头去，拉了拉黑笠。倒是苏兰泽轻轻叹了口气："琴绣心，她……残忍又狡诈，多情又无情，其实，也不过是个寂寞的女人哪！'要解伤心蛊，唯有爱别离。'只是她对爱别离的理解，未免过于偏激和狭隘，结果害人又害己，终于还是逃不脱蛊毒的魔掌。"

"再后来，我被幽冥主人放在舫中的黄金棺椁之中……"

"棺椁？"杨恩脸色一变，"你有没有受伤？害怕吗？"

"没有，黄金棺椁中有主椁和副椁，副椁是用来放置殉人的，不过天朝早有明令，即使是王侯贵族，也不准以人为殉，所以副椁只是循古礼而置办，里面却是空的，我便被放置在那里。那里明'月'当空，'月'光透过虚掩的椁盖缝隙照进来，我居然在椁内发现了一曲悼亡的诗歌。"

苏兰泽轻轻念道，"葛生蒙楚，蔹蔓于野。予美亡此。谁与独处！葛生蒙棘，蔹蔓于域。予美亡此。谁与独息！"琴追阳惊道："这是外面墓碑之上刻的那首《葛生》吧？"

"不错，正是《葛生》。"幽冥主人长叹一声，接下去吟道，"角枕粲兮，锦衾烂兮。予美亡此。谁与？独旦！夏之日，冬之夜。百岁之后，归于其居！冬之夜，夏之日。百岁之后，归于其室！"他此时的发音奇特，与先前在锦洞天中一口纯正的官话颇显不同，然而即使如此，吟诵之中，却分明蕴藏有无限感慨、深深悼意。

"墓前的草丛与葛藤交缠，此间墓中的一切，依然华美鲜明。可是，冬之夜，夏之日，要熬过如此漫长的时光，才能回到你的身旁。"苏兰泽的声音很轻，而四周更静，仿佛所有的人都堕入一个哀伤的梦境里，"我躺在那具棺椁之中，看'月'色明光万里，想着椁外的画舫、'海'面，心里反复默念这支挽歌，四下里那么安静，仿佛那墓主的灵魂也在静静地倾听。不知这墓中主人究竟有过怎样的生平，才在亡故之后，还有人追思不已，在碑上椁中，刻下同样的哀婉诗句？"

"方才你们只是一心想拿下杨恩，激烈争斗之时，自然不会留意到我的存在。直到我见杨恩……"

"你纵然见到杨恩，也未见得你们全有胜算。即使我武功不敌杨恩，苏姑娘又脱离了我的掌握，"面具人缓缓向后退出一步，冷笑道，"可我手中还有一个百若夜呢，他是百草堂大公子，亦是此次捕神大人前来的目的之一，你们忘了吗？"

苏兰泽望了一眼杨恩，但见他的唇边浮起一抹微笑，似乎气定神闲："百若夜，京城百草堂的大公子，他的确是被琴姑娘吃掉了心肝，做了一味说不清是解药还是毒药的材料。"他目中光芒灼灼，甚至比常人还要凌厉三分，"琴先生，此时我们所指的百若夜，是那跟我们一同入墓，自称夜陌，也自称过百若夜的中年男子。"

"夜陌？他……"

"或者，我不该叫他百若夜，我应该叫的是你，"杨恩还是紧紧"盯"住那面具人，"幽冥主人。"

"他……他就是那个夜陌？"琴追阳失声道。

幽冥主人咻的一声，轻轻地笑了。他的笑声很奇怪，像是从齿缝中抽出的冷风："谁告诉你我是那个百若夜？"

"早在平安镇时，你就处心积虑接近我们。那式'别载千里发如霜'，我曾以为是死去的几个杀手中一人所为，然而他们分明又功力不够，难道是临死前用了什么邪法不成？在场的人都死了，唯有羊皮袋中的你是活人。直到将你从羊皮袋中救出来时，我发现袋子的底部，全部是由粗糙的羊毛线编织而成，经纬之间自有小孔。如果说躲在袋中发射，倒也并非不可能之事。"

幽冥主人又是一声轻笑："仅仅便是如此吗？"

"还有你身上的气息。"杨恩道，"我目不能视，所以对气味和声响特别敏感。你或许是料到了这一点，又了解百若夜的习惯，来前便在身上熏了药香。然而真正让我起疑的正是这种药香。"

"唔？"

"你身上所有的气息中，含有檀香、丁香、木香、广苓、排草等药材的味道，此是药汤沐浴日久而生的香气……就算你后来沐浴后才戴上面具出现的，但这香气却不易驱散，仔细辨闻，仍若有似无。其实百若夜出身百草堂，家传之学长于内调，他家有秘制的香体丸，是用白芷、杜若、杜衡、薰草等物炼蜜成丸，噙含内服。体内自然萌发香气，又何须用这种外用的香汤？更何况这种香汤本是女子所用！"

幽冥主人轻轻"啊"了一声，道："天朝绝学，果然博大得很。小小一个百草堂，也有如此多的讲究。"

"不仅如此。"杨恩指端在剑身上轻轻一抚，道，"在石室之中，我们遇见了琴绣心。她说她已服过三剂人心为药，江如雪是第四剂。从江如雪跟她的对话中，我们知道苑少卿死在她手里，焦华死在她手里，那第三剂药，来自谁的人心？她说她把百若夜给吃了，却语焉不详。想来是受你的指使，想让我以为百若夜此时已经死了，然而让我们按照她的说法来排个序吧，苑少卿是第一剂，焦华是第二剂，百若夜是第三剂，江如雪是第四剂。可是我们一落入那个机关，我与琴先生便与其他人失去了联系，我们从找到机关，到锦洞天中与江如雪重逢，最多不过一炷香时间。如果那位'百若夜'真的被杀，也只在这一段时间。可是琴绣心又说，第三剂药已经服用了很久了，岂不是自相矛盾吗？到了此时，我几乎可以肯定，她所吃掉的百若夜，也是真正的百若夜，并不是那随我们入墓的少年，而是那具捆在宝座底部，胸腔打开的白骨！"

他从怀中摸出手帕，取出那根在墓道中拾到的无名指骨："当初拾到这指骨时，我便有些疑惑，因为指骨根部有一处微微凹进，显然曾受过损伤。百若夜少时有一次在药房中贪玩打闹时，不慎打翻石坩埚，将无名指砸断，后经名医接骨后，才恢复如初。但此时我仍不敢肯定这就是百若夜的指骨，直到琴先生帮我查勘过，说此指骨的长短形状粗细均与石室宝座底部捆绑好的那具白骨的指骨十分相符。而第三根肋骨泛灰，是因为百家的子弟自幼便要经历百毒试炼。解毒的法子，除了药物外，还有一种家传秘术，可以将毒素全部逼到肋下第三根骨处，由骨而入皮肉，再由经脉排出。因第三根肋骨承担了排除毒素的重任，年长月久，终会受毒素之害，泛灰变脆，甚至到了老年之时，不得不忍受极大痛苦，切开皮肉，而将此骨取出，以免它随时脆弱断裂，刺伤内脏。"

"百家如此秘事，你如何得知？"琴追阳越听越奇，不由问道。

杨恩微微一笑："断指之事，是八年前我与百草翁饮酒，他无意间跟我谈到的。关于肋骨吗，则是因为他们曾求助于兰泽的医术。"

他握紧长剑，剑光闪耀，柄上的龙头更显威势，"到了此时，我所有的猜测都找到了证据，难道我还猜不出，你就是那个所谓的百若夜吗？

"我一直有一种感觉，从接到旨令彻查黄金墓，到入墓之后发生的事。无论是明府的曼珠沙华，还是那一曲《葛生》，到木指童子发出伤心蛊，到黄金山河的出现，再到琴绣心的药方……这一切看似偶然，却仿佛有一根无形的线，从头到尾操纵着一切。而我只想知道，"杨恩一字一顿地道，"你处心积虑，甚至能够影响到那人，将我和兰泽诱入墓中，究竟想要干什么？"

苏兰泽明眸如波，定定地凝视着幽冥主人："要解伤心蛊，唯有爱别离。"她叹了口气，说道，"你是因为这个原因，才给琴绣心和我下了伤心蛊的，对吗?"

四周一片平静,静得连呼吸都停住了,仿佛落入了一个幽远空寂的深洞,唯有分外凛冽的杀气,自龙头匕的刃锋间腾然而起,直逼眉发,竟然连肌肤的表层,都隐约被刮刺得生疼。

幽冥主人的面具眼孔中射出含意莫测的光芒:"你⋯⋯你怎知伤心蛊是我下的?木指童子⋯⋯"

"木指童子催发了伤心蛊,他的情人不过是盛装蛊虫的容器。蛊虫太过阴毒,平时必须要用雪蚕茧包裹,否则难以控制。木指童子虽然服下十八种剧毒,也能施出伤心蛊,要唤醒蛊虫,却必须由伤心蛊的主人才能施为。"苏兰泽袍袖微抬,手指一动,轻轻按下杨恩握紧龙头匕的手腕,"所以你才扮成百若夜,因为你必须要在蛊虫的近旁,用啸声将它唤醒。但即使这样,你大可在我中毒后即刻离开,先行在墓中等候。然而你还是扮成了百若夜,因为你想要紧紧地跟在我们的身边,这样才能时刻观察我中毒后的反应,从而猜测得出,伤心蛊到底是否无解?直到你亲耳听我说,我暂时也无法解开伤心蛊,你才在我们大家掉入墓道机关中时悄悄离开,恢复你另外一个幽冥主人的身份。"

"当然,如果此时我们还是没有发现你就是所谓的'百若夜',你还可以继续用这个身份试探下去,只是⋯⋯似乎现在已经没有用了。"

她神情平和,似乎所言之事与自己生命毫无关系一般,"伤心蛊的成虫的确已在三十年前被江湖中人聚集在一起,全部销毁殆尽。现在所能得到的,应该只有蛊卵,而只有在中了伤心蛊之毒的人死后,蛊虫失去寄体,无法生存时,才会用尽最后的精华,产下蛊卵。再将蛊卵重新孵化出来,使蛊毒重现人间。三十年来,放出黄金宝库的谣言,引诱那些江湖人士入墓,然后将他们一个个用蛊毒害死,活生生地做成人骨灯;放纵琴绣心害人,任由她以人心入药,甚至在最后还牺牲了江如雪;借用各种压力,迫使杨恩与我亲自入墓,又不惜以木指童子二人的性命为代价,让我也身中蛊毒⋯⋯你所做的这一切,难道不是为了那十个字吗?"

"要解伤心蛊,唯有爱别离。"杨恩深深吸了一口气,先前的强烈杀意渐渐按压下去,沉声道:"三十年来,你一直养蛊种蛊,以鲜活的人体为试验,却又费尽心机，寻求着解除蛊毒的办法。你选中琴绣心，又选中兰泽，都是因为她们出众的医术吧？"

"黄金墓前碑上的挽歌，与明府冥寿上的挽歌，都是那曲《葛生》。黄金墓中的地底洞室，跟明相府中的人间居所一模一样，甚至两处都种满了曼珠沙华。你说曼珠沙华还有一种花语，是还魂花。迷失在地狱的灵魂，能跟随花香的气息走出地狱，回到人间。你在黄泉深处，人间红尘，都种下曼珠沙华的花海，是在企盼着谁的灵魂归来？"

所有人的目光都投向了那座碧玉画舫。"海面"广阔幽远，"圆月"和"弦月"的光辉照在桅杆上的画卷里，美人寂寞的神情，是最洞微的心绪。你寂寞么？在这广阔的世间，在这深重的幽冥。

幽冥主人忽然冷笑一声，双袖拂处，三朵暗绿光焰破空飞出，赫然正是令人闻之色变的"幽冥寒光"，那绿光直向三人分别袭去！

"扑扑扑"，空中突然腾起一片黑雾！幽冥主人神色陡变，竟然挥起衣袖，在空中卷过一道旋风，复将三朵光焰又收回袖中。

"你竟然敢在这里放出蚀腐雾？"幽冥主人厉声喝道，"如果你敢损伤这里的一丝一毫，我便让你永远都出不了这黄金墓！"

杨恩紧握匕柄，一手护住苏兰泽，淡淡道："琴先生，这是何意？"

"都不要乱动，这根铁管经过我的特别改造，只要触动机簧，管中的蚀腐雾承压之后，足以喷射数丈之宽，数丈之远，杀伤面极大呢！"琴追阳早向后退出几步，抱紧那具叫作爱别离的七弦琴，琴尾裂缝中，一根黑黝黝的铁管，如一只无所不在的独眼，正一眨不眨地盯住了对面三人。

黑笠低掩，看不清他的面目，只听他狞笑道："这琴中铁管所藏，是能腐蚀一切，连精钢铁条也能变成脆薄如纸的蚀腐雾。它的威力，方才我们脱困于精钢铁笼之时，列位已经见识过了。但只怕还不知道此雾遇金石则蚀，遇火则燃。姑且不说这些画舫啊，棺椁啊，会不会被它所腐蚀。便是你再敢放出那什么寒花来，萤火引发毒雾，啧啧，这样一处美丽的地下宫殿、海月胜景，连同那具黄金棺椁一起，可就要陷入熊熊火海之中了。更何况我还在毒雾里安装了暴雨针，那种经我独特设计的针雨射出，角度既大，面积极广，你们武功再高，想要躲过所有的毒针，可也并不容易。"

"这名叫爱别离的琴，虽然还有一个别称叫夺命琴，但却是指其乐音悲哀，几乎可以令人丧失生趣，以前似乎并没有安置这些恶毒的机关。"苏兰泽忽然道。

"当然是经过了我的妙手改装。"琴追阳笑道，他轻轻抚摸琴身，无限疼惜，仿佛抚摸的是最爱女人的身体，话语中流露出情不自禁地沉醉之意，"我平生最爱之事，便是将一些匪夷所思的机关安装在一些匪夷所思的地方。琴虽然是个风雅的物件，我偏偏就喜欢让它变成血腥的杀人工具，这样才不负夺命琴之名吗！"

他缓缓向后退去，一步一步退向那停泊于琉璃"海"边的画舫。幽冥主人身形一动，但又强行忍住，道："你想做什么？"

"做什么？黄金山河！"琴追阳嘿嘿地笑起来，笑声中有着说不出的急迫与贪婪，"我首先想知道的是，那座黄金山河在哪里？我想在你的心中，最重要的事情，无非是要知道，能解除伤心蛊的爱别离三字，到底指的是什么。小小的黄金山河反而不是你最在意之物吧？告知我又何妨呢？"

"黄金山河？为它已经有那么多人丧命，没想到连琴先生也会如此贪迷。"幽冥主人的话语里带有一丝隐约的嘲讽，"原来琴先生处心积虑，一路跟随捕神出生入死，都是为了这黄金山河。"

"黄金美女，世人所共向往之，又不是我一人。"琴追阳不以为意道，"捕神说我们看到的黄金山河，不过是琉璃镜投射出来的幻影，但一定也会有本体的存在。否则每年月圆之夜，那从墓顶冲射而出的金光，又从何而来呢？我想这样珍贵的殉藏，一定是藏于墓中主穴总枢。可是进入这里，我四处打量，也没有发现黄金山河的影子，没办法，只好用这样胁迫的法子，蚀腐雾毒虽毒了些，却也能让各位不至于再说假话。"

他的手指轻轻按在琴尾上，铁管有意无意地动了动，众人脸色不由得一变！心知那毒雾一经喷出，便是武功再高，也难免不被殃及，更遑论会损坏这棺椁所在的墓室。

"你真想要黄金山河，我也不是不能给你，只怕你大失所望。"幽冥主人沉声道。

琴追阳笑道，"这样富可敌国的财富，是我平生之愿，怎会大失所望？"

幽冥主人忽然冷笑一声，道："富可敌国？那样无稽的江湖谣传，我传播也就罢了，你还当真信了？"

他衣袖一挥，手指遥遥指向舫首之处："你要的黄金山河就在那里！"

琴追阳大喜之下，急切一瞥，依稀只见舫首上一片小小金光！金光之中，似乎正是某种金质器物，然而此物最多不过巴掌大小，隐约可见其线条繁复、雕镂精巧，却终因太小，看不分明详细形状。

他恼怒地转过头来，黑笠下的细小双目射出寒光，紧紧地盯住幽冥主人："你消遣我？"

"早知你不肯相信，但这就是事实。"幽冥主人平静地答道，"你说得很对，如果真有黄金山河，自然是要放在墓中主穴之内，为墓主近殉。只可惜我家小姐不是那样的俗人，断不肯为了要座黄金山河殉陪，便生生破坏了这里幽远的美景。捕神说的也很对，你们在外面墓室所见到的黄金山河，其实是墓道中所安装的琉璃镜里反射出来的幻影，但并不是幻影与本体的大小就一定是一致的。那件金质器物不过只有巴掌大小，但若你走近看时，便会发现那些山峦江河仍是雕刻得栩栩如生，至于所镶嵌的美玉玛瑙、珊瑚珠宝，虽然最小者只有米粒大小，最大者亦不过大如绿豆，工艺却极为精妙，堪称微雕上品。但论其价值么，当然远远比不上你心中所想要的黄金山河！"

他似乎并没有看到琴追阳越来越难看的脸色，指了指天上的"弦月"说，"每年的月圆之夜，月上中天之时，月光便会通过墓中孔道射入地底，通过这轮'弦月'，投射在这小小的黄金山河之上，放出耀眼的光华。"

他的手指移向那"圆月"道，"而这轮'圆月'，是精工专门为起反射作用所制作的。当光华通过它沿着墓道的孔洞反射出去，就会从墓顶冲天而起，化作一道夺目慑魂的强大金光！"

他的眼中再次流露出那种嘲讽的神情："以琉璃为饰，是我们家乡建筑的特色。因为我们那里的疆域没有你们这边的辽阔广大，所以我们一向擅长于在最狭小的空间里，通过对各类琉璃的运用，并经过神奇的光线折射，去营造最深远和多变的场景。"

"三十年来，无数人因这个黄金的梦想断送了自己的性命。他们到死都不会想到，那个只在梦中才会有的黄金山河，那巨大无双的宝库，居然只有巴掌大小！"

一刹那间，苏兰泽的脑中，似乎又浮现出外面墓道之中那些填满人鱼膏长燃不熄的白骨灯。他们的主人曾怀着怎样贪婪的念头来到了这里，妄想满足黄金的美梦，却没有想到竟会为了这巴掌大小的一座镶玉金雕，丧失了性命，消尽了血肉，甚至不得不留下自己的灵魂甚至白骨，变成永远不能解脱的墓殉。

"原来是这样。"半晌，琴追阳才冷冷道，"原来那个贱人并没有受到传说中那样深重的宠爱！连个像样的殉葬品都没有！"

"不许你污辱小姐！"幽冥主人厉声打断了他的话头，"我不容许！"

"小姐？看来你是新罗金氏陪嫁过来的家仆了，是吗？"琴追阳冷笑道，"你倒是痴心，三十年如一日守在这里不说，还费尽心思想要解开她所中的伤心蛊，你是想令她复活吗？"

"你……你也不是琴追阳！"幽冥主人锐声叫道。

"我当然不是琴追阳。""琴追阳"道，"你们所谋之事，以为别人不知道吗？有人令我如果到了这里，一定要告诉你那棺椁中的主子——以她这样卑贱的身份，生前享受到根本不应属于她的荣宠，死后能不暴尸荒野，已是格外开恩。如今更不要妄想借着那人的威势，迁入皇陵，因为这根本永无可能！"

幽冥主人面具下的目光突然间亮得骇人："谁说不可能？生同衾，死同穴，她为什么就不能迁入皇陵？我还要让她活过来，活过来去说破你那主子最怕被人泄露出去的秘密！"

"你还有这个可能吗？""琴追阳"讥诮地笑了一声，"这么多年，我家主子本来是已经翻过这一段旧账了。是你们处心积虑，甚至不惜动用了明相，终于让那人看到了先皇留下的诗集，让他知道了爱别离的往事。而你们的那个朴正焕，为了提醒他要记得记事，多年前就制作了这样一张七弦琴留在宫中，还专门取名为爱别离！"

"你都知道了，那又怎样？"幽冥主人也冷冷一笑，"只要他听到爱别离的故事,只要这个故事引起了他的兴趣,少年人热血冲动,又有什么可惧怕的?所以他才会派捕神来到黄金墓!如果一直这样查下去,他总会一步步地明白更多,最后真相总有大白天下的时候!到时是谁不能陪葬皇陵,尚未可知呢!"

苏兰泽听到这里,不由得微微皱了皱眉,低声道:"杨恩,我们不能再听下去了……"

"琴追阳"忽然仰天长笑,他笑得如此放肆,以致黑笠在他的头上晃动不已:"你还想等到那一天吗?'梅皇'冬云行刺一事,就是为了给他一个警告!警告他,他自以为所做的一切天衣无缝,什么冥寿,什么葛生,哪怕是设在他以为铁桶样严密的明照清府,也一样逃不过圣明的烛照!他以为他可以为所欲为,可惜这普天之下,无论是谁,也未必样样都能随心遂意!倒是你们……"

"那晚曼珠沙华中的刺客,是不是你?"苏兰泽蓦然喝道。

"琴追阳"笑声未歇:"我的功夫虽然不好,又被杨恩封住了穴道。可是我还是有力气按得动这蚀骨雾的机簧!今日你们就带着你们未了的心愿和秘密,同葬此处吧!真可惜呢,'剑捕乐技'四神,可就只剩下舒高炽和……"

话音未落,他右手一动,已按在了琴尾的机簧之上!

杨恩身形蓦起,双臂伸出,挡在了苏兰泽前方!"不!杨恩!"苏兰泽伸出双臂,急切地想要将他推开,但杨恩挡在她的面前,宛若山峦,一动也不肯动!她抓紧他的衣衫,心中发急,双眸闭上,眼泪顿时流了下来。

哪怕是死,也请让我先你而死……

一声尖厉的啸声,短促而疾然地响起!惨叫中,是一声夹杂着琴音的碎响!那具名为爱别离的七弦琴摔落到了地上!那只独眼似的黝黑铁管中,并没有如想象的那样,喷出令人生怖的蚀骨雾!

苏兰泽悄悄睁开眼眸,杨恩也在此时微微侧开身子,一手回伸,握住了她抓紧他衣衫的那只手,说了句:"兰泽,别怕。"

"琴追阳"的身体缓缓软倒下来,跌在地上。他颤抖着举起右手,似乎还想去拣拾那支装有'蚀骨雾'的铁管。杨恩曲指弹出,瞬间真气激荡,那支铁管凌空飞起,"啪"的一声,掉落在舫下的水中!

"琴追阳"蓦地低下头来,瞳孔睁大,仿佛看到生平最为惊怖之物一般,脸色也在刹那间变得灰白:"伤心蛊!怎么会有伤心蛊?"

他的右手的无名指上,有一点血迹慢慢扩大,分明可见手指的皮肉之下,有一物正飞速穿行而过,一路诡异地顶起肌肤,经过掌、腕、肘、肩,直奔心脏!这正是那伤心蛊!

幽冥主人的眼中浮起神秘莫测的笑意:"你得到这具琴,又亲自将它改造成暗藏各种狠毒机关的夺命琴,可你却并不知道,当初制琴之时,有一截木头天然空心,哪怕是你精于机关,却也不能察觉。后来我让江如雪打开外面那截琴面,在那截空心木中,藏进了伤心蛊!琴绣心正是因此中了蛊毒!"

"蛊虫被封在雪蚕丝那种极薄的茧中,雪蚕茧寒冷的气息会让蛊虫短暂地沉睡,直到被我的啸声惊醒。"他将弯曲的食指从唇边放下来,露出微笑,"我早就知道你不是琴追阳。因为琴中有毒,这样大的事情,琴绣心与你重逢之后,看着你与这琴形影不离,居然一直没有提醒你!她一定早就认出了你不是她的叔父,她的那位叔父,只怕早在五年前就已被琴绣心所杀!"

"啊!""琴追阳"惨叫一声,仿佛遭受到极大痛楚,整个上身虾米般弓起来,左手痉挛般地捂住胸口,"它……它真的钻进我的心了!它进去了!伤心蛊!伤心蛊!"最后几声呼叫,真如地狱中的恶鬼受刑一般,说不出的凄厉可怕。

苏兰泽飞身上前,连点他身上数穴,旋即拔下簪子,割指放血。琴追阳难忍疼痛,任她施为,并投去求救的目光:"我……我还有没有救?哪怕一年……一年的性命,我愿意拿出……拿出我所有的金子,我不想死……"

苏兰泽取出帕子,擦净那些血渍,这才收回手来,退到杨恩身边。见他如此之惨,她也不由得按下心中对他的憎恶,眸中掠过不忍之色,长叹一声:"可是此时……我身边黄连已尽,便是即刻出墓去拿,也来不及了。"

"没有黄连?""琴追阳"僵住了身子,"我……我马上就要死了?我的那些金子怎么办?我的金子……"

"你有很多金子?"幽冥主人残酷地冷笑道,"可惜你马上要死了,你的金子一毫一厘也带不去。"

"不!我不要死!要死就一起死!""琴追阳"不知哪里来的力气,一跃而起,突然发出一声尖利的号叫,向着那载有黄金棺椁的碧玉舫冲去!"噗!"他口中鲜血喷出，甚至连耳边也流下血来！冲上前去的速度与先前相比，却异乎寻常地快疾，显然他强行冲开了杨恩点住的穴道，才使所有的真力在那一瞬间迸发而出！

"站住！"幽冥主人猝不及防，厉声喝道。他唯恐这人伤了主人的棺椁，飞身扑去，有如鹰隼凌空扑下，手掌已沾及"琴追阳"背心，又听"砰"的一声，正中"琴追阳"背部！

"琴追阳"受此重击，张口喷出一口鲜血，却仿佛并无痛楚之感，反而加速拔足疾奔，猛地向那根白玉桅杆撞去！幽冥主人终于慢得一步，赶之不及。

"咔嚓！"桅杆受此大力，当即从中间断成两截，"砰"的一声巨响，半截断裂的杆身正砸在那琉璃化成的"海面"之上！"砰！"琉璃粉碎，四溅开去！琉璃背后居然是真正的水面！既深且宽，不知是哪处的地下河汇聚至此。

幸好那画舫只是临水而泊，不是真的飘于水上，所以此番动静，倒没有影响到舫内的黄金棺椁。只有桅上那幅美人图，飘扬而下，在空中数次转折，终于落在了棺椁之前。

"琴追阳"立在舫首，紧紧抱住剩下的半截桅杆，鲜血自下巴汇流而下，滴落胸襟之上。头上黑笠斜向一旁，露出一把披拂如草的苍发，只看清一双细长目中闪出绿光，如鬼魅一般骇人。

"你为什么要毁坏我家小姐的船桅？我要让你死无全尸！"幽冥主人厉声喝道，显然已动了真怒。

"轰隆"一声，墓室摇晃，那画舫也随之晃动，似乎是什么重物砸在了墓顶之上！

"你守在墓中三十年，却未必知道当初建造此墓的时候，便早暗暗安装了可以自行毁灭的机关吧？机关启动，首先便是断绝此室的入口之处，此时顶上有巨石落下压死通道石门。纵有千斤神力，也无法再打得开它。""琴追阳"疼痛暂缓，狞笑道，"三十年来，京畿卫看守着实严密，除了那些专门诱来送死的江湖人，没有谁能进得了这座黄金墓。而你们幽冥门人又一直看守得紧，才使得这个机关无法被启用！杨恩，你所看到的那张图纸是经过改动的，只有道路墓室的分布而没有机关指示，所以你并不知道这墓中所有的机关！当然也不知道会有这个自毁的机关！"

"自毁机关的总枢在桅杆中？"杨恩口中应付，暗自全神戒备，手指屈起，蓄势待发。唯恐"琴追阳"一时暴起，去毁坏墓主棺椁。

"琴追阳"仰天狂笑道："毁了！毁了！只要一炷香的时间，一炷香后，所有的自毁机关便会启动，到时大地深陷，河水倒灌，碧玉画舫沉入水底，地面的陵碑墓体将全部深埋地下，永远也不会再出现了！就算你的手下，还有机会告诉那人什么前朝故事，他也找不到黄金墓，找不到你家小姐了！"

他蓦地转头，松开抱着桅杆的手，向着舫首那座小小的黄金山河扑去："我要黄金山河……我的黄金山河……"

幽冥主人仿佛突然明白了什么，狂叫一声，七朵"幽冥寒花"也脱手飞出，在空中围抄"琴追阳"而去，闪出幽幽的绿焰！

扑扑有声！七朵"幽冥寒花"疾飞而来，分别钉在他的脸上、喉上、胸前。琉璃碎裂处的幽幽水光，反射出"幽冥寒花"的暗绿焰芒。

"琴追阳"惨叫一声，整个身子向旁冲去，忽然脚下一步踏空，身体犹如石头般，径直落下水中！暗绿火焰遇水不灭，反而腾然而起，形成一团巨焰！"琴追阳"的惨叫声裹在绿焰之中，犹从水里传来，但只短促的几声，便不能听闻。只见绿焰燃烧渐弱，夹杂有皮肉的焦臭气息一起沉入水中，消失不见！

苏兰泽和杨恩奔到水边时，只见水中早就没有了"琴追阳"的身影，甚至连绿焰也早已熄灭，唯有水面上波纹漾开，绽放出数朵无声的水花。

"我还要救小姐复活！"幽冥主人冲到舫边，扶住那半截白玉桅杆，惶然道，"我不愿这里毁去！我不愿！"

"你家小姐是救不活了。"苏兰泽冷冷道，"三十年了，你真的相信，她还会复活过来吗？"

"能的！三十年前，她受到迫害，中了伤心蛊之毒，药石无效之下，为了不让心爱的人看见自己的惨状，便提前服下一种可将身体冰冻起来的寒冰丸，进入棺椁自封于内。她临去前亲口对我说，让我救她回来！再说……再说伤心蛊的毒，不是不能解的。要解伤心蛊，唯有爱别离！"

"爱别离……爱别离……"他突然抱住自己的头，喃喃道，"三十年来，我一直在找寻爱别离,只要找到了,她就能复活回来,我就能再看到她。"

"我们快离开这里!"杨恩已经感觉到脚底有微弱的震动遥遥传来。"怎么离开?"幽冥主人苦笑道,"当初为小姐择定宝地、修建陵墓时,防人破坏她的安宁,便要工匠把最后这个停放棺椁的墓室造得特别严密。四周条石足有数尺宽厚,以糯米浆调粘泥封死,除了刚才那个入口外别无通道。此时通道被巨石所压,哪里还能出去?"

"那么……我们再也出不去了吗?"出乎意料地,苏兰泽的脸上并没有露出任何惊恐不安的神情,反而浅浅一笑,握住了杨恩的手,"实在无望出去,也没有什么关系。杨恩,这里真安静,有月亮,有大海,你还记不记得,那一年我和你初次相遇的时候……"

遥远的往事,在那一瞬间穿越时空,穿越这厚土深层,如电闪而来,照亮了曾经最不愿意面对的某个角落。

幽幽的湖水深处、如云如雪的七幻花……还有那一片血色的曼珠沙华……

杨恩握住了她的手。他虽没有言语,然而这一握之中,却仿佛交换了千言万语、千思万绪。

苏兰泽忽然低呼一声,道:"杨恩,你看,幽冥主人他……"

不知何时,幽冥主人已从地上拾起那具名为爱别离的七弦琴,一手抱住,缓步走上了碧玉画舫,肃立在那黄金棺椁之前,另一手轻轻地拾起画卷,将其端端正正地摆在棺椁之前。"月"光洒落下来,给他的身上披上一层淡淡的光影。

他的身影褪去了阴寒和难测,看上去是那么的寂寞。

"这一切究竟是怎么回事?"杨恩犹豫片刻,终于走过去,站在他的身旁,"难道到了现在,你还是不肯告诉我这一切的谜底吗?关于爱别离。"虽然有一个答案已经在杨恩心中若隐若现,却终究还是需要一个肯定的回答,来拨开那些飘离的迷雾。

"那也是一个遥远的故事,关于爱别离,关于相爱却不得不别离。"幽冥主人仍然凝视着画卷中的美人,声音极低极低,仿佛是怕再高一些,便惊碎了她那脉脉的眸光、盈盈的笑意。

"我家小姐不是中土人氏,而是来自海那边的新罗国。十六岁那年,她遵从家族的命令,漂洋过海,嫁到这远离故土的天朝。"

"嫁？"

"是啊,嫁过来。"幽冥主人轻声道,"所幸的是,男主人对她很好,两人情深意笃,约定生要同衾,死亦同穴,相爱到老,永不分离……谁知后来,她被人施以伤心蛊,毒发不治,服下寒冰丸冰冻全身,总算没有经历皮骨脱尽、只余白骨的那种非人痛苦,保全了完好的身体。男主人虽然将她厚葬于此,却因为种种原因,不能履行与她生前的约定,在死后与她合葬。他又担心小姐独处于墓中会感到孤单,而依照天朝的律法,即使贵为王侯,也不能再采用人殉。所以他命令我留在这里,三十年来,用黄金宝藏的传说,引诱许多的人前来,让他们成为这墓中永远的殉品。

"呵,起初我因为要在他们身上试验伤心蛊的解救方法,试过无效后才将他们杀死。后来我才发现,原来人在将死之前,真的是原形毕露啊！欺骗、抛弃、误会,什么样的惨剧都发生过。渐渐地,我有意地让他们多活几天,到奄奄一息时,我才出手再次试验伤心蛊,将那些中了伤心蛊而死的人全部做成人鱼白骨灯。三十年来,我就是这样,看着这一幕幕活生生的地狱场景,看着他们由狂喜到失望,再到愤怒和绝望……直到最后互相残杀,彻底崩溃。那样更惨烈的命运,或许能安慰我家小姐凄凉的一生和身后孤寂的亡魂。"

苏兰泽半晌说不出话来,此时方道："你们……你们简直不是人……那么江如雪,江如雪就是你的帮凶,你应该有很多这样的帮凶,才能帮你骗进源源不断的人来吧？"

"呵呵,小姐身为异族,嫁来天朝,朝中别无亲族势力可为凭恃。所以,我们这些随她而来的武士便在江湖中成立了一个秘密的帮派,重植势力。到她仙逝后,我们更名为幽冥门,意即幽冥之中,我们仍然是她最忠心的武士。这些年来,幽冥门在江湖上的势力渐渐增大,也秘密招收了不少新人,江如雪自然是其中之一。他自然知道出入黄金墓的通道,又怎肯被琴绣心吃掉？

"当然,他深知我的手段,又知道琴绣心并不爱他,一时嫉恨交加,竟然也同意施出了伤心蛊来害她。哼,他一见琴绣心,却又为美色所迷,颠三倒四,自己也不知道自己的心中，对她究竟是爱还是恨。入墓之后，他不敢带着琴绣心等人离开。却又难以克制对琴绣心的爱意，竟然也忍饥挨饿，在墓中陪了她那么多天，直到看清了她无情冷酷的本来面目，才不得不离开她的身边。走之前，他居然还来求我，让我千万不要杀了琴绣心，给他一年时间，让他能够下得了狠心，亲手回来杀她！我答应了他，是因为我也知道琴绣心精通岐黄之术，也想看看她究竟能不能解开伤心蛊。但条件嘛，便是你们……我要他一定帮助我在京中活动，务必要把捕神二位请进墓来！"

"怪不得江如雪对黄金墓一案如此热心，原来……"

"江如雪再见到琴绣心时，果然残存的爱意全部消逝，占有的欲望却更加强烈，他选择让她死亡，因为唯有如此，才是对她永远的占有！"

"可是你却帮助琴绣心杀了江如雪！"苏兰泽喝道。

"江如雪这样的人，我幽冥门中数以百计。可是能解伤心蛊之毒的法子，眼前却只有琴绣心想出来的那一个。我为什么要救他？反正琴绣心就算解开伤心蛊，我也不会放她出去的。她既入墓中，自然要变成人殉。到时，让她在黄泉之下，永久地陪伴江如雪，让他们永不别离，也算是了却了江如雪的心愿呢！"

幽冥主人笑了两声，那笑声却分外令人心寒，"三十年来，我不停地试药、杀人、做灯，我日日夜夜都在思量爱别离的真实含义。我甚至做了一张琴，"他的手，轻柔无比，摸了摸他怀中的那具七弦琴，"给这张琴取名为爱别离。"

"原来你就是朴正焕！你没有死！"苏兰泽喃喃道，"雷击桐木之痛、丧命雪蚕之哀、冰天雪地之寒、孤寂守寡之怨，四样俱是至阴至冷之情，这样制出来的琴，自然也是至阴至冷，才当得起爱别离这三个字啊……"

"虹姑是你的人吧？"杨恩忽然道，"或许应该说，青虹帮本就是你们幽冥门一手创立的分部？而虹姑正是明相明照清的红颜知己，所以你才能在明相府中成功地再建了一片跟黄金墓底洞室一模一样的新罗居所，还有曼珠沙华……你甚至让明照清以做冥寿为名，将那人请到了明府……"

"你所做的这一切，不过都是为了让那人……让那人知道你家小姐与男主人的爱别离一事始末，你到底想干什么？你家男主人究系何人？"杨恩问到此处，冷电般的"目"光已落在了幽冥主人的面具之上。

幽冥主人探手入怀，取出一只玉匣："三十年来，世事沧桑，我家小姐的名讳恐怕也早就湮没不闻了。今日已处绝境，我也不愿意再向你们隐瞒，但请启匣一观，便知端倪。"

杨恩心中微一犹豫，伸出手去，将玉匣接了过来。

那玉匣不过三寸长宽，入手生温，润滑无比，显然并非凡品。按下米粒大小的金扣，匣盖轻轻弹了开去：匣内静静卧有一枚小小的碧玉印玺，那玉上尚缠有几缕天然的淡淡血丝，愈见珍贵。

这一切，杨恩并没有"看"得分明。然而他的心却突然怦怦剧跳起来。因为他探指抚摸，已察觉印面上一行小字，虽极小极微，却分外清晰："淑贤贞懿之印"。

印下压有一方黄绫，苏兰泽探手入匣，拿起展开。首先映入眼帘的，便是一方血红大印，"受命于天"四个红字触目惊心。再仔细看时，但见有数行秀丽小楷，书于绫上，她草草扫过几眼，目光停到最后一句上，不禁念出声来："钦赐天朝淑德贤和贞婉静懿贵妃金氏⋯⋯"这十六个工整的小篆形字，不亚于平地惊雷。

"金妃！难道这座墓室地宫，居然是金妃的梓宫？"杨恩身体一震，几乎不敢置信地退后几步，他目光如电，直射向幽冥主人，"作为天朝属国的新罗，于三十三年前应天朝选妃诏书，将新罗名门金氏之女送入宫中，得封妃位，世称金妃。据说在落梅镇丢失的玉琳琅就是随金妃一起入朝的贡物。金妃入宫后两年薨逝，先皇为表抚恤，赐新罗大批珍宝，并将随她入朝的侍从全部遣回新罗，从此再无任何消息。你称她为小姐，你⋯⋯"

"三十年后，居然还有人记得小姐。"幽冥主人苦笑一声，道，"不错，我们都是金氏家族的武士，也随之一同进入天朝。"他对着苏兰泽怜悯的眸光，无声地笑了笑，"我们当初追随小姐，抛开家人、远离故土来到了这里，谁知那深宫是隐藏有吃人妖魔的魔窟，是潜伏鱼龙的深潭啊⋯⋯小姐在朝中别无支援，偏偏又受到了皇帝的宠爱，有如身处荆棘丛中、炭火炉中，从未有过半刻安宁⋯⋯"

"那你的男主人⋯⋯"

"我的男主人当然就是当今皇上的父亲，已故的景贤皇帝。"

虽早已猜到了这里，但将那在位二十年中，以文治武功威震四疆，令得异邦小国纷纷来朝，不仅朝中交口称誉，连乡郊野老都至今追思不已，有"尧舜之景、德贤千古"之称，甚至将"景贤"二字作为谥号传颂的前皇帝，与那诱人入墓并残忍杀害的所谓"男主人"重合在一起的形象，仍然叫人难以置信、震惊不已。

"景贤皇帝位极人主，天下江山都是他的，为何不能跟金妃合葬？居然还要用这样……这样阴毒的手段，用三十年来这许多无辜的生命来宽慰金妃寂寞的亡灵？"

杨恩到底顾念自己臣子的身份，不肯有不敬之语，但以他一贯的性子来说，这样的话语已是到了极限。

幽冥主人长叹一声，道："哪怕贵为皇帝，也不见得事事都能自主。我家小姐与先皇感情极笃，可皇后心生嫉妒，不仅在小姐生前多方为难，对于她葬于皇陵之事，也是百般阻挠。她借口说小姐是下邦臣女，非中原人氏，不能葬在皇陵之中。先皇便让逢羿在京郊秘密建了这处陵墓，将小姐葬到了这里，甚至没有举办任何皇妃下葬的仪式。他令京畿卫守护陵墓的安全，令史官删除了关于小姐安葬在何处的记载，不允许人为小姐立碑立传，又将我们全部逐走。"

"等等……前朝起居注记载，金妃是以妃位而终，并没有获得贵妃的封诰，这枚玉印……"杨恩皱了皱眉。

"这个封号是在小姐身故后，由先皇秘密下达的旨意。他说总有用得着的一天……起初我们也是深恨他的薄情，直到后来他派人将此印交给我，并交付守墓一事，我才知道他的用意。原来那时他身体已经虚弱，皇后却仍是春秋鼎盛，且皇后家族在朝中势大，他明知自己时日无多，其种种行为，一来是唯恐小姐不得安宁，二来也是为了……为了……"

他指着那些琉璃海面、碧玉舫、圆月、弦月，目中隐约带上了一层泪光，"这些熟悉的场景，都是我们故乡的再现啊，小姐在新罗的府第就是临海而建。她在世之时，先皇每年都会带她去海边，因为每当她立在船头，仿佛隔着茫茫海水，就能看到故乡，聊以解除对家乡的思念。小姐故后，他在这墓室之中，不仅复原了小姐在新罗的府第，还在这里的墓室中，为她重现了这海边的胜景。他说这是你们汉人常说的，幽魂望乡之台。"

杨恩突然回想起那深远的迷宫宅院，那些样式低矮奇特、不类中土建筑的洞室，那些琴、瓶、炉、绣，那些宛若生时情状、没有丝毫改变的女子家居诸品，还有那些萎然飘落的枯干花瓣，这一切的谜团，在幽冥主人的话语里，都无疑有了最好的解答。

·那匪夷所思的一切，不是一个皇帝对待宠妃，而是一个男人对待自己刻骨铭心的爱人别离后的思念和深深的爱恋。

"这里……"苏兰泽忽然俯下身去，盯住那半截白玉桅杆，"咦，这桅杆里居然是中空的！还写有一行字呢，是什么？"

淡淡幽光下，但见桅杆内光滑洁净，却有深深笔画，似是被谁以利器刻有十六个小字，若不仔细观察，断然是不曾留意。

幽冥主人茫然道："桅中有字？我从来不曾得知。"

苏兰泽凝目关注，轻声念道："绝汝通道，镇汝亡魂，天崩地裂，永不往来。"十六个字，字字见骨，狠辣毒绝之决心，跃然其上。

幽冥主人失色道："如此毒辣！一定是她留下的话语！是皇后！是皇后！当初就是她派人用伤心蛊加害小姐，她居然连小姐的陵墓也不放过！是她安排了那些毁灭陵墓的机关！天崩地裂，永不往来！好毒的话语！"

"皇后？当今太后？"苏兰泽惊诧之色一闪即逝，随即叹道，"若真是她之所为，那么与其留下的字句相比，金妃的诗句的确温良得多了。"

幽冥主人惊疑道："你在哪里见过我家小姐的诗句？"

苏兰泽一怔，指了指棺椁前的那幅画卷："方才，在桅杆被毁之前，我便已经从画卷上看到了。你日夜对着这幅画卷，难道只顾端详你家小姐的容颜，却不曾注意到卷尾的那首诗吗？"

幽冥主人"啊"的一声，喃喃道："我一见她的容颜，哪里还看得清其他……"慌忙俯身上前，拾起那幅画卷，急促地将它展了开去。卷轴展开，在那栩栩如生的美人像边，果然有一行隐约的小字，若非仔细端详，确实看不分明。然而淡墨勾画，笔致娴雅，却是一首似白非文的短诗："生既长相思，死亦置别居。要解伤心蛊，唯有爱别离。"

"这是小姐的笔迹，可是……可是这四句诗的意思……"幽冥主人求助般地将目光投向了苏兰泽。

"要解伤心蛊，唯有爱别离。这两句话，原来是出自金妃之口？"苏兰泽反问道。

"是。那一日她服下新罗国的寒冰丸，屏退所有人，甚至连先皇都没有告诉，只留下我在身边。自行入棺时，她对我说……她说，'正焕，你别难过。我已经找到了对付伤心蛊的法子，要解伤心蛊，唯有爱别离……寒冰丸能保尸身四十年不腐，只要你找到爱别离，我就再也不怕这种毒了。'"

"原来是这样。"苏兰泽沉默片刻，似乎非常艰难，又似乎是用了很大的力气才说出话来，"以我平生所习医术来说，伤心蛊这种毒，的确是药石无功。三十年来，你一定想了不少法子，包括琴绣心那样狠毒的法子，都没有能够研制出解药，难道还不能说明……此毒根本是无药可解的吗……"

"兰泽！"杨恩低低叫了一声，忽然觉得有一种透骨寒意自心中幽幽升起，"兰泽，你……"

"我一直在想，是谁在江湖上流传了这两句话？爱别离，这样似是而非的三个字，非药非名，怎么能够解去伤心蛊之毒呢？此时我才知道，原来这两句话，竟然是出自金妃之口。早知如此，我根本不会把这两句话当真。"苏兰泽道，"难道你真的相信她的话吗？她是新罗国人，对中土的蛊毒并不了解，又如何会有法子解开呢？况且她说的是，只要你找到爱别离，她就再也不怕这种毒。她为什么不说，只要你找到爱别离，她就能够活过来？"

"那……那又怎样……"幽冥主人的声音忽然有些发抖，"你的意思是说……"

"伤心蛊，伤人心，断人情。也许对于金妃来说，伤心，不仅仅只是一种蛊毒的名字吧。"苏兰泽缓缓道，"即算是皇后没有对她下毒，以她异族的身份，年长月久，专宠独深，也难免不会引起其他嫔妃，甚至是朝中大臣的不安和不满。或许那时她的结局会更加凄惨。你也明白，她虽然爱景贤皇帝，却不能像普通的男女那样，尽情享受爱的美好，反而要时时刻刻处于恐惧和痛苦之中。"

"可是先皇与小姐真心相爱,这有什么错?"幽冥主人嘶声质问道,"小姐……小姐是无辜的呀……"

"爱是没有错,但并不见得所有的爱情,都能被这个世间所见容。"苏兰泽有些黯然,"生既长相思,死亦置别居。无论生还是死,先皇与金妃的这份爱情,都不能得到圆满的结局。所谓生同衾,死同穴,不过是种美好而虚幻的愿望罢了。反倒是因为相爱,才带来了相思之苦、伤心之毒,时时刻刻,折磨不已。金妃无力抗争命运,也无力改变命运,甚至还有可能会给自己的家族,或者是孩子……带来祸端。"

"所以,"杨恩轻声道,"要解开那种时时刻刻折磨人的相思之苦、伤心之毒,唯有断绝此爱,永远别离。"

幽冥主人喃喃道:"要解伤心蛊,唯有爱别离。"

"对。"苏兰泽眸中隐有水光闪动,"这才是爱别离的真正含义。"

"不!"幽冥主人手腕一软,"啪"的一声,那具七弦琴摔落在地上,"我不信!我不信这是你的意思!小姐!"他将画卷塞入怀中,竟然冲向了那具黄金棺椁,大喝一声,双掌拍出,想要奋力推开巨大的椁盖!

"你疯了吗?竟去打扰金妃的安宁!"苏兰泽大吃一惊,飞身跃上前去,想要出手阻止!杨恩身形一动,也掠到棺椁之前!

"都不要过来!"幽冥主人袖底飞出两朵"幽冥寒花",他却凝劲不发,只在杨苏二人面前的虚空之中,飘浮不已。

"为什么推不动?小姐!我要问你!我要亲口问你!"他疯狂地推搡棺椁,脚底正踩在那具七弦琴上,脚上发力,琴身已经四分五裂!

他意犹未尽,狠狠地碾压着那团断弦,似乎要将所有的恨意和失望都碾得粉碎:"我要亲口问她!天底下到底有没有能救回她的爱别离!这是金氏家事,不与你们外人相干!"

面具后的目光狂乱而涣散,似乎已经完全失去了那种镇定的神采,"三十年了,我苟延残喘地活下去,我用尽所有的方法,都是为了她,还有她的……"

"呀!"他大喝一声,双手用劲,竟抓住沉重的黄金椁盖,向上提起!

"你……"面对近乎癫狂的幽冥主人,杨恩的心中突然浮起一抹复杂的怜悯之情，竟然没有再试图去阻止他。

"咯咯咯咯！"一种奇怪的声音忽然从椁中响起！众人大吃一惊，连幽冥主人都不禁手腕一抖，所有的力气似乎一泄而尽，再也提不起椁盖，"砰"的一声巨响，他滑落在地面之上，顿时将那片地面所铺的琉璃砸得粉碎！

"咯咯咯咯！"那声音却更加大起来，听得清似乎是金铁磋磨之声。而那具黄金棺椁后的墙壁却如受拉力，豁然而开！

苏兰泽一把拉住杨恩的手，颤声道："密道！棺椁后面居然有一条密道！"

出现在众人眼前的，果然是一条秘密的通道！宽约丈许，青石铺地，穹顶高深，在幽光之中看得清楚，确实颇为广阔。通道笔直向前，又有数丈之远的尽头，似乎有宝光映照，瑞气蒸蔚！虽远望不能细辨，却仍觉光芒万千、壮丽庄严，简直是一处真实不虚的巍峨仙宫！

不难想象，在那处陌生的仙宫里，一样会有何其广阔的日月山川、江河星汉！

究竟谁才能启动这几乎不逊于苍天之巨大力量，生生于黄泉幽冥之下，造出来如此天地？

通道尽头的影墙之上，镶满碧萤宝石。淡绿的光芒，隐约映出一条昂首奋鬣、游走云间的巨龙形象——苏兰泽心中大震，脱口道："飞龙墙！"她曾机缘巧合，随杨恩在宫中秘处，见过这样一幅类似的神秘图纸，图纸上有这熟悉的影墙，还有那令人一见之下，便再难忘却的云间飞龙之形！

那幅图纸，正是曾经的九五之尊、万乘之君的长眠终地——景贤皇陵的草图。

怪不得金妃墓地被择在此处，原来，她虽名为被屏弃在皇陵之外，却依然有如此一条通道，与景贤皇帝的长眠之所暗相交通。

杨恩与苏兰泽互"视"一眼，心中都如波浪般，奔腾起伏。

纵然是拥有天下间最强的力量，还是不能庇护心爱的女子。再怎样的深爱，也终不敢完全地表白。甚至是在死后，眼见得她孤单而居，也一样不能自主。而只能在这样黑暗的地下，偷偷修出一条秘密的通道来，期盼着在幽冥之中能够再次相聚。

"生同衾，死同穴……"幽冥主人也呆住了，眼中狂乱的火焰渐渐熄灭，取而代之的是一种说不清道不明的神情，"皇上，你居然以这样的方式，与她永远不离……"

一语未了，忽然轰然巨响，有如一阵炸雷在头顶滚开！这声响如此之大，以至于整个地面都摇晃起来！

随即是轰轰的滚雷——对，真像天边的雷声一样，从地底由远及近，徐徐传来。通道与此处墓室相连之处的穹顶上，赫然裂开一道大缝，乱石如雨，纷纷坠落，有几块甚至还滚到了三人的足边。

苏兰泽跳起身来，一把抓住杨恩，叫道："那自毁机关已经启动了！天崩地裂……"

言毕一咬牙，拉起杨恩，已冲过石雨，钻入那恍如摇篮的通道口中！

"砰！"一块碎石掉到她肩上，旋即滚落。苏兰泽微微一晃，但觉剧痛钻骨而入，但足下毫不迟疑，拉着杨恩向前奔去！

直至奔出丈许，四周方才平静下来。显然那机关涌动之处，只在通道与金妃墓室的交界处附近，并没有影响到其他地方。

然而，交界之处的地面，仍在剧烈地颠簸，石雨越来越密，先前只是拳头大小，后来有大若栲栳的石块，甚至有桌面大小的巨石不断落下，滚入金妃墓室之中，将地面的琉璃砸得粉碎。

杨恩突然身子一震，转头急忙喝道："你怎么还不出来？"

苏兰泽顿时想起来："幽冥主人！"

地动天摇，但那个孤独的身影还是静静地立在那里。任那石雨再是如何迅猛，他只是一动不动，黄金面具覆在脸上，也看不清他的神情。

"出来？墓中死了这么多人，我是始作俑者。我虽事出有因，但诱人杀害，已经犯了国法，纵然到了此时，捕神还想捕我归案吗？"他淡淡地笑道。

"国法不外乎以人命为先！你再是穷凶极恶，我也要把你先活着带出去！"杨恩毅然转身，重新奔回墓室。苏兰泽长叹一声，并不加阻拦，只随之转过身来，跟了上去。

在接近画舫的地方，地面颠簸越发剧烈了，满天落石如帘般紧密相连，呼啸而过，根本无法找到穿越的空隙。幸而碧玉舫隔得还远，舫上的黄金棺椁尚算安全，不会受到池鱼之殃。地面已被石块堆起来，渐渐达半人身高，只能勉强看到幽冥主人的肩和头脸。

"不用了。"幽冥主人看着他们，静静道，"现在回想，早在三十年前，小姐就已经看明白了一切，之所以要服下寒冰丸，是怕我会从此绝望，毫无生存下去的意义，也不能去保护她在意的人……真正糊涂的人是我……我害死了那么多人，我还在苏姑娘身上也下了伤心蛊，我以为唯有苏姑娘自己身中蛊毒，才肯尽心尽力地寻求解毒之法……谁知这种蛊毒，根本无药能解。既然无药可解，那就永远别离好了……"

他忽然走了过来，从袖中取出一只锦盒，从乱石堆的空隙中奋力地塞给杨恩，"黄金墓中，关于黄金宝库的传说，都不过是个圈套。但在这只锦盒中，藏着一个秘密，你拥有这个秘密，或许会引来祸端。但将来有一天，或许也会得到比那黄金山河更贵重千倍的宝藏——甚至功名和地位。我知道你或许不稀罕，可是我拜托你……"

盒长约有一尺来许，包裹的锦缎上金线勾挑，绣满菊纹花朵。年代的久远和地气潮湿，使得表面的花朵纹绣略微泛旧，却掩盖不住那雅致高贵的气韵。

杨恩迟疑着不肯接过，幽冥主人却固执地将锦盒再往前推了推，面具遮掩下的双眼一眨不眨，竟是少有的哀求和诚恳："这只锦盒是小姐留下来的，我不能让它湮没在这里。而我可以托付之人，只有你了……"

杨恩心中一软，伸手接过。苏兰泽张了张口，却也终于没有出声劝阻。

就在入手的那一瞬间，杨恩分明感受到自己的一颗心正缓缓往下沉去。金妃和景贤皇帝，单单是这两个人的身份，便令人不得不联想到那秘密的沉重。贵为天子妃，仍然中毒而亡，贵为天子，竟不能追究爱妃的死因，甚至连下葬之所都要如此隐晦。天子家事，亦是天下事。这只锦盒之中，到底藏着什么秘密，会让金妃如此慎重，至死都不能释怀？

然而他不能拒绝，也无从拒绝。无论作为捕快查案的天职，还是作为臣子的本分，均不能让他再有任何闪躲。

"轰隆"声响中,又有几块石头掉落。杨恩悚然一惊,将锦盒塞入怀中:"我虽收下锦盒,但金妃娘娘交代之事,自然是要你亲自完成!你……你等一等,我马上救你出来!"他沉腕用力,真气贯注掌心,"啪"的一声击在石堆上!苏兰泽也助他挥掌相击,但那石堆乃是千百块碎石堆积而就,他二人虽武功精深,毕竟只是凡人,这些力道用上去,如蚍蜉撼树,哪里动得了分毫。

"幽冥门如今的势力也达到了小姐当初的期望,即使我不在,还有千百个幽冥门人,我还有什么放不下的呢?当初小姐她骗了我,骗我活了下来,而她自己却选择了长眠,也许她的诗中说得很对,寂寞地活着,不如永恒地长眠……这世上一切的悲欢,概括起来,不过是相爱和别离。"在越来越小的缝隙间,苏兰泽看见幽冥主人的目光从面具的眼部孔洞中穿越而出,带着微笑和沉醉的光影,投注到手中展开的美人画卷上。

先前五彩琉璃墙上,在满天飞花中升天的女贵人,纵然眉目一般无二,看上去总觉陌生,似乎那只是一个天朝官妃的影子,却不是独特的她。

"在我心里,一直都记得呢,当初在新罗金宅,第一次见到你的模样……"

这幅画卷之上的她,一身故国装束,妍丽清媚,分明还是在新罗金宅之中,那个令他一见倾心的少女。隔了三十年的岁月烟尘,历经无数的悲欢离合,唯有那一双脉脉的眼波,却依然顾盼生辉,在画中静静地凝视着他,似欲言又止,柔情万千。

苏兰泽忽然触动情怀,鼻子一酸,泪水盈满了眼眶:"你不要死!你还有别的牵挂,不仅是金妃,还有她的……你快想想,有没有其他的法子可以出来!"

"你们忘了吗?我和木指童子一样,都能催发伤心蛊,所以才杀得了那个假的'琴追阳'。当然,我也一直服用十八种剧毒,只是每次催发蛊虫害人,我都是让别人前去,才保住我自己的性命。刚才我亲自催发了伤心蛊,血气翻涌,十八种剧毒相互克制的平衡已被打破,便是出去,也活不成了。"

"你……"

"小姐活着时,我没能保护她不受伤害;现在我又怎能让他喷出蚀骨雾,毁坏小姐的安眠之地呢?谁知这墓中还有自毁的机关,我终于还是没能保护好她的身后之地。朴正焕也好,幽冥主人也好,无论叫什么名字,用什么身份,我还是那个没用的武士……那么，就让我追随在她的身边吧……你们快走吧。至于我……"

石堆之后，传来幽冥主人最后一声低低的叹息。那叹息声中，竟似有无限的满足和幸福，还带有一丝奇特的苍凉，"我的小姐在这里，我哪儿也不去。"

奔出很远后，似乎还能听闻淡淡琴音从石缝中隐约响起。那是幽冥主人，不，是新罗金妃曾经的仆从武士朴正焕，弹奏起他亲手制成的那具名为爱别离的七弦琴。琴身已碎，弦已断裂，但经他弹来，断断续续中，仍然听得出宫商转折，而那一种难以言述的哀伤和孤寂，也自琴音中缓缓弥漫开来："葛生蒙楚，蔹蔓于野，予美亡此，谁与？独息……"

"砰砰砰砰！"从天而降的石雨，将通道口完全堵塞！

"夏之日，冬之夜，百岁之后，归于其室……"

穹顶受余力震动，犹自沙沙地落下碎裂的细石沙来，一点一点落入其中，一点一点填在那些碎石间，直到再也没有任何空隙。

琴音终于断绝，湮没殆尽，再不可闻。

杨恩轻轻地握住自己的手掌：方才情急之下，已伤到了手掌。此时掌心发红，边缘的薄皮已被石棱擦破，微微渗出血珠。苏兰泽心疼地拉住他的手，托起来，轻轻地吹了吹。幽微的口脂清香和淡淡的熟悉气息从伤口轻掠而过，缓解了那些疼痛，却抹不去心中的感伤。

"他……应该也是爱着金妃娘娘的吧，"苏兰泽望着那堵碎石"墙壁"，怔怔道，"所有的爱，都是别离。琴追阳离开了琴绣心，琴绣心离开了江如雪，金妃离开了先皇，先皇也离开了当今的太后……而唯有这一次，朴正焕对于金妃的爱，再也不会别离。"

晚霞绚烂，照耀万物。从出口出来，居然是一处隐蔽的斜坡。站在那里，往西便是金妃墓；往东看去，恰好能避开那支旗甲森严的守护卫队，又能分外清晰地看到数丈开外的景贤皇陵。天朝景贤皇帝生前威震四海，死后也极尽尊荣。整座皇陵依山而建，填土为陵，高大宏伟，气象万千。那连绵百里的墓兽高檐，都被霞光镀上了一层灿然的金边，更显巍峨壮丽，完全不逊于真正人间的帝都皇城。至今仍有百人卫队，不分昼夜地守护皇陵的安宁。

"假的琴追阳到底是谁？直到最后，他也没有摘下他的黑笠。"苏兰泽深吸一口气，荒野草木的清氛随之直沁而入。静默片刻，再徐徐吐出来，似乎是想要疏解心中堆积的块垒。

"你什么时候发现他这个琴追阳是假的？"杨恩反问道。

"只是一个小小的破绽。"苏兰泽微笑道，"他处心积虑扮演琴追阳，以寻找侄女的幌子进入黄金墓，自然是怕泄露身份，为他的主子带来麻烦。所以事先倒也做了准备，甚至连琴追阳的'琴音追魂'的武功都学得惟妙惟肖。只是他终究不是真正的琴追阳，没有在乐器一道上狠下数十年工夫，即使是招式学得再像，还是会有本能的疏漏。"

"小生愿闻其详。"

苏兰泽娇嗔地瞪他一眼："弹琴的指法中，有勾挑托抹的不同。中指弹弦为勾，食指弹弦为抹，他与江如雪相斗时，那支曲子弹得不错，虽然与他素日的琴技盛名不符，然而以所谓'五年因病未曾触琴'的僵硬手法来说，倒也合乎情理。以琴弦攻敌的姿势么，也必须经过真正熟悉琴追阳武功的人指点，至少没有明显的错误。但在某轮急速的进攻中，或许是精力过于集中，指法中的勾与抹竟然出现了两次错位。更重要的是，'八度音'是需要大指与中指一起托勾并行的，他却用的大指与食指。即使是个普通的琴师，数十年与琴为伍，或许乐音平庸，但指法娴熟却是最基础的技艺，无论何种情况下，绝不会犯这个错误。而他竟然犯了这个错误，只能说明，他根本就不是一个琴师！"

杨恩赞许地点了点头："兰泽果然慧超常人，细致入微。你知道我是从什么时候开始怀疑他的吗？"

"小女子愿闻其详。"

他微笑道："琴追阳爱琴成痴，却未必对黄金珠宝如此痴迷，哪像他对琴不见得怎样爱惜，但一见黄金山河，那种失去理智的痴迷，简直是从骨子里散发出来的。我曾将这墓中图纸借他一观，他只匆匆一扫便还给我，后来寻找出口时，他在墓中行走，竟是熟悉自如，说明他即使没有看过这张图纸，至少对墓穴建造颇有研究。他在寻找出口中的表现，显然是精通土木之术。这些都是人长期学习某种技能之后，自然而然养成的习气，像你方才所说的那样，真正的琴师在任何时候，不会出现这种指法的疏漏。而一个精通工技之人，纵然再加掩饰，却掩饰不住与生俱来的跟土方泥石、墓穴建筑的亲近之情。所以，越到后来，我越是看他越是熟悉。种种行径，如精通土木之术，或许看过黄金墓的建造图纸，又对黄金珠宝异常痴迷，而且还是太后的亲信，此人……此人难道是……"

两人突然都停住了话头，很有默契地没有继续再说下去。

"在最后一刻，我突然觉得，幽冥主人的嗓音不再如先前那样的尖利，倒让我有一点熟悉的感觉。或许他先前说话的嗓音是刻意装出来的？他刻意地隐瞒自己真实的声音，但我以前是不是曾在什么地方听过他说话？"杨恩叹了一口气，若有所思，"难道，这个幽冥主人是与我曾有过交往的人？那么，在那张黄金面具的覆盖下，究竟会是一副怎样熟悉的面孔？"

顿了顿，他道，"我想，他应该是很了解我的人。知道以死相托，我便不能不管。他到底是谁？"

"这个问题，恐怕暂时得不到回答了。"苏兰泽也随之叹了一口气："'天崩地裂，永不往来。'好狠毒的八个字，原来是这个意思。"她目视着那金霞缭绕的方向，不知为何，竟轻轻地打了个冷战。

陵前一带都是无人的旷野，只在道边种满了白杨树，树下野草疯长。

"在每一寸土地下，是不是都会隐藏着一段秘密？"沉默良久，苏兰泽喃喃道，"黄金墓，原来是金妃之墓。景贤皇帝故意设下了这个黄金宝藏之局，是希望能不断有人进来，用永生不得自由的灵魂去陪伴她孤独的亡灵。是不是也说明了，虽然他在临死前秘密让人挖出了通道，但心中仍然明白，哪怕是在幽冥之中，他对她的爱依然不能自主，不能倾尽相付。金妃……她啊，终究还是寂寞的。"

山风吹来，触肌生寒，她不由得紧了紧自己的衣领。杨恩默默地侧过身子，为她挡住风势，答道："可是皇后——当今太后呢？当初她用尽心机，令金妃勿葬于皇陵，以为用这种方式永远隔断景贤皇帝的情意，便能从此守住自己所爱。谁知金妃死后五年，景贤皇帝即告崩逝，且死后仍秘密修出一条通道，企盼与金妃在冥间相聚……太后孤独一生，纵然将来百年后得以与他合葬，唉，可他的心，他的亡灵，难道真的愿意跟她在一起吗？"

他们要避开守陵卫队，只能往西而行，离开的道路，仍然要经过黄金墓。

墓前依然荒凉。风越发大了，吹过墓道前的一排白杨，枝叶摇动，簌簌响声卷地而来。墓顶飞檐上的菊纹铜铃，也在风中嘤嘤作响，如歌如哭，似泣似诉。

那块墓碑仍然静静地立在那里。碑面青石之上，镌刻着那首《葛生》，那些字密密麻麻，一笔一画记载的是这世上每一个人曾经思念和痛哭过的深深痕迹。

二人仿佛听到最后那一曲哀伤的琴音，在天地自然的悲声中，徐徐而生，又在山峦荒草之间，悠悠发散。

"葛生蒙楚，蔹蔓于野。予美亡此。谁与？独处！葛生蒙棘，蔹蔓于域。予美亡此。谁与？独息！角枕粲兮，锦衾烂兮。予美亡此。谁与？独旦！夏之日，冬之夜。百岁之后，归于其居！冬之夜，夏之日。百岁之后，归于其室！"

葛蔓满野，枕衾如旧。然而我心爱的那个人，却早已不在世上。因为痛苦的思念，我觉得黑夜漫漫，日月悠长。可是仍然要度过那么多年，我才能结束自己的生命，最终陪在你的身旁。

"兰泽，你所中的伤心蛊，已经放血两次了。如果再放过一次血，此毒无法遏制，便要开始发作，此后一年之中，你要受尽痛楚的折磨……你对琴绣心说，因为心念涌动，才会引发蛊毒，生而为人，不可能无觉无识，所以蛊毒无法可解。那你……你怎么办？如果真有什么不测，"杨恩低下头来，双手张开，搂住了她在冷风中微微发抖的双肩，叹息一声，终于说出来："我也是活不成了……"

"你别担心，伤心蛊无药可解，可是不代表没有法子可以解除。只是……现在还不是时候……"苏兰泽第一次听他吐露心曲，一时之间，惊喜交加，只觉心怦怦直跳，又是酸软，又是激荡，柔声道："倒是你的眼睛……我的医术虽然不够高明，但这么久了，你也应该快复明了吧？"她抬起头来，凝视着杨恩的双眼。他微微上挑的眼梢、温润柔和的目光，都是那么熟悉和亲切，仿佛已经是自己生命的一部分，若要强行分割开去……想到此处，苏兰泽的眼眶竟有些酸热，"我一直担心的，是关于那个约定……"

"我宁可永远不要复明。"杨恩叹息着，将她更紧地抱在怀中，"兰泽，我习惯了有你做我的眼睛，这一生一世，我只要你在我身边，我宁可不要眼睛复明……"

苏兰泽唇边带笑，眼神中的忧郁却在蓦然间涌了起来。她回应地伸长双臂，环抱住他，头亦伏在他肩上。她脸庞微侧，不由得看了一眼那腕上的玉镯：七缕浅碧，如花攒簇，映在玉色里，那样渺茫而飘移。镯身紧紧贴着肌肤，淡淡的玉质凉意，从肌肤一直沁到心里。

杨恩在她耳边道："黄金墓一案已经查明，百若夜的下落也已找到……这次的案情似乎并不曲折，也并不费力，但不知为何，总叫人有种说不出的压抑。兰泽，你还记不记得，木指童子的那个情人，她的鬓角……"他的手扶住了她的肩，下意识地紧紧握住。

鬓角！苏兰泽肩头轻微一颤——杨恩无意识握住的那处，正是先前落石的伤痕，虽未见血，却触及了筋骨，恐怕已经淤青一片。

那妇人的鬓角修剪整洁，成一弯月牙的形状，那是宫中三品女官才有的发式。普天之下，谁才有如此的威势，能如此轻而易举地就把一个宫中显贵的女官变成了纳毒的蛊母，并送给江湖中恶名昭著的杀手？幽冥主人说，木指童子施在苏兰泽身上的伤心蛊，是由他提供的，那么至少那个派出杀手的人，与幽冥主人素有往来，并达成了某种默契。而此人既然默许幽冥主人加害苏兰泽，他的目的又在于什么？难道他也想知道爱别离的秘密，他也在企盼着金妃的复活？

还有，明府中的居所阁室，那些曼珠沙华……明照清位高权重，幽冥主人这样一个江湖帮派之主、前朝金妃的旧仆，根本不可能有如此能力去说动他。除非是有更显贵之人在背后支持，此人会是谁呢？

木指童子临死前说的"黄"字，只是发音与"黄"相同，却未见得指的就是"黄金墓"的"黄"。一个隐隐约约的念头在苏兰泽心中浮现，可那个念头太可怕，可怕到让她不敢多想。

痛楚从肩头清晰传来，可是这痛中有欢喜，也有温暖。

所以她并没有让开，仍让他不知情的手掌紧紧握住了伤痕。她想要永远记住这样的感觉，这样一种令人欢喜的、温暖的痛楚。

是不是所有深刻的爱意里，都不可避免地会带着这样的痛楚呢？"杨恩，我们快些离开这里吧。"

走出数丈后，苏兰泽忍不住回过头来看了一眼，笔直的青石墓道，从天际霞光中穿透而出，化作一条惨白的带子，向前延伸。

三十年前，那碧玉画舫、黄金棺椁，载着绝世佳人的玉躯，载着一代皇帝的无限哀伤，载着生离和死别的传奇，由此进入生命最后的终点——孤独矗立的黄金墓，不，是金妃墓，还有隐藏在墓下的幽冥世界。

在满天霞光中看去，那墓是如此幽远，又是如此孤寂。

天下的道路，一如万物生命，都有终点。唯有人的情爱是那么散漫细密，它们无声无息，却充盈了这整个天地，只要你还在这天地之间，无论生死，仍逃不脱它的羁绊。

揣在杨恩怀中的菊纹锦盒，静然而冷漠。幽冥主人说，那里面藏着一个秘密。其实天下间所有的秘密，说到头来，说到极广处，总是逃不出一个生死别离。

活着的时候，人们会因世俗的阻碍分开。哪怕恩爱到老，死亡也会让双方最终分离。

苏兰泽低下头来，一滴清泪悄然落入草丛中："佛说爱如刀口舔蜜。只有片刻甜美，却有致命创伤。可世人总是看不清，也辨不明，生死纠缠不休，追求爱之恒远。其实连我们这个肉体就只有几十年的光阴，无声无息的爱又怎么会没有终点？小捕快，"她含泪带笑，看着杨恩，"你说，爱的终点，会是什么？"

杨恩长叹一声，道："所有爱的终点，都是别离。"